OPALA
SAGA LUX LIVRO 3

JENNIFER L. ARMENTROUT

OPALA
SAGA LUX LIVRO 3

valentina
Rio de Janeiro, 2023
4ª Edição

Copyright © 2012 *by* Jennifer L. Armentrout
Publicado mediante contrato com Entangled Publishing, LLC, através da Rights Mix.

TÍTULO ORIGINAL
Opal

CAPA
Beatriz Cyrillo

FOTO DE CAPA
Liz Pelletier

FOTO DA AUTORA
Vanessa Applegate

DIAGRAMAÇÃO
Imagem Virtual Editoração

Impresso no Brasil
Printed in Brazil
2023

CIP-BRASIL. CATALOGAÇÃO NA FONTE
SINDICATO NACIONAL DOS EDITORES DE LIVROS, RJ

A76o
4ª ed.

Armentrout, Jennifer L.
  Opala / Jennifer L. Armentrout; tradução Bruna Hartstein. - 4. ed. - Rio de Janeiro: Valentina, 2023.
  416 p. ; 23 cm. (Lux; 3)

Tradução de: Opal
Sequência de: Onyx
Continua com: Originais
ISBN 978-85-5889-039-7

1. Romance americano. I. Hartstein, Bruna. II. Título. III. Série.

17-39135

CDD: 813
CDU: 821.111(73)-3

Todos os livros da Editora Valentina estão em conformidade com
o novo Acordo Ortográfico da Língua Portuguesa.

Todos os direitos desta edição reservados à

EDITORA VALENTINA
Rua Santa Clara 50/1107 – Copacabana
Rio de Janeiro – 22041-012
Tel/Fax: (21) 3208-8777
www.editoravalentina.com.br

*Este livro é dedicado à equipe vencedora da Invasão Daemon.
Garotas, vocês são o máximo!*

*Janalou Cruz
Nikki
Ria
Beth
Jessica Baker
Beverley
Jessica Jillings
Shaaista G.
Paulina Zimnoch
Rachel*

[1]

Não sei bem o que me acordou. Os uivos do vento da primeira nevasca do ano tinham se acalmado na noite anterior, e meu quarto estava silencioso. Tranquilo. Virei de lado e pisquei.

Deparei-me com olhos fixos em mim. Brilhantes como o orvalho. Eram estranhamente familiares, porém sem a mesma claridade reluzente daqueles que eu amava.

Dawson.

Apertando o cobertor de encontro ao peito, sentei devagarinho e afastei uma mecha de cabelos emaranhados do rosto. Talvez eu ainda estivesse dormindo, pois não fazia ideia do motivo que levaria o Dawson, o irmão gêmeo do garoto pelo qual eu me encontrava loucamente — profunda e irremediavelmente – apaixonada, a estar sentado na beira da minha cama.

— Hum, tá... tá tudo bem? — Pigarreei, mas as palavras soaram roucas, como se eu estivesse tentando forçar uma voz sensual e, na minha opinião, fracassando terrivelmente. Mesmo já tendo se passado uma semana, os efeitos dos gritos que eu emitira durante o período em que o dr. Michaels, o namorado psicopata da minha mãe, me mantivera presa naquela jaula no armazém, ainda eram perceptíveis em minha voz.

Dawson baixou os olhos. Suas pestanas escuras e grossas roçaram o topo das maçãs altas e angulosas, em um rosto mais pálido do que o normal. Se eu aprendera alguma coisa era que o gêmeo do Daemon era uma criatura traumatizada.

Olhei de relance para o relógio. Quase seis da manhã.

— Como você entrou aqui?

— Entrando. Sua mãe não está em casa.

Qualquer outra pessoa teria me deixado de cabelo em pé, mas eu não tinha medo do Dawson.

— Ela ficou presa em Winchester por causa da neve.

Ele assentiu com um menear de cabeça.

— Não consegui dormir. Não tenho conseguido dormir.

— Nem um pouco?

— Não. E isso está afetando a Dee e o Daemon. — Ele me encarou como que desejando que eu entendesse o que não conseguia colocar em palavras.

Desde que o Dawson escapara da prisão, os trigêmeos — diabos, *todo mundo* — andava supertenso, esperando que o Departamento de Defesa aparecesse a qualquer momento. Dee continuava tentando processar a morte do namorado e o reaparecimento de seu adorado irmão. Daemon estava dando o melhor de si para oferecer apoio ao Dawson e cuidar de todos eles. E, embora a tropa de choque ainda não tivesse invadido nossas casas, nenhum de nós conseguia relaxar.

Tudo estava tranquilo demais, o que em geral não significava boa coisa. Às vezes... às vezes sentia como se uma armadilha tivesse sido preparada e nós houvéssemos caído nela direitinho.

— O que você tem feito? — perguntei.

— Caminhado — respondeu ele, olhando através da janela para o mundo lá fora. — Achava que nunca mais veria esse lugar.

Não dava nem para imaginar as coisas terríveis pelas quais o Dawson havia passado e que fora obrigado a fazer. Uma dor profunda invadiu meu peito. Tentei não pensar nisso, porque, quando pensava, imaginava o Daemon na mesma situação, e a simples ideia era insuportável.

Mas o Dawson... Ele precisava se abrir com alguém. Ergui a mão e fechei os dedos em torno da obsidiana do cordão, sentindo seu peso familiar.

LUX 3 OPALA

— Quer conversar sobre o que aconteceu?

Ele negou com um sacudir de cabeça, as mechas rebeldes encobrindo parcialmente os olhos. Seu cabelo era mais comprido que o do Daemon — mais cacheado. Talvez apenas precisasse de um corte. Os dois eram gêmeos idênticos, embora no momento não se parecessem nem um pouco, mas isso não era só por causa do cabelo.

— Você me lembra ela... a Beth.

Não soube o que responder. Se ele a amasse a metade do que eu amava o Daemon...

— Você sabe que ela está viva. Eu falei com ela.

Seus olhos encontraram os meus. Tristeza e segredos se escondiam nas profundezas daquele olhar.

— Eu sei, mas ela já não é mais a mesma. — Fez uma pausa e abaixou a cabeça. A mesma mecha que sempre pendia na testa do Daemon caiu sobre a dele. — Você... ama o meu irmão?

Meu peito apertou ao escutar a desolação em sua voz, como se ele achasse que jamais voltaria a amar, como se sequer acreditasse mais no amor.

— Amo.

— Sinto muito.

Surpresa com a declaração, larguei o cobertor, que escorregou para meu colo.

— Por que você está dizendo isso?

Dawson ergueu a cabeça e soltou um suspiro cansado. Em seguida, movendo-se mais rápido do que eu imaginava que fosse capaz, seus dedos roçaram minha pele — sobre as leves marcas avermelhadas deixadas pela luta contra as algemas e que circundavam meus pulsos.

Odiava essas marcas, rezava para que um dia desaparecessem por completo. Cada vez que as via, lembrava da dor causada pelo ônix em contato com a minha pele. Já tinha sido difícil o bastante explicar para minha mãe a tenebrosa rouquidão, para não falar no súbito reaparecimento do Dawson. A cara dela ao ver o Daemon e ele juntos, um pouco antes da nevasca, tinha sido quase cômica, embora ela tivesse ficado feliz pelo "irmão pródigo" ter retornado ao lar. Mas as marcas eu precisava esconder sob camisetas de mangas compridas, o que funcionaria bem nos meses de inverno. No entanto, não fazia ideia de como iria disfarçá-las quando o verão chegasse.

— Toda vez que eu via a Beth, ela estava com marcas assim — falou Dawson baixinho, afastando a mão. — Ela vivia dando um jeito de fugir, mas eles sempre a recapturavam, e ela acabava com marcas desse tipo. Em geral, em volta do pescoço também.

Engoli em seco, tentando controlar a súbita náusea. Em volta do pescoço? Não podia nem...

— Você... você a via com frequência? — Eu sabia que eles haviam tido pelo menos um encontro durante o tempo em que ficaram presos com o DOD.

— Não sei. Era difícil manter uma noção de tempo. No começo, tentava acompanhá-lo usando os humanos que eles traziam para mim. Eu os curava e, em geral, se... sobrevivessem, podia contar os dias até tudo começar a ir por água abaixo. Quatro dias. — Ele fixou novamente o olhar na janela. Através das cortinas abertas, tudo o que eu conseguia ver era o céu escuro e os galhos cobertos de neve. — Eles ficavam putos quando as coisas iam por água abaixo.

Eu podia imaginar. O DOD — ou Daedalus, um suposto braço do próprio DOD — tinha como principal objetivo usar os Luxen para transformar humanos. Às vezes dava certo.

Às vezes, não.

Enquanto o observava, tentei me lembrar do que o Daemon e a Dee tinham dito a respeito dele. Dawson era o irmão sociável, divertido e charmoso — uma versão masculina da Dee, nada semelhante ao Daemon.

Mas este Dawson não era assim, era quieto e distante. Até onde eu sabia, além de não conversar com o irmão, ele não tinha falado com ninguém sobre o que passara nas mãos do governo. Matthew, o guardião extraoficial deles, achava melhor não insistir.

Ele nem sequer contara a alguém como havia escapado. Eu desconfiava de que o dr. Michaels — aquele rato mentiroso filho da puta — tinha armado pra cima da gente, nos enviando numa busca inútil só para ter tempo de escapar e, então, havia "libertado" o Dawson. Era a única coisa que fazia sentido.

Minha outra suspeita era muito mais sombria e nefasta.

Dawson baixou os olhos para as mãos.

— Meu irmão... ele também te ama?

LUX 3 OPALA

Pisquei, subitamente de volta ao presente.

— Sim. Acho que sim.

— Ele nunca te falou?

Não com tantas palavras.

— Ele não *disse assim*, com todas as letras. Mas acho que sim.

— Pois devia. Todos os dias. — Inclinou a cabeça para trás e fechou os olhos. — Fazia tanto tempo que eu não via neve — completou, num tom quase melancólico.

Bocejando, olhei na direção da janela. A tempestade prevista pela meteorologia havia atingido nosso pequeno cantinho do mundo e feito o Condado de Grant de refém por todo o fim de semana. As aulas de segunda e de hoje tinham sido canceladas e, segundo o noticiário da véspera, levariam o restante da semana para desobstruir todas as estradas. A nevasca não poderia ter vindo em melhor hora. Pelo menos tínhamos uma semana inteira para descobrir o que diabos íamos fazer com o Dawson.

Ele não podia simplesmente reaparecer na escola.

— Nunca tinha visto nevar desse jeito — comentei. Eu era do norte da Flórida e já tinha passado por umas duas geadas antes, mas nunca vira tanta neve fofa.

Um ligeiro e triste sorriso repuxou-lhe os lábios.

— Vai ficar lindo quando o sol nascer. Você vai ver.

Sem dúvida. Tudo coberto de branco.

Dawson deu um pulo e, de repente, estava do outro lado do quarto. Um segundo depois, senti um arrepio quente na nuca e meu coração acelerou. Ele desviou os olhos.

— Meu irmão está chegando.

Daemon surgiu na porta menos de dez segundos depois, com os cabelos desgrenhados pelo sono e a calça do pijama amarrotada. Sem camisa. Três palmos de neve lá fora e ele continuava seminu.

Quase revirei os olhos, mas isso implicaria desviá-los daquele peito... daquele abdômen. Ele realmente precisava começar a usar camisetas com mais frequência.

Seu olhar passou do irmão para mim e, em seguida, de volta para o irmão.

— Uma festa do pijama? E eu não fui convidado?

Dawson passou por ele em silêncio e desapareceu no corredor. Alguns segundos depois, escutei a porta da frente bater.

— Certo. — Suspirou Daemon. — Essa tem sido a minha vida nos últimos dois dias.

Senti o coração apertar por ele.

— Sinto muito.

Ele se aproximou da cama, a cabeça inclinada ligeiramente de lado.

— Será que devo perguntar o que o meu irmão estava fazendo no seu quarto?

— Ele não conseguiu pegar no sono. — Observei-o se curvar e puxar as cobertas. Sem me dar conta, tinha me coberto de novo. Ele deu outro puxão e eu as soltei sem discutir. — Dawson disse que isso está incomodando vocês.

Daemon se meteu debaixo das cobertas e deitou de lado, de frente para mim.

— Ele não está incomodando a gente.

A cama era pequena demais para nós dois. Sete meses atrás — diabos, quatro meses atrás —, eu teria feito xixi nas calças de tanto rir se alguém dissesse que o garoto mais gostoso e *temperamental* da escola estaria deitado na minha cama. Mas muita coisa havia mudado. Sete meses atrás eu não acreditava em alienígenas.

— Eu sei — retruquei, me ajeitando de lado também. Meu olhar passeou pelas maçãs do rosto altas, o lábio inferior cheio e aqueles olhos extraordinariamente verdes. Daemon era lindo, porém espinhoso como uma flor-de-maio. Tínhamos percorrido um longo caminho até chegarmos ao ponto de conseguirmos dividir um quarto sem que nenhum dos dois tivesse vontade de cometer assassinato a sangue-frio. Ele tivera que provar que seu sentimento por mim era real e… finalmente conseguira. Ao nos conhecermos, Daemon não tinha sido muito bacana, e fora obrigado a me compensar por isso. Minha mãe não havia criado uma filha submissa. — Ele disse que eu o faço lembrar a Beth.

Daemon cerrou as sobrancelhas. Revirei os olhos.

— Não do jeito que você está pensando.

— Honestamente, por mais que eu ame meu irmão, não sei bem como me sinto em encontrá-lo no seu quarto. — Estendeu um dos braços musculosos e, com as pontas dos dedos afastou algumas mechas de cabelo do meu rosto, prendendo-as atrás da minha orelha. O contato me fez estremecer e ele sorriu. — Sinto como se precisasse marcar meu território.

— Ah, cala a boca.

— Adoro quando você fica assim, toda mandona. É sexy.

— Você é incorrigível.

Ele se aproximou ligeiramente e pressionou a coxa contra a minha.

— Estou feliz pela sua mãe ter ficado presa no hospital.

Arqueei uma sobrancelha.

— Por quê?

Daemon fez um gesto semelhante a um dar de ombros, porém com um ombro só.

— Duvido que ela fosse gostar de me ver na sua cama.

— Eu também.

Ele novamente mudou de posição e nossos corpos ficaram separados por menos de um centímetro. O calor que irradiava me envolveu por completo.

— Ela falou alguma coisa sobre o Will?

Meu sangue gelou. De volta à realidade — uma realidade assustadora e imprevisível onde nada era o que parecia. Como, por exemplo, o dr. Michaels.

— A mesma coisa que disse na semana passada, que ele viajou para uma conferência e que depois ia visitar a família, mas sabemos que é mentira.

— Ele obviamente planejou tudo para que ninguém questionasse sua ausência.

E Will precisava desaparecer, porque se a mutação funcionasse em qualquer nível, ele precisaria de um tempo para si.

— Você acha que ele vai voltar?

Daemon correu os nós dos dedos pelo meu rosto e disse:

— Seria loucura.

Na verdade, não, pensei, fechando os olhos. Daemon não queria curá-lo, mas tinha sido forçado. A cura não tinha sido feita com o empenho necessário para transformar um humano em nível celular. Tampouco o ferimento fora fatal, portanto, ou a mutação se tornaria permanente ou se desgastaria com o tempo. E, se isso acontecesse, Will voltaria. Eu podia apostar. Embora ele tivesse conspirado contra o DOD em benefício próprio, o fato de saber que tinha sido o Daemon quem me curara era uma informação valiosa, algo que forçaria o DOD a recebê-lo de volta. Em suma, ele era um problema — e dos grandes.

Assim sendo, estávamos aguardando... esperando o inevitável.

Abri os olhos e percebi que Daemon não tirara os dele de mim.

— Quanto ao Dawson...

— Não sei o que fazer — admitiu ele, roçando os nós dos dedos pelo meu pescoço e, em seguida, pelo volume dos seios. Minha respiração ficou presa na garganta. — Ele se recusa a conversar comigo, e mal fala com a Dee. Passa quase todo o tempo trancafiado no quarto ou perambulando pela mata. Eu sempre o sigo, e ele sabe. — A mão escorregou para o meu quadril e ficou ali. — Mas ele...

— Ele precisa de tempo, ok? — Plantei um beijo na ponta do nariz dele e me afastei. — Dawson passou por muita coisa, Daemon.

Seus dedos me apertaram um pouco mais.

— Eu sei. De qualquer forma... — Daemon se moveu tão rápido que não me dei conta do que ele estava fazendo até me ver com as costas coladas no colchão e ele pairando acima de mim, as mãos apoiadas uma de cada lado do meu rosto. — Tenho sido relapso com minhas obrigações.

E, com isso, tudo o que estava acontecendo, todas as nossas preocupações, medos e perguntas não respondidas simplesmente evaporaram. Daemon produzia esse tipo de efeito em mim. Fitei-o, com dificuldade de respirar. Não estava cem por cento certa de que "obrigações" eram essas, mas tinha uma imaginação bastante fértil.

— Não temos passado muito tempo juntos. — Pressionou os lábios na minha têmpora direita e, em seguida, na esquerda. — O que não significa que não tenho pensado em você.

Meu coração veio parar na garganta.

— Sei que você anda ocupado.

— Sabe? — Seus lábios pairaram acima do arco da minha sobrancelha. Ao me ver assentir, ele mudou de posição, apoiando a maior parte do peso num dos cotovelos. Com a mão livre, segurou meu queixo e inclinou minha cabeça para trás. Seus olhos perscrutaram os meus. — Como você está lidando com tudo isso?

LUX 3 OPALA

Recorrendo até o último grama de autocontrole, me concentrei no que ele estava dizendo.

— Lidando. Não precisa se preocupar comigo.

Ele não pareceu muito convencido.

— Sua voz...

Eu me encolhi e pigarreei de novo, o que não adiantou nada.

— Já tá bem melhor.

Os olhos escureceram e ele correu a ponta do polegar pela minha mandíbula.

— Ainda não o bastante, mas estou começando a gostar dela assim.

Sorri.

— Jura?

Ele fez que sim e pressionou os lábios nos meus. O beijo foi doce e suave, e me deixou toda arrepiada.

— É sexy. — Sua boca colou novamente na minha, num beijo mais profundo e demorado. — Essa rouquidão, quero dizer, mas gostaria...

— Não. — Envolvi o rosto dele em minhas mãos. — Eu estou bem. Temos coisas suficientes com as quais nos preocupar além das minhas cordas vocais. No grande esquema das coisas, elas estão lá embaixo na lista de prioridades.

Daemon arqueou uma sobrancelha. Uau, eu tinha soado supermadura. Dei uma risadinha ao ver a expressão dele, arruinando minha recém-descoberta maturidade.

— Senti sua falta — admiti.

— Eu sei. Você não consegue viver sem mim.

— Eu não iria tão longe.

— Admita.

— Lá vem você de novo. Esse seu ego sempre atrapalhando tudo — impliquei.

Seus lábios se fecharam em torno do meu maxilar.

— Atrapalhando o quê?

— O pacote perfeito.

Ele bufou.

— Deixa eu te dizer uma coisa. Tenho um perfeito...

· 15 ·

— Não seja nojento. — Estremeci, mesmo contra a vontade, porque não havia nada menos do que perfeito no modo como ele beijava a curva do meu pescoço.

Eu nunca diria isso para ele, mas tirando seu... lado *espinhoso* que teimava em dar as caras de tempos em tempos, Daemon era o homem mais próximo de perfeito que eu já conheci.

Com aquela risadinha presunçosa que tanto me irritava, ele desceu a mão pelo meu braço e a deslizou pela cintura até pegar minha coxa, enganchando-a em torno do seu quadril.

— Você tem uma mente muito suja. Eu ia dizer que sou perfeito em todos os quesitos importantes.

Rindo, envolvi-o pelo pescoço.

— Claro que sim. E totalmente inocente.

— Ah, nunca disse que era *tão* legal assim. — Colou a parte inferior do corpo contra o meu, fazendo-me ofegar. — Eu sou mais...

— Safado? — Pressionei o rosto contra o pescoço dele e inspirei fundo. Daemon tinha um perfume de natureza, um misto de folhas frescas e especiarias. — Eu sei, mas por baixo de toda essa sua safadeza existe um cara legal. É por isso que eu te amo.

Daemon estremeceu e, em seguida, congelou. Seu coração pareceu pular uma batida e ele rolou de lado, me abraçando com força. Tão apertado que precisei me contorcer um pouco para levantar a cabeça.

— Daemon?!?

— Está tudo bem — disse numa voz grossa, dando um beijo em minha testa. — Eu estou bem. Mas... ainda é cedo. Não temos aula nem corremos o risco da sua mãe aparecer gritando seu nome completo. Podemos fingir por um tempo que nossa vida não é uma loucura e dormir até tarde, como dois adolescentes normais.

Como dois adolescentes normais.

— Gosto do som disso.

— Eu também.

— Eu mais ainda — murmurei, aconchegando-me a ele até nos tornarmos praticamente um. Podia sentir seu coração batendo no mesmo ritmo que o meu. Perfeito. Era disso que precisávamos... momentos tranquilos de normalidade. Sem mais ninguém, somente ele e eu...

LUX  OPALA

A janela que dava para o jardim da frente explodiu com o impacto de algo grande e branco, lançando uma chuva de cacos de vidro e flocos de neve no chão.

Soltei um grito de susto enquanto o Daemon rolava e se levantava num pulo, assumindo imediatamente sua forma verdadeira, um ser de luz que brilhava com tanta intensidade que não era possível olhar para ele por mais do que alguns preciosos segundos.

Puta merda, murmurou sua voz em meu cérebro.

Vendo que ele não tinha partido como um Rambo para cima de ninguém, coloquei-me de joelhos e dei uma espiada pela beirada da cama.

— Puta merda! — gritei.

Nosso precioso momento de normalidade terminou com um corpo estirado no chão do meu quarto.

[2]

Olhei para o cara morto no chão, vestido como se estivesse pronto para ingressar na Aliança Rebelde do Sistema Hoth. O choque inicial me deixou com a mente embotada, motivo pelo qual levei alguns segundos para me dar conta de que era uma roupa própria para camuflagem na neve. A não ser por todo aquele sangue vermelho que escorria de sua cabeça.

Meu coração, que já batia acelerado, foi a mil.

— Daemon...?

Ele se virou para mim, reassumindo a forma humana. Passou um braço em volta da minha cintura e me puxou para longe do cadáver.

— Ele é u-um o-oficial — gaguejei, batendo em seus braços para que me soltasse. — Ele trabalha para o...

Dawson surgiu subitamente na porta do quarto, os olhos cintilando como os do irmão. Duas órbitas de luz branca ofuscante, iguais a diamantes polidos.

— Ele estava escondido atrás das árvores, vigiando a casa.

Daemon afrouxou o abraço.

— Você... você fez isso?

LUX 3 OPALA

O olhar do irmão recaiu sobre o corpo. A *coisa* — porque eu não conseguia pensar *naquilo* como um ser humano — parecia um amontoado de carne disforme e ossos retorcidos.

— Ele estava vigiando a casa... tirando fotos. — Dawson suspendeu algo que me pareceu uma câmera derretida. — Eu o detive.

É, Dawson o detivera lançando-o através da janela do meu quarto.

Daemon me soltou e se aproximou do cadáver. Ajoelhou ao lado dele e abriu o casaco branco impermeável. A queimadura no peito do homem ainda fumegava. Um cheiro de carne queimada impregnou o ar.

Saltei da cama, pressionando a boca com a mão para não vomitar. Já vira o Daemon acertar um humano com a Fonte — o poder alienígena baseado em luz. Não sobrara nada além de cinzas. Aquele ali, porém, tinha um buraco no meio do peito.

— Sua mira não está muito boa. — Ele soltou o casaco, os músculos das costas visivelmente tensos. — Você precisava arremessá-lo através da janela?

Os olhos do Dawson se voltaram para o que restara dela.

— Estou sem prática.

Meu queixo caiu. Sem prática? Em vez de incinerá-lo, ele o lançara longe, na direção da minha janela. Para não falar que havia *matado* o sujeito. Não, eu não ia pensar nisso.

— Minha mãe vai me matar — comentei, anestesiada. — Ela vai me matar.

Com tanta coisa para me preocupar, eu me focava nisso — uma janela quebrada. Mas pelo menos era algo mais, outra coisa que não *aquilo* no chão do meu quarto.

Daemon se levantou lentamente, com os olhos semicerrados e o maxilar trincado, duro como pedra. Manteve o olhar fixo no irmão, o rosto uma máscara impenetrável. Virei para o Dawson e, quando nossos olhos se encontraram, tive medo dele pela primeira vez.

✦ ✦ ✦

Após uma rápida troca de roupa seguida por uma visitinha ao banheiro, eu me encontrava na sala, cercada por alienígenas pela primeira vez em dias. Uma das coisas legais de ser feito de luz era a habilidade de poder ir a qualquer lugar num piscar de olhos.

Desde a morte do Adam, todos vinham me evitando, de modo que não sabia ao certo o que esperar daquele encontro. Provavelmente um linchamento. Era o que eu desejaria para qualquer pessoa responsável pela morte de alguém que eu amasse.

Com as mãos nos bolsos, Dawson pressionou a testa contra o vidro da janela que ficava ao lado do lugar onde Daemon e eu tínhamos armado a árvore de Natal, mantendo-se de costas para a sala. Ele não tinha dito *nada* desde que havíamos enviado o bat-sinal para o restante do nosso grupinho de alienígenas, o qual respondera imediatamente.

Dee estava empoleirada no braço do sofá, os olhos fixos nas costas do irmão. Ela parecia tensa, o rosto vermelho de raiva. Acho que se sentia incomodada por estar ali. Ou por estar perto de mim. Não tínhamos tido a chance de conversar de verdade desde que... tudo acontecera.

Meu olhar percorreu os outros convidados. Os gêmeos maquiavélicos, Ash e Andrew, estavam sentados ao lado da Dee, os olhos pregados no ponto onde o Adam havia caído... e morrido.

Parte de mim odiava aquela sala por me fazer lembrar o que havia acontecido quando Blake finalmente admitira seu verdadeiro objetivo. Quando precisava entrar ali, o que não acontecia com frequência desde que eu havia retirado todos os meus livros da sala, meus olhos recaíam direto no ponto à esquerda do tapete que ficava sob a mesinha de centro. O piso de madeira estava limpo e encerado, mas eu ainda podia ver a poça de líquido azulado que tinha limpado com a ajuda do Matthew na noite da véspera do Ano-Novo.

Fechei os braços em volta da cintura para tentar controlar um calafrio.

Virei ao escutar o som de passos descendo a escada, e vi o Daemon com seu guardião, Matthew. Horas antes, após uma rápida revista da área, os dois tinham se livrado da... *coisa*, incinerando-a lá no meio da mata.

Daemon veio para o meu lado e deu um puxão na bainha do meu pulôver de capuz.

— Problema resolvido.

Ele e o Matthew tinham subido uns dez minutos antes com uma tábua de madeira, um martelo e um punhado de pregos.

— Obrigada.

Ele assentiu com um menear de cabeça e o olhar se desviou para o irmão.

— Vocês encontraram algum carro?

— Havia uma Expedition perto da estrada de acesso — respondeu Andrew, dando uma piscadinha. — Eu a tostei.

Matthew se sentou na beirinha da poltrona, com cara de quem precisava de um drinque.

— Bom trabalho. Gente, isso não é nada bom.

— Não brinca — rebateu Ash. Olhando mais de perto, hoje ela não estava a imagem perfeita da princesa de gelo. O cabelo pendia em mechas engorduradas em torno do rosto e ela usava uma calça de moletom. Acho que jamais a vira de moletom antes. — *Outro* oficial do DOD morto. Quantos são no total agora? Dois?

Bom, na verdade quatro, mas eles não precisavam saber.

Ash jogou o cabelo para trás, as unhas lascadas pressionando as bochechas.

— Eles vão dar por falta do cara. As pessoas não desaparecem no ar, sem motivo.

— Desaparecem sim, o tempo todo — retrucou Dawson baixinho, mas sem se virar. As palavras pareceram sugar todo o oxigênio do aposento.

Os brilhantes olhos tom de safira da Ash se voltaram para ele. Bom, na verdade, todos os olhos se voltaram para ele, já que era a primeira vez que o Dawson dizia qualquer coisa desde que havíamos nos reunido. Ela negou com um sacudir de cabeça, mas foi esperta e ficou calada.

— E quanto à câmera? — perguntou Matthew.

Peguei o objeto derretido e o virei de cabeça para baixo. Um leve calor ainda irradiava dele.

— Mesmo que ele tenha tirado alguma foto, já era.

Dawson se virou.

— Ele estava vigiando a casa.

— Sabemos disso — respondeu Daemon, aproximando-se de mim.

O irmão inclinou a cabeça ligeiramente de lado e acrescentou numa voz destituída de qualquer emoção.

— Faz diferença o que havia na câmera? Eles estão vigiando você... *ela*. Todos nós.

Outro calafrio percorreu minha espinha, mais pelo tom dele do que por qualquer outra coisa.

— Mas, da próxima vez, talvez seja melhor... sei lá, conversar primeiro e arremessar a pessoa através de uma janela depois. — Daemon cruzou os braços. — Será que podemos tentar algo assim?

— E deixar os assassinos escaparem impunes? — interveio Dee numa voz trêmula, os olhos escuros brilhando de ódio. — Porque isso é o que aconteceria. Quero dizer, aquele oficial podia ter matado um de nós, e você o deixaria escapar impune.

Ah, não. Meu estômago despencou.

— Dee — falou Daemon, dando um passo à frente. — Eu sei...

— Não me venha com "Eu sei, Dee" pra cima de mim. — O lábio inferior dela tremeu. — Você deixou o Blake fugir. — Seu olhar se voltou para mim, e senti como se tivesse tomado um chute na barriga. — Vocês dois deixaram o Blake escapar.

Ele balançou a cabeça, frustrado, e descruzou os braços.

— Dee, já tinha morrido gente demais naquela noite. Mais do que o suficiente.

Ela reagiu como se o irmão a tivesse golpeado fisicamente, abraçando a própria cintura para se proteger.

— Adam não ia querer isso — falou Ash baixinho, recostada no sofá. — Mais mortes. Ele era tão pacifista!

— Pena que não podemos perguntar a ele pra saber sua verdadeira opinião, né? — A coluna enrijeceu e Dee pareceu se esforçar para pronunciar as palavras seguintes: — Ele está morto.

Pedidos de desculpas borbulharam em minha garganta, mas antes que eu pudesse expressá-los, Andrew falou:

— Vocês não só deixaram o Blake fugir como mentiram pra gente. Dela? — Apontou para mim. — Eu não espero lealdade. Mas de você? Daemon, você ocultou informações importantes. E o Adam morreu.

Virei-me para ele.

LUX 3 OPALA

— A morte do Adam não é culpa do Daemon. Não jogue essa responsabilidade em cima dele.

— Kat...

— Então de quem é? — Os olhos da Dee encontraram os meus. — Sua?

Inspirei com dificuldade.

— Sim, é minha.

Ao meu lado, Daemon enrijeceu. Matthew, como sempre o árbitro, se meteu no meio.

— Certo, pessoal, já chega. Brigar e culpar uns aos outros não vai ajudar em nada.

— Mas faz com que eu me sinta melhor — murmurou Ash, fechando os olhos.

Pisquei para conter as lágrimas e me sentei na beirada da mesinha de centro, frustrada por querer chorar quando, na verdade, eu não tinha direito àquelas lágrimas. Não como eles. Apertando os joelhos até meus dedos se enterrarem na calça, exalei o ar com força.

— Por ora, precisamos dar um jeito de conviver em paz — continuou Matthew. — Todos nós. Já sofremos perdas demais.

Seguiu-se um momento de silêncio e, então:

— Eu vou atrás da Beth.

Todos se viraram para o Dawson de novo. Sua expressão continuava a mesma. Totalmente destituída de emoção. Nada. De repente, todo mundo começou a falar ao mesmo tempo.

A voz do Daemon retumbou acima do caos.

— De jeito nenhum, Dawson... nem pensar.

— É perigoso demais. — Dee se levantou, as mãos entrelaçadas. — Você vai acabar sendo capturado de novo e dessa vez não vou conseguir sobreviver a isso. Não outra vez.

A expressão dele permaneceu impassível, como se nada do que a família ou os amigos dissessem pudesse fazer qualquer diferença.

— Tenho que resgatá-la. Sinto muito.

Ash estava com cara de tacho. Provavelmente eu também.

— Ele está louco — murmurou ela. — Completamente surtado.

Dawson deu de ombros.

Matthew se inclinou na direção dele.

— Dawson, eu sei, todo mundo sabe, o quanto a Beth significa pra você, mas não podemos deixá-lo tentar resgatá-la. Não até descobrirmos com o que estamos lidando.

Um lampejo de emoção cruzou os olhos do Dawson, imprimindo a eles um tom verde-floresta. Raiva, percebi. A primeira emoção que eu detectava nele era raiva.

— Sei com o que estou lidando. E sei o que eles estão fazendo com ela.

Daemon deu alguns passos à frente e parou diante do irmão, as pernas abertas, os braços cruzados novamente, pronto para a guerra. Era surreal vê-los assim, um ao lado do outro. Eles eram idênticos, exceto pelos cabelos um pouco mais compridos do Dawson e sua compleição mais magra.

— Não posso te deixar fazer isso — falou Daemon, a voz tão baixa que mal escutei. — Sei que não é o que você quer escutar, mas nem pensar.

Dawson sequer se mexeu.

— Você não manda em mim. Nunca mandou.

Pelo menos eles estavam conversando. Isso era bom, certo? De alguma forma, sentia a encarada dos dois irmãos como algo estranhamente reconfortante, tanto quanto perturbador. Algo que o Daemon e a Dee achavam que nunca vivenciariam de novo.

Pelo canto do olho, eu vi a Dee fazer menção de se aproximar deles, mas o Andrew estendeu o braço e a pegou pela mão, impedindo-a.

— Não estou tentando te controlar, Dawson. Não se trata disso, mas você acabou de voltar de um inferno. Nós acabamos de recuperar *você*.

— Eu continuo num inferno — retrucou Dawson. — E se você ficar no meu caminho, irei arrastá-lo comigo.

Um lampejo de dor cruzou o rosto do Daemon.

— Dawson...

Levantei num pulo, reagindo à expressão do Daemon sem pensar. Um impulso estranho me levou a fazer isso, e acho que esse impulso era decorrente do amor, porque eu não tinha gostado de ver a dor no rosto dele. Agora entendia por que minha mãe virava uma Mamãe Ursa sempre que achava que eu estava sendo incomodada ou ameaçada por alguma coisa.

LUX 3 OPALA

Um vento começou a soprar pela sala, balançando as cortinas e virando as folhas das revistas da minha mãe. Senti os olhos surpresos da Dee e da Ash em mim, mas mantive a concentração.

— Certo, essa testosterona alienígena está passando dos limites. Já basta a janela quebrada e o cadáver responsável por isso, não preciso de mais uma discussão extraterrestre na minha casa. — Inspirei fundo. — Se os dois não pararem com isso, vou dar um chute no traseiro de cada um.

Agora todos me olhavam.

— Que foi? — perguntei, as bochechas pegando fogo.

Um sorriso lento e travesso repuxou os lábios do Daemon.

— Acalme-se, gatinha, antes que eu tenha que arrumar um novelo de lã pra você brincar.

Fiquei ainda mais irritada.

— Não começa, seu cretino.

Ele soltou uma risadinha presunçosa e voltou a atenção para o irmão.

Ao lado dele, Dawson parecia... estar se divertindo. Ou com dor — um dos dois, porque ele não estava nem sorrindo nem franzindo o cenho. Mas então, sem dizer uma única palavra, saiu da sala pisando duro, a porta de casa batendo às suas costas.

Daemon me lançou um olhar de relance e meneei a cabeça em concordância. Com um profundo suspiro, foi atrás do irmão. Não tínhamos como saber com certeza o que o Dawson faria ou para onde iria.

Nossa reunião alienígena terminou logo em seguida. Acompanhei todos até a porta, minha atenção fixa na Dee. A gente precisava conversar. Em primeiro lugar, queria pedir desculpas por um monte de coisas e, então, tentar me explicar. Não esperava que ela me perdoasse, mas precisava tentar.

Eu segurava a maçaneta com tanta força que os nós dos dedos estavam brancos.

— Dee...?

Ela parou no meio da varanda, as costas rígidas. Não se virou.

— Não estou pronta.

Dizendo isso, a porta escapou da minha mão e se fechou na minha cara.

[3]

Como eu já andava pisando em ovos com a minha mãe, decidi não falar nada sobre a janela quando ela ligou à noite para saber como eu estava. Rezava com todas as forças para que as estradas fossem desobstruídas e eu conseguisse chamar alguém para consertá-la antes que a mamãe voltasse para casa.

Odiava mentir para ela. E tudo o que eu vinha fazendo nos últimos tempos era mentir. Sabia que precisava abrir o jogo, especialmente sobre seu suposto namorado, Will. Mas como ter uma conversa desse tipo? *Ei, mãe, nossos vizinhos são alienígenas. Um deles me transformou em uma híbrida acidentalmente, e o Will é um psicopata. Alguma pergunta?*

Certo, isso definitivamente não ia acontecer.

Pouco antes de desligar, ela insistiu mais uma vez na história de ir-a--um-médico-checar-minha-voz. Disse a ela que era só um resfriado, o que funcionaria por ora, mas o que eu ia dizer dali a uma ou duas semanas? Céus, esperava que minha voz estivesse curada até então, embora parte de mim soubesse que o dano podia ser permanente. Outra coisa para me fazer lembrar de... tudo.

Precisava contar a ela a verdade.

LUX 3 OPALA

Peguei um pacote de macarrão com queijo instantâneo e estava quase ligando o micro-ondas quando baixei os olhos para minhas mãos. Será que eu tinha esse poder também, como a Dee e o Daemon? Meti o pacote no micro-ondas e dei de ombros. Estava faminta demais para arriscar.

Calor não era a minha praia. Durante os treinos com o Blake para aprender a manipular a Fonte, ele tentara me ensinar a criar calor — isto é, fogo —, mas, em vez de acender a vela, eu acabara ateando fogo às minhas mãos.

Enquanto esperava o macarrão ficar pronto, dei uma espiada pela janela que ficava acima da pia. Dawson estava certo. Tudo havia ficado realmente lindo sob a luz do sol. O chão e os galhos cobertos de neve. As estalactites de gelo que pendiam dos beirais dos telhados. Mesmo agora que o sol já se fora, tudo continuava belissimamente branco. Senti vontade de sair para brincar.

O micro-ondas bipou. Comi meu jantar nada saudável em pé mesmo, imaginando que pelo menos assim conseguiria queimar algumas calorias. Desde que o Daemon me transformara numa aberração-humana-alieni-gena-híbrida-mutante, meu apetite se tornara voraz. Não havia mais quase comida nenhuma na casa.

Ao terminar, peguei meu laptop e me sentei à mesa da cozinha. Tinha andado muito aérea a semana inteira, e queria verificar uma coisa antes que me esquecesse. De novo.

Digitei DAEDALUS no Google e apertei enter. O primeiro link que apareceu foi da Wikipedia e, como não esperava encontrar nenhum site tipo "Bem-vindo ao Daedalus: Organização Secreta do Governo", resolvi abri-lo.

E me deparei com uma série de mitos gregos.

Dédalo ou Daedalus, em latim, era um inventor, tendo criado, entre outras coisas, o labirinto onde vivia o Minotauro. Ele tinha um filho, Ícaro, que morreu afogado depois de despencar do céu por se aproximar demais do sol, que derreteu as asas confeccionadas pelo pai. Ícaro ficou zonzo durante o voo e, conhecendo os deuses, isso provavelmente tinha sido uma espécie de punição passiva. Um castigo também para Dédalo, por ter criado para o filho uma engenhoca que dera ao garoto a habilidade divina de voar.

Bela lição, mas qual era o ponto? Por que o DOD daria esse nome a uma organização que estudava os humanos mutantes, em homenagem a um cara que...?

De repente, a ficha caiu.

Dédalo criava toda espécie de geringonças para ajudar o homem a se aprimorar, e essa história de poderes divinos era mais ou menos o que acontecia com os humanos transformados pelos Luxen. Uma lógica um tanto distorcida, mas, vamos lá, era de esperar que o governo *fosse* tão cheio de si a ponto de batizar uma organização em homenagem a um mito grego.

Fechei o laptop, levantei, peguei um casaco e saí para o jardim. Não sabia bem por que estava fazendo isso. E se houvesse outros oficiais nas redondezas vigiando? Minha fértil imaginação conjurou a imagem de um atirador de elite escondido em meio às árvores e um pontinho vermelho incidindo em minha testa. Legal.

Com um suspiro, tirei um par de luvas do bolso do casaco e abri caminho através da neve acumulada. Precisando de algum tipo de exercício físico para impedir que meu cérebro entrasse em curto-circuito, comecei a fazer uma bola de neve no jardim da frente. Tudo havia mudado em questão de meses, e mais uma vez em questão de segundos. Eu deixara de ser uma garota tímida e viciada em livros para me tornar algo impossível; alguém que havia se transformado não só em nível celular. Já não enxergava mais o mundo em preto e branco e, no fundo, sabia que também não operava mais segundo as regras sociais básicas.

Tipo, não dava mais a mínima para coisas como: não matarás e por aí vai.

Eu não havia matado Brian Vaughn, o oficial subornado pelo Will para me entregar para o médico em vez de para o Daedalus, a fim de me usar como um meio de garantir que Daemon o transformasse, e não o matasse logo de cara. Eu, porém, havia *desejado* matar o oficial, e teria feito isso se meu vizinho não tivesse sido mais rápido.

A ideia de matar alguém não me incomodara nem um pouco.

Por alguma razão, ter matado os dois Arum, a raça alienígena maquiavélica, não me afetara tanto quanto a ideia de não ter problemas em matar um ser humano. Não sei bem o que isso dizia de mim, pois como

LUX 3 OPALA

Daemon afirmara certa vez, uma vida era sempre uma vida. De qualquer forma, não sabia como acrescentar as palavras "não tenho problemas com matar" no "sobre mim" do meu blog literário.

Quando finalmente terminei a primeira bola e passei para a segunda, minhas luvas de algodão estavam encharcadas. Essa história de me exaurir fisicamente não estava fazendo nada além de me deixar com as bochechas coradas pelo frio. Um tremendo fracasso.

Ao terminar, meu boneco de neve tinha três seções, mas sem braços nem rosto. Isso meio que refletia como me sentia por dentro. Eu tinha a maioria das partes do corpo, mas carecia dos detalhes vitais que me tornariam um ser real.

Definitivamente não sabia mais quem eu era.

Dando um passo para trás, corri a manga do casaco pela testa para secá-la e soltei um suspiro entrecortado. Meus músculos queimavam e minha pele ardia, mas permaneci ali até a lua surgir por entre as nuvens pesadas e projetar um raio prateado sobre a minha incompleta criação.

Eu tivera que lidar com um cadáver em meu quarto hoje de manhã. Acomodei-me sobre um amontoado de neve no meio do jardim. Um cadáver — mais outro corpo para se somar ao do Vaughn, que havia caído próximo à entrada da garagem, e ao do Adam, que despencara no meio da minha sala. Um pensamento que eu vinha tentando ignorar abriu caminho através das minhas defesas. Adam morrera tentando me proteger.

O ar frio e úmido feriu meus olhos.

Se eu tivesse sido honesta com a Dee e contado a ela desde o princípio sobre o que realmente acontecera na clareira na noite em que havíamos lutado contra o Baruck, e tudo o que ocorrera depois disso, ela e o Adam teriam sido mais cautelosos ao invadirem minha casa. Eles saberiam que o Blake era como eu, capaz de revidar um ataque com poderes semelhantes aos de um alien sob o efeito de esteroides.

Blake.

Devia ter dado ouvidos ao Daemon. Em vez disso, quis provar que estava certa. Optei por acreditar que o Blake tinha boas intenções, embora meu namorado tivesse sentido que havia algo errado com o garoto. Eu devia ter percebido que havia algo muito insano em relação ao surfista quando ele jogou uma faca na minha direção e me deixou sozinha com um Arum.

Mas será que ele era realmente insano? Acho que não. Blake estava desesperado. Louco para manter seu amigo Chris vivo e preso na armadilha de ser o que era. Ele teria feito qualquer coisa para proteger o Chris. Não porque sua vida estivesse ligada a do Luxen, mas por se importar de verdade com o amigo. Talvez por isso eu não o tivesse matado, pois mesmo naqueles momentos em que tudo se tornara um verdadeiro caos, eu podia ver um pouco de mim no surfista.

A ideia de matar o tio dele para proteger meus amigos não me incomodara.

E o Blake matara o meu amigo para proteger o dele.

Quem estava certo? Será que sequer havia certo nessa história?

Estava tão perdida nos meus devaneios que não prestei atenção ao arrepio quente em minha nuca. Levantei num pulo ao escutar a voz do Daemon.

— Gatinha, o que você está fazendo?

Virei a cabeça. Ele tinha parado um pouco atrás de mim, vestindo jeans e um suéter fino. Os olhos cintilavam sob as pestanas grossas.

— Estava fazendo um boneco de neve.

Seu olhar se desviou para minha obra-prima.

— Tô vendo. Estão faltando algumas partes.

— Eu sei — respondi sem muito ânimo.

Ele franziu o cenho.

— Isso não explica o motivo de você estar sentada na neve. Sua calça deve estar encharcada. — Fez uma pausa e o cenho franzido deu lugar a um ligeiro sorriso. — Espera um pouco. Isso significa que eu provavelmente vou ter uma visão melhor da sua bunda.

Eu ri. Podia sempre contar com ele para baixar o nível um ou dois pontos.

LUX 3 OPALA

Daemon se aproximou de maneira fluida, como se a neve se abrisse só para ele passar, e se sentou ao meu lado, cruzando as pernas. Nenhum de nós disse nada por alguns instantes e, então, ele se inclinou e me deu um leve empurrão com o ombro.

— Agora sério, o que você está fazendo aqui? — perguntou.

Nunca tinha sido capaz de esconder nada dele, mas não estava pronta para falar sobre *isso* agora.

— O que está rolando com o Dawson? Ele já se mandou?

Daemon me fitou como se quisesse insistir no assunto mais um pouco, mas pareceu desistir e simplesmente assentiu.

— Ainda não, porque eu o segui o dia inteiro feito uma babá. Estou pensando em pendurar um sininho no pescoço dele.

Soltei uma risada baixa.

— Duvido de que ele vá gostar dessa ideia.

— Não dou a mínima. — A voz traiu uma leve irritação. — Ir atrás da Beth não pode terminar bem. Nós todos sabemos disso.

Sem dúvida.

— Daemon, você...

— O quê?

Era difícil colocar em palavras o que eu estava pensando, porque assim que fizesse isso elas se tornariam reais.

— Por que eles não vieram atrás do Dawson? Eles devem saber que ele está aqui. Seria o primeiro lugar para onde ele viria se escapasse. E sabemos que eles andam nos vigiando. — Apontei para minha casa. — Por que eles ainda não vieram atrás do oficial? Da gente?

Daemon olhou de relance para o boneco de neve e ficou em silêncio por alguns instantes.

— Não sei. Mas tenho as minhas suspeitas.

Forcei-me a engolir o bolo de medo que se formou bem na minha garganta.

— Que suspeitas?

— Quer ouvir? — Ao me ver assentir, seus olhos se fixaram novamente no boneco de neve. — Acho que o DOD sabia dos planos do Will, sabia que ele pretendia libertar o Dawson. E eles permitiram que isso acontecesse.

Inspirei superficialmente e peguei um punhado de neve.

— É o que eu acho também.

Ele me lançou um olhar de esguelha, os olhos escondidos atrás das pestanas.

— Mas a grande pergunta é: por quê?

— Não pode ser coisa boa. — Deixei a maior parte da neve escorrer por entre meus dedos enluvados. — É uma armadilha. Só pode ser.

— Estaremos preparados — retrucou ele, após alguns segundos. — Não se preocupe, Kat.

— Não estou preocupada. — Mentira, mas me pareceu ser a coisa certa a dizer. — Precisamos dar um jeito de ficarmos um passo à frente deles.

— Verdade. — Daemon esticou as pernas compridas. A parte de baixo do jeans adquirira um azul mais escuro. — Sabe como nos mantemos fora do "radar" dos humanos?

— Deixando-os putos e depois dando uma de alienado? — Ofereci-lhe uma risadinha irreverente.

— Há-há. Não. A gente finge. Fingimos constantemente que não somos diferentes, que nada está acontecendo.

— Não estou entendendo.

Ele se deitou de costas, os cabelos escuros espalhados sobre a neve branca.

— Se a gente fingir que está tranquilo com a libertação do Dawson, que não vimos nada de suspeito nisso nem que sabemos que eles estão cientes dos nossos poderes, podemos ganhar tempo para descobrir o que eles estão fazendo.

Observei-o abrir os braços.

— Você acha que eles vão acabar cometendo algum deslize?

— Não sei. Não apostaria meu dinheiro nisso, mas de qualquer forma estamos com uma pequena vantagem. É o melhor que podemos ter no momento.

O melhor que podíamos ter era uma droga.

Rindo como se não houvesse nada com o que se preocupar, ele começou a abrir e fechar os braços e pernas, movendo-os como se fossem limpadores de para-brisas. Lindos limpadores de para-brisas.

LUX 3 OPALA

Comecei a rir, mas a risada ficou presa na garganta ao sentir meu coração inchar. Jamais poderia imaginar o Daemon fazendo um anjo na neve. Por algum motivo, isso me deixou toda feliz e comovida.

— Você devia tentar — sugeriu ele, os olhos fechados. — Isso te dá perspectiva.

Eu tinha minhas dúvidas, mas me deitei do lado dele e comecei também.

— Verifiquei Daedalus no Google.

— É? E o que encontrou?

Contei a ele sobre o mito e minhas suspeitas. Daemon deu uma risadinha.

— Eu não ficaria nem um pouco surpreso... O ego por trás de tudo isso.

— Você pode dizer melhor do que ninguém.

— Há-há, engraçadinha.

Foi a minha vez de rir.

— De qualquer forma, como isso pode me dar alguma perspectiva?

Ele sorriu.

— Espera mais alguns segundos.

Esperei. Daemon parou e se sentou. Em seguida, estendeu a mão para mim e se levantou, me puxando junto. Espanamos a neve das roupas um do outro — ele se demorando um pouco mais do que o necessário em algumas partes. Assim que terminamos, nos viramos para nossos anjos na neve.

O meu era muito menor e menos uniforme do que o dele, como se eu tivesse o tronco mais pesado do que as pernas. O dele era perfeito — exibido. Cruzei os braços.

— Estou esperando a epifania.

— E vai continuar esperando. — Ele pousou o braço pesado sobre meu ombro, se inclinou e me deu um beijo no rosto. Seus lábios eram tão, tão quentes. — Mas foi divertido, não foi? Agora... — Me virou de volta para o boneco de neve. — Vamos terminar seu boneco. Ele não pode ficar incompleto. Não comigo aqui.

Meu coração pulou uma batida. Volta e meia me perguntava se o Daemon podia ler mentes. Ele parecia conseguir adivinhar as coisas

· 33 ·

quando queria. Apoiando a cabeça em seu ombro, imaginei como ele deixara de ser um cretino de marca maior para se tornar aquele... cara que ainda me deixava furiosa, mas que constantemente me surpreendia e maravilhava.

Era por esse cara que eu havia me apaixonado perdidamente.

[4]

Assim que as escavadeiras começaram a desobstruir as ruas da cidade e as estradas de acesso, Matthew enviou uma empresa de reparos em caráter de emergência. Eles saíram minutos antes de a minha mãe chegar em casa na sexta, com cara de quem havia comido, dormido e salvado vidas em seu uniforme de bolinhas.

Ela jogou os braços em volta de mim, quase me derrubando no chão.

— Senti tanto a sua falta, querida!

Abracei-a de volta com a mesma força.

— Eu também. Eu... — Desvencilhei-me do abraço, piscando para conter as lágrimas. Desviei os olhos e pigarreei. — Você por acaso tomou banho essa semana?

— Não. — Mamãe tentou me abraçar de novo, mas dei um pulo para trás. Ela riu, porém pude perceber um lampejo de tristeza em seus olhos segundos antes de se virar para a cozinha. — Brincadeirinha. O hospital tem chuveiros, querida. Estou limpa, juro!

Eu a segui, me encolhendo ao vê-la se dirigir direto para a desfalcada geladeira. Mamãe abriu a porta e recuou um passo, lançando um rápido olhar por cima do ombro. Alguns fiapos louros tinham escapado do coque.

Ela arqueou as delicadas sobrancelhas e franziu o pequeno nariz arrebitado.

— Katy...?

— Desculpa. — Dei de ombros. — A neve me deixou presa em casa. E eu fiquei com fome. Muita.

— Dá pra ver. — Ela fechou a geladeira. — Não tem problema. Vou dar um pulinho no mercado mais tarde. As estradas já não estão mais tão ruins. — Fez uma pausa, esfregando a testa. — Bem, algumas ainda precisam de um trenó para passar, mas acho que dá pra ir até a cidade.

O que significava que haveria aula na segunda. Droga.

— Posso ir com você.

— Isso seria bem legal. Desde que você prometa não fazer uma cena quando jogar alguma coisa no carrinho e eu retirar.

Lancei-lhe um olhar chocado.

— Não tenho dois anos.

O sorrisinho insolente foi interrompido por um bocejo.

— Trabalhei direto esses dias. A maioria das enfermeiras não conseguiu chegar ao hospital. Tive que cobrir a emergência, o setor da maternidade e o meu favorito... a ala de dependentes químicos — completou, pegando uma garrafa de água.

— Que saco. — Fui andando atrás dela, sentindo uma profunda carência de mãe.

— Não faz ideia. — Tomou um gole da água e parou ao pé da escada. — Tomei alguns banhos de sangue, mijo e vômito. Não necessariamente nessa ordem.

— Eca. — Anotação mental: botar enfermagem ao lado de administração escolar na lista de Carreiras Impensáveis.

— Ah! — Ela começou a subir a escada, mas virou no meio do caminho, oscilando na beira do degrau. Ó céus! — Antes que eu me esqueça. Vou trocar os plantões a partir da semana que vem. Em vez de trabalhar em Grant nos finais de semana, vou trabalhar em Winchester. A cidade é mais movimentada e os plantões são mais animados lá do que aqui. Além disso, Will também trabalha aos sábados e domingos. Desse jeito fica melhor.

O que significava que ela ficaria ainda mais tempo longe de casa. *Como assim?* Meu coração pareceu falhar e fui acometida por um profundo desânimo.

— Tá falando sério?

Minha mãe franziu o cenho.

— Querida, sua voz... Quero que você cheque essa garganta, ok? Podemos pedir ao Will para dar uma olhada. Tenho certeza de que ele não vai se importar.

Congelei.

— Você... você teve notícias dele?

— Tive. Ele está participando de um Congresso Médico Internacional, mas temos nos falado. — Abriu um lento sorriso. — Está tudo bem?

Não, não estava nada bem.

— Ei — chamou ela. — Sobe aqui comigo que eu dou uma olhadinha na sua garganta com...

— Quando... quando foi a última vez que você falou com o Will?

Seu rosto bonito assumiu uma expressão subitamente confusa.

— Uns dois dias atrás. Querida, sua voz...

— Não tem nada de errado com a minha voz! — Ela, porém, falhou no meio da frase, é claro, e minha mãe me fitou como se eu estivesse dizendo que ela seria avó. Era a minha chance de contar a verdade.

Subi um degrau e parei. Todas as palavras — a verdade — ficaram presas em algum lugar entre as cordas vocais e os lábios. Não tinha conversado com ninguém sobre contar a verdade a minha mãe — devia pelo menos avisá-los antes. Além disso, será que ela ia acreditar em mim? E, o que era pior, mamãe... amava o Will. Eu sabia que amava.

Senti uma série de nós se formando no estômago, mas me forcei a conter o pânico em minha voz.

— Quando ele volta?

Ela me olhou atentamente, os lábios pressionados numa linha fina.

— Daqui a uma semana, mas Katy... Tem certeza de que é isso o que você queria dizer?

Ele ia voltar mesmo? Se Will vinha falando com a minha mãe, será que isso significava que a mutação tinha sido um sucesso e que agora eu e o Daemon estávamos conectados a ele? Ou será que havia retrocedido?

Precisava conversar com o Daemon. Tipo, imediatamente. Minha boca estava tão seca que eu não tinha o que engolir.

— Tenho. Desculpa. Preciso ir...

— Aonde? — perguntou ela.

— Ver o Daemon. — Recuei alguns passos, procurando por minhas botas.

— Katy. — Mamãe esperou até que eu parasse. — Will me contou. Sentindo o sangue gelar, virei-me lentamente.

— Contou o quê?

— Sobre você e o Daemon... que vocês estão namorando. — Fez uma pausa e me lançou aquele olhar de *mãe*. O que significava: *estou tão desapontada com você*. — Ele disse que você deixou escapar. Só gostaria que tivesse me contado, querida. Preferiria não ter descoberto por outra pessoa que minha filha está namorando.

Meu queixo caiu.

Mamãe disse mais alguma coisa, e acho que concordei com um menear de cabeça. Na verdade, ela podia estar dizendo que havia presenciado uma batalha épica entre Loki e Thor no meio da nossa rua que eu já não estava mais escutando. O que Will pretendia com isso?

Quando ela enfim desistiu de continuar tentando puxar conversa, calcei as botas rapidamente e parti correndo para a casa ao lado. Soube antes mesmo de a porta abrir que não era o Daemon. Não tinha sentido nossa bizarra conexão alienígena, o arrepio quente na nuca toda vez que ele chegava perto.

Mas não esperava me deparar com os reluzentes olhos tom de oceano do Andrew.

— Você — sibilou ele, a voz transbordando desprezo.

Pisquei.

— Eu?

Ele cruzou os braços.

— É, você... Katy, a bebezinha híbrida de humano com alienígena.

— Hum, certo. Preciso ver o Daemon. — Fiz menção de entrar, mas, com um rápido movimento, ele bloqueou a porta. — Andrew!

— Daemon não está. — Abriu um sorriso frio.

LUX 3 OPALA

Cruzei os braços, me recusando a ir embora. Andrew jamais gostara de mim. Acho que, na verdade, ele não gostava de pessoas em geral. Nem de filhotinhos de cachorro. Ou de bacon.

— Aonde ele foi?

O gêmeo diabólico do Adam saiu para a varanda e fechou a porta. Parou tão na minha cara que as pontas das botas encostaram nas minhas.

— Ele saiu hoje de manhã. Imagino que esteja seguindo o Rain Man.

Fui invadida por uma súbita raiva.

— Não tem nada de errado com o Dawson.

— Não? — Andrew ergueu uma sobrancelha. — Se ele falou três frases coerentes o dia inteiro foi muito.

Minhas mãos se crisparam ao lado do corpo. Uma leve brisa começou a soprar, levantando algumas mechas de cabelo em torno dos ombros. Estava doida para dar uma porrada nele.

— Só Deus sabe pelo que o Dawson tem passado. Mostre alguma compaixão, seu cretino. Na verdade, não sei nem por que estou falando com você. Cadê a Dee?

O sorrisinho presunçoso desapareceu, dando lugar a uma expressão fria, de puro ódio.

— Lá dentro.

Esperei por mais algum detalhe.

— Bom, isso eu já tinha deduzido. — Ele continuou sem dizer nada. Eu estava prestes a mostrar ao cretino o que uma bebezinha híbrida de humano com alienígena podia fazer. — Por que você está aqui?

— Porque fui convidado. — Andrew inclinou o corpo, aproximando-se o bastante para me dar um beijo, de modo que não tive opção a não ser recuar. Ele me acompanhou. — Mas você não.

Ai. Certo, isso doeu. Antes que eu pudesse perceber, minhas costas bateram no corrimão da varanda. Estava encurralada. Não havia para onde escapar, e Andrew não parecia nem um pouco disposto a arredar o pé. Senti a Fonte, a energia pura que os Luxen podiam controlar — e agora eu —, começar a se espalhar por minhas veias como uma descarga elétrica.

Eu podia obrigá-lo a se mover.

Ele deve ter visto alguma coisa em meus olhos, pois soltou uma risadinha sarcástica.

— Pode parar. Nem pensa, porque se você tentar... vou revidar à altura. E não vou perder um minuto de sono por isso.

Lutar contra o desejo instintivo de dar uma lição nele foi extremamente difícil. Tanto meu lado humano quanto o outro, o que quer que ele fosse, desejavam acessar esse poder e usá-lo — explorá-lo. Era como flexionar um músculo adormecido. Lembrei da sensação extasiante do poder e de sua liberação.

Uma parte de mim, ainda que bem, bem pequena, gostava dessa sensação, o que me deixava de cabelo em pé.

Sorte do Andrew, pois o medo que brotou em minhas entranhas acalmou o vento que eu começara a conjurar.

— Por que você me detesta tanto? — perguntei.

Ele inclinou a cabeça ligeiramente de lado.

— Foi a mesma coisa com a Beth. Tudo estava ótimo até ela aparecer. Nós perdemos o Dawson, e você sabe muito bem que não o recuperamos, não de verdade. Agora é o Daemon, só que dessa vez a confusão já nos custou o Adam. Ele se foi.

Pela primeira vez, algo além de um desprezo arrogante cintilou naqueles olhos cristalinos. Dor — o tipo de sofrimento com o qual eu estava bastante familiarizada. A mesma expressão de desolação e impotência que todos tinham visto em mim após perder meu pai para o câncer.

— Ele pode não ser o único que vamos perder — continuou Andrew numa voz rouca. — Sabe disso, mas será que se importa? Não. Os humanos são a forma de vida mais egoísta que existe. E não tente fingir que você é melhor. Se fosse, teria ficado longe da Dee desde o começo. Você não teria sido atacada e o Daemon não seria obrigado a te curar. Nada disso precisaria ter acontecido. É tudo culpa sua. Sua responsabilidade.

✦ ✦ ✦

LUX 3 OPALA

Depois disso, o resto do dia foi uma droga. Estava preocupada, sem saber o que o Dawson tinha feito que obrigara o irmão a segui-lo o dia inteiro, e temia que o DOD estivesse apenas esperando para pegar todos nós ao mesmo tempo. Além disso, não conseguia parar de imaginar o que o Will teria escondido na manga. E, depois da conversa com o Andrew, sentia como se precisasse me enfiar debaixo das cobertas.

E foi o que fiz por cerca de uma hora. Mas entregar-me à autocomiseração tinha um limite, e após um tempo eu sempre começava a ficar irritada comigo mesma.

Após tirar a cabeça de dentro do rabo, abri meu laptop e comecei a redigir algumas resenhas. Como eu havia ficado presa em casa por causa da neve e o Daemon tinha passado o tempo quase todo ocupado com o irmão, consegui ler quatro livros. Não exatamente o melhor desempenho da minha vida, mas muito bom levando em consideração que eu andava altamente relaxada com o blog.

Sempre achei divertido escrever as resenhas. Não só gosto como vou fundo, procurando fotos bizarras para enfatizar o que a história tem de diferente e chamativo. Prefiro aquelas com lhamas ou gatinhos fofos. E com o Dean Winchester. Sorri ao apertar o botão de "publicar".

Lá se foi a primeira, faltavam três.

Passei o resto do dia postando as resenhas e verificando os novos posts nos meus blogs favoritos. Um deles tinha um header que eu seria capaz de matar para ter igual. Nunca fui boa em web design, o que explicava o visual nada espetacular do meu blog.

Depois de ter dado uma rápida passadinha no mercado com a minha mãe e havermos jantado, estava preparada para começar uma verdadeira caçada pelo Daemon quando senti o familiar arrepio quente na nuca.

Saí varada da cozinha, quase derrubando minha perplexa mãe. Abri a porta meio segundo após ele bater e me joguei — literalmente — em seus braços.

Despreparado para o ataque, Daemon deu um passo cambaleante para trás. Mas, em seguida, riu profundamente de encontro ao topo da minha cabeça e me envolveu em seus braços. Continuei pendurada nele, apertando-o com todas as forças. Estávamos tão pressionados um contra o outro que pude sentir seu coração acelerando no mesmo ritmo que o meu.

— Gatinha — murmurou ele. — Adoro quando você me recebe desse jeito.

Enterrei a cabeça no espaço entre o pescoço e o ombro dele, o qual cheirava a homem e especiarias, e murmurei algo ininteligível.

Daemon me levantou do chão.

— Você estava preocupada, não estava?

— Ã-hã. — De repente, lembrei o quanto estivera preocupada o dia inteiro. Desvencilhei-me do abraço e dei-lhe um soco no peito. Com força.

— Ai! — Daemon, porém, riu e esfregou o local. — Por que o soco?

Cruzei os braços e tentei manter a voz baixa.

— Já ouviu falar em celular?

Ele arqueou uma sobrancelha.

— Bom, já, é um pequeno aparelho com um monte de aplicativos bacanas...

— Então por que você não estava com o seu hoje? — interrompi.

Ele se inclinou e seus lábios roçaram minha bochecha ao falar, me fazendo estremecer da cabeça aos pés. Não era justo.

— Assumir minha forma verdadeira diversas vezes durante o dia frita os eletrônicos.

Ah. Bem, não tinha pensado nisso.

— Mas você devia ter tentado se comunicar. Pensei...

— Pensou o quê?

Lancei-lhe um olhar do tipo: *Realmente preciso explicar?*

A expressão de divertimento nos olhos dele se apagou. Daemon envolveu meu rosto entre as mãos e trouxe os lábios ao encontro dos meus, me beijando com doçura. Ao falar, manteve a voz baixa.

— Gatinha, não vai acontecer nada comigo. Sou a última pessoa com quem você precisa se preocupar.

Fechei os olhos e inspirei o calor que emanava dele.

— Viu só? Essa é provavelmente a coisa mais idiota que você já disse.

— Tem certeza? Eu digo um monte de coisas idiotas.

— Eu sei. O que prova que o meu comentário não foi em vão. — Inspirei fundo. — Não estou tentando agir como uma daquelas namoradas possessivas, mas as coisas... as coisas são diferentes no que diz respeito a nós.

Seguiu-se um momento de silêncio e, então, seus lábios se repuxaram num sorriso.

— Tem razão.

O inferno congelou. Os porcos criaram asas.

— Repete.

— Tem razão. Eu devia ter tentado dar notícias. Desculpa.

A Terra era plana. Não soube o que dizer. Segundo o Daemon, ele estava certo noventa e nove por cento do tempo. Uau.

— Você ficou sem palavras. — Ele riu. — Gostei disso. Também gostei de te ver toda irritadinha. Quer me bater de novo?

Eu ri.

— Você é um...

De repente, minha mãe abriu a porta, pigarreou e disse:

— Não sei por que vocês dois adoram tanto uma varanda, mas está congelando aqui fora. Entrem.

Sentindo as bochechas queimarem, não pude fazer nada para deter o Daemon. Ele me soltou e entrou, cativando minha mãe imediatamente com seu charme até ela se derreter numa poça no meio do vestíbulo.

Daemon adorou o novo corte de cabelo dela. Minha mãe tinha cortado o cabelo? Realmente parecia um pouco diferente. Como se ela o houvesse lavado ou algo assim. Daemon também comentou que os brincos de diamante eram lindos. O tapete que cobria os degraus da escada era de muito bom gosto. E o aroma remanescente do nosso misterioso jantar — eu ainda não sabia ao certo o que havíamos comido — estava divino. Quando ele acrescentou que admirava o trabalho das enfermeiras pelo mundo afora, não consegui mais evitar revirar os olhos.

Daemon era ridículo.

Agarrei-o pelo braço e comecei a puxá-lo em direção à escada.

— Certo, bem, tá tudo muito legal, mas...

Mamãe cruzou os braços.

— Katy, o que eu te falei sobre o quarto?

E eu que achava que meu rosto não poderia ficar mais vermelho.
— Mãe... — Dei outro puxão no Daemon, mas ele não se moveu. Ela continuava com a mesma expressão.
Suspirei.
— Mãe, não é como se fôssemos transar com você em casa.
— Bem, querida, é ótimo saber que você só transa quando eu não estou.
Daemon tossiu para disfarçar um sorriso.
— Podemos ficar na...
Lançando-lhe um olhar que prometia uma morte lenta e dolorosa, consegui forçá-lo a subir um degrau.
— *Mããão* — choraminguei.
Por fim, ela cedeu.
— Mantenha a porta aberta.
Abri um sorriso de orelha a orelha.
— Obrigada! — dizendo isso, me virei e arrastei o Daemon para o meu quarto antes que ele transformasse minha mãe numa daquelas fãs adolescentes. Empurrei-o porta adentro, balançando a cabeça de maneira frustrada. — Você é terrível.
— E você é malandra. — Ele recuou, rindo. — Achei que ela tivesse dito para deixar a porta aberta.
— E está. — Apontei para a porta às minhas costas. — Ela está entreaberta. Dá no mesmo.
— Interpretação — retrucou ele, sentando-se na cama e fazendo sinal com o dedo para que eu me aproximasse. Um sorrisinho travesso acentuou o verde dos seus olhos. — Vem cá... chega mais perto.
Permaneci onde estava.
— Não te chamei aqui para darmos asas a uma luxúria animal.
— Droga. — Soltou a mão sobre o colo.
Esforçando-me para não rir, pois isso só o encorajaria, resolvi ir direto ao ponto.
— Precisamos conversar. — Aproximei-me ligeiramente, mantendo a voz baixa. — Will tem falado com a minha mãe.
Os olhos dele se estreitaram.
— Detalhes.

LUX 3 OPALA

Sentei ao lado dele e puxei as pernas para junto do corpo. Ao escutar meu relato sobre o que minha mãe tinha dito, seu maxilar começou a tremer. A notícia era perturbadora, e não tínhamos como descobrir se a mutação havia funcionado nem o que o médico pretendia fazer, a não ser que perguntássemos a ele, o que definitivamente não era uma opção.

— Ele não pode voltar — falei, esfregando as têmporas, que pulsavam no mesmo ritmo que o músculo do maxilar do Daemon. — Se a mutação não tiver funcionado, ele sabe que você irá matá-lo. E se tiver...

— Então ele está em vantagem — admitiu Daemon.

Deitei de costas.

— Jesus, que confusão! Uma confusão de proporções épicas. — Aparentemente estávamos ferrados, qualquer que fosse o ângulo pelo qual analisássemos a situação. — Se ele voltar, não posso deixá-lo chegar perto da minha mãe. Vou ter que contar a ela a verdade.

Daemon ficou em silêncio enquanto mudava de posição e se recostava na cabeceira da cama.

— Acho melhor você não dizer nada.

Franzi o cenho e inclinei a cabeça de lado para encará-lo.

— Eu preciso contar. Ela está em perigo.

— Ela vai estar em perigo se você contar. — Cruzou os braços. — Entendo seus motivos e sua necessidade, mas se ela souber a verdade vai estar em risco.

Parte de mim entendia o argumento. Qualquer humano que soubesse a verdade estaria em risco.

— Mas mantê-la no escuro é pior, Daemon. — Coloquei-me de joelhos, de frente para ele. — Will é um psicopata. E se ele voltar e tentar continuar de onde parou? — Um gosto de fel me subiu à garganta. — Não posso deixar isso acontecer.

Ele correu uma das mãos pelo cabelo, o gesto fazendo com que o material fino da camiseta de manga comprida se esticasse sobre o bíceps definido. Exalou o ar com força.

— Primeiro precisamos descobrir se o Will realmente pretende voltar.

Fui tomada por uma súbita irritação.

— E como você sugere que façamos isso?

— Não sei ainda. — Ele abriu um sorriso meio sem graça. — Mas vou pensar.

Levantei, frustrada. Pela lógica, tínhamos tempo. Mas não tanto — alguns dias ou, com sorte, uma semana —, mesmo assim, algum tempo. Eu simplesmente não gostava da ideia de manter minha mãe no escuro.

— O que você fez o dia inteiro? Seguiu o Dawson? — perguntei, mudando de assunto por ora. Ao vê-lo assentir, meu coração apertou. — O que ele fez?

— Ele simplesmente ficou andando a esmo, tentando me despistar. Sei que queria voltar ao tal prédio comercial e, se eu não o estivesse seguindo, ele teria feito exatamente isso. Só estou tranquilo de deixá-lo agora porque a Dee está de olho nele. — Fez uma pausa e desviou os olhos. Os ombros enrijeceram, como se um peso terrível tivesse sido depositado sobre eles. — Meu irmão... vai acabar sendo capturado de novo.

[5]

Fiquei profundamente surpresa quando o Daemon passou lá em casa no fim da tarde de sábado me chamando para sair. Tipo, desbravar as estradas escorregadias pela neve para fazer algo normal. Um encontro. Como se pudéssemos nos dar ao luxo de algo assim. Não pude, porém, deixar de lembrar o que ele dissera no dia em que, deitada em sua cama, eu me sentira pronta a dar o sinal verde.

Ele queria fazer as coisas do jeito certo. Encontros. Idas ao cinema.

Dee estava de babá do Dawson pela noite, e Daemon se sentia confiante o suficiente para deixá-lo com ela.

Vesti um jeans escuro e um suéter vermelho de gola alta. Levei alguns minutos para me maquiar e, então, desci ao encontro dele. Precisei de cerca de meia hora para arrancá-lo de perto da minha mãe.

Talvez eu não devesse me preocupar com ela e o Will. Talvez devesse me preocupar com ela e o Daemon. Papa anjo.

Uma vez acomodada na confortável Dolly, a caminhonete dele, Daemon ligou o aquecimento e me ofereceu um sorriso.

— Certo. Precisamos estabelecer algumas regras.

Ergui as sobrancelhas.

— Regras?

— É. — Ele manobrou a Dolly para sair da garagem, tomando cuidado com as camadas de gelo negro. — Regra número um: proibido falar sobre o DOD.

— Tudo bem. — Mordi o lábio.

Ele me lançou um olhar de esguelha, como se soubesse que eu estava me esforçando para não abrir um sorrisinho apaixonado.

— Regra número dois: também não vamos falar sobre o Dawson nem o Will. E regra número três: vamos nos concentrar no quão incrível eu sou.

Certo. Impossível evitar o sorriso. Ele se abriu de orelha a orelha.

— Acho que posso aceitar essas regras.

— Espero que sim, caso contrário haverá punição.

— Que tipo de punição?

Daemon deu uma risadinha.

— Provavelmente do tipo que você gostaria.

Um calor inundou minhas veias e meu rosto. Optei por não retrucar. Em vez disso, estendi a mão para ligar o rádio ao mesmo tempo que ele. Nossos dedos se roçaram e uma descarga elétrica desceu pelo meu braço e se espalhou para a pele do Daemon. Me encolhi diante do choque e ele riu de novo, um som rouco que fez com que o espaçoso carro parecesse subitamente pequeno demais.

Daemon sintonizou o rádio numa estação de rock, mas manteve o volume baixo. O trajeto até a cidade transcorreu sem surpresas inesperadas, o que foi divertido... exatamente porque nada louco aconteceu. Ele escolheu um restaurante italiano e nos sentamos a uma pequena mesa iluminada por velas. Corri os olhos em volta. Nenhuma das outras tinha velas. Todas estavam cobertas por aquelas bregas toalhas quadriculadas de branco e vermelho.

A nossa, porém, era uma mesa de madeira sem nada em cima exceto pelas velas e por duas taças de vinho com água. Até mesmo os guardanapos pareciam ser de linho verdadeiro.

Ao considerar as possibilidades, meu coração deu uma cambalhota.

— Você fez...?

Daemon apoiou os cotovelos na mesa e se debruçou sobre ela. Sombras suaves dançavam sobre seu rosto, destacando as maçãs angulosas e a curva dos lábios.

LUX 3 OPALA

— Eu fiz o quê?
— Preparou isso? — Apontei para as velas.
Ele deu de ombros.
— Talvez...
Prendi o cabelo atrás da orelha, sorrindo.
— Obrigada. Isso é muito...
— Incrível?
Eu ri.
— Romântico... é muito romântico. Incrível também.
— Se você achou incrível, então valeu a pena. — Olhou de relance para a garçonete que viera nos atender. Segundo o crachá, o nome dela era RHONDA.

Quando ela se virou para anotar o pedido do Daemon, seus olhos cintilaram — um típico efeito provocado pelo sr. Incrível, percebi.

— E quanto a você, docinho?
— Espaguete à bolonhesa — pedi, fechando o cardápio e o devolvendo a ela.

Rhonda olhou de novo para o Daemon, e tive a impressão de que soltou um suspiro.

— Vou trazer seus palitinhos de alho imediatamente.
Assim que ficamos sozinhos, dei uma risadinha.
— Acho que ela vai caprichar no molho da sua lasanha.
Ele riu.
— Ei, eu sirvo para algumas coisas.
— Você serve para um monte de coisas. — Corei assim que as palavras saíram da minha boca. Uau. Isso poderia ser interpretado de diversas formas.

Surpreendentemente, ele deixou passar e começou a implicar comigo a respeito de um livro que tinha visto no meu quarto. Um romance. Daqueles com um modelo estonteante na capa, um macho alfa de peito largo e abdômen de tanquinho. Quando nossa pilha *transbordante* de palitinhos de alho chegou, eu quase tinha conseguido convencê-lo de que ele seria um modelo de capa perfeito para um desses livros.

— Eu não uso calça de couro — disse ele, dando uma mordida num dos deliciosos palitinhos condimentados.

O que era uma pena.

— Mesmo assim. Você tem o tipo certo.

Daemon revirou os olhos.

— Você só gosta de mim por causa do meu corpo. Admita.

— Bom, também...

Ele ergueu as pestanas, os olhos cintilando como joias.

— Isso faz com que me sinta um pirulito em forma de homem.

Caí na gargalhada. Mas, então, ele fez uma pergunta inesperada.

— O que você pretende fazer em relação à faculdade?

Pisquei. Faculdade? Recostei no assento e fixei os olhos na pequena chama de uma das velas.

— Não sei. Quero dizer, acho que nem vai ser possível, a menos que eu escolha uma faculdade próxima a um monte de quartzo...

— Você acabou de quebrar uma regra — lembrou-me ele, os lábios repuxados num meio sorriso.

Revirei os olhos.

— E você? O que pretende fazer?

Ele deu de ombros.

— Ainda não decidi.

— O tempo está se esgotando — comentei, soando que nem a Carissa, a qual adorava me lembrar disso toda vez que conversávamos.

— Na verdade, nós dois estamos pra lá de atrasados, a não ser que a gente ainda consiga fazer uma matrícula fora do prazo.

— Certo. Deixando as regras de lado, como poderemos fazer isso? Ensino a distância? — Ele deu de ombros de novo, e senti vontade de espetar seu olho com o garfo. — A menos que você conheça alguma faculdade... localizada numa área viável.

Nossos pedidos chegaram. Interrompemos a conversa enquanto a garçonete ralava o queijo parmesão sobre o prato do Daemon. Por fim, ela me ofereceu um pouco. Assim que a mulher se afastou, retomei o assunto.

— Então, conhece?

Daemon pegou o garfo e a faca e começou a cortar a gigantesca porção de lasanha

— As Flatirons.

— As o quê?

LUX 3 OPALA

— As Flatirons são uma formação rochosa nos arredores de Boulder, Colorado — explicou, cortando a lasanha em pequenos pedaços. Daemon comia com tremenda delicadeza, enquanto eu fazia uma lambança com o espaguete no prato. — Elas contêm uma grande quantidade de quartzo-beta. Não tão visível quanto em outros lugares, mas ele está lá, sob diversas camadas de sedimentos.

— Certo. — Tentei comer meu espaguete com mais educação. — Mas o que isso tem a ver com o assunto?

Ele me fitou através dos cílios escuros.

— A Universidade do Colorado fica a cerca de três quilômetros das Flatirons.

— Ah. — Mastiguei devagar e, de repente, perdi o apetite. — É... é lá que você quer estudar?

Ele deu de ombros mais uma vez.

— O Colorado até que não é ruim. Acho que você ia gostar.

Encarei-o, esquecendo a comida. Será que ele estava insinuando o que eu achava que estava? Não queria tirar conclusões precipitadas e tinha medo de perguntar, pois ele podia estar apenas dizendo que seria um lugar que eu gostaria de visitar e não sugerindo que... morássemos juntos. E isso seria extremamente constrangedor.

Com as mãos geladas, soltei o garfo no prato. E se o Daemon fosse embora? Por algum motivo, tinha me convencido de que ele não deixaria este lugar. Nunca. E tinha aceitado, ainda que de forma inconsciente, que estava presa ali também, simplesmente porque jamais me dera ao trabalho de tentar descobrir se havia outros lugares protegidos dos Arum.

Meu olhar recaiu sobre o prato. Será que eu tinha aceitado permanecer na nossa cidadezinha por causa dele? Seria isso certo? *Ele nunca disse que te ama*, murmurou uma vozinha irritante e insidiosa. *Nem mesmo depois que você falou pra ele.*

Ah, a voz idiota tinha razão.

De repente, um palitinho de alho surgiu do nada e bateu de leve no meu nariz. Ergui imediatamente a cabeça, provocando uma chuva de sal de alho.

Daemon segurava o palito entre dois dedos, as sobrancelhas arqueadas.

— No que você estava pensando?

Espanei os farelos. Sentindo um buraco se formar em meu estômago, forcei um sorriso.

— O... o Colorado parece ser legal.

Mentirosa, dizia a expressão dele. Daemon, porém, voltou a atenção para a lasanha. Pela primeira vez, um silêncio constrangedor recaiu entre nós. Forcei-me a continuar comendo e, então, algo engraçado aconteceu. Com as leves implicâncias do Daemon e a conversa se voltando para outros assuntos, como, por exemplo, a obsessão dele por tudo que dizia respeito a fantasmas, *comecei* a me divertir de novo.

— Você acredita em fantasmas? — perguntei, tentando enrolar o resto do espaguete no garfo.

Ele limpou o prato, se recostou e tomou um gole da água.

— Acho que eles existem, sim.

Aquilo me surpreendeu.

— Jura? Ahn, achava que você assistia àqueles programas só por diversão.

— Bem, assisto. Gosto daquele que o sujeito grita: "Cara! Mermão!", a cada cinco segundos. — Abriu um sorriso ao me ver rir. — Mas, falando sério, não dá pra dizer que é algo impossível. Muitas pessoas afirmam terem visto coisas inexplicáveis.

— Como, por exemplo, aliens e discos voadores. — Dei uma risadinha.

— Exatamente. — Ele botou a taça na mesa. — Só que os OVNIs são mentira. O governo é responsável por todos os objetos voadores não identificados.

Meu queixo caiu. Por que eu estava surpresa?

Rhonda apareceu com a conta e me senti relutante em ir embora. Nosso encontro tinha sido um momento de normalidade breve demais, algo que ambos precisávamos desesperadamente. Enquanto seguíamos para a porta, senti vontade de dar a mão a ele e entrelaçar nossos dedos, mas me detive. Daemon já havia feito um monte de coisas loucas em público, mas andar de mãos dadas?

Definitivamente não parecia ser a praia dele.

Vimos uns dois garotos da escola sentados próximo à entrada. Os dois arregalaram os olhos ao nos verem. Levando em consideração que Daemon e eu havíamos tido um relacionamento de ódio e farpas a maior parte do ano, a surpresa era compreensível.

Tinha começado a nevar enquanto estávamos lá dentro, e um fino manto branco cobria o estacionamento e os carros. A neve continuava caindo. Parei ao lado da porta do carona, inclinei a cabeça para trás e abri a boca, capturando um pequenino floco na ponta da língua.

Os olhos do Daemon se estreitaram e ele me fitou com tamanha intensidade que me provocou um leve nervosismo no fundo do estômago. Senti uma súbita e profunda necessidade de ir em frente e cruzar a distância que nos separava, mas não consegui. Meus pés pareciam pregados no chão, de modo que apenas expeli o ar com força.

— Que foi? — murmurei.

Seus lábios se entreabriram.

— Estava pensando num filme.

— Certo. — Senti calor mesmo que estivesse nevando. — E?

— Mas você quebrou as regras, gatinha. Várias vezes. Merece uma punição.

Meu coração pulou uma batida.

— Eu *sou* uma quebradora de regras.

Os lábios se ergueram num dos cantos.

— É mesmo.

Antes que eu pudesse dizer qualquer outra coisa, Daemon estava diante de mim. Ele envolveu meu rosto entre as mãos, inclinou minha cabeça para trás e abaixou a dele. Seus lábios roçaram os meus, fazendo-me estremecer. O toque inicial foi leve feito uma pluma, arrebatadoramente doce. Mas então o contato evoluiu no segundo roçar de lábios, e os meus se abriram para recebê-lo.

Eu realmente adorava esse tipo de punição.

Suas mãos deslizaram para os meus quadris e ele me puxou de encontro a si ao mesmo tempo que recuávamos, parando somente quando minhas costas bateram contra o metal frio e úmido do carro dele — pelo menos esperava que fosse. Duvido que alguém fosse gostar de ver um casal fazendo o que nós estávamos fazendo sobre seu carro.

Porque estávamos nos beijando, nos beijando de verdade, sem nem mesmo um centímetro de espaço entre nossos corpos. Meus braços o envolveram pelo pescoço, os dedos se entrelaçando nas mechas sedosas cobertas por uma fina camada de neve. Nossos corpos se encaixavam perfeitamente em todos os lugares importantes.

— Um filme? — murmurou ele, me beijando de novo. — E depois o quê, gatinha?

Eu não conseguia pensar em nada além do sabor do Daemon e da sensação de seu corpo contra o meu. Na maneira como meu coração martelava de encontro ao peito ao senti-lo deslizar os dedos sob meu suéter de gola alta e roçar minha pele. Queria ficar nua — completamente nua, mas só com ele, sempre ele. Daemon sabia o que significava esse "e depois o quê". Fazer as coisas do jeito certo... e, Deus do céu, eu queria fazer essas coisas certas imediatamente.

Como aqueles beijos arrebatadores não permitiam que minha boca funcionasse, optei por mostrar-por-meio-de-ações, deslizando minhas mãos para o cós da calça dele. Enganchei os dedos nos ilhoses e o puxei de encontro a mim.

Daemon rugiu, e meu pulso acelerou. É, ele tinha entendido. Suas mãos subiram pelo meu tronco, as pontas dos dedos roçaram a renda do sutiã e...

O telefone em seu bolso começou a tocar, o som tão alto quanto um alarme de incêndio. Por um segundo, achei que ele fosse ignorá-lo, mas Daemon se afastou, ofegante.

— Só um segundo.

Ele me deu um rápido beijo, mantendo uma das mãos onde estava enquanto com a outra pescava o celular. Enterrei o rosto no peito dele, a respiração acelerada. Daemon me deixava tonta, de uma maneira deliciosa e impossível de controlar.

Ao falar, sua voz soou rouca:

— É melhor que isso seja realmente importante...

Senti-o enrijecer e o coração acelerar, e soube imediatamente que algo havia acontecido. Afastei-me e olhei para ele.

— O que houve?

— Certo — continuou ele ao telefone, as pupilas incandescendo. — Não se preocupe, Dee. Eu cuido disso. Prometo.

LUX  OPALA

O medo esfriou o calor que se espalhara por dentro de mim. Enquanto o observava desligar o telefone e guardá-lo de volta no bolso, meu estômago embrulhou.

— O que houve? — perguntei de novo.

Seu corpo inteiro estava tenso.

— É o Dawson. Ele sumiu.

[6]

lhei fixamente para o Daemon, rezando para tê-lo entendido mal, porém o profundo desespero e a insinuação de fúria em seus olhos ultracintilantes me disseram que não.

— Sinto muito — disse ele.

— Não. Eu entendo. — Joguei o cabelo para trás. — O que você quer que eu faça?

— Eu tenho que ir. — Pegou as chaves do carro no bolso e as entregou para mim. — E preciso fazer isso realmente rápido. Vá para casa e fique lá. — Em seguida, me deu o celular. — Guarde o telefone no carro pra mim. Eu volto assim que puder.

Ir para casa?

— Daemon, eu posso ajudar. Posso...

— Por favor. — Ele segurou meu rosto novamente entre as mãos, quentes em contato com minhas bochechas agora geladas. Me deu um beijo ao mesmo tempo apaixonado e raivoso e se afastou. — Vá para casa.

Dizendo isso, sumiu, movendo-se rápido demais para que o olho humano pudesse acompanhar. Fiquei ali parada por alguns momentos. Havíamos tido o quê, uma ou duas horas de normalidade antes que tudo degringolasse de novo? Fechei a mão com força em volta das chaves, sentindo o metal afiado se enterrar em minha palma.

Um encontro interrompido era o menor dos meus problemas.

— Merda. — Girei nos calcanhares e dei a volta no carro. Entrei e ajustei o banco da posição de Godzilla para a de Normal, a fim de que meus pés alcançassem os pedais.

Vá para casa.

Havia dois lugares para onde o Dawson poderia ter ido. Na véspera, Daemon tinha me dito que o irmão tentara ir até o prédio comercial onde estivera sendo mantido antes de escapar. Pela lógica, este seria o primeiro lugar que eu verificaria.

Vá para casa e fique lá.

Saí do estacionamento, as mãos apertando o volante com força. Se eu fosse para casa agora e esperasse lá como uma boa menina, podia me enroscar no sofá e ler um livro. Escrever uma resenha e comer pipoca. E, quando o Daemon chegasse, se nada horrível tivesse acontecido, eu me jogaria nos braços dele novamente.

Ao me pegar virando à direita, em vez de à esquerda, ri comigo mesma. O som soou baixo e rouco, cortesia das minhas cordas vocais arruinadas aliado a uma profunda ansiedade.

Ir para casa, até parece. Não estávamos mais nos anos de 1950. Eu não era uma humana frágil. E, com certeza, não era a mesma Katy que o Daemon conhecera inicialmente. Ele ia ter que aprender a lidar com isso.

Enfiei o pé no acelerador, torcendo para que os carinhas de uniforme azul estivessem ocupados fazendo qualquer outra coisa que não monitorando o trânsito. Sabia que jamais conseguiria chegar antes do Daemon, mas, se por acaso eles se deparassem com problemas, eu poderia proporcionar uma distração ou algo do gênero. Poderia fazer *alguma coisa*.

Quando estava na metade do caminho, captei um flash de luz branca pelo canto do olho, bem atrás da fileira de árvores que ladeavam a estrada. Ela então surgiu de novo — uma luz branca com contornos vermelhos.

Meti o pé no freio e girei o volante para a direita, a traseira do carro derrapando até ele parar um tanto torto junto ao acostamento. Com o pulso a mil, liguei o pisca-alerta e abri a porta. Atravessei correndo as duas pistas, deslizando pelo asfalto até conseguir pular o meio-fio do outro lado e reencontrar tração. Invoquei a Fonte e tudo o mais que existia dentro de mim e ganhei velocidade, correndo tão rápido que meus pés mal tocavam o chão.

Os galhos mais baixos agarravam em meus cabelos. Uma fina camada de neve caiu sobre mim quando me agachei para contornar uma árvore grossa, perturbando uma terra até então silenciosa e tranquila. Um borrão amarronzado passou velozmente à minha esquerda, distanciando-se de mim. Provavelmente um cervo, ou, conhecendo a minha sorte, o chupa-cabra.

Uma luz azul esbranquiçada espocou adiante, como um relâmpago horizontal. Sem dúvida uma manifestação de poder de um Luxen, porém não do Daemon — a luz produzida por ele era avermelhada. Só podia ser o Dawson ou...

Passei correndo por um punhado de pedregulhos grandes, levantando neve ao mesmo tempo que assassinas estalactites de gelo se desprendiam dos elmos e se espatifavam no chão à minha volta. Continuei avançando enlouquecidamente pelo labirinto de árvores até que dobrei à direita e...

Lá estavam eles, dois Luxen brilhando como vaga-lumes, e eles estavam... *Que diabos?* Parei de supetão e inspirei fundo.

Um era mais alto, um ser de luz branca debruada de vermelho. O segundo era mais esguio, com seu brilho azulado um pouco menos intenso. O maior, que só podia ser o Daemon, mantinha o outro no que me pareceu ser um mata-leão. Reluzente, mas ainda assim um mata-leão do tipo que eu já vira sendo usado em disputas de MMA.

Agora eu podia dizer oficialmente que já vira de tudo.

Partindo do pressuposto de que o outro era o Dawson, o gêmeo do Daemon lutava bem, conseguindo se desvencilhar do irmão e empurrá-lo meio metro para trás. Daemon, porém, o envolveu pelo centro do luminoso corpo, o ergueu no ar e *caiu com tudo sobre ele*, um golpe tão forte que fez com que outras estalactites de gelo se desprendessem das árvores ao nosso redor.

Dawson piscou e feixes de luz azulada ricochetearam nos troncos das árvores, quase acertando os dois. Ele tentou empurrar o irmão de cima dele — pelo menos foi o que pareceu —, mas Daemon estava em vantagem.

Cruzei os braços, tremendo de frio.

— Vocês só podem estar brincando. — Os dois alienígenas esquentadinhos congelaram. Senti vontade de me aproximar e chutá-los. Um segundo depois, a luz de ambos se apagou e os olhos ainda incandescentes do Daemon se voltaram para mim.

— Achei que tivesse dito para você ir pra casa e esperar lá — falou ele numa voz um pouco fina, esbanjando censura.

— Até onde eu sei, você não manda em mim. — Dei um passo à frente, ignorando o modo como os olhos dele se acenderam ainda mais. — Olha só, eu estava preocupada. Achei que devia vir dar uma mãozinha.

Ele contraiu os lábios numa espécie de careta.

— E como você pretendia fazer isso?

— Acho que já fiz. Consegui que os dois idiotas parassem de brigar.

Daemon me fitou por um longo instante, o olhar prometendo que teríamos problemas mais tarde. Talvez algo que merecesse uma punição. Não, melhor esquecer. Aquele olhar não prometia nada divertido.

— Me solta, irmão.

Ele baixou os olhos para o Dawson.

— Não sei, não. Você provavelmente vai fugir correndo e me obrigar a persegui-lo de novo.

— Você não pode me impedir — retrucou Dawson, a voz assustadoramente apática.

Os músculos sob o suéter do Daemon se retesaram.

— Posso e vou. Não vou te deixar fazer isso consigo mesmo. Ela...

— Ela o quê? Ela não vale o sacrifício?

— Ela não ia querer que você fizesse isso. — Daemon ficou ainda mais agitado. — Se a situação fosse invertida, você também não ia querer.

Dawson recuou um pouco, abrindo espaço suficiente entre os dois para que pudesse se levantar. Uma vez de pé, eles trocaram um olhar apreensivo.

— Se eles tivessem capturado a Katy...

— Não começa. — Daemon crispou as mãos ao lado do corpo.

O irmão não pareceu nem um pouco afetado.

— Se eles a tivessem capturado, você faria a mesma coisa. Não minta.

Daemon abriu a boca para retrucar, mas não disse nada. Todos sabíamos o que ele faria, e ninguém conseguiria impedi-lo. Sabendo disso, como podíamos tentar impedir o Dawson? Não podíamos.

Percebi o exato instante em que o Daemon se deu conta disso, pois ele recuou um passo e correu ambas as mãos pelos cabelos desgrenhados. Dividido entre fazer o certo e o que precisava ser feito.

Dei outro passo à frente, certa de que conseguia sentir o peso que ele estava carregando como se fosse meu.

— Não temos o direito de te impedir. Você tem razão.

Dawson se aproximou de mim, os olhos verdes brilhando.

— Então me deixem ir.

— Tá pedindo demais. — Arrisquei uma rápida olhada para o Daemon. Sua expressão, porém, não me disse nada. — Dee e seu irmão passaram o ano passado inteiro achando que você estava morto, e isso quase os destruiu. Você não faz ideia.

— Você é que não faz ideia do que eu passei. — Ele baixou os olhos. — Certo, talvez faça um pouco. O que fizeram com você vem sendo feito com a Beth repetidas vezes. Não posso simplesmente esquecê-la, ainda que eu ame meus irmãos.

Escutei Daemon inspirar fundo. Era a primeira vez desde o retorno do Dawson que ele admitia sentir qualquer coisa pela família. Aproveitei a deixa e prossegui:

— Eles sabem disso. Eu também. Ninguém espera que você esqueça a Beth, mas fugir e acabar sendo recapturado não vai ajudá-la.

Uau! Desde quando eu me tornara a voz da razão?

— Que outra opção eu tenho? — perguntou ele, inclinando a cabeça ligeiramente de lado. Um maneirismo idêntico ao do irmão.

Aí estava o problema. Dawson não iria desistir. No fundo, Daemon sabia e entendia o motivo, pois ele faria a mesma coisa. Seria uma hipocrisia elevada à enésima potência exigir que o irmão agisse de maneira diferente. Eles precisavam chegar a um acordo.

E isso podia ser feito.

— Deixa a gente te ajudar.

— O quê? — interveio Daemon.

Ignorei-o.

— Você sabe que enfrentar o DOD não vai dar certo. Precisamos descobrir onde a Beth está, se eles a estão mantendo aqui ou não, e precisamos de um plano para resgatá-la. Um plano bem pensado com poucas chances de fracasso.

Os dois me fitaram. Prendi a respiração. Esse era o ponto. De forma alguma Daemon conseguiria ficar de olho no irmão pelo resto da vida. Não era nem mesmo justo exigir isso dele.

Dawson se virou de costas, a coluna rígida. Vários segundos se passaram, o silêncio quebrado apenas pelos uivos do vento que açoitava as árvores e levantava neve.

— Não consigo suportar a ideia de que eles estão com ela. Dói só de pensar.

— Eu sei — murmurei.

O luar incidiu através dos galhos, envolvendo o rosto do Daemon numa luz dura. Ele não tinha dito mais nada, mas era possível perceber a raiva que emanava de seu corpo. Será que meu namorado achava que podia continuar vigiando o irmão pelo resto da vida? Se achava, então estava louco.

Por fim, Dawson assentiu.

— Tudo bem.

Fui invadida por uma onda de alívio que me deixou com as pernas bambas.

— Mas você tem que prometer que vai nos dar algum tempo. — Tudo se resumia a tempo, algo do qual não dispúnhamos. — Você não pode ceder à impaciência e fugir. Jure que não vai fazer isso.

Ele me encarou e um calafrio percorreu seu corpo, levando consigo toda a disposição de lutar. Enquanto permanecia parado ali, a tensão se desfez, até que seus braços penderam inertes ao lado do corpo.

— Eu juro. Se vocês me ajudarem, eu juro.

Seguiu-se um momento de silêncio, como se a vegetação à nossa volta estivesse registrando meu acordo e a promessa dele, guardando-os na memória. Em seguida, imersos numa atmosfera tensa e silenciosa, nós três voltamos para o carro. Meus dedos pareciam picolés ao entregar as chaves para o Daemon.

Dawson se acomodou no banco de trás, apoiou a cabeça no encosto e fechou os olhos. Lancei alguns olhares de relance para o Daemon, esperando que dissesse alguma coisa, qualquer coisa, mas ele manteve os olhos fixos na estrada, seu silêncio soando como uma bomba-relógio.

Arrisquei uma olhadela para trás. Dawson observava o irmão por trás dos cílios semicerrados.

— Ei, Dawson...?

Seus olhos se voltaram para mim.

— Que foi?

— Você não quer voltar para a escola? — A escola o manteria ocupado enquanto pensávamos em como diabos iríamos resgatar a Beth. Além disso, combinava com o plano do Daemon de fingir que tínhamos enganado o DOD, e nos dava a chance de ficar de olho no Dawson para o caso de ele querer quebrar a promessa. — Tenho certeza de que, se você quiser, é possível. Você pode dizer pra todo mundo que tinha fugido. Essas coisas acontecem.

— As pessoas acham que ele está morto — interveio Daemon.

— Estou certa de que a maioria das pessoas que fogem é dada como morta, apesar de não estarem — argumentei.

Dawson pareceu ponderar o assunto.

— O que vou dizer a elas sobre a Beth?

— Boa pergunta. — A voz do Daemon esbanjava desafio.

Parei de roer a unha.

— Que vocês fugiram juntos, mas que você resolveu voltar para casa e ela não quis.

Dawson se inclinou para a frente e apoiou o queixo entre as palmas.

— É melhor do que ficar sentado pensando sobre tudo.

Sem dúvida. Isso só serviria para deixá-lo louco.

— Ele teria que se matricular de novo — falou Daemon, tamborilando os dedos no volante. — Vou conversar com o Matthew. Ver o que a gente pode fazer.

Animada pelo fato de o Daemon estar finalmente aceitando a ideia, recostei no banco e sorri. A crise fora contornada. Se ao menos eu pudesse resolver os outros problemas com a mesma facilidade...

LUX 3 OPALA

Quando encostamos o carro na entrada da garagem, Dee estava na varanda, com o Andrew parado ao seu lado como uma sentinela. Dawson saltou e foi ao encontro da irmã. Eles trocaram algumas palavras que não consegui escutar e, em seguida, se abraçaram.

Esse era um tipo de amor maravilhoso. Diferente do que meus pais haviam compartilhado, mas ainda assim forte e inabalável. Mesmo que eles pusessem uns aos outros num verdadeiro inferno.

— Achei que tivesse dito para você vir pra casa.

Eu não havia percebido que estava sorrindo até que o sorriso se apagou ao escutar a voz do Daemon. Virei-me para ele e senti meu coração despencar. Chegara a hora de enfrentar o problema que ele me prometera mais cedo.

— Eu tinha que ajudar.

Ele fixou os olhos no para-brisa.

— O que você teria feito se tivesse se deparado comigo lutando contra o DOD ou qualquer que seja este outro grupo em vez de com o Dawson?

— Daedalus — respondi. — Mesmo que fossem eles, eu poderia ter ajudado.

— É, e esse é o problema. — Ele saltou do carro, me deixando sozinha a encará-lo.

Soltei um suspiro frustrado e saltei também. Daemon estava recostado contra o capô, os braços cruzados diante do peito. Não olhou para mim quando parei ao seu lado.

— Sei que você está zangado porque se preocupa comigo, mas não sou o tipo de garota que vai ficar sentada em casa esperando que seu herói acabe com todos os vilões.

— Isso não é um livro — rebateu ele.

— Não diga! Dã...

— Não. Você não entende. — Virou-se para mim, furioso. — Não é um dos seus romances paranormais ou seja lá o que você gosta de ler. Não existe nenhuma trama estruturada nem uma ideia clara do que pode acontecer. Os inimigos não são óbvios. Não existe garantia de final feliz e você... — Baixou a cabeça de modo que nossos olhos ficaram nivelados. — Você não é uma super-heroína, não importa o que seja capaz de fazer.

Uau. Ele realmente vinha verificando o meu blog. De qualquer forma, não era esse o ponto.

— Sei que isso não é um livro, Daemon. Não sou idiota.

— Não? — Ele riu, mas sem o menor traço de humor. — Porque ir correndo atrás de mim não foi nada inteligente.

— Eu poderia te dizer o mesmo. — Minha raiva agora estava no mesmo nível que a dele. — Você foi correndo atrás do Dawson sem saber no que estava se metendo.

— Não brinca! A diferença é que eu tenho total controle da Fonte. Sei do que sou capaz. Você não.

— Eu sei do que sou capaz.

— Sabe mesmo? — devolveu ele, as bochechas vermelhas de raiva. — Se eu estivesse cercado por oficiais humanos você teria sido capaz de matá-los? Conseguiria conviver com isso?

Uma onda de ansiedade revirou meu estômago, me envolvendo com seus tentáculos nebulosos. Sempre que me via quieta e sozinha, não conseguia parar de pensar no fato de que já desejara tirar uma vida humana.

— Estou preparada para lidar com isso. — Minha voz soou pouco mais do que um sussurro.

Ele recuou um passo, balançando a cabeça de maneira frustrada.

— Que droga, Kat. Não quero que você tenha que passar por isso. — Sua expressão era um misto de emoções à flor da pele. — Matar não é difícil. O problema é o que vem depois... a culpa. Não quero que você tenha que lidar com isso. Por que não consegue entender? Não quero que essa seja a sua vida.

— Mas já é. Nem toda esperança, desejo e boa intenção no mundo irá mudar isso.

A verdade pareceu enfurecê-lo ainda mais.

— Deixando esse assunto de lado, o que você prometeu ao Dawson foi realmente inacreditável.

— Como assim? — Meus braços penderam ao lado do corpo.

— Ajudá-lo a encontrar a Beth? Como diabos iremos fazer isso?

Mudei o peso de um pé para o outro.

— Não sei, mas vamos pensar em alguma coisa.

— Ah, que maravilha, Kat. A gente não sabe como encontrar a garota, mas iremos ajudar. Excelente plano.

Uma onda de calor subiu por minha espinha. Ah, fantástico!

— Você é tão hipócrita! Ontem mesmo me disse que iríamos descobrir o que o Will está tramando, ainda que não tenhamos a menor ideia de como fazer isso. A mesma coisa com o Daedalus. — Ele abriu a boca para retrucar, mas eu sabia que o havia encurralado. — E você não conseguiu mentir pro Dawson quando ele perguntou o que você faria se eles estivessem comigo. Não ache que é o único que tem o direito de tomar decisões idiotas e impensadas.

Daemon fechou a boca.

— Esse não é o ponto.

Arqueei uma sobrancelha.

— Péssimo argumento.

Ele deu um passo à frente e disse numa voz irritada:

— Você não tinha o menor direito de prometer nada ao *meu* irmão. Ele não é da *sua* família.

Eu me encolhi e recuei um passo. Teria sido melhor se ele tivesse me dado um tapa. Aos meus olhos, pelo menos havia conseguido afastar o Dawson da beira do penhasco. Claro que prometer ajudá-lo a encontrar a Beth não fora o ideal, mas era melhor do que deixá-lo ir sozinho atrás dela como um viciado atrás da droga.

Tentei controlar a raiva e a decepção, pois entendia de onde vinha aquela fúria. Daemon não queria que eu me machucasse e, além disso, estava preocupado com o irmão. No entanto, sua necessidade nata, quase obsessiva de proteger a todos não era desculpa para agir como um babaca.

— Dawson é problema seu, sim, mas isso faz dele um problema meu também — falei. — Estamos nisso juntos.

Seus olhos encontraram os meus.

— Não em tudo, Kat. Sinto muito. Mas é assim que é.

Senti a garganta queimar e pisquei várias vezes para conter as lágrimas, ainda que meu peito estivesse doendo terrivelmente.

— Se não estamos juntos em tudo, então como podemos ficar realmente juntos? — Minha voz falhou. — Não vejo como isso é possível.

Seus olhos se arregalaram.

— Kat...

Fiz que não, sabendo onde a conversa iria terminar. Se ele não estivesse disposto a me ver como algo além de um pedaço frágil de porcelana, estaríamos condenados.

Afastar-me dele foi a coisa mais difícil que fiz na vida. Pior ainda pelo fato de que ele não tentou me deter. Esse não era seu estilo. No entanto, lá no fundo, embora eu não esperasse que ele fosse fazer isso, eu queria. Precisava que fizesse.

Mas ele não fez.

[7]

Como previsto, as aulas recomeçaram na segunda. Não havia nada pior do que retornar após um "feriado" inesperado e ter que encarar todos os professores enlouquecidos para recuperar o tempo perdido. Somando a isso o fato de que eu e o Daemon ainda não tínhamos feito as pazes após nossa acalorada discussão e... bom, segunda-feira era sempre uma droga.

Despenquei na cadeira e peguei o gigantesco livro de trigonometria. Carissa me olhou por cima da borda dos óculos de armação laranja. Um novo par. Mais outro.

— Você parece animadíssima em voltar às aulas.

— Pois é — respondi sem o menor entusiasmo.

Sua expressão tornou-se solidária.

— Como... como vai a Dee? Tentei ligar pra ela umas duas vezes, mas ela não me retornou.

— Eu também — falou Lesa, sentando-se diante da Carissa.

As duas não faziam ideia de que o Adam não havia morrido num acidente de carro, e precisávamos mantê-las assim, no escuro.

— Ela não está falando com ninguém no momento. — Bom, ninguém além do Andrew, o que era tão bizarro que eu não conseguia sequer pensar a respeito.

Carissa suspirou.

— Gostaria que o enterro tivesse sido aqui. Queria ter tido a chance de me despedir, entende?

Aparentemente, os Luxen não enterravam os seus. Tínhamos, portanto, inventado uma desculpa qualquer sobre um funeral fora da cidade, ao qual apenas a família havia comparecido.

— A vida às vezes é um saco — disse ela, olhando de relance para a Lesa. — Achei que a gente podia ir ao cinema um dia desses depois da aula. Tentar ajudá-la a pensar em outra coisa.

Concordei com um menear de cabeça. A ideia era boa, mas duvidava de que a Dee fosse aceitar. Agora, porém, estava na hora de colocar o plano A em ação — reintroduzir o Dawson na sociedade. Mesmo que eu estivesse na lista negra do irmão, Dawson tinha passado lá em casa na véspera e dito que o Matthew havia topado. Isso provavelmente só aconteceria dali a uns dois dias, mas já era um passo.

— Ela talvez não possa essa semana — comentei.

— Por que não? — Um brilho de curiosidade cintilou nos olhos da Lesa. Eu adorava minha amiga, mas ela era uma tremenda fofoqueira. Exatamente o que eu precisava no momento.

Se as pessoas estivessem esperando o retorno do Dawson, não seria uma surpresa tão grande assim quando isso acontecesse. Lesa se certificaria de espalhar a notícia.

— Vocês não vão acreditar, mas... o Dawson reapareceu.

Carissa empalideceu visivelmente e Lesa gritou algo que me soou como *puta lerda*. Eu tinha falado baixo, mas a reação delas atraiu a atenção de um monte de gente.

— Pois é, aparentemente ele estava vivo. Decidiu fugir e, por fim, voltou pra casa.

— Fala sério — ofegou Carissa, os olhos arregalados por trás das lentes dos óculos. — Não posso acreditar. Quero dizer, é uma ótima notícia, mas todo mundo achava... bem, você sabe.

Lesa estava tão chocada quanto a amiga.

— Todo mundo achava que ele estava morto.

Forcei um dar de ombros distraído.

— Bom, não está.

— Uau. — Lesa afastou alguns cachos do rosto. — Não consigo processar isso assim, tão rápido. Acho que meu cérebro entrou em curto pela primeira vez.

Carissa expressou a pergunta que provavelmente todo mundo iria fazer.

— A Beth voltou também?

Fiz que não, tentando manter uma cara de paisagem.

— Até onde eu sei, eles fugiram juntos, mas o Dawson quis voltar e ela não. Ele não sabe onde ela está.

Carissa me fitou, enquanto Lesa continuava a brincar com o cabelo.

— Isso é tão... estranho. — Ela fez uma pausa e voltou a atenção para o próprio caderno, fitando-o com uma expressão que não consegui identificar. Mas, também, a notícia era realmente bombástica. — Talvez ela tenha ido para Nevada. Beth era de lá, certo? Se não me engano, os pais dela se mudaram pra lá.

— Talvez — murmurei, imaginando o que diabos iríamos fazer se conseguíssemos libertar a Beth. Não poderíamos mantê-la na cidade. Tudo bem que ela já estava com dezoito anos e era legalmente uma adulta, mas sua família não pensaria assim.

Senti um arrepio quente se espalhar por minha nuca e olhei para a porta da sala. Alguns segundos depois, Daemon entrou. Meu estômago se contorceu, mas me forcei a não desviar os olhos. Se eu pretendia convencê-lo de que era capaz de lidar com situações complicadas, não podia me esconder do meu namorado só porque havíamos tido uma briga.

Daemon arqueou uma sobrancelha ao passar e se sentou atrás de mim. Antes que minhas amigas pudessem dar início a um ataque verbal a respeito do Dawson, me virei na cadeira.

— Ei — falei, sentindo as bochechas corarem. Não havia nada mais sem imaginação do que começar uma conversa com *ei*.

Ele pareceu pensar a mesma coisa e demonstrou isso com um ligeiro repuxar de um dos cantos dos lábios, seu típico sorrisinho presunçoso. Sexy? Sem dúvida. Irritante? Definitivamente. Imaginei o que ele iria dizer. Será que pretendia gritar comigo por ter conversado com o Dawson na véspera? Ou será que ia pedir desculpas? Se pedisse, eu provavelmente pularia em seu colo ali mesmo, no meio da sala. Ou será que ia recorrer ao bom e velho "precisamos conversar em particular"? Embora o Daemon adorasse uma plateia, eu sabia que ele não mostrava sua verdadeira cara para o mundo, e se quisesse se abrir, deixando transparecer sua vulnerabilidade, jamais faria isso na frente das pessoas.

— Gostei do seu cabelo assim — comentou ele.

Ergui as sobrancelhas. Certo. Não era o que eu estava esperando, definitivamente. Levantei os braços e corri as mãos pelas têmporas. A única coisa que eu tinha feito de diferente fora repartir meu cabelo ao meio. Nada especial.

— Hum, obrigada...?

Ficamos ali, nos encarando, Daemon com o sorrisinho presunçoso ainda pregado na cara. À medida que os segundos foram passando, minha irritação aumentou. Inacreditável.

— Você não tem mais nada pra me dizer? — perguntei.

Ele se inclinou ligeiramente para a frente, os cotovelos deslizando sobre o tampo da mesa. Nossos rostos ficaram a milímetros um do outro.

— O que você quer que eu diga?

Inspirei fundo.

— Um monte de coisas...

Daemon baixou as pestanas grossas e falou num tom suave como seda:

— Aposto que sim.

Será que ele achava que eu estava flertando? Mas, então, acrescentou:

— Eu quero que você diga uma coisa. Que tal "desculpa por sábado"?

Senti vontade de esbofeteá-lo. Acabar com aquela arrogância no tapa, juro. Em vez de dar uma resposta sarcástica, lancei-lhe um olhar irritado e me virei de volta para o quadro-negro. Ignorei-o pelo resto da aula e saí de sala sem falar com ele.

Claro que ele me seguiu, mantendo-se dois passos atrás de mim no corredor. Minhas costas formigavam sob seu intenso escrutínio e, se eu não o conhecesse muito bem, diria que estava se divertindo com toda essa situação.

As aulas do período da manhã se arrastaram. Com o lugar ao meu lado agora vazio, a de biologia foi estranha. Lesa reparou e franziu o cenho.

— Não vejo o Blake desde o feriado de Natal.

Dei de ombros, mantendo a atenção cuidadosamente fixa nos slides que Matthew estava mostrando.

— Não faço ideia de onde ele está.

— Vocês eram, tipo, amigos inseparáveis de uma vida inteira, e agora está me dizendo que não sabe pra onde ele foi? — Seu tom transbordava dúvida.

A desconfiança dela era totalmente compreensível. Petersburg era como o Triângulo das Bermudas dos adolescentes. Muitos vinham para cá. Vários desapareciam para nunca mais serem vistos, enquanto outros ressurgiam do nada. Naquele momento, como volta e meia acontecia, senti vontade de colocar tudo para fora. Guardar tantos segredos era de matar.

— Não sei. Ele mencionou algo sobre visitar a família na Califórnia. Talvez tenha decidido ficar por lá. — Deus do céu, eu estava me tornando uma exímia mentirosa. — Petersburg é meio chato.

— Com certeza. — Ela fez uma pausa. — Mas ele não te falou se pretendia voltar ou não?

Mordi o lábio.

— Não falei mais com o Blake desde que o Daemon e eu meio que assumimos um relacionamento.

— A-há. — A expressão dela se acendeu com um sorriso de quem sabe das coisas. — Daemon faz o tipo possessivo. Ele não ia gostar nem um pouco de ver outro cara sendo todo atencioso com você.

Minhas bochechas coraram.

— Ah, ele não tem problemas com amigos homens... — Desde que eles não tentassem matar seus amigos. Esfreguei a testa e soltei um suspiro. — De qualquer forma, como vai o Chad?

— Meu brinquedinho em forma de garoto? — Ela deu uma risadinha. — Ele é perfeito.

Consegui manter a conversa em torno do Chad e do quão perto eles tinham chegado de transar. Claro que a Lesa queria saber os detalhes do meu relacionamento com o Daemon, mas me recusei a entrar nesse assunto, para sua grande decepção. Ela acabou admitindo querer viver a experiência através de mim.

Como sempre, depois da aula de biologia, fui até meu armário e troquei os livros com toda a calma do mundo. Duvidava de que a Dee fosse querer ver minha cara. Nosso tradicional arranjo de mesa e lugares no refeitório ia ser superestranho, e eu continuava irritada com o Daemon. Quando finalmente terminei de pegar os livros, o corredor já estava deserto e o burburinho de conversas soava distante.

Bati a porta do armário e me virei, fechando a bolsa a tiracolo que minha mãe me dera de Natal. Captei um movimento na outra extremidade do corredor; alguém parecia ter se materializado do nada. Uma figura alta e esguia e, a julgar pela rápida olhada, do sexo masculino. Estava usando um boné de beisebol, o que era estranho, pois as regras da escola proibiam acessórios desse tipo. Um daqueles tenebrosos bonés de pala alta usado por caminhoneiros que alguns garotos achavam bacanas.

Na frente estava escrito DRIFTER em letra preta e grossa sobre uma forma oval... muito semelhante a uma prancha de surfe.

Pisquei, sentindo o pulso disparar, e recuei um passo. O sujeito tinha sumido, porém a porta à esquerda de onde eu o vira se fechava lentamente.

Não... não podia ser. Ele seria louco de voltar para cá, mas... Segurando a bolsa de encontro ao corpo, comecei a atravessar o corredor e, antes que desse por mim, estava correndo. Alcancei a porta, tornei a abri-la e corri para dar uma espiada por cima do corrimão. O Sujeito Misterioso estava no térreo, como se me aguardasse junto à saída.

Pude ver o boné de caminhoneiro com mais clareza. Definitivamente era uma prancha de surfe.

Blake costumava surfar quando vivia na Califórnia.

Nesse instante, a figura estendeu uma das mãos bronzeadas, como as de alguém que vive debaixo do sol, e a fechou em volta da maçaneta. Uma sensação de familiaridade eriçou os pelos dos meus braços.

Ah, merda.

Parte do meu cérebro se desligou. Desci os degraus de três em três, a respiração presa no peito. O corredor do térreo estava mais movimentado, repleto de alunos que seguiam para o refeitório. Escutei Carissa me chamar, mas estava com a atenção fixa na figura de boné, que rumava em direção ao ginásio e à saída que dava para o estacionamento.

LUX 3 OPALA

Contornei um casal atracado numa ardente demonstração pública de carinho no meio do corredor, passei por um grupo de amigos batendo papo e, por um segundo, perdi de vista o boné. *Merda*. A escola inteira parecia ter decidido bloquear meu caminho. Esbarrei em alguém, murmurei uma desculpa e continuei avançando. Ao alcançar o fim do corredor, deduzi que ele havia saído, visto que era a única opção. Sem pensar duas vezes, abri as pesadas portas duplas e saí também. O céu carregado dava um ar frio e melancólico a todo o entorno. Vasculhei a área ao meu redor e o estacionamento além, e percebi que o sujeito havia sumido.

Somente duas coisas no mundo podiam se mover tão rápido assim: alienígenas e humanos transformados por eles.

Não tive dúvidas de que havia visto o Blake, e de que ele queria que eu o visse.

[8]

Não foi difícil encontrar o Daemon. Ele estava no refeitório, recostado contra o mural que representava a mascote da escola, conversando com Billy Crump, um dos garotos da nossa aula de trigonometria. Segurava uma caixa de leite em uma das mãos e uma fatia de pizza dobrada na outra. Uma combinação absurdamente nojenta.

— Precisamos conversar — falei, interrompendo o "clube do bolinha".

Daemon deu uma mordida na pizza enquanto Billy olhava de relance para mim. Algo deve ter transparecido em meus olhos, porque o sorriso desapareceu e ele ergueu as mãos, recuando alguns passos.

— Certo. A gente se fala depois, Daemon.

Meu namorado assentiu, os olhos fixos em mim.

— O que foi, gatinha? Veio se desculpar?

Estreitei os olhos e, por um momento, cogitei a hipótese de derrubá-lo no meio do refeitório.

— Ahn? Não, de jeito nenhum. *Você* é quem tem que pedir desculpas para *mim*.

— Como assim? — Tomou um gole do leite com uma expressão ingenuamente curiosa.

— Bem, pra começar, eu não sou babaca. Você é.

Ele deu uma risadinha e olhou de esguelha para o lado.

— Esse é um bom começo.

— Além disso, fui eu quem conseguiu acalmar o Dawson. — Abri um sorriso triunfante ao vê-lo estreitar os olhos. — E... deixa pra lá. Não tem a menor importância. Céus, você sempre faz isso.

— Faço o quê? — Seu olhar intenso recaiu novamente sobre mim, mas sem o menor traço de irritação. Na verdade, os olhos transmitiam divertimento e algo realmente inapropriado, levando em conta que estávamos parados no meio da cantina. Jesus...

— Tenta me distrair com algo inane. E, caso não conheça a palavra, ela significa tolo, bobo... você sempre tenta me distrair com alguma bobagem.

Ele terminou de comer a pizza.

— Eu sei o que *inane* significa.

— Idiota — retruquei.

Um sorriso lento de gato que engoliu o passarinho repuxou seus lábios.

— Eu devo te distrair mesmo, porque você ainda não me disse o que quer falar comigo.

Merda. Ele tinha razão. Argh. Inspirei fundo e me concentrei.

— Eu vi...

Daemon me pegou pelo cotovelo, me virou e saiu me puxando em direção ao corredor.

— Vamos procurar algum lugar mais reservado.

Tentei soltar o cotovelo com um safanão. Odiava quando ele dava uma de He-man para cima de mim, me obrigando a acatar sua vontade.

— Para de me puxar, Daemon. Posso caminhar sem ajuda, imbecil.

— Ã-hã. — Ele me conduziu por todo o corredor até parar diante das portas que davam para o ginásio. Em seguida, envolveu minha cabeça entre as mãos e se inclinou, roçando a testa na minha. — Posso te dizer uma coisa?

Fiz que sim.

— Acho muito atraente quando você fica assim, toda irritadinha. — Os lábios roçaram minha têmpora. — É um tanto perturbador, mas eu gosto.

É, isso não era muito normal, mas havia algo... ardentemente cativante no modo como ele não titubeava em me defender sempre que alguma coisa acontecia.

A proximidade era tentadora, principalmente com aquele hálito quente tão próximo dos meus lábios. Recorrendo a toda a minha força de vontade, apoiei ambas as mãos no peito dele e o empurrei de leve.

— Se concentre — falei, sem saber ao certo se estava falando com ele ou comigo. — Tenho algo mais importante pra te contar do que ficar aqui ponderando sobre quais coisas perturbadoras te deixam com tesão.

Seus lábios se repuxaram num sorriso.

— Tudo bem. De volta ao que você viu. Estou concentrado. Minha mente está completamente focada na história.

Ri por entre os dentes, mas parei rapidinho. De forma alguma o Daemon ia gostar do que estava prestes a ouvir.

— Tenho quase certeza de que vi o Blake hoje.

Ele inclinou a cabeça ligeiramente de lado.

— O quê?

— Acho que vi o Blake aqui na escola, alguns minutos atrás.

— Tem certeza? Você viu direito... viu o rosto dele? — Ele ficou subitamente sério, os olhos penetrantes como os de uma águia e a expressão sombria.

— Tenho, eu vi... — Eu não tinha visto o rosto. Mordi o lábio e olhei de relance para o corredor. Os alunos começavam a sair do refeitório, empurrando uns aos outros e rindo. Engoli em seco. — Eu não vi o rosto dele.

Daemon soltou um longo suspiro.

— Certo. O que foi que você viu?

— Um boné... daqueles usados por caminhoneiros. — Céus, isso soava estúpido. — Com uma prancha de surfe estampada na frente. Vi também uma das mãos... — Isso soava ainda pior.

Ele arqueou as sobrancelhas.

— Bem, me deixa ver se entendi direito. Você viu um boné e uma das mãos?

— Foi. — Suspirei, deixando meus ombros penderem.

LUX OPALA

A expressão do Daemon abrandou e ele apoiou um dos braços pesados em meu ombro.

— Tem certeza de que era ele? Não tem problema se não tiver. Você tem andado sob muita pressão.

Torci o nariz.

— Você já me disse algo semelhante antes, lembra? Na época em que tentava esconder de mim que era um alienígena. Eu lembro muito bem.

— Ah, gatinha, isso é diferente, você sabe. — Apertou meu ombro de leve. — Tem certeza, Kat? Não quero deixar todo mundo assustado à toa.

Na verdade, tinha sido mais uma sensação do que qualquer outra coisa. Deus sabia que uma tonelada de alunos costumava quebrar as regras de indumentária com atrocidades como bonés de caminhoneiros. O fato era que eu não havia visto o rosto dele e, pensando bem, não podia afirmar com cem por cento de certeza que fora o Blake.

Fitei os olhos cintilantes do Daemon e senti as bochechas corarem. Seu olhar não transmitia nenhum tipo de julgamento. Algo mais como simpatia. Ele achava que eu estava entrando em colapso devido à pressão. Talvez estivesse realmente imaginando coisas.

— Não tenho certeza — disse por fim, baixando os olhos.

As palavras, porém, abriram um buraco em meu estômago.

❖ ❖ ❖

À noite, Daemon e eu ficamos encarregados de vigiar o Dawson. Embora ele tivesse prometido não sair para procurar e tentar resgatar a Beth por conta própria, eu sabia que meu namorado não se sentiria à vontade deixando-o sozinho, e a Dee queria sair, ir ao cinema ou algo parecido.

Não fui convidada.

Assim sendo, me vi sentada entre o Daemon e o Dawson, encarando uma maratona de quatro horas de filmes de zumbi do George Romero, com uma tigela de pipoca no colo e um caderno apertado de encontro ao peito. Estávamos tentando bolar um plano para sair à procura da

Beth e, até então, tínhamos listado os dois lugares que sabíamos que deveríamos verificar, os quais concordamos em vigiar durante o fim de semana, a fim de ver que tipo de sistema de segurança eles possuíam. Quando, por fim, começou *Terra dos Mortos*, os zumbis tinham ficado mais feios e espertos.

E eu estava me divertindo.

— Eu não fazia ideia de que você era fã de zumbis. — Daemon pegou um punhado de pipoca. — O que te atrai mais... o sangue e as entranhas espalhadas ou a ponderação subliminar sobre comportamento social agressivo?

Eu ri.

— O sangue e as entranhas.

— Isso não é uma visão muito feminina — comentou ele, franzindo as sobrancelhas ao ver um zumbi usar um cutelo para abrir um buraco na parede. — Não sei, não. Quantas horas nós ainda temos?

Dawson ergueu um braço e dois DVDs flutuaram até sua mão.

— Hum, temos *Diário dos Mortos* e *A Ilha dos Mortos*.

— Maravilha — murmurou ele.

Revirei os olhos.

— Medroso.

— Tá bom! — Ele me deu uma cotovelada, derrubando um grão de pipoca entre o caderno e meu peito. Suspirei. — Quer que eu pegue pra você? — perguntou.

Fuzilando-o com os olhos, peguei o grão e o joguei de volta na cara dele.

— Você vai me agradecer quando chegar o apocalipse zumbi e eu souber o que fazer por causa desse meu fetiche.

Ele não pareceu muito convencido.

— Existem fetiches melhores do que esse, gatinha. Posso te mostrar alguns.

— Acho melhor não, obrigada — retruquei, corando. Várias imagens surgiram subitamente para poluir minha mente.

— Você não deveria correr para a Costco mais próxima ou algo do gênero? — perguntou Dawson, fazendo os DVDs flutuarem de volta até a mesinha de centro.

Daemon se virou lentamente para o irmão com uma expressão de incredulidade.

— Como você sabe disso?

Ele deu de ombros.

— Está no *Guia de Sobrevivência a Zumbis*.

— É verdade — concordei de imediato. — A Costco tem de tudo... paredes grossas, comida e outros suprimentos. Eles vendem até armas e munição. Você pode se esconder dentro de uma das lojas por anos enquanto os zumbis andam por aí comendo as pessoas.

O queixo do Daemon caiu.

— Que foi? — Dei uma risadinha. — Os zumbis também precisam se alimentar.

— Esse lance da Costco é verdade. — Dawson pegou um único grãozinho de pipoca e o jogou na boca. — Mas a gente pode explodi-los. Vamos ficar bem.

— Ah, bem pensado. — Vasculhei a tigela em busca de um grão semiestourado... meus favoritos.

— Estou cercado por loucos — comentou Daemon, sacudindo a cabeça de maneira chocada, embora no fundo eu soubesse que ele estava se divertindo.

Prova disso era o corpo totalmente relaxado ao meu lado. Além do mais, era uma das primeiras vezes em que o Dawson agia de maneira... normal. Conversar sobre zumbis talvez não fosse um dos maiores passos já dados pela humanidade, mas era alguma coisa.

De volta ao filme, um dos zumbis arrancou um pedaço do braço de alguém.

— Que diabos foi isso? — reclamou Daemon. — O cara ficou simplesmente parado ali. O-oi! Tem zumbis por todos os lados. Que tal verificar a retaguarda, seu imbecil?!

Dei uma risadinha.

— É por isso que eu acho os filmes de zumbis tão absurdos — continuou ele. — Certo, vamos dizer que o mundo esteja acabando numa invasão de mortos-vivos. A última coisa que alguém com dois neurônios faria seria ficar parado no meio de um prédio esperando que um zumbi venha surpreendê-lo.

Dawson abriu um sorriso.

— Cala a boca e assiste ao filme — retruquei.

Ele me ignorou.

— Você acha realmente que se sairia bem num apocalipse zumbi?

— Sem dúvida. Eu salvaria sua pele.

— Jura? — Daemon olhou de relance para a televisão. Em seguida desapareceu e algo mais... algo mais surgiu em seu lugar.

Com um gritinho esganiçado, pulei para junto do Dawson.

— Ai, meu Deus...

A pele do Daemon adquirira um tom cinza fantasmagórico e pendia solta em vários lugares. Pedaços amarronzados e decompostos cobriam suas bochechas. Um dos olhos era apenas... um buraco. O outro parecia coberto por uma película esbranquiçada. Tufos de cabelo estavam faltando aqui e ali.

O Daemon zumbi abriu um sorriso cheio de dentes podres.

— Salvar minha pele? Acho que não.

Fiquei encarando-o, sem reação.

Dawson começou a rir. Não saberia dizer o que era mais chocante: a risada ou o zumbi sentado ao meu lado.

Ele desapareceu de novo e ressurgiu como sempre fora — lindo, com um rosto bem talhado e cabelos abundantes. Graças a Deus.

— Eu diria que você é um fracasso nessa história de apocalipse zumbi — disse ele.

— Você... você é perturbado — murmurei, me reaproximando dele com cuidado.

Com um sorrisinho presunçoso, ele enfiou a mão novamente na tigela de pipoca e a retirou sem nem um grãozinho. Alguns deviam ter caído no chão. Sentindo-me observada, olhei de relance para o Dawson.

Seu olhar estava fixo na gente, mas não tive certeza se estava nos vendo. Havia uma expressão perdida em seus olhos, misturada com tristeza e algo mais. Determinação? Não saberia dizer, mas por um segundo o verde das íris se acendeu, não mais um tom opaco e sem vida. A semelhança com o Daemon era tamanha que soltei um ofego.

Mas, então, ele brandiu a cabeça de leve e desviou os olhos.

Olhei de esguelha para o meu namorado e percebi que ele havia notado também. Daemon deu de ombros.

LUX 3 OPALA

— Alguém quer mais pipoca? — perguntou. — Temos colorau. Posso preparar pipoca vermelha pra você.

— Mais pipoca, mas sem colorau, por favor. — Assim que ele pegou a tigela e se levantou, percebi o olhar furtivo e aliviado que lançou para o irmão. — Quer que eu pare o filme?

O modo como Daemon me fitou dizia claramente que não, o que me fez rir de novo. Ele atravessou a sala, mas parou na soleira da porta e olhou por cima do ombro no exato instante em que os zumbis se aproximavam da água. Em seguida, balançou a cabeça de novo e saiu. Não estava enganando ninguém.

— Acho que no fundo ele gosta de filmes de zumbis — comentou Dawson, olhando para mim.

Abri um sorriso.

— Estava pensando a mesma coisa. O que não é de admirar, já que ele gosta daqueles programas sobre fantasmas.

Dawson assentiu.

— A gente costumava gravá-los e depois passava o sábado inteiro assistindo. Pode parecer falta do que fazer, mas era divertido. — Fez uma pausa e olhou novamente para a TV. — Sinto saudade dessa época.

Meu coração apertou pelos dois. Olhei de relance para a tela, mordendo o lábio inferior.

— Vocês podem voltar a fazer isso.

Ele não respondeu.

Imaginei se o problema era o fato de ele não se sentir confortável sozinho com o irmão. Sem dúvida havia muita bagagem entre os dois.

— Eu adoraria assistir a alguns no próximo sábado, antes de sairmos para verificar os prédios.

Dawson permaneceu em silêncio e cruzou as pernas na altura dos tornozelos. Tive quase certeza de que não ia responder, apenas ignorar a oferta, o que não era um problema. Pequenos passos e coisa e tal.

Mas, de repente, ele falou:

— É, até que seria legal. Eu... eu acho que gostaria de fazer isso.

Virei-me imediatamente para ele, surpresa.

— Sério?

— Sério. — Abriu um sorriso. Não muito radiante, mas ainda assim um sorriso.

Feliz em escutar aquilo, assenti com um menear de cabeça e voltei minha atenção novamente para o filme. Ao fazer isso, percebi o Daemon parado na porta. Assim que nossos olhos se cruzaram, quase engasguei com a respiração.

Ele tinha escutado tudo.

Alívio e gratidão emanavam dele. Daemon não precisava dizer nada. O obrigado estava em seu olhar, no modo como as mãos tremiam ligeiramente em torno da nova tigela de pipoca. Ele entrou e se sentou, colocando a pipoca no meu colo. Em seguida estendeu o braço e pegou minha mão, e ficamos assim pelo resto da noite.

Nos dois dias que se seguiram, comecei a aceitar o fato de que provavelmente havia tido um pequeno colapso nervoso na segunda. Não vi mais nenhum boné de caminhoneiro renascido do inferno e, na quinta, a história de ter visto o Blake deixara de ser um problema.

Dawson voltou a frequentar a escola.

— Eu o vi hoje de manhã — falou Lesa durante a aula de trigonometria, o corpo vibrando de empolgação como um garfo de afinar instrumentos. — Pelo menos eu acho que era ele. Pode ter sido o Daemon, só que me pareceu mais magro.

Eu não tinha a menor dificuldade em distinguir os irmãos.

— Era o Dawson.

— Isso é que é estranho. — Parte da empolgação desapareceu. — Dawson e eu nunca fomos tão próximos assim, mas ele costumava ser amigável. Tentei falar com ele, mas ele continuou andando como se não tivesse me visto. E, ei, é meio difícil não me notar. Minha personalidade exuberante grita por si só.

Eu ri.

— É verdade.

Lesa deu uma risadinha.

— Mas, falando sério, tem algo... algo estranho em relação a ele.

— Como assim? — Meu pulso acelerou. Será que havia algo no Dawson que os humanos conseguiam perceber? — O que você quer dizer com isso?

— Não sei. — Ela se virou para a frente, os olhos percorrendo as fórmulas rabiscadas no quadro. Os cachos balançaram sobre os ombros. — É difícil de explicar.

Não tive tempo de me aprofundar no que ela queria dizer. Carissa entrou em sala, seguida pelo Daemon. Ele colocou um copo de cappuccino sobre a minha carteira. Um perfume de canela impregnou o ar.

— Obrigada. — Peguei o copo ainda quente. — E o seu?

— Não estou com sede — respondeu ele, girando a caneta entre os dedos. Olhou por cima do meu ombro. — Oi, Lesa.

Ela suspirou.

— Eu preciso de um Daemon.

Virei para ela, incapaz de esconder o sorriso.

— Você tem o Chad.

Lesa revirou os olhos.

— Ele não me traz café.

Daemon deu uma risadinha.

— Nem todo mundo consegue ser tão incrível quanto eu.

Foi a minha vez de revirar os olhos.

— Olha o ego, Daemon, olha o ego.

Do outro lado do estreito corredor entre as carteiras, Carissa ajeitou os óculos e olhou de relance para o Daemon, os olhos sérios e sombrios.

— Estou feliz pelo Dawson ter voltado inteiro. — Duas manchas vermelhas despontaram em suas bochechas. — Deve ter sido um tremendo alívio.

Daemon assentiu.

— Foi mesmo.

A conversa sobre o irmão terminou ali. Carissa se virou para o quadro e, embora Lesa raramente deixasse que temas constrangedores a detivessem, não tentou mais retomar o assunto. No entanto, assim que eu e o Daemon saímos para o corredor depois da aula, todos pareciam congelar ao nos verem.

· 83 ·

As pessoas o encaravam e murmuravam entre si. Algumas tentavam manter a voz baixa. Outras não estavam nem aí.

— Você viu?

— Os dois juntos de novo...

— É tão estranho vê-lo de volta sem a Beth...

— Onde ela está...?

— Talvez ele tenha voltado por causa do Adam...

O caldeirão de fofocas fervia por toda a escola.

Tomei um gole do meu cappuccino ainda morno e olhei para o meu namorado. O maxilar dele estava trincado.

— Hum, talvez esse negócio não tenha sido uma boa ideia.

Ele pousou a mão na base das minhas costas e abriu a porta que dava para a escada.

— O que te faz pensar isso?

Ignorei o sarcasmo.

— Mas o que o Dawson iria fazer se não voltasse a estudar?

Daemon permaneceu ao meu lado enquanto seguíamos para o segundo andar, tomando quase todo o espaço daquela área apertada. Os alunos tinham que se espremer para passar por ele. E, para ser honesta, eu não fazia ideia de para onde ele estava indo. Sua próxima aula seria no primeiro andar.

Ele inclinou a cabeça em minha direção e falou baixinho:

— Foi uma ideia ao mesmo tempo boa e ruim. Dawson precisa voltar para o mundo. Mesmo que haja consequências, irá valer a pena.

Concordei com um menear de cabeça. Ele tinha razão. Ao pararmos diante da porta da minha aula de literatura inglesa, ele tomou um gole do meu cappuccino e me devolveu o copo.

— A gente se vê no almoço — disse, me dando um rápido beijo antes de se virar.

Fiquei ali parada, os lábios formigando, observando-o se afastar até desaparecer e, em seguida, entrei na sala. Havia tanta coisa acontecendo que era quase impossível manter a concentração. Sequer percebi quando o professor me chamou. A turma inteira reparou. Estranho.

Acabei descobrindo que o Dawson estava na minha aula de biologia e, como seria de esperar, todos os olhares estavam concentrados nele.

LUX 3 OPALA

O irmão gêmeo do Daemon tinha se sentado ao lado da Kimmy. Quando passei, ele me cumprimentou com um menear de cabeça e voltou a folhear o livro. Os olhos da sua parceira de laboratório pareciam duas luas.

Será que ele havia recebido algum tipo de educação enquanto estivera fora? Não que isso tivesse importância. Os Luxen desenvolviam sua capacidade mental muito mais rápido do que os humanos. Perder um ano provavelmente não significaria nada.

— Viu? — Lesa se virou na cadeira assim que me acomodei atrás dela.

— Vi o quê?

— O Dawson — murmurou. — Não é o mesmo Dawson que eu conheci. Ele estava sempre falando e rindo. Nunca lendo um livro de *biologia*.

Dei de ombros.

— Ele provavelmente passou por muita coisa. — Não era mentira. — Deve ser desconfortável voltar e ter *todos* os olhos fixos nele. — Também não era mentira.

— Não sei, não. — Ela remexeu a mochila enquanto olhava de esguelha para a mesa do Dawson. — Ele está mais mal-humorado do que o Daemon costumava ser.

— Daemon era mal-humorado? — perguntei de forma um tanto seca.

— Bem, não muito amigável, eu diria. Ele não se dava com quase ninguém. — Ela deu de ombros. — A propósito, que história é essa da Dee estar andando com o Esquadrão Insuportável?

O Esquadrão Insuportável era o nome que a Lesa tinha dado à dupla Ash e Andrew pouco depois de eu entrar para a escola. Aposto que na época o Daemon também fazia parte do grupo.

— Ah — falei, com uma súbita vontade de começar a ler o *meu* livro de biologia. Sempre que pensava na Dee sentia vontade de chorar. Nossa amizade havia tomado um desvio brusco para a Terra das Relações Cortadas. — Não sei. Ela tem andado... diferente desde que o Adam morreu.

— Não brinca! — Lesa balançou a cabeça, frustrada. — O processo de luto dela é assustador. Eu a encontrei ontem perto dos armários e tentei falar com ela, mas a Dee simplesmente olhou pra mim e se afastou sem dizer nada.

— Ai!

— Pois é, isso realmente me magoou.

— É basicamente o que tem acontecido...

A porta da sala se abriu no exato instante em que o sinal tocou e a primeira coisa que reparei foi na camiseta retrô da Nintendo sobre outra cinza de mangas compridas. Eu adorava todas aquelas camisetas com estampas vintage. Em seguida, meu olhar recaiu sobre os cabelos alourados e desgrenhados e os olhos amendoados.

Meu coração parou. O zumbido que se formou em meus ouvidos rapidamente se tornou um rugido. O ar pareceu ser sugado da sala. Eu esperava que o Will tivesse coragem de voltar, mas não... *ele*.

— Ah! Olha quem chegou — exclamou Lesa, correndo as mãos sobre a capa do caderno. — Blake!

[9]

Eu devia estar sonhando, porque isso não podia ser real. De jeito nenhum. Claro que não. Aquele garoto entrando em sala como quem não quer nada não era o Blake. Matthew deixar cair sua pilha de anotações também foi pura ilusão. Olhei de relance para o Dawson antes de me dar conta de que não adiantaria de nada. Ele jamais vira o surfista.

— Está tudo bem, Katy? Você parece um pouco abalada — comentou Lesa.

Meus olhos se viraram para ela no mesmo instante.

— Eu...

Um segundo depois, Blake se sentou no lugar de sempre — ao meu lado. O resto da turma pareceu sair de foco. O choque pela reaparição dele me deixou sem palavras.

Blake botou o livro sobre a mesa e se recostou na cadeira, cruzando os braços. Lançou um olhar de esguelha em minha direção e deu uma piscadinha.

Que diabos...?

Desistindo de esperar que eu terminasse de dizer o que havia começado, Lesa se virou e sacudiu a cabeça.

— Meus amigos são realmente esquisitos — murmurou.

Blake não disse nada enquanto Matthew reunia os papéis espalhados. Meu coração batia tão rápido que tive certeza de que teria um derrame a qualquer instante.

As pessoas já estavam reparando, mas eu não conseguia tirar os olhos do surfista. Por fim, encontrei minha voz:

— O que... o que você está fazendo?

Ele cravou os olhos em mim, milhares de segredos pairando em meio aos riscos verdes das íris.

— Assistindo aula.

— Você... — Eu continuava sem palavras. De repente, o choque cedeu, dando lugar a uma raiva tão profunda e poderosa que senti uma corrente de eletricidade percorrer minha pele.

— Seus olhos — murmurou Blake, com um sorrisinho nos lábios — estão começando a brilhar.

Fechei os olhos e lutei para controlar o maremoto de emoções. Quando me senti quarenta por cento certa de que não iria pular em cima dele como um macaco e torcer seu pescoço, os reabri.

— Você não devia estar aqui.

— Mas estou.

Não era a hora para comentários evasivos. Olhei de relance para o Matthew e o vi escrevendo algo no quadro, o rosto pálido. Ele estava dizendo alguma coisa, mas eu não conseguia escutar nada.

Prendi o cabelo atrás da orelha e mantive a mão ali. Qualquer coisa para não acabar esbofeteando o Blake, o que era uma grande possibilidade.

— Nós te demos uma chance. — Mantive a voz baixa. — Não daremos outra.

— Eu acho que darão. — Ele se inclinou na minha direção, aproximando-se tanto que meus músculos tencionaram. — Assim que escutarem minha proposta.

Uma risada ensandecida brotou em minha garganta, mas me contive, os olhos fixos no Matthew.

— Considere-se morto.

LUX 3 OPALA

Lesa lançou um olhar questionador por cima do ombro. Forcei um sorriso.

— Por falar em mortos — murmurou ele assim que a Lesa se virou de volta. — Vejo que o gêmeo pródigo retornou. — Pegou a caneta e começou a fazer anotações. — Aposto que o Daemon ficou radiante. Ah, o que me faz lembrar, tenho quase certeza de que foi ele quem te transformou.

A mão que estava mais próxima dele se crispou. Uma leve luz esbranquiçada começou a dançar sobre os nós dos meus dedos, piscando como a chama de uma vela. Saber quem havia me transformado era uma informação perigosa. Além das consequências que o Daemon teria que enfrentar se a comunidade Luxen descobrisse, o DOD poderia usar isso contra nós. Tal como tinham feito com o Dawson e a Bethany.

— Cuidado — alertou ele. — Vejo que você ainda precisa trabalhar a sua raiva.

Fuzilei-o com os olhos.

— Por que você voltou? De verdade?

Ele levou o dedo aos lábios.

— Quieta. Preciso aprender sobre... — Olhou de relance para o quadro, estreitando os olhos em sinal de concentração. — Os diferentes tipos de organismos. Ai que sono!

Precisei recorrer a todo grama de autocontrole para continuar em sala até o final da aula. Matthew parecia estar tendo problemas em se controlar também, esquecendo a cada dois minutos o que estava dizendo. Peguei o Dawson me fitando uma vez e desejei poder me comunicar com ele...

Espera um pouco. Eu podia me comunicar com o Daemon, certo? Já tínhamos feito isso antes, porém todas as vezes ele estava em sua forma alienígena. Inspirei uma golfada de ar superficial e baixei os olhos para as linhas indistintas do meu caderno, me concentrando o máximo possível.

Daemon?

O espaço entre minhas orelhas zumbiu como uma televisão sem som. Nenhum ruído discernível, apenas um zumbido de alta frequência. *Daemon?* Esperei, mas não obtive resposta.

Frustrada, soltei um suspiro. Precisava encontrar um modo de avisá-lo de que o Blake estava de volta, tipo, de volta mesmo, em plena escola. Cogitei mandar uma mensagem através do Dawson, mas não podia prever como ele reagiria se me levantasse para ir ao banheiro e lhe dissesse que o babaca ao meu lado era o Blake.

Eu olhei de relance para o babaca. Não dava para negar, ele era bonito. Um verdadeiro gato com aqueles cabelos bagunçados e o aspecto de surfista bronzeado. No entanto, por baixo do sorriso fácil se escondia um assassino.

Assim que o sinal tocou, recolhi minhas coisas e segui para a porta, lançando um olhar na direção do Matthew. Ele pareceu entender, pois interceptou o Dawson. Rezei para que o professor conseguisse impedi-lo de jogar o Blake pela janela na frente de todo mundo quando lhe contasse quem era o surfista de fato. Era a hora do almoço, mas em vez de seguir para o refeitório pesquei meu celular na bolsa.

Dei somente três passos antes que o Blake surgisse por trás de mim e me segurasse pelo cotovelo.

— Precisamos conversar — disse.

Tentei soltar o braço.

— Me larga.

— Ou então o quê? Vai fazer alguma coisa? — Ele inclinou a cabeça em minha direção e pude sentir o perfume familiar da loção pós-barba. — Não. Você sabe que o risco de exposição é grande.

Trinquei os dentes.

— O que você quer?

— Conversar, só isso — respondeu, me conduzindo em direção a uma sala vazia. Uma vez lá dentro, soltei o braço com um safanão enquanto ele trancava a porta. — Veja bem...

Por instinto, larguei minha bolsa no chão e liberei a Fonte. Uma luz vermelho-esbranquiçada se espalhou por meus braços, fazendo o ar em volta estalar. Uma bola de luz branca do tamanho de uma bola de beisebol surgiu em minha palma.

Blake revirou os olhos.

— Katy, eu só quero conversar. Não precisa...

LUX 3 OPALA

Soltei a bola de energia. Ela cruzou a sala como um raio. Blake deu um pulo para sair da frente e a luz explodiu contra o quadro-negro. A intensidade derreteu o meio do quadro e um cheiro de ozônio queimado impregnou o ar.

A Fonte brotou novamente, e dessa vez eu não ia errar. Ela desceu pelos meus braços até as pontas dos dedos. Naquele momento, não tinha ideia se a energia seria forte o bastante para matar o surfista ou apenas provocar alguns sérios danos. Ou talvez tivesse e simplesmente não quisesse admitir.

Blake se escondeu atrás da enorme mesa de carvalho usada pelos professores e ergueu uma das mãos. Todas as cadeiras à minha esquerda voaram para a direita, colidindo contra minhas pernas e me desequilibrando. Perdi a mira e a bola de energia passou zunindo sobre a cabeça dele, acertando o relógio acima do quadro. Ele explodiu, provocando uma chuva de centenas de pedaços ofuscantes de plástico e vidro...

De repente, os pedaços pararam em pleno ar, como que suspensos por fios invisíveis. Abaixo deles, Blake se empertigou, os olhos incandescentes.

— Merda — murmurei, olhando de relance para a porta. De jeito algum eu conseguiria alcançá-la a tempo e, se ele havia congelado os pedaços do relógio, provavelmente congelara tudo. A porta. As pessoas do lado de fora da sala.

— Satisfeita? — A voz do Blake soou áspera em meus ouvidos. — Porque você vai se cansar em poucos segundos.

Bom argumento. Os humanos transformados não tinham a mesma reserva de energia que os Luxen. Assim sendo, quando usávamos nossos poderes nos cansávamos rapidamente. Não podia também esquecer o fato de que mesmo que tivesse dado uma coça no Blake na noite em que tudo desmoronara, Daemon estava lá e nós tínhamos podido alimentar a energia um do outro.

O que não significava que eu ia ficar parada ali e deixar o Blake seguir com qualquer que fosse seu plano.

Dei um passo à frente e as cadeiras reagiram em defesa. Elas se ergueram no ar, me forçando a recuar enquanto se empilhavam umas sobre as outras até formarem um círculo à minha volta que ia do chão ao teto.

Ergui as mãos e tentei visualizá-las voando para todos os lados. Mover coisas com a mente agora era fácil, portanto, em teoria, elas deveriam ter se lançado sobre o Blake como balas. Em vez disso, começaram a tremer e se afastaram ligeiramente.

Blake empurrou de volta e a parede de cadeiras chacoalhou, mas não se moveu. Continuei imaginando-as se afastando, recorrendo à energia estática que vibrava dentro de mim até que uma dor pulsante explodiu em minhas têmporas. A dor aumentou tanto que baixei os braços. Com o coração acelerado, corri os olhos em torno. Eu estava encurralada — presa num mausoléu de malditas cadeiras.

— Aposto que você não tem treinado, tem? — Pelas frestas entre as cadeiras, vi Blake sair de trás da mesa. — Não quero te machucar.

Comecei a andar em círculos, inspirando fundo. Minhas pernas pareciam gelatina, a pele seca e quebradiça.

— Você matou o Adam.

— Não foi de propósito. Você tem que acreditar que a última coisa que eu queria era machucar alguém.

Meu queixo caiu.

— Você ia me entregar! E alguém acabou mais do que machucado, Blake!

— Eu sei. Você não faz ideia do quanto me sinto mal por isso. — Ele me acompanhava pelo lado de fora da parede de cadeiras. — Adam era um cara legal...

— Não ouse falar dele! — Parei e crispei as mãos em punhos fracos e inúteis. — Você não devia ter voltado.

Blake inclinou a cabeça ligeiramente de lado.

— Por que não? Porque o Daemon vai me matar?

Imitei a postura dele.

— Porque *eu* vou te matar!

Ele arqueou uma sobrancelha numa expressão de curiosidade.

— Você teve a sua chance, Katy. Matar não é da sua natureza.

— Mas é da sua, certo? — Recuei um passo e verifiquei as cadeiras. Elas tremeram um tiquinho. Blake podia ser mais experiente, mas estava se cansando também. — Você é capaz de fazer qualquer coisa para proteger seu amigo, acertei?

Ele inspirou fundo.

— Sim.

— Bem, e eu sou capaz de qualquer coisa para proteger os meus.

Seguiu-se uma ligeira pausa, durante a qual os pedaços quebrados do relógio caíram no chão. Ensaiei uma pequena dancinha de vitória.

— Você mudou — disse ele, por fim.

Parte de mim sentiu vontade de rir, mas a risada ficou presa na garganta.

— Você não faz ideia.

O surfista se afastou das cadeiras e correu uma das mãos pelos cabelos bagunçados.

— Que bom, assim talvez entenda a importância da proposta que tenho a fazer.

Estreitei os olhos.

— Nada do que você tenha a oferecer pode me interessar.

Um sorriso ladino repuxou os lábios dele — lábios que eu havia beijado uma vez. Um gosto de fel me subiu à garganta.

— Venho vigiando vocês todos há dias. A princípio eu não era o único, mas você já sabe disso. Pelo menos a janela do seu quarto sabe.

Ele cruzou os braços ao perceber que havia finalmente conquistado minha atenção.

— Sei que o Dawson está tentando encontrar a Beth, mas ele não sabe onde procurar. Eu sei. Ela está sendo mantida no mesmo lugar que o Chris.

Parei de andar em círculos.

— Onde?

— Como se eu fosse te entregar o único trunfo que pode me manter vivo. Se concordar em me ajudar a libertar o Chris, prometo me certificar de que o Dawson consiga soltar a Beth. Isso é tudo o que eu quero.

Pisquei, sem palavras. Ele estava pedindo nossa ajuda depois de tudo o que havia acontecido. A risada ensandecida brotou novamente em minha garganta e dessa vez saiu, baixa e rouca.

— Você é louco.

Blake franziu o cenho.

— O DOD me considera o projeto de híbrido perfeito deles. Pedi para permanecer aqui por causa da comunidade Luxen e das chances de outro humano ser transformado. Sou o espião deles. E posso conseguir acesso para que vocês entrem no prédio onde o Chris e a Bethany estão sendo mantidos. Eu sei onde, qual andar e qual cela. E, o mais importante, conheço a fraqueza deles.

Ele não podia estar falando sério. As cadeiras do topo balançaram, me fazendo perceber que estava a segundos de ser soterrada pelas malditas.

— Sem a minha ajuda, vocês jamais irão encontrá-la, e acabarão caindo direto nas mãos do Daedalus. — Recuou mais um passo. O ar acima do ombro dele parecia distorcido, ondulado. O tipo de poder que ele estava liberando... — Vocês precisam de mim. E, sim, eu também preciso de vocês. Não posso tirar o Chris de lá sozinho.

Certo, ele estava realmente falando sério.

— Por que a gente confiaria em você?

— Porque é a única opção. — Ele pigarreou e as cadeiras chacoalharam. Baixei os olhos. As pernas das que estavam por baixo empenaram na direção dele. — Vocês jamais irão encontrá-la, e o Dawson vai acabar fazendo alguma besteira.

— Preferimos assumir o risco.

— Tinha medo de que dissesse isso. — Blake pegou minha bolsa e a colocou sobre a mesa do professor. — Ou vocês me ajudam ou irei até a Nancy Husher e contarei a ela o quanto você é poderosa. — Inspirei fundo ao escutar o nome da agente. Nancy trabalhava para o DOD e provavelmente para o Daedalus. — Não apresentei meu relatório para ela ainda e, como o Vaughn estava trabalhando com o Will Michaels, ele também não — continuou. — Ela acha que a sua mutação retrocedeu. Entregar uma informação desse tipo talvez salve a minha pele. Talvez não, mas, de qualquer forma, eles virão atrás de você. E antes que diga que se livrar de mim pode resolver o problema, pense melhor. Escrevi uma mensagem para ser entregue a ela caso alguma coisa aconteça comigo, um bilhetinho onde eu conto do que você é capaz e exponho o Daemon como o responsável pela sua mutação. Pois é, eu pensei em tudo.

LUX 3 OPALA

Fui tomada por uma raiva profunda e as cadeiras começaram a sacudir de verdade. Em segundos, qualquer poder que eu ainda pudesse ter iria se esgotar, deixando-me indefesa.

— Seu cretino filho da...

— Sinto muito. — Blake estava agora ao lado da porta e, por Deus, eu devia ser uma idiota, porque tive a impressão de que ele estava sendo sincero. — Eu não queria que tivesse chegado a esse ponto, mas você me entende, certo? Você mesma disse que seria capaz de fazer qualquer coisa para proteger seus amigos. Não somos tão diferentes assim, Katy.

Dizendo isso, abriu a porta e saiu. A parede de cadeiras desmoronou, espalhando-se pelo chão. Vê-las caindo umas sobre as outras me pareceu irônico, uma espécie de paródia da minha própria vida.

[10]

Tonta, deixei a sala destruída e já estava na metade do corredor quando a porta que dava para a escada se abriu e Daemon passou feito um tufão. Seus olhos verdes brilhavam de maneira inacreditável ao pousarem em mim e, em quatro passadas largas, ele estava na minha frente, as mãos nos meus ombros. Matthew e um ligeiramente confuso Dawson surgiram logo atrás, mas o Daemon... eu jamais o vira tão furioso, o que não era pouca coisa.

— Reviramos a escola atrás de você — disse ele, o maxilar trincado.

Matthew parou ao nosso lado.

— Você viu pra onde ele foi? O Blake?

Como se eu precisasse de esclarecimento. Mas então me dei conta de que eles não sabiam que eu estivera com o surfista. Quanto tempo havíamos ficado naquela sala? A impressão era de que tinham sido horas, mas não podia ter sido mais do que alguns minutos. E, se o Blake tivesse congelado alguém do lado de fora, os outros Luxen teriam percebido, uma vez que isso não os teria afetado. O que significava que Blake não afetara nada fora da sala.

Engoli em seco, sabendo que a reação do Daemon seria épica.

— Vi, ele... queria conversar.

Meu namorado enrijeceu.

— O quê?

Lancei um olhar nervoso para o Matthew. Ele parecia calmo se comparado com o ódio que fervia na expressão do Daemon.

— Ele tem nos vigiado. Ao que parece, nunca foi embora.

Daemon soltou meus ombros, recuou um passo e correu os dedos pelo cabelo.

— Não posso acreditar. Ele deve estar querendo morrer.

A expressão até então confusa do Dawson deu lugar à curiosidade e ele se aproximou cuidadosamente do irmão.

— Por que ele tem nos vigiado?

Agora vem a bomba, pensei.

— Ele quer que nós o ajudemos a resgatar o Chris.

Daemon se virou tão rápido que teria estirado um músculo se fosse humano.

— Como é que é?

Contei rapidamente o que o Blake tinha dito, deixando de fora a parte sobre entregar o Daemon e a mim para a Nancy. Imaginei que seria melhor contar isso a ele em particular. Uma sábia escolha, uma vez que só a parte não censurada da informação quase o fez assumir sua forma alienígena em pleno corredor da escola.

Matthew balançou a cabeça, preocupado.

— Ele... ele não pode esperar que a gente confie nele.

— Acho que ele não está nem aí pra isso — comentei, prendendo o cabelo atrás da orelha. Com as mãos começando a tremer devido à exaustão, tudo o que eu queria era me sentar e comer um pacote inteiro de biscoito.

— Será que ele realmente sabe onde eles estão mantendo a Beth? — Os olhos do Dawson brilhavam de maneira febril.

— Não sei. — Recostei-me num dos armários. — Nunca dá pra saber se o Blake está falando a verdade ou não.

Dawson deu um passo à frente, parando a milímetros do meu rosto.

— Ele deu alguma pista... qualquer coisa que possamos usar para encontrá-la?

Pisquei, surpresa pela súbita animação.

— Não. Na verdade, não. Eu...

— Pense — ordenou-me ele, a cabeça abaixada. — Ele tem que ter dito alguma coisa, Katy.

Daemon agarrou o irmão pelo ombro e o virou.

— Se afasta, Dawson. Estou falando sério.

Ele se desvencilhou do Daemon com um remexer de ombro, o corpo tenso.

— Se ele sabe...

— Nem tenta — interrompeu o gêmeo. — Ele veio pra cá enviado pelo DOD para descobrir se a Kat seria uma cobaia viável. Para que eles pudessem fazer com ela o que estão fazendo com a Beth. Ele matou o Adam, Dawson. Não vamos trabalhar com...

Minhas pernas começaram a tremer, e eu oscilei ligeiramente para a esquerda. Não saberia dizer como o Daemon percebeu, mas ele se virou para mim antes que eu conseguisse recobrar o equilíbrio. Seus braços fortes me envolveram pela cintura e me puxaram de encontro a si.

As sobrancelhas dele pareciam duas fendas escuras sobre os olhos.

— Qual é o problema?

Minhas bochechas coraram.

— Estou bem. Juro.

— Mentira. — Sua voz tornou-se baixa e perigosa. — Você lutou com ele? — Em seguida, acrescentou num tom ainda mais baixo, provocando um calafrio em minha espinha. — Ele tentou te machucar? Porque se tentou, juro que vou revirar o estado inteiro...

— Estou bem. — Tentei me soltar, mas o braço dele parecia um torno em minha cintura. — Eu é que optei pela abordagem: atacar primeiro, perguntar depois. Acabei me cansando, mas ele não me machucou.

Daemon não pareceu muito convencido, mas voltou a atenção para o irmão.

— Sei que você quer acreditar que o Blake pode nos ajudar, mas ele não é confiável.

Dawson desviou os olhos, o maxilar tremendo. Ondas de frustração emanavam de seu corpo.

— Daemon tem razão — observou Matthew, as mãos nos quadris. A porta numa das extremidades do corredor se abriu e dois professores apareceram, carregando seus papéis e copinhos com algum líquido fumegante. — Mas aqui não é o lugar para discutirmos isso. Sua casa, depois da aula.

E, com isso, ele se virou na outra direção e se afastou.

— Sei o que você vai dizer — falou Dawson numa voz cortante. — Não vou fazer nada estúpido. Prometi aos dois que não iria e vou cumprir minha parte do acordo. Espero que vocês cumpram a sua.

Daemon não pareceu aliviado ao observar o irmão partir na direção oposta à do Matthew.

— Isso não é nada bom — comentou.

— Não diga! — Olhei de relance para ele e esperei que os dois professores entrassem em suas respectivas salas. — Mas confiar no Blake é um assunto a ser discutido.

Seus olhos se estreitaram e ele se virou, posicionando o corpo como um escudo diante de mim.

— Como assim?

Rezei para que ele não perdesse a cabeça.

— Blake confirmou o que o Will nos falou. O DOD e o Daedalus acham que a minha mutação retrocedeu. Boa notícia, certo? Só que ele está desesperado... mais do que imaginávamos. Se não concordarmos em ajudá-lo, ele disse que irá nos entregar.

A reação do Daemon foi exatamente a que eu esperava. De repente, uma mossa do tamanho de um punho fechado surgiu na porta do armário ao meu lado. Agarrei-o pelo braço e o puxei em direção à escada antes que algum professor viesse inspecionar a origem do barulho.

Uma raiva impotente impregnou o ar e o encobriu como uma manta. Ele sabia o que eu não estava querendo dizer. Tal como acontecera com Will, estávamos sendo chantageados — novamente encurralados, e o que poderíamos fazer? Recusar ajudar o Blake e arriscar sermos entregues ao DOD? Ou confiar em alguém que já provara não ser confiável?

Jesus, dizer que estávamos ferrados era pouco.

Pude perceber que o Daemon queria matar o restante das aulas do dia e sair para vasculhar o condado inteiro, mas ele não queria me deixar sozinha... por mais que eu tivesse tentado convencê-lo de que, de todos os lugares, a escola era o mais seguro. Mas, pelo visto não, não com o Blake de volta posando como um dos alunos. E ele sabia que enquanto permanecesse cercado por gente, nós não poderíamos fazer nada.

Passei o restante do dia esperando vê-lo de novo, mas não vi. E não fiquei surpresa ao encontrar o Daemon ao lado do meu armário assim que o sinal da última aula tocou.

— Vou voltar para casa com você.

— Tudo bem. — Não fazia sentido tentar discutir. — Mas como a Dolly vai voltar pra casa?

Ele abriu um sorriso deliciado, como sempre fazia quando eu chamava seu carro pelo apelido idiota.

— Vim com a Dee hoje de manhã. O Andrew e a Ash vão voltar com ela.

Tentei digerir a informação, imaginando quando a Dee havia se tornado tão próxima dos dois. Ela jamais fora grande fã deles e de sua tendência a detestar os humanos. Muita coisa havia mudado, e eu sabia que isso era só o começo.

— Você acha que ele realmente nos entregaria? — perguntei assim que nos acomodamos no meu pequeno sedã. Lá fora, as árvores nuas que cercavam o estacionamento estalavam como milhares de ossos secos.

— Blake está desesperado, isso é óbvio. — Daemon tentou esticar as pernas compridas e soltou um grunhido. — Ele já matou para proteger o amigo, e a única forma de mantê-lo a salvo é entregando você, como pretendia fazer a princípio, ou conseguindo a nossa ajuda. Então, sim, eu acredito que ele seria capaz.

Fechei as mãos com força em volta do volante, acolhendo de braços abertos a raiva que ardia sob a minha pele. Tínhamos deixado o Blake ir embora, dando-lhe a chance de se afastar o máximo possível, mas ele decidira retornar e nos manipular. Será que alguém conseguia ser mais ingrato?

Olhei de relance para o meu namorado.

— O que podemos fazer?

Ele trincou o maxilar.

— Temos duas opções: ajudá-lo ou matá-lo.

LUX 3 OPALA

Arregalei os olhos.

— E quem faria isso, você? Não é justo. Não tem que ser sempre você. Você não é o único Luxen capaz de lutar.

— Eu sei, mas não posso esperar que outra pessoa carregue esse fardo. — Olhou para mim. — Não estou tentando começar outra discussão sobre o fato de você dar ou não uma boa Mulher Maravilha, mas não espero que você ou meus irmãos façam isso. Sei que seria capaz de tanto para... defender a si mesma e a nós, Kat, mas não quero esse tipo de culpa nos seus ombros. Tudo bem?

Fiz que sim. Imaginar o que eu já sentia, só que ainda mais forte, revirou minhas entranhas.

— Eu poderia lidar com isso... se fosse preciso.

Senti a mão dele em meu rosto quase que imediatamente, e tirei os olhos da estrada por um segundo. Daemon abriu um ligeiro sorriso.

— Você tem uma luz forte, pelo menos aos meus olhos. Sei que seria capaz de lidar com isso, mas a última coisa que eu quero é que essa luz seja maculada por algo tão sombrio.

Lágrimas estupidamente femininas arderam em meus olhos, nublando minha visão da estrada. Mas não podia chorar por causa de um punhado de palavras carinhosas, pois isso não ajudaria em nada minha imagem de "eu sou durona". Assim sendo, ofereci-lhe um sorriso um tanto aguado, e acho que ele entendeu.

Quando parei o carro na entrada da garagem, o resto do grupo ainda não havia chegado. Vibrando de ansiedade, entrei na casa dos meus vizinhos atrás do Daemon e fui até a cozinha pegar uma garrafa de água. Em seguida, voltei para a sala. Antes que pudesse começar a gastar o carpete andando de um lado para outro, Daemon agarrou minha mão e me puxou, obrigando-me a sentar em seu colo.

Ele passou os braços em volta de mim e enterrou o rosto em meu pescoço.

— Você sabe o que temos que fazer — falou baixinho.

Soltei a garrafa na almofada ao meu lado e o envolvi pelo pescoço.

— Matar o Blake.

Ele quase engasgou com a risada.

— Não, gatinha. Não vamos matá-lo.

Fiquei surpresa.

— Não?

Daemon se afastou e seus olhos captaram a interrogação nos meus.

— Vamos fazer o que ele quer.

Certo, agora eu estava mais do que surpresa. Acho que o termo seria chocada.

— Mas... mas... mas...

Um sorrisinho repuxou-lhe os lábios.

— Use as palavras, gatinha.

Forcei-me a sair do estupor.

— Mas não podemos confiar nele. Isso só pode ser uma armadilha!

— De qualquer forma, estamos ferrados. — Ele mudou de posição e começou a acariciar a base das minhas costas. — Mas andei pensando sobre o assunto.

— Como assim? Nos dez minutos que levamos pra chegar em casa?

— Acho bonitinho quando você fala da minha casa como se fosse *sua*. — O sorriso alcançou os olhos, tornando-os ainda mais cintilantes. — A propósito, a casa *pertence* a mim. É o meu nome no contrato.

— Daemon. — Soltei um suspiro. — Bom saber, mas isso não é importante no momento.

— Tem razão, mas eu queria que você soubesse. De qualquer forma, já que você desviou o assunto...

— O quê? — Baseado em quê ele dizia isso? — Foi você quem...

— Eu conheço o meu irmão. Dawson irá procurar o Blake se não concordarmos em ajudá-lo. — O humor desapareceu num instante. — É o que eu faria se estivesse no lugar dele. E a gente conhece o Blake melhor do que ele.

— Não sei, não, Daemon.

Ele deu de ombros.

— Não vou deixar o Blake te entregar.

Franzi o cenho.

— Ele pretende te entregar também. E quanto à sua família? Colocar o Blake na jogada vai ser perigoso... e estúpido.

— De todos os riscos, esse é o menor.

— Estou chocada — admiti, soltando os braços. — Você não queria que eu treinasse com o cara porque não confiava nele, e isso foi *antes* de descobrirmos que Blake era um assassino.

— Mas agora vamos entrar no jogo sabendo do que ele é capaz. Nossos olhos estão abertos.

— Isso não faz o menor sentido. — Olhei de relance para a janela ao escutar as portas de um carro batendo. — Você só quer ajudá-lo para proteger o Dawson e a mim. Não é uma decisão muito esperta.

— Talvez não. — Mudando rapidamente de posição, Daemon envolveu meu rosto e plantou um beijo em minha boca antes de, sem a menor cerimônia, me botar sentada na almofada ao lado. — Mas já tomei minha decisão. Se prepare. Essa reunião não vai transcorrer tranquilamente.

Enquanto quase caía de lado, fitei-o de boca aberta. É claro que aquela reunião não ia transcorrer tranquilamente. Tirei a garrafa de água de baixo da coxa e me empertiguei no exato instante em que nosso grupinho alienígena entrou em casa.

Dee imediatamente começou a andar de um lado para outro na frente da TV. Seus cabelos pretos, longos e ondulados balançavam às suas costas. Um brilho estranho e febril cintilava naqueles olhos verdes.

— Quer dizer que o Blake voltou?

— Voltou. — Daemon se inclinou e apoiou os cotovelos nos joelhos, observando a irmã.

Ela me lançou um olhar de esguelha, mas rapidamente desviou os olhos.

— Claro que ele tentaria conversar com ela como se nada tivesse acontecido. Os dois eram como amigos inseparáveis de uma vida inteira.

De onde diabos ela havia tirado isso? Esforcei-me para abafar a raiva que começou a fervilhar em meu estômago.

— Não foi uma conversa particularmente amigável.

— O que vamos fazer? — perguntou Ash. Seus cabelos louros estavam presos num apertado rabo de cavalo. Em qualquer outra pessoa o penteado teria parecido severo demais, mas no caso dela fazia com que parecesse uma modelo prestes a entrar na passarela.

— Vamos matá-lo — respondeu Dee, parando diante da mesinha de centro.

A princípio, achei que ela estivesse brincando, afinal estávamos falando da *Dee*. Durante o verão, eu a vira pegar com as mãos um punhado de terra cheio de formigas e tirá-lo do canteiro de flores para que as coitadinhas não ficassem soterradas sob o adubo. No entanto, enquanto a fitava — enquanto a *sala inteira* a fitava —, percebi que estava falando sério.

Meu queixo caiu.

— Dee...?

Ela empertigou os ombros.

— Não me diga! Você é contra a ideia de matá-lo? Eu já sabia. Afinal, você convenceu meu irmão a deixá-lo viver.

— Ela não me convenceu de nada — interveio Daemon, fechando os dedos sob o queixo.

Decidi interrompê-lo antes que ele pudesse continuar. Não era seu papel sair sempre em minha defesa.

— Eu não o convenci de nada, Dee. Nós dois concordamos que já havia morrido gente demais naquela noite. Não achávamos que ele fosse voltar.

— E tem outra coisa — acrescentou Matthew. — Ele está conectado a um Luxen. Se Blake morrer, seu amigo morre. Não estaríamos matando apenas ele. Estaríamos matando um inocente.

— Como a Katy e o Daemon? — perguntou Ash, a voz destituída do costumeiro veneno. Seu jeito tradicionalmente vaca de ser devia ter passado para a Dee em algum momento.

Mal havia terminado de formular o pensamento, me encolhi ao sentir as garras afiadas da culpa. Comecei a brincar com um trecho gasto da calça jeans. Não era justo. A Dee e o Adam tinham uma longa história — uma história em que por muito tempo ambos haviam ignorado algo que provavelmente sempre existira entre os dois. Amor e afeição. E eles mal tinham começado a se conhecer nesse nível quando ele fora arrancado dos braços dela.

Ash lançou um olhar de relance para o Dawson.

— E como você e a Beth? — Quando os dois irmãos assentiram, ela se recostou e voltou a atenção para um silencioso Matthew. — Não podemos matar o Blake sabendo que isso também irá matar um Luxen que não tem nada a ver com a história. É como tentar matar a Katy e acabar matando o Daemon por tabela.

Arqueei uma sobrancelha, o que me fez ganhar uma leve joelhada do Daemon.

— Não estou sugerindo que a gente mate a Katy ou a Beth — declarou Dee. — Não conhecemos esse Luxen. Até onde a gente sabe, ele pode estar trabalhando com o DOD ou qualquer que seja esse outro grupo. Blake... Ele matou o Adam, Ash.

— Eu sei — rebateu ela, os olhos azuis faiscando. — Ele era meu irmão.

Dee se empertigou.

— E meu namorado.

Deus do céu... era como se fosse o dia do contra ou algo do gênero. Balancei a cabeça, chocada.

— O outro grupo se chama Daedalus.

Grande coisa, Dee não dava a mínima para o nome do outro grupo. Ela se virou para o Matthew.

— Precisamos fazer alguma coisa antes que alguém mais se machuque.

Matthew parecia tão chocado quanto eu.

— Dee, nós não somos...

— Assassinos? — Seu rosto corou e, em seguida, empalideceu. — Nós já matamos antes para nos proteger! Matamos Arum o tempo todo! Daemon já matou até oficiais do DOD!

Daemon se encolheu, e me senti imediatamente ofendida pelo comentário. Ele podia não demonstrar o quanto matar o incomodava, mas eu sabia.

— Dee — falei e, surpreendentemente, ela se virou para mim. — Sei que está sofrendo, mas isso... Essa reação não combina com você.

Ela inspirou fundo e, às suas costas, a televisão piscou algumas vezes.

— Você não me conhece. Não sabe de nada. Aquela... aquela aberração humana, ou seja lá o que ele é, veio para cá por causa do que o meu irmão fez com você. Em teoria, se você jamais tivesse se mudado para a cidade, nada disso teria acontecido. O Adam... — A voz falhou. — O Adam ainda estaria vivo.

Ao meu lado, Daemon enrijeceu.

— Já chega, Dee! Não foi culpa da Kat.

— Não tem problema. — Recostei no sofá, sentindo as paredes se fechando à minha volta. Andrew tinha dito a mesma coisa alguns dias antes e, se escutá-lo dizer já fora horrível, ouvir a Dee repetir era como tomar uma ferroada de uma vespa. Parte de mim quase não conseguia acreditar que ela havia falado aquilo. Essa não era a fadinha doce e elétrica que eu conhecera. A garota que entrara na minha vida durante o verão, tão solitária quanto eu. Essa não era a minha melhor amiga.

Foi então que a ficha caiu.

Dee já não era mais a minha melhor amiga.

Céus, me dar conta disso pareceu mais importante do que qualquer outra coisa que estivesse acontecendo. O que era uma estupidez, levando em consideração que precisávamos nos concentrar no grande cenário, mas a Dee era importante para mim, e eu a tinha deixado na mão.

Ao meu lado, Dawson se inclinou para a frente.

— Se a Katy não tivesse se mudado para cá, eu nunca teria tido a chance de escapar. O mundo funciona de uma forma maluca.

Dee deu a impressão de que não havia pensado nisso. Girou nos calcanhares, brincando com um dos cachos do cabelo — um tique nervoso. Seu braço desapareceu por alguns segundos e, então, ela se sentou na mesinha de centro, de costas para nós.

Empoleirado no braço da poltrona reclinável, Andrew soltou um suspiro. Sempre que eu olhava para ele, seus olhos estavam fixos na Dee.

— Galera, quer gostemos ou não da ideia de matar alguém, precisamos fazer alguma coisa.

— É verdade — concordou Daemon. Lançando-me um rápido olhar de esguelha, se voltou para o grupo. — Discutir sobre o que fazer com o Blake é perda de tempo. Se não o ajudarmos a libertar o Chris e a Beth, ele irá nos entregar para o DOD, Katy e a mim.

LUX 3 OPALA

— Uau! — murmurou Matthew, correndo os dedos pelo cabelo. Em seguida, fez algo que eu jamais esperaria, pelo menos não dele. Soltou um palavrão.

Num movimento brusco, Dee se levantou de novo.

— Ele disse isso?

— Não tenho dúvidas de que estava falando sério — respondi, odiando o fato de que todos estavam naquela situação por minha causa. Se ao menos tivesse dado ouvidos ao Daemon desde o começo... Ele tentara me convencer tantas vezes! — Blake está desesperado para libertar o Chris.

— Então está decidido — interveio Dawson, parecendo aliviado. — Nós o ajudamos e ele nos ajuda.

Dee se virou.

— Vocês são loucos! Não podemos ajudar o assassino do Adam!

— O que você sugere que a gente faça, então? — perguntou Matthew. — Deixá-lo entregar seu irmão e a Katy?

Ela revirou os olhos.

— Não. Como eu disse, a gente mata o desgraçado. Isso irá impedi-lo de fazer qualquer coisa.

Fiz que não, chocada pela ferocidade do tom. Eu também achava que o Blake devia morrer. Que direito ele tinha de continuar vivo enquanto o Adam estava morto? No entanto, ver a Dee daquele jeito foi como ser cortada por dentro com uma faca cega.

Daemon se levantou e inspirou fundo.

— Não vamos matar o Blake.

As mãos da irmã se crisparam.

— Fale por você mesmo.

— Vamos ajudá-lo e, ao mesmo tempo, ficar de olho nele — continuou ele de modo grave. — E nenhum de nós irá matá-lo.

— Até parece! — rosnou ela.

Andrew se levantou e deu um passo à frente.

— Dee, acho que devia se sentar e pensar melhor. Você nunca matou ninguém. Nem mesmo um Arum.

Ela cruzou os braços esguios e ergueu o queixo ligeiramente.

— Tem sempre uma primeira vez.

Ash arregalou os olhos e me fitou como quem diz *Puta merda*. Gostaria de saber o que fazer ou dizer, mas não consegui pensar em nada.

Daemon, que estava perdendo a paciência rapidamente, imitou a posição da irmã.

— Isso não está aberto a debate, Dee.

Um brilho branco suave envolveu seu corpo trêmulo.

— Tem razão. Nada do que você disser irá me convencer de que a vida dele deve ser poupada.

— Não temos escolha. Blake tem tudo armado. Se algo acontecer com ele, Nancy será notificada sobre mim e a Kat. Não podemos matá-lo.

Ela estava irredutível.

— Então a gente descobre com quem ele falou ou está trabalhando e cuida da pessoa também!

O queixo do Daemon caiu.

— Está falando sério?

— Claro!

Ele se virou de costas, prestes a perder a cabeça. Senti o estômago revirar. A situação toda era um absurdo.

Ao meu lado, Dawson se inclinou e apoiou os cotovelos nos joelhos, tal como o irmão fizera mais cedo.

— Sua necessidade de vingança é mais importante do que descobrir o que eles estão fazendo com a Beth e detê-los?

Ela não desviou os olhos, mas pressionou os lábios numa linha fina.

Todos os olhos se voltaram para o Dawson.

— Porque, irmãzinha, me deixa te dizer uma coisa: o que aconteceu com o Adam não é nada em comparação com o que ela está passando. As coisas que eu vi... — A voz falhou e Dawson baixou os olhos. — Se duvida de mim, pergunta pra Katy. Ela teve uma pequena prova do que eles são capazes de fazer e continua sem voz de tanto gritar.

Dee empalideceu. Nós não havíamos conversado desde o Ano-Novo, não de verdade. Eu não fazia ideia se ela sabia o que o Will tinha feito comigo durante minha breve captura. Seu olhar repousou em mim por um breve momento e, em seguida, ela desviou os olhos.

— Você está pedindo muito — disse numa voz rouca, o lábio inferior tremendo. Deixando os ombros penderem, virou-se e seguiu para a porta da frente. Em seguida, saiu sem dizer uma única palavra.

Com um olhar irritado para o Daemon, Andrew se levantou e foi atrás dela.

— Eu cuido disso.

— Obrigado — agradeceu ele, esfregando o maxilar com a palma da mão. — Que bom que tudo transcorreu às mil maravilhas!

— Você realmente esperava que ela ou qualquer um de nós aceitasse isso tranquilamente? — perguntou Ash.

Ele bufou.

— Não, mas não gosto de ver minha irmã tão disposta a matar alguém.

— Não posso... — Não consegui terminar a frase. Eu sabia que entrar nesse assunto não seria fácil, mas se alguém fosse querer dar uma de serial killer, esperava que fosse a Ash ou o Andrew... jamais a Dee.

Matthew direcionou a conversa de volta para o presente.

— Como podemos entrar em contato com o Blake? Isso não é algo que eu possa ou queira discutir com ele em sala.

Todos se viraram para mim... todos, exceto o Daemon.

— Que foi?

— Você tem o número dele, não tem? — indagou Ash, olhando para as unhas sem esmalte. — Mande uma mensagem. Ligue. Qualquer coisa. E diga a ele que somos idiotas, e que iremos ajudá-lo.

Com uma careta, peguei minha bolsa e tirei o celular de dentro. Suspirei e mandei uma rápida mensagem. Um segundo depois, Blake respondeu. Meu estômago se contorceu em nós.

— Amanhã à noite... sábado. — Minha voz soou fraca. — Ele irá nos encontrar amanhã à noite num lugar público... o Smoke Hole.

Daemon projetou o queixo ligeiramente.

Meus dedos tentaram se rebelar, mas digitei um rápido *combinado* e joguei o telefone de volta na bolsa como se ele fosse uma bomba prestes a explodir em minhas mãos.

— Feito.

Ninguém parecia aliviado. Nem mesmo o Dawson. Havia uma grande chance de que isso acabasse explodindo nas nossas caras. Mas, por outro lado, nossas escolhas eram limitadas. Tal como Daemon dissera, Dawson iria atrás do Blake quer decidíssemos ajudá-lo ou não. E, trabalhar com um inimigo conhecido era melhor do que com um desconhecido.

Ainda assim, uma sensação fria e pegajosa se alojou em meu peito.

Não porque tínhamos decidido ajudar o surfista, ou porque a Dee queria matá-lo. Mas porque lá no fundo, sob camadas e mais camadas de pele, músculos e ossos, escondido de todo mundo, até mesmo do Daemon, eu também queria ver o Blake morto. Mesmo que isso pudesse afetar um Luxen inocente... Meu código moral não se sentia nem um pouco ofendido com a ideia. E havia algo de muito errado nisso.

[11]

Permaneci na casa do Daemon mais um tempo, esperando que a Dee voltasse e a gente pudesse conversar, mas todos foram embora e ela e o Andrew não apareceram de novo.

Da varanda, observei a Ash e o Matthew entrarem no carro e se afastarem, meu coração pesado de arrependimento e um bilhão de outras coisas. Não precisei olhar para trás para saber que o Daemon veio se juntar a mim. Acolhi de bom grado o calor e a força de seus braços ao me envolverem por trás.

Recostei no peito dele e fechei os olhos. Ele apoiou o queixo no topo da minha cabeça e ficamos assim por alguns minutos, o silêncio quebrado apenas pelo piado de um pássaro solitário e uma buzina ao longe. Seu coração batia de maneira forte e ritmada contra minhas costas.

— Sinto muito — disse ele, me pegando de surpresa.

— Pelo quê?

Daemon inspirou fundo.

— Eu não devia ter perdido a cabeça no fim de semana passado. Você agiu certo ao dizer ao meu irmão que iríamos ajudá-lo. Caso contrário, só Deus sabe o que ele já teria feito. — Fez uma pausa e beijou o topo da minha cabeça. Sorri. Daemon era tão compreensivo! — Obrigado por tudo o que você tem feito pelo Dawson. Mesmo que o nosso sábado vá ser uma droga, meu irmão... ele está diferente desde a noite dos zumbis. Não como era antes, mas perto.

Mordi o lábio.

— Não precisa me agradecer por isso. Sério.

— Preciso, sim. E quero.

— Tudo bem. — Vários segundos se passaram. — Você acha que a gente cometeu um erro? Deixando o Blake escapar naquela noite?

Seus braços me apertaram ainda mais.

— Não sei. Realmente não sei.

— Nossa intenção foi boa, certo? Queríamos dar uma chance a ele, eu acho. — E, então, soltei uma risada.

— Por que o riso?

Abri os olhos.

— O inferno está cheio de boas intenções. Devíamos ter acabado com ele.

Daemon abaixou a cabeça e pousou o queixo no meu ombro.

— Antes de te conhecer, eu talvez tivesse feito exatamente isso.

Virei a cabeça para ele.

— Como assim?

— Antes de você aparecer na minha vida, eu teria matado o Blake pelo que ele fez e depois me sentido péssimo, mas teria. — Pressionou um beijo contra a veia em meu pescoço. — De certa forma, você me convenceu. Não da maneira como a Dee pensa, mas sim pelo fato de que você poderia ter acabado com ele e não fez isso.

Tudo a respeito daquela noite parecia caótico e surreal. O corpo sem vida do Adam... o ataque dos Arum... Vaughn e o revólver... Blake fugindo...

— Não sei, não.

— Eu sei — retrucou ele, os lábios se abrindo num sorriso em contato com meu rosto. — Você me faz pensar antes de agir. Me faz querer ser uma pessoa... um Luxen... melhor.

Virei-me de frente para ele e ergui os olhos.

— Você é uma boa pessoa.

Daemon deu uma risadinha, os olhos cintilantes.

LUX  OPALA

— Gatinha, nós dois sabemos que meu lado bom só aparece de vez em quando.

— Não...

Ele pousou um dedo sobre meus lábios.

— Eu tomo péssimas decisões, posso ser um babaca e faço isso de propósito. Tendo a forçar as pessoas a fazerem o que eu quero. E deixei que tudo o que aconteceu com o Dawson intensificasse esses... traços de personalidade. Mas... — Retirou o dedo e abriu um largo sorriso. — Mas você... você me faz querer ser diferente. Foi por isso que não matei o Blake. Por isso não quero que seja obrigada a tomar uma decisão dessas e nem que esteja perto de mim se eu resolver tomar.

Fiquei sem palavras ao escutá-lo admitir tudo aquilo. Mas, então, ele abaixou a cabeça e me beijou, e entendi que às vezes, quando alguém diz algo devastadoramente perfeito, não é preciso resposta. As palavras ficam subentendidas.

Passei a manhã do sábado com minha mãe. Tomamos um café gorduroso, daqueles que entopem artérias, numa das filiais da International House of Pancakes, a cadeia de restaurantes especializados em panquecas, e, em seguida, passamos quase duas horas fazendo compras numa daquelas lojas de um e noventa e nove. Em geral, eu preferiria arrancar as pestanas a perambular por aqueles corredores, mas queria passar um tempo com a minha mãe.

À noite, Daemon e eu iríamos encontrar o Blake — só nós dois, a pedido do surfista. Matthew e Andrew ficariam no estacionamento para espionar e nos dar cobertura, uma vez que a Dee e o Dawson, por motivos muito diferentes, tinham sido proibidos de se aproximarem do local de encontro.

Não havia como prever o que iria acontecer. Esse talvez fosse meu último sábado, meu último *qualquer coisa* com a minha mãe. O que tornou a experiência toda amargamente doce e assustadora. Senti vontade de contar a ela o que estava acontecendo várias vezes durante o café e o trajeto de carro, mas não podia. Mesmo que pudesse, provavelmente não encontraria palavras. Ela estava se divertindo — adorando passar um tempo comigo — e eu jamais conseguiria arruinar o momento.

Mas os *e se* me assombravam. E se fosse uma armadilha? E se o DOD ou o Daedalus nos capturasse? E se eu acabasse como a Beth e minha mãe jamais me visse de novo? E se ela se mudasse de volta para Gainesville para fugir das lembranças da nossa vida?

Quando por fim chegamos em casa, eu estava certa de que ia vomitar. A comida revirava no meu estômago. Estava me sentindo tão mal que fui me deitar enquanto mamãe descansava um pouco antes de sair para o plantão.

Após cerca de uma hora olhando para a parede, Daemon me mandou uma mensagem e eu lhe disse que ficasse à vontade para aparecer quando bem quisesse. Mal havia terminado de enviar a resposta quando senti o familiar arrepio quente na nuca e me virei para a porta do quarto.

Ele a abriu e entrou sem fazer o menor barulho, os olhos brilhando diabolicamente.

— Sua mãe está dormindo?

Fiz que sim.

Seus olhos perscrutaram meu rosto e, em seguida, ele fechou a porta. Meio segundo depois, estava sentado ao meu lado, as sobrancelhas franzidas.

— Você está preocupada.

Como ele sabia eu não fazia ideia. Fiz menção de negar, porque odiava a ideia de vê-lo preocupado comigo ou de ele achar que eu era fraca, mas não queria dar uma de forte no momento. Precisava de conforto — precisava *dele*.

— É, um pouco.

Ele sorriu.

— Vai dar tudo certo. Não deixarei que nada de mau aconteça com você.

Daemon correu as pontas dos dedos pelo meu rosto, e dei-me conta de que eu podia ser as duas coisas. Podia surtar um pouco e precisar do carinho dele e ao mesmo tempo me levantar às seis e ir ao encontro do nosso destino de cabeça erguida. Eu podia ser ambos.

Céus, realmente precisava ser um pouco de cada.

Sem dizer nada, afastei-me para lhe dar espaço. Ele se meteu debaixo das cobertas e passou um braço pesado em volta da minha cintura. Aconcheguei-me a ele, apoiando a cabeça sob seu queixo e fechando as mãos sobre seu peito. Com as pontas dos dedos, desenhei um coração sobre o dele. Daemon riu.

Ficamos ali deitados por umas duas horas. Conversamos um pouco e rimos baixinho, tomando cuidado para não acordar minha mãe. Tiramos um pequeno cochilo até que acordei, enroscada em seus braços e pernas. Também nos beijamos algumas vezes, e os beijos... bem, eles tomaram quase todo o nosso tempo.

Daemon beijava maravilhosamente bem.

Com os lábios inchados, observei-o sorrir, as pálpebras pesadas, mas, por trás delas, seus olhos eram da cor da grama úmida da primavera. Seu cabelo enroscava na altura da nuca. Eu adorava correr os dedos pelas mechas, observando-as se esticar e, em seguida, encolher novamente. E ele gostava quando eu fazia isso. Daemon fechou os olhos e inclinou a cabeça de lado para que eu tivesse um melhor acesso, tal como um gato se espreguiçando para ser acariciado.

Ah, as pequenas coisas da vida!

Ele pegou minha mão quando a deslizei de volta, acariciando os músculos fortes de seu pescoço, e levou a palma aos lábios. Meu coração deu uma pequena cambalhota e, então, ele me beijou de novo... e de novo. Sua mão escorregou para o meu quadril, os dedos se fechando em volta do cós do jeans antes de deslizarem por baixo da bainha da camiseta, fazendo minha pulsação ir a mil. Em seguida, me virou e se deitou por cima de mim, e seu peso provocou reações ensandecidas em minhas entranhas.

Ao sentir suas mãos subirem ainda mais, arqueei as costas.

— Daemon...

Sua boca silenciou o que quer que eu fosse dizer, esvaziando meu cérebro. Por um momento, foi como se só houvesse nós dois no mundo.

A preocupação pelo que teríamos que fazer mais tarde simplesmente sumiu do meu radar. Enganchei uma perna na dele e...

Escutei o som de passos atravessando o corredor.

Daemon desapareceu de cima de mim e ressurgiu ao lado da cadeira da escrivaninha. Com um sorrisinho desavergonhado, pegou um livro enquanto eu me recompunha.

— O livro está de cabeça pra baixo — alfinetei, passando a mão pelo cabelo para ajeitá-lo.

Com uma risadinha por entre os dentes, ele virou o livro e o abriu. Segundos depois, mamãe bateu à porta e entrou. Seus olhos recaíram sobre a cama e, em seguida, se voltaram para a cadeira.

— Olá, sra. Swartz — cumprimentou ele. — A senhora parece bem descansada.

Fuzilei-o com os olhos e cobri a boca com a mão para abafar o riso. Ele havia escolhido uma daquelas histórias românticas cuja capa mostra um mocinho seminu de peito largo prestes a devorar a mocinha peituda.

Minha mãe arqueou uma sobrancelha. Sua expressão dizia basicamente: "Que porra é essa?" Quase caí na gargalhada.

— Boa noite, Daemon. — Ela se virou para mim e estreitou os olhos.

Um cara de tanguinha?, perguntou ele, movendo apenas os lábios e revirando os olhos.

— Quarto aberto, Katy. — Ela voltou para junto da porta. — Você conhece as regras.

— Desculpa, não queríamos te acordar.

— Muita consideração, mas mantenha a porta aberta.

Assim que ela saiu, Daemon jogou o livro em cima de mim. Ergui a mão, fazendo-o parar em pleno ar, e o peguei.

— Excelente escolha.

Ele estreitou os olhos.

— Cala a boca.

Eu ri.

❋ ❋ ❋

LUX 3 OPALA

Ninguém estava rindo quando entramos no estacionamento do Smoke Hole Diner's um pouco antes das seis. Com um olhar por cima do ombro, reconheci o carro do Matthew estacionado nos fundos. Esperava sinceramente que ele e o Andrew ficassem de olhos bem abertos.

— O DOD não vai invadir o restaurante atrás da gente — falou Daemon, desligando o carro. — Não num lugar público.

— Mas o Blake pode congelar o lugar inteiro.

— Eu também.

— Ah! Nunca te vi fazer isso.

Ele revirou os olhos.

— Já viu, sim. Eu congelei o caminhão, lembra? Quando salvei a sua vida?

— Ah, é. — Lutei para conter um sorriso. — Verdade.

Daemon estendeu a mão e ergueu meu queixo gentilmente.

— É bom se lembrar mesmo. De mais a mais, não sou exibido.

Abri a porta do carro, rindo.

— Você? Não é exibido? Tá bom!

— Como assim? — Uma expressão falsamente ofendida cruzou-lhe o rosto enquanto fechava a porta e dava a volta pela frente do carro. — Sou muito modesto.

— Se não estou enganada, você disse que modéstia é para os santos e fracassados. — A brincadeira ajudou a acalmar meus nervos. — *Modéstia* não é uma palavra que eu usaria para te descrever.

Ele apoiou o braço em meu ombro.

— Eu nunca disse isso.

— Mentiroso.

Daemon me lançou um sorrisinho sacana ao entrarmos. Corri os olhos pelo restaurante em busca do Blake, observando os revestimentos de pedras naturais que cobriam as pernas das mesas e as divisórias, mas ele ainda não havia chegado. O maître nos conduziu até uma aconchegante mesa nos fundos, próxima à lareira. Enquanto esperávamos, tentei me manter ocupada rasgando o guardanapo em pequeninos pedaços.

— Você pretende comer isso ou está preparando uma cama para seu hamster?

Eu ri.

— Na verdade, sanitário orgânico para gatos.

— Legal.

Uma garçonete ruiva surgiu com um sorriso de orelha a orelha.

— Como vai, Daemon? Faz tempo que não te vejo.

— Bem. E você, Jocelyn?

Ao escutá-los se tratarem pelo primeiro nome, tive que dar uma conferida na mulher. Não por ciúmes ou algo assim. Sei, até parece. Jocelyn era mais velha do que a gente, mas não muito. Ela devia ter uns vinte e poucos, e era realmente bonita com aqueles cabelos vermelhos presos no alto da cabeça, os cachos grossos emoldurando um rosto de porcelana.

Certo, ela era linda... tipo, luxeanamente linda!

Empertiguei-me no banco.

— Estou ótima — respondeu ela. — Larguei a gerência desde que tive os bebês. Eles tomam muito tempo, de modo que resolvi trabalhar só meio período. Mas você e sua família deviam vir nos visitar, principalmente agora que... — Ela me olhou pela primeira vez, e o sorriso desapareceu. — O Dawson retornou. Roland adoraria ver vocês.

Totalmente alienígena, pensei.

— Será um prazer. — Daemon me lançou um olhar de relance e deu uma piscadinha matreira. — A propósito, Jocelyn, esta é a Kat, minha namorada.

Senti uma ridícula onda de felicidade ao estender a mão para cumprimentá-la.

— Oi.

Ela piscou, e pude jurar que seu rosto ficou ainda mais branco.

— Namorada?

— Namorada — repetiu ele.

Jocelyn se recobrou rapidamente e apertou minha mão. Uma leve descarga elétrica brotou do contato, mas fingi não perceber.

— É um prazer te conhecer — disse, soltando minha mão imediatamente. — Ahn, o que vocês vão querer?

— Duas Cocas — pediu ele.

Ao vê-la se afastar como quem viu uma assombração, ergui as sobrancelhas.

— Jocelyn...?

Ele me entregou outro guardanapo.

— Tá com ciúmes, gatinha?

— Até parece! — Parei de rasgar o papel. — Certo, um pouquinho, mas só até perceber que ela faz parte do PRA.

— PRA? — Ele se levantou, veio para o meu lado e disse: — Chega pra lá.

Cheguei.

— Programa de Realocação Alienígena.

— Ah. — Daemon apoiou o braço no encosto do banco e esticou as pernas. — Ela é gente boa.

Jocelyn retornou com nossos refrigerantes e perguntou se queríamos esperar nosso amigo chegar para pedirmos a comida. De jeito nenhum. Daemon pediu um sanduíche de carne e eu resolvi que comeria metade do dele. Não tinha certeza se conseguiria engolir muito mais do que isso.

Ele virou o corpo para mim ao terminar de escolher o acompanhamento: batatas fritas ou purê — as fritas ganharam.

— Vai dar tudo certo — disse em voz baixa. — Okay?

Fingindo coragem, assenti com um menear de cabeça e corri os olhos de novo pelo restaurante.

— Só quero terminar logo com isso.

Menos de um minuto depois, o sininho da porta tilintou e, antes que eu pudesse erguer os olhos, Daemon enrijeceu ao meu lado. Nem precisei olhar — soube imediatamente. Meu estômago veio parar na garganta.

Uma coroa de cabelos alourados e espetados — artisticamente bagunçados com toneladas de gel — surgiu à vista, acompanhada por um par de olhos amendoados que se fixou instantaneamente na nossa mesa.

Blake havia chegado.

[12]

surfista cruzou o salão com um ar confiante, porém nada parecido com o jeito calmo e letal de andar do Daemon ou o sorriso frio e arrogante que ele ostentava no momento. A expressão de um perfeito predador.

De repente, tive dúvidas se um local público era o mais aconselhável.

— Bart — cumprimentou Daemon de modo arrastado, tamborilando os dedos no encosto do banco. — Quanto tempo!

— Vejo que ainda não aprendeu o meu nome. — Blake se acomodou no banco à nossa frente. Seu olhar recaiu sobre a pilha de papeizinhos picados e, em seguida, se voltou para mim. — Oi, Katy.

Daemon se debruçou sobre a mesa. Continuava sorrindo, mas as palavras soaram como os ventos gélidos do ártico.

— Não se dirija a ela. De forma alguma.

Não havia como deter o He-man quando ele resolvia aparecer para brincar, mas mesmo assim dei-lhe um beliscão por baixo da mesa. Ele me ignorou.

— Bem, falar só com você vai fazer com que essa conversa seja mais complicada.

— Acha que eu ligo? — retrucou meu namorado, apoiando a outra mão sobre a mesa.

Soltei um lento suspiro.

— Certo. Vamos logo com isso. Onde estão a Beth e o Chris, Blake?

Seus olhos se fixaram novamente em mim.

— Eu...

Uma corrente de eletricidade emergiu da mão do Daemon e disparou por cima da mesa, acertando o Blake. Ele se contraiu com um sibilo e estreitou os olhos.

Daemon sorriu.

— Olhe só, seu imbecil, você não vai me intimidar dessa vez. — A voz do surfista esbanjava desprezo. — Isso é uma perda de tempo que só vai conseguir me deixar puto.

— Veremos.

Jocelyn retornou com o sanduíche gigantesco e anotou o pedido do Blake. Tal como eu, ele quis apenas um refrigerante. Assim que ficamos novamente sozinhos, voltei a atenção para ele.

— Onde eles estão?

— Se eu disser, preciso confiar que nem vocês dois nem ninguém irá me fazer nadar no lago com os pés cimentados.

Revirei os olhos diante da referência à máfia.

— A confiança é uma via de mão dupla.

— E nós não confiamos em você — completou Daemon.

Blake inspirou fundo.

— Não posso culpá-los. Não dei a vocês nenhum motivo para confiarem em mim além do fato de não ter contado ao Daedalus que a mutação funcionou muito bem.

— E eu aposto que ou o seu tio Vaughn o impediu de contar ou você achou que ele estava fazendo o trabalho dele — rebati, tentando não pensar na cara horrorizada do Blake ao descobrir que o tio o traíra. Ele não merecia minha simpatia. — Ele te passou a perna por dinheiro.

Blake trincou o maxilar.

— É verdade. E colocou o Chris em perigo. Mas isso não significa que, após o incidente, eu não tenha precisado convencê-los do contrário.

Eles acham que estou feliz em ser um espião. Que abracei a causa de corpo e alma.

Daemon soltou uma risadinha.

— Para salvar a própria pele, tenho certeza.

O surfista ignorou o comentário.

— O fato é que o Daedalus não acredita que você seja uma cobaia viável.

— Como você sabe? — Os dedos do Daemon apertaram o garfo com força.

Blake lançou-lhe um olhar que dizia *dã*.

— A única ameaça verdadeira aqui é o Will. É óbvio que ele descobriu e tentou usar essa informação.

— Will não é o nosso maior problema no momento, nem o mais irritante. — Daemon deu uma dentada no sanduíche e mastigou bem devagar. — Ou você é muito corajoso ou inacreditavelmente idiota. Acredito mais na segunda opção.

O surfista bufou.

— Pense o que quiser.

Uma expressão assassina escureceu o rosto do Daemon e, por um momento, ninguém disse nem fez nada enquanto Jocelyn voltava com o refrigerante do Blake. Assim que ela se afastou, meu namorado se debruçou sobre a mesa, os olhos começando a brilhar por trás dos cílios.

— Nós te demos uma chance e você voltou depois de ter matado um dos nossos. Acha mesmo que sou a única pessoa com quem tem que se preocupar e ficar de olhos abertos?

Um lampejo de medo cintilou nos olhos tempestuosos do surfista, mas ele manteve a voz calma.

— O mesmo vale pra você, parceiro.

Daemon se recostou de volta no banco, os olhos semicerrados.

— Então estamos de comum acordo.

— Voltando ao Daedalus — intervim. — Como você sabe que eles estão vigiando o Dawson?

— Eu estava vigiando vocês, e vi os caras perambulando pela área. — Ele se recostou no assento também e cruzou os braços. — Não sei o que o Will fez para libertá-lo, mas duvido que ele tenha conseguido enganar todo mundo. Dawson está livre porque eles o queriam livre.

Olhei de relance para o Daemon. A suspeita do Blake refletia a nossa, mas pelo visto esse era um problema para outra hora.

O surfista baixou os olhos para o próprio copo.

— Essa é a minha proposta. Eu sei onde eles estão mantendo a Beth e o Chris. Nunca estive lá, mas conheço alguém que esteve e pode nos dar os códigos de segurança para entrarmos.

— Espera um pouco — falei, balançando a cabeça com desconfiança. — Quer dizer que você não pode nos colocar lá dentro. Outra pessoa é que pode?

— Grande novidade. — Daemon deu uma risadinha. — Biff é basicamente inútil.

Os lábios do Blake se apertaram numa linha fina.

— Eu sei em qual andar e em qual cela eles estão sendo mantidos, portanto, sem a minha ajuda, vocês ficariam perambulando pelo prédio, implorando para serem capturados.

— E o meu punho está implorando para acertar a sua cara — rebateu Daemon.

Revirei os olhos.

— Você não está só pedindo que a gente confie em você, mas que confiemos em alguém mais?

— *Esse* alguém é como a gente, Katy. — Ele apoiou os cotovelos sobre a mesa e começou a balançar o copo. — É um híbrido que conseguiu escapar das garras do Daedalus. E, como era de esperar, não só os odeia como adoraria ferrá-los. Ele não vai passar a perna na gente.

Eu não estava gostando nada disso.

— E como alguém consegue "escapar das garras do Daedalus"?
Blake sorriu com frieza.

— A pessoa... desaparece.

Ah, bem, isso era tranquilizador. Joguei os cabelos para trás, apreensiva.

— Tá, digamos que a gente concorde, como você vai entrar em contato com ele?

— Vocês não vão acreditar, a menos que estejam lá para conferir por conta própria. — Ele tinha razão. — Sei onde encontrar o Luc.

Daemon fez um muxoxo.

— O nome dele é *Luc*?

Blake assentiu.

— Não dá para entrar em contato com ele por telefone nem e-mail. Luc é um tanto paranoico, acha que o governo grampeia celulares e computadores. Teremos que ir ao encontro dele pessoalmente.

— E onde ele está? — perguntou Daemon.

— Luc costuma ir toda quarta à noite a uma boate nos arredores de Martinsburg — respondeu o surfista. — Ele estará lá na próxima quarta.

Daemon riu, o que me fez pensar no que havia de tão engraçado.

— As únicas boates nessa parte da West Virginia são boates de strip-tease.

— É o que você pensa. — Blake assumiu uma expressão presunçosa. — Essa é uma boate diferente. — Olhou de relance para mim. — As garotas não costumam aparecer de jeans e camiseta.

Lancei-lhe um olhar sem expressão enquanto pegava uma batata frita no prato do Daemon.

— E como elas vão? Nuas?

— Quase. — O sorriso agora foi real, acendendo o verde dos olhos e me fazendo lembrar o Blake que eu conhecera. — Azar o seu. Sorte a minha.

— Você realmente quer morrer, não quer? — interrompeu Daemon.

— Às vezes acho que sim. — Fez uma pausa e remexeu os ombros. — De qualquer forma, a gente encontra com ele, consegue os códigos e pronto. Assim que entrarmos, vocês pegam a Beth e eu pego o Chris. Depois disso, nunca mais irão me ver.

— Essa é a única coisa que você disse até agora que gostei de ouvir. — Os olhos penetrantes do Daemon se fixaram no Blake. — O problema é que estou tendo dificuldade de acreditar em você. Esse tal híbrido está em Martinsburg, certo? Não tem reserva alguma de quartzo-beta naquela área. Como é que ele ainda não se tornou um lanchinho de algum Arum?

Um brilho estranho cintilou nos olhos do surfista.

— Luc sabe se cuidar.

LUX 3 OPALA

Algo naquela história não batia bem.
— E onde está o Luxen ao qual ele está conectado?
— Com ele.

Bem, isso respondia à pergunta, mas, ainda assim, a coisa toda me soava estranha. O risco parecia grande demais, mas que opção a gente tinha? Já estávamos mergulhados na merda até o pescoço. Podíamos muito bem afundar a cabeça — naufragar ou nadar, como meu pai diria.

— Veja bem — falou Blake, os olhos firmemente pregados no Daemon. — O que aconteceu com o Adam... não foi minha intenção. Sinto muito, mas você, mais do que ninguém, deveria entender. Você faria qualquer coisa pela Katy.

— Faria. — Daemon estremeceu ligeiramente. Uma leve corrente de eletricidade eriçou os pelos do meu corpo. — Se em algum momento eu achar que você está tentando nos passar uma rasteira, não irei hesitar. Não vou te dar uma terceira chance. E você nunca viu do que eu sou realmente capaz, garoto.

— Entendido — murmurou Blake, baixando os olhos. — Estamos combinados?

A pergunta de um milhão de dólares — a gente ia embarcar nessa mesmo? Senti em meu próprio peito o coração do Daemon se acalmar. Ele já tomara sua decisão. Não só faria qualquer coisa para me proteger, como faria o que quer que fosse pelo irmão.

Naufragar ou nadar.

Ergui os olhos e encarei o Blake.

— Estamos.

❋ ❋ ❋

Passei a maior parte do domingo na casa do Daemon, assistindo a uma maratona de *Caçadores de Fantasmas* com ele e o Dawson enquanto esperava — ou melhor, aguardava de tocaia — a Dee. Ela teria que voltar para casa em algum momento. Pelo menos era o que o Daemon dissera.

Já estava quase anoitecendo quando ela chegou. Levantei do sofá num pulo, assustando o Dawson, que havia pegado no sono após umas quatro horas de objetos batendo e chacoalhando no meio da noite.

— Está tudo bem? — Ele agora estava completamente desperto.

Daemon aproveitou o espaço que eu deixara e se acomodou melhor.

— Tudo ótimo.

O irmão nos fitou por um longo segundo e, então, voltou a atenção novamente para a TV. Daemon assentiu com um menear de cabeça, sabendo o que eu queria fazer sem que precisasse colocar em palavras.

Dee seguiu direto para a escada sem dizer nada.

— Você tem uns dois minutinhos? — perguntei.

— Na verdade, não — respondeu ela por cima do ombro, continuando a subir os degraus.

Empertiguei os ombros e a segui.

— Bem, então vou tentar dizer tudo em um minuto só.

Ela parou no topo da escada e se virou. Por um momento, achei que fosse me empurrar escada abaixo, o que destruiria meus planos por completo.

— Tudo bem — concordou com um suspiro, como se alguém tivesse lhe pedido para recitar fórmulas de trigonometria. — Talvez seja melhor resolvermos logo isso.

Não exatamente como eu pretendia começar a conversa, mas pelo menos ela estava falando comigo. Acompanhei-a até o quarto. Como sempre, fiquei chocada com a profusão de *rosa*. Tudo era rosa. As paredes. A colcha. O laptop. O tapetinho. Os abajures. Tudo.

Dee foi até a poltrona ao lado da janela e se sentou, cruzando as pernas na altura dos tornozelos.

— O que você quer, Katy?

Reuni coragem e me acomodei na beirada da cama. Tinha passado o dia inteiro planejando um longo discurso, mas, de repente, tudo o que eu queria fazer era me ajoelhar aos pés dela e implorar que me perdoasse. Queria minha melhor amiga de volta. No entanto, ao perceber o ar de impaciência em seus traços delicados, meu estômago foi parar no chão.

— Não sei por onde começar — admiti baixinho.

Ela soltou um pesado suspiro.

LUX 3 OPALA

— Que tal começar com o motivo de você ter passado meses mentindo pra mim?

Encolhi-me ao escutar a alfinetada, mas eu merecia.

— Naquela noite em que lutamos com o Baruck na clareira, não sei o que aconteceu, mas não foi o Daemon quem o matou.

— Foi você? — Ela manteve os olhos fixos na janela, brincando distraidamente com um cacho do cabelo.

— Foi... eu me conectei com ele, e com você. A gente acha... que foi porque o Daemon já tinha me curado antes. De alguma forma, as curas anteriores já haviam nos conectado. — Um resquício do medo que eu sentira naquela noite revirou minhas entranhas. — Mas eu fui ferida... gravemente, acho, e o Daemon me curou de novo depois que você foi embora.

Seus ombros tencionaram.

— A primeira mentira, certo? Ele me disse que você estava bem e eu acreditei, como uma boa idiota. Você parecia... muito mal. Depois disso, quando o Daemon ficou fora um tempo, você agiu de modo estranho. Eu devia ter desconfiado que havia algo errado. — Ela balançou a cabeça de leve. — De qualquer forma, você podia ter me contado a verdade. Eu não teria surtado nem nada parecido.

— Eu sei. — Apressei-me em concordar. — Mas não sabíamos ao certo o que tinha acontecido. Achamos melhor não dizer nada até descobrirmos. E, quando finalmente percebemos que estávamos conectados, um monte... um monte de outras coisas estava acontecendo.

— Está falando do Blake? — Ela cuspiu o nome, soltando a mecha de cabelo com a qual estava brincando.

— Dele... e de outras coisas. — Senti vontade de me sentar ao lado dela, mas achei melhor não forçar a barra. — Tinham começado a acontecer coisas comigo. Tipo, se eu sentisse vontade de tomar um copo de chá gelado, o copo saía voando do armário. Eu não tinha controle sobre isso, e temia acabar expondo vocês de alguma forma.

Ela se virou para mim, os olhos semicerrados.

— Mas você contou pro Daemon.

Fiz que sim.

— Só porque achei que ele pudesse ter uma explicação, uma vez que foi quem me curou. Não porque eu confiasse mais nele do que em você.

Dee ergueu os cílios.

— Mas você parou de andar comigo.

Corei de vergonha. Eu tinha tomado tantas decisões erradas.

— Achei que era a coisa certa a fazer. Não queria criar problemas mexendo sem querer alguma coisa perto de você.

Ela soltou uma risada curta.

— Você parece o Daemon. Sempre achando que sabe mais do que os outros. — Fiz menção de retrucar, mas Dee continuou: — O engraçado é que eu poderia ter te ajudado. Mas o que passou passou, não pode ser mudado.

— Sinto muito. — Desejei que essas duas palavrinhas pudessem corrigir tudo o que eu havia feito de errado. — Sinto de...

— E quanto ao Blake? — Seu olhar duro se fixou em mim.

Baixei os olhos para as mãos.

— A princípio, eu não sabia o que ele era. Honestamente, gostei dele porque achava que era um garoto normal. Blake não era como o Daemon e eu pensei... pensei que não precisava questionar o motivo de ele parecer gostar de mim. — Ri, um som áspero, semelhante ao da risada da Dee. — Fui uma verdadeira idiota. Daemon desconfiou do Blake de cara. Achei que fosse ciúmes ou que ele estivesse sendo apenas, você sabe, o Daemon. Mas então uma Arum apareceu enquanto eu estava jantando com o Blake, e foi assim que descobri o que ele era.

Dee desapareceu e reapareceu ao lado da penteadeira, as mãos nos quadris.

— Me deixa ver se entendi direito. Uma Arum apareceu na cidade e você sequer cogitou a hipótese de contar para mim ou para os outros?

Virei-me para ela.

— Cogitei, sim, mas o Blake a matou e o Daemon sabia. Ficamos de olho para o caso de outros aparecerem...

— Isso me soa como uma desculpa esfarrapada. — Seria uma desculpa? Acho que sim, visto que eu devia ter contado a eles. Tentei engolir o súbito bolo em minha garganta. Os olhos dela faiscaram. — Você não faz ideia de como foi difícil guardar segredo de você no começo! O medo que eu tive de que você acabasse machucada por ser nossa amiga e... — Dee parou e fechou os olhos. — Não posso acreditar que o Daemon escondeu isso de mim.

— Não fique chateada com ele. Daemon fez todo o possível para impedir que isso acontecesse. Ele jamais acreditou que o Blake quisesse apenas me ajudar a controlar meus poderes. A culpa foi minha. — E essa culpa me corroía por dentro. — Achei que o Blake pudesse me ajudar. Que, se eu aprendesse a controlar meus poderes, poderia lutar... ajudar vocês. Vocês não teriam mais que me proteger ou se preocupar comigo. Eu não seria mais um problema.

Ela abriu os olhos.

— Você nunca foi um problema, Katy! Você era minha melhor amiga... a primeira e única amiga de verdade. E, sim, posso ser um pouco lenta nesse lance de amizade, mas sei que os amigos devem confiar uns nos outros. Você deveria saber que eu jamais te vi como uma pessoa fraca ou um problema.

— Eu... — balbuciei, sem saber o que dizer.

— Você nunca acreditou na nossa amizade. — Os olhos dela ficaram subitamente marejados, e eu me senti como a maior cretina de todos os tempos. — É isso o que me mata. Desde o começo, você nunca acreditou em mim.

— Acreditei, sim! — Fiz menção de me levantar, mas congelei. — Tomei péssimas decisões, Dee. Cometi um monte de erros. E quando finalmente percebi a seriedade desses erros, era...

— Tarde demais — murmurou ela. — Já era tarde demais, certo?

— Certo. — Tentei inspirar fundo, mas o ar ficou preso na garganta. — Blake é o que é, e tudo o que aconteceu foi minha culpa. Sei disso.

Dee se aproximou, os passos lentos e estudados.

— Quando você descobriu sobre a Beth e o Dawson?

Levantei os olhos e a encarei. Uma grande parte de mim desejava mentir — dizer que só depois que o Will confirmara, mas não podia.

— Um pouco antes do feriado de Natal. Eu vi a Beth. E depois o Matthew confirmou que, se ela estava viva, o Dawson tinha que estar.

Ela engoliu um grito de revolta e crispou as mãos.

— Como... como você pôde fazer isso?

Pude ver que ela queria me bater, e minha bochecha ardeu mesmo sem o tapa. Meio que desejei que ela tivesse cedido à vontade.

— Não sabíamos se conseguiríamos encontrá-lo ou resgatá-lo. E não queríamos que você criasse esperanças apenas para perdê-las de novo.

Dee me fitou como se não me conhecesse.

— Essa é a coisa mais idiota que já escutei. Me deixa adivinhar, foi ideia do Daemon? Porque isso é a cara dele. Só ele pra achar que estaria me protegendo me mantendo no escuro... isso magoa.

— Ele...

— Não — interrompeu ela, virando-se de costas. Sua voz tremeu. — Não o defenda. Conheço meu irmão. Sei que ele tem boas intenções, mas elas geralmente são uma porcaria. Mas você... você sabia o quanto eu sofria por ter perdido o Dawson. Não foi só o Daemon que surtou. Eu posso não ter praticamente arrancado a casa da fundação, mas uma parte de mim morreu no dia em que disseram que ele estava morto. Você devia ter me contado que achava que ele estava vivo, eu *merecia* saber.

— Tem razão.

O corpo dela tremulou por um segundo.

— Tá. Agora, deixando isso de lado. Se você tivesse me contado o que estava acontecendo com o Blake, Adam e eu saberíamos no que estávamos nos metendo. A gente teria feito a mesma coisa. Pode acreditar, teríamos entrado na sua casa pra te ajudar, mas não teríamos feito isso às cegas.

Minha garganta apertou. Havia uma mancha em minha alma, gelada e sombria. Eu podia não ter matado o Adam, mas era em parte responsável pela morte dele. Era quase cúmplice. As pessoas cometem erros o tempo todo, mas em geral eles não provocam a morte de alguém.

Os meus provocaram.

Meus ombros penderam sob o peso da culpa. Pedir desculpas não ia corrigir nada, nem para ela nem para mim. Eu não podia mudar o passado. Tudo o que podia fazer era seguir em frente e tentar compensar meus erros.

Dee me observou, a raiva se esvaindo. Ela voltou para perto da janela e se sentou com as pernas pressionadas contra o peito. Apoiou o queixo sobre os joelhos.

— E agora vocês estão cometendo outro erro.

— Não temos escolha. Realmente não temos.

— Têm, sim. Vocês podem cuidar do Blake e da pessoa para quem ele contou.

— E quanto ao Dawson? — perguntei baixinho.

Dee ficou em silêncio por um longo tempo.

— Sei que eu deveria deixar de lado meus sentimentos a respeito do Blake por ele, mas não consigo. É errado. Sei disso. Mas não consigo.

Assenti com um menear de cabeça.

— Não espero que você deixe seus sentimentos de lado, mas não quero que as coisas entre a gente continuem assim. Tem que haver um jeito... — Joguei o orgulho pela janela. — Eu sinto a sua falta, Dee. Odeio o fato de não estarmos nos falando e você estar chateada comigo. Quero encontrar um meio de superar isso.

— Sinto muito — murmurou ela.

As lágrimas arderam em minha garganta.

— O que eu posso fazer para consertar isso?

— Nada. Nem eu. — Ela balançou a cabeça com tristeza. — Não posso consertar o fato de que o Adam morreu. Nem o fato de que você e o Daemon acham que trabalhar com o Blake é uma boa ideia. E não posso consertar nossa amizade. Algumas coisas simplesmente não têm conserto.

[13]

Na terça depois da aula, Lesa foi para minha casa a fim de estudarmos juntas para a prova de biologia que teríamos no dia seguinte. Já sabia que ia ser uma bosta, visto que eu não conseguia me concentrar de forma alguma nos assuntos escolares. Parte de mim esperava que o Matthew adiasse a prova, uma vez que ele sabia o que eu teria que fazer na quarta à noite. Tinha até chegado a sugerir isso na segunda depois da aula, mas, não, claro que não era possível.

Sentada diante do computador, eu me balançava para frente e para trás, o livro de biologia aberto no colo. Deveria estar prestando atenção às anotações que Lesa lia em voz alta, mas em vez disso abri minha cópia de um novo romance para jovens adultos e comecei a redigir um teaser para postar no blog.

Digitei rápido, escolhendo umas três frases curtas com um sorrisinho diabólico. "*Eu era sua força — o ás na manga. Eu era o começo e ele era o fim. E juntos, nós éramos tudo.*" Apertei o enter e fechei o livro, com sua bela capa em tom âmbar.

— Você não está prestando atenção — falou Lesa, empertigando-se.

— Estou, sim. — Virei-me para ela, lutando para conter um sorriso. — Você estava dizendo algo sobre células e organismos.

Ela arqueou uma sobrancelha.

— Uau. Tô vendo que o teste vai ser moleza.

— Eu vou me dar mal. — Abaixei a cabeça, fechei os olhos e soltei um longo e sofrido suspiro. — Não consigo me concentrar. Prefiro ler algo interessante... como isso. — Apontei para o livro cujo teaser eu acabara de postar e, em seguida, para a pilha de outros tantos do gênero. — Além disso, tenho um compromisso amanhã à noite.

— Ah! Que compromisso? Com o Daemon? Se for, por favor me diz que esse compromisso começa com *s* e termina com *o*.

Abri os olhos e franzi o cenho.

— Credo, você é mais tarada que qualquer garoto.

Ela assentiu com um menear de cabeça, fazendo os cachos balançarem.

— Como se você não soubesse.

Joguei a caneta em cima dela.

Lesa fechou o caderno, rindo.

— Então, que compromisso é esse que está te deixando tão distraída?

Não havia muito o que eu pudesse dizer, mas a ansiedade era tanta que precisava falar alguma coisa.

— Daemon e eu vamos a uma boate ou coisa assim em Martinsburg para encontrar alguns amigos dele.

— Parece divertido.

Dei de ombros. Tinha dito a minha mãe que ia ao cinema e, como ela estaria de plantão, não teria problemas com um possível toque de recolher. O problema é que eu não fazia ideia do que vestir e, além disso, a história com a Dee havia me deixado bastante deprimida.

Levantei da cadeira num pulo e fui até o armário.

— Tenho que usar algo sexy, mas não possuo nada do tipo.

Lesa parou atrás de mim.

— Estou certa de que podemos encontrar alguma coisa aqui.

Havia uma montanha de jeans e pulôveres, mas nada parecido com o que o Blake havia sugerido. A raiva me subiu à garganta. Ver o surfista de volta na escola estava acabando comigo. Ele era um assassino — meu parceiro de laboratório era um assassino.

Enjoada, afastei a pilha de calças jeans.

— Não sei, não.

Lesa me empurrou para o lado.

— Me deixa dar uma olhada. Sou perita em roupas estilosas e sensuais. Pelo menos é o que o Chad diz e, bom, preciso reconhecer que ele tem razão. — Ela deu uma risadinha rápida e sacana. — Ele tem bom gosto.

Recostei contra a parede.

— Faça a sua mágica.

Cinco minutos depois, Lesa e eu olhamos para os itens esticados sobre a cama, imaginando uma prostituta invisível vestida com eles. Minhas bochechas já estavam vermelhas feito um pimentão.

— Ahn...

Lesa riu.

— Você devia ver a sua cara.

Balancei a cabeça, frustrada.

— Você sabe o que eu costumo usar. Isso... não tem nada a ver comigo.

— Essa é a parte divertida de ir a boates, principalmente quando elas ficam fora da cidade. — Ela franziu o nariz. — Bom, por aqui todas ficam fora da cidade, mas, de qualquer forma, é a nossa chance de fingir sermos outra pessoa. Deixe a stripper que existe dentro de você sair pra brincar.

Caí na gargalhada.

— A stripper que existe dentro de mim?

Lesa assentiu.

— Você nunca entrou disfarçada num bar ou numa boate?

— Já, mas eles ficavam na praia, e todo mundo se vestia com roupas leves, de verão. Não estamos no verão.

— E daí?

Revirei os olhos e me virei de novo para a cama. Lesa havia encontrado uma saia de brim que eu comprara via internet para o verão do ano passado e que acabara ficando um pouco curta demais. Tipo, isso-é-um--cinto-ou-uma-saia?, e que por preguiça eu não havia trocado. Acima dela estava um suéter preto estilo cropped. Eu costumava usá-lo sobre uma camisa ou uma blusinha de alça. Ele tinha mangas compridas, de modo que esconderia as cicatrizes nos pulsos, mas quase nada além disso. E, no chão, estava um par de botas que vinham até o joelho que eu conseguira durante uma liquidação no último inverno.

E isso era tudo.

Isso mesmo, tudo.

— Minha bunda e meus peitos vão ficar de fora.

Lesa bufou.

— Mentira, seus peitos não vão ficar de fora.

— Mas minha barriga inteira vai!

— Você tem uma barriga bonita, então mostra. — Ela pegou a saia e a segurou diante da cintura. — Vou querer pegar emprestada depois.

— Sem problema. — Franzi o cenho. — Onde você pretende usar isso?

— Na escola. — Ela riu ao ver minha expressão. — Vou usar com meia-calça por baixo, sua puritana.

Ótima ideia.

— Isso! — Fui até a cômoda e comecei a vasculhar a gaveta de meias. Peguei uma meia-calça opaca preta. — A-há! Posso usar a saia com ela. — E uma jaqueta... e talvez uma máscara.

Ela arrancou a meia-calça da minha mão e a jogou do outro lado do quarto.

— De jeito nenhum.

Desanimei.

— Não?

— Não. — Lesa deu uma olhadinha por cima do meu ombro e, com um sorriso, estendeu o braço e tirou mais alguma coisa de dentro do armário. — Mas estas aqui você pode usar.

Meu queixo caiu. Ela balançava um par de meias arrastão entre os dedos.

— Isso aí foi parte de uma fantasia de Halloween.

— Perfeito. — Ela as colocou sobre a cama.

Ai, minha Santa Maria, mãe de Deus... Sentei no chão de pernas cruzadas.

— Bom, pelo menos acho que o Daemon vai gostar.

— Claro que vai. — Lesa se aboletou na cama e o sorriso desapareceu. — Posso te perguntar uma coisa e você promete que vai responder honestamente? — Sininhos de alarme tilintaram em meu cérebro, mas assenti. Ela inspirou fundo. — Daemon beija bem mesmo? Porque eu vejo que você fica...

— Lesa!

— Que foi? Uma garota tem o direito de saber essas coisas.

Mordi o lábio, roxa de vergonha.

— Vamos lá, é o momento de compartilhar.

— Ele... ele beija como se estivesse morrendo de sede e eu fosse uma jarra de água. — Cobri o rosto com as mãos. — Não posso acreditar que disse isso em voz alta.

Lesa deu uma risadinha.

— Parece um desses romances que você gosta de ler.

— Parece mesmo. — Comecei a rir também. — Mas juro por Deus que é verdade. Eu me derreto toda quando ele me beija. É constrangedor. Sinto vontade de dizer: "Obrigada, pode me dar outro beijo?" Uma tristeza!

Nós duas rimos. Foi estranho, mas grande parte da tensão se esvaiu. Conversar sobre garotos e rir era algo tão surpreendentemente normal!

— Você o ama, não ama? — perguntou ela assim que conseguiu recuperar o fôlego.

— Amo. — Estiquei as pernas e suspirei. — Amo de verdade. E quanto ao Chad?

Lesa escorregou para o chão e apoiou as costas na cama.

— Eu gosto dele... muito. Mas nós vamos para faculdades diferentes, de modo que procuro encarar nosso relacionamento de forma realista.

— Sinto muito.

— Não sinta. Chad e eu estamos nos divertindo e, falando sério, qual é o sentido em fazer qualquer coisa se não for divertido? Esse é o meu lema de vida. — Fez uma pausa e afastou alguns cachos do rosto. — Acho que preciso ensinar esse lema pra Dee. O que diabos tá acontecendo com ela? Dee continua sem falar comigo ou com a Carissa.

Meu bom humor foi parar no ralo e voltei a ficar tensa. *Não posso consertar nossa amizade.* Eu tinha tentado — tentado mesmo —, mas os danos que provocara à nossa amizade pelo visto eram irreparáveis.

Suspirei.

— Aconteceu muita coisa com ela ao mesmo tempo... a morte do Adam, o retorno do Dawson...

Lesa aproveitou a deixa.

— Por falar nisso, não é estranho?

— Como assim?

— Você não acha estranho? Sei que não morava aqui na época, mas a Beth e o Dawson eram como Romeu e Julieta da West Virginia. Não posso acreditar que ele não tem notícias dela.

Um calafrio desconfortável percorreu minha espinha.

— Não sei. O que você acha que aconteceu?

Lesa desviou os olhos e mordeu o lábio inferior.

— Só acho tudo muito estranho. O Dawson parece outra pessoa. Ele se tornou fechado e carrancudo.

Lutei para encontrar algo para dizer.

— Bem, provavelmente ele ainda gosta dela e está chateado pelas coisas não terem dado certo. Além disso, ele deve sentir falta do Adam. Você sabe que tem acontecido muita coisa.

— Pode ser. — Ela me lançou um olhar de esguelha. — Tem rolado alguns boatos.

Meus instintos vieram à tona.

— Que tipo de boatos?

— Bem, pra começar quem anda falando é o pessoal de sempre... Kimmy e seu grupinho. Mas tem acontecido tantas coisas estranhas por aqui. — Ela se levantou e prendeu o cabelo num rabo de cavalo frouxo. — Primeiro a Beth e o Dawson desaparecem da face da Terra. Depois, no último verão, a Sarah Butler cai dura no chão, assim do nada.

Uma camada de suor frio cobriu minha pele. Sarah Butler dera o azar de estar na hora errada no lugar errado. Na noite em que eu tinha sido atacada pelo Arum, Daemon aparecera e o afugentara. De raiva, o Arum havia matado a garota.

Lesa começou a andar de um lado para outro.

— Aí o Simon Cutters desaparece. Ninguém nunca mais ouviu falar dele. Em seguida o Adam morre num maldito acidente de carro, e, então, o Dawson reaparece como num passe de mágica, só que sem o suposto amor da sua vida.

— É estranho mesmo — concordei lentamente. — Mas pura coincidência.

— Será? — Seus olhos escuros faiscaram. Ela balançou a cabeça, frustrada. — Alguns dos amigos do Simon acham que algo aconteceu com ele.

Ah, não.

— O que eles acham?

— Que ele foi assassinado. — Ela se sentou do meu lado e acrescentou em voz baixa, como se alguém pudesse escutar: — E que o Adam teve algo a ver com isso.

— O quê? — Certo, por essa eu não esperava.

Ela assentiu.

— Eles não acham que ele esteja realmente morto. Como não houve funeral nem nada do gênero, acham que o Adam fugiu antes que a polícia descobrisse que ele havia feito alguma coisa com o Simon.

Simplesmente a encarei.

— Acredite em mim, o Adam está morto. Definitivamente morto.

Lesa contraiu os lábios.

— Eu acredito em você.

Não tinha muita certeza disso.

— Por que eles acham que o Adam teve algo a ver com essa história do Simon?

— Bem... algumas pessoas sabem que o Simon tentou ficar com você. E que o Daemon deu uma surra nele por isso. Talvez ele tenha tentado algo com a Dee também e o Adam perdeu a cabeça.

O choque foi tanto que soltei uma gargalhada.

— O Adam jamais teria perdido a cabeça. Ele não fazia o tipo esquentadinho.

— É o que eu acho, mas os outros... — Ela se recostou novamente na cama. — Bom, mas chega dessa merda. Você vai arrasar amanhã à noite.

A conversa acabou retornando para os estudos. No entanto, continuei com uma sensação gelada, corrosiva, no fundo do estômago. Tipo como quando você faz algo errado e sabe que vai ser pego.

LUX 3 OPALA

Com as pessoas começando a prestar atenção a todas as coisas estranhas que aconteciam na cidade, quanto tempo levaria para que elas seguissem as pistas e chegassem à origem de tudo? Ao Daemon, sua família, sua espécie e, por fim, a mim?

[14]

Martinsburg era mais do que um vilarejo, mas não chegava a ser uma cidade, pelo menos não pelos padrões de Gainesville. Em pleno desenvolvimento, ela ficava a uma hora da capital, nas imediações da rodovia interestadual, aninhada entre duas montanhas — uma espécie de portão de entrada para cidades maiores como Hagerstown e Baltimore. A parte sul era bastante desenvolvida, com shoppings e restaurantes que eu daria meu livro predileto para que Petersburg tivesse também, além de vários prédios comerciais. Havia até um Starbucks, pelo qual tivemos que passar direto, para minha grande decepção, mas já estávamos atrasados.

O trajeto inteiro já havia começado mal, o que era um péssimo indicador de como a noite provavelmente iria progredir.

Para começar, Blake e Daemon entraram numa discussão antes mesmo de sairmos de Petersburg. Algo sobre a rota mais rápida para chegar à parte mais estreita a leste do estado. Blake achava melhor irmos pelo sul. Daemon pelo norte. O que deu início a um bate-boca de proporções épicas.

Meu namorado acabou vencendo, uma vez que era ele quem estava dirigindo, deixando Blake de cara amarrada no banco traseiro. Mas então, quando estávamos perto de Deep Creek, uma tempestade de neve nos obrigou a diminuir a marcha, e o surfista sentiu necessidade de ressaltar que as estradas do sul provavelmente estavam em melhores condições.

Para piorar, a quantidade de obsidiana que eu carregava comigo e a pouca roupa com a qual estava vestida estavam me deixando bastante desconfortável. Tinha resolvido acatar a sugestão da Lesa, para felicidade do Daemon. Se ele fizesse mais um comentário sobre o comprimento da minha saia ia levar uma porrada.

E, se o Blake fizesse alguma gracinha, Daemon transformaria a cara dele em purê.

Eu ficava esperando que um pelotão de Arum surgisse do nada e forçasse o carro para fora da estrada, mas, até então, o colar, o bracelete e a faca de obsidiana escondida dentro da minha bota — *para meu grande desespero* — continuavam frios.

Quando enfim chegamos a Martinsburg, minha vontade era de saltar do carro em movimento. Ao nos aproximarmos da saída que seguia para Falling Waters, Daemon perguntou:

— E agora?

Blake chegou para a frente e apoiou os cotovelos nos encostos dos nossos bancos.

— Na próxima saída... Spring Mills, você vira à esquerda, como se estivesse voltando para Hedgesville ou Back Creek.

Back Creek? Riacho dos Fundos? Fiz que não, exasperada. Estávamos a caminho de uma região mais civilizada, porém os nomes de algumas daquelas cidades pareciam dizer o contrário.

Cerca de uns três quilômetros após pegarmos a saída indicada pelo Blake, ele disse:

— Está vendo aquele velho posto de gasolina ali na frente?

Daemon estreitou os olhos.

— Estou.

— Vira ali.

Inclinei-me para a frente para ver melhor. Atrás do que me pareciam velhas e detonadas bombas de combustível cobertas por ervas daninhas havia um prédio — uma espécie de galpão.

— A boate fica num posto de gasolina?

O surfista riu.

— Não. Apenas contorne o galpão e continue pela estradinha de terra.

Daemon seguiu as instruções, murmurando algo por entre os dentes sobre sujar a Dolly. A estradinha de terra mais parecia uma trilha aberta por milhares de pneus, tão escura e deserta que senti vontade de pedir para darmos meia-volta.

À medida que prosseguíamos, o cenário ficava ainda mais assustador. Árvores grossas ladeavam o caminho, intercaladas aqui e ali por construções em ruínas, com tábuas de madeira cobrindo as janelas e buracos escuros onde outrora deveria haver portas.

— Não sei se isso é uma boa ideia — admiti. — Acho que já vi algo semelhante em *O Massacre da Serra Elétrica*.

Daemon bufou. Dolly seguia aos solavancos pela estrada esburacada, até que, de repente, nos deparamos com outros carros. Eles estavam por todos os lados. Estacionados de maneira caótica ao lado das árvores ou aglomerados no meio de um terreno baldio. Atrás das fileiras intermináveis de veículos havia um prédio baixo e quadrado sem nenhum letreiro na frente.

— Certo. Tenho quase certeza de que já vi esse lugar em *O Albergue*... um *e* dois.

— Vai dar tudo certo — falou Blake. — O lugar é escondido para ficar fora do radar, não porque eles gostam de sequestrar e matar turistas desavisados.

Reservei-me o direito de discordar.

Daemon estacionou o mais longe possível, sem dúvida com mais receio de que a Dolly acabasse com a lataria riscada do que a gente fosse devorado pelo Pé Grande.

Um sujeito surgiu do meio do aglomerado de carros. O luar incidiu sobre sua coleira de pinos e o moicano verde.

Ou devorados por um garoto gótico.

Abri a porta do carro e saltei, apertando o casaco em volta do corpo.

— Que diabos de lugar é esse?

— Um lugar diferente — respondeu Blake, batendo a porta com força e fazendo com que meu namorado quase lhe arrancasse a cabeça. Ele revirou os olhos e parou ao meu lado. — Você vai ter que deixar o casaco no carro.

— O quê? — Fuzilei-o com os olhos. — Eu vou congelar. Está vendo a minha respiração?

— Você não vai congelar nos poucos segundos que levaremos para chegar até a porta. Eles não vão te deixar entrar assim.

Senti vontade de bater os pés e olhei inutilmente para o Daemon em busca de apoio. Tal como o Blake, ele estava com uma calça preta e uma camiseta. Simples assim. Pelo visto, não havia uma regra de indumentária *masculina*.

— Não entendo — choraminguei. O casaco era minha tábua de salvação. Já era terrível o bastante o fato de que a meia arrastão não ajudava em nada a esconder minhas pernas. — Não é justo.

Daemon se aproximou de mim e tomou minhas mãos entre as dele. Uma mecha de cabelos revoltos caiu sobre seus olhos.

— Se você quiser, a gente desiste. Estou falando sério.

— Se ela desistir, isso terá sido uma tremenda perda de tempo.

— Cala a boca — rosnou Daemon por cima do ombro e, em seguida, se virou de novo para mim. — Sério. É só dizer que a gente vai embora. Tem que haver outro meio.

Só que não havia. Que Deus me perdoasse, mas Blake estava certo. Eu estava nos fazendo perder tempo. Com um balançar de cabeça frustrado, recuei um passo e comecei a desabotoar o casaco.

— Tudo bem. Acho que está na hora de crescer e deixar a vergonha de lado.

Daemon me observou em silêncio despir o que me parecia uma armadura. Escutei-o ofegar baixinho assim que terminei de tirar o casaco e o joguei no banco do carona. Por mais frio que estivesse, senti meu corpo em chamas.

— Uau — murmurou ele, posicionando-se diante de mim como um escudo. — Não sei se isso é uma boa ideia.

Blake lançou um olhar por cima do ombro e ergueu as sobrancelhas.

— Uau mesmo!

Daemon girou o corpo ao mesmo tempo que desferia um soco, mas Blake se esquivou para a esquerda, escapando por pouco. Centelhas branco-avermelhadas espocaram na escuridão, parecendo mini fogos de artifício.

Cruzei os braços sobre a faixa de barriga exposta entre o suéter cropped e a saia de cintura baixa. Estava me sentindo nua, o que era uma estupidez, visto que estava acostumada a usar biquínis. Com um sacudir de cabeça, saí de trás do Daemon.

— Vamos lá.

Blake correu o olhar pelo meu corpo, ainda que rápido o bastante para evitar ser morto por um irritadíssimo alien. Minha mão coçou de vontade de arrancar-lhe os olhos pela parte de trás do crânio.

Percorremos rapidamente a distância até a porta de aço que ficava num dos cantos do prédio. Não havia uma única janela em toda a construção, porém ao nos aproximarmos, pude sentir o ritmo pesado das batidas da música reverberando do lado de fora.

— Como a gente faz? Bate...

Um armário em forma de homem surgiu do meio das sombras. Braços do tamanho de troncos de árvores despontavam do macacão jeans surrado. Ele não estava usando camiseta, ainda que estivesse uns quarenta graus abaixo de zero ali fora. Três tufos de cabelos espetados se erguiam do centro da cabeça raspada numa espécie de moicano roxo triplo.

Eu gostava de roxo.

Engoli em seco, nervosa.

Piercings cintilavam por todo o rosto dele: no nariz, nos lábios e nas sobrancelhas. Dois brincos em forma de estacas atravessavam os lóbulos das orelhas. Ele disse alguma coisa ao parar diante da gente, os olhos perscrutando rapidamente os dois rapazes para em seguida estacionarem em mim.

Recuei um passo, colidindo contra o Daemon, que apoiou uma das mãos sobre o meu ombro.

— Tá gostando da visão? — perguntou ele.

O sujeito era grande — tipo um daqueles lutadores profissionais —, e soltou uma risadinha presunçosa enquanto avaliava o Daemon como se pretendesse jantá-lo. Eu sabia que meu namorado estava provavelmente fazendo o mesmo. A probabilidade de sairmos dali sem confusão parecia próxima a zero.

Blake interveio:

— Viemos nos divertir. Só isso.

LUX 3 OPALA

O Lutador Profissional ficou em silêncio por um segundo e, em seguida, estendeu a mão para a porta. Mantendo os olhos fixos no Daemon, ele a abriu e a música explodiu com tudo. Com um curvar de corpo zombeteiro, disse:

— Sejam bem-vindos ao Oráculo. Divirtam-se.

Oráculo? Que nome... delicado e tranquilizador para uma boate.

Blake lançou um olhar por cima do ombro e comentou:

— Acho que ele gostou de você, Daemon.

— *Cala a boca* — retrucou ele.

O surfista soltou uma risada baixa e entrou. Minhas pernas me conduziram por um corredor estreito que subitamente se abriu para um mundo diferente, cheio de enclaves sombrios e luzes estroboscópicas. O cheiro do lugar por si só já era sufocante. Não exatamente ruim, mas uma mistura possante de suor, perfume e outros aromas questionáveis. Um leve gosto amargo de álcool impregnava o ar.

Luzes azuis, vermelhas e brancas incidiam sobre um mar de corpos ondulantes, pulsando em intervalos entontecedores. Se eu fosse propensa a ter convulsões, estaria no chão num piscar de olhos. Os pedaços de pele exposta — em sua maioria feminina — brilhavam como se as garotas estivessem cobertas de purpurina. A pista de dança estava lotada de corpos se movendo de maneira ritmada ou apenas pulando. Atrás dela havia um palco elevado, no meio do qual uma garota de longos cabelos louros dava piruetas. Ela era pequena, porém esguia, e se movia com a graciosidade e fluidez de uma dançarina.

Eu não conseguia tirar os olhos dela. A garota parou de girar, mas continuou rebolando no ritmo da batida enquanto afastava do rosto os cabelos molhados de suor. Ela possuía uma inocência radiante, com um sorriso lindo e generoso. Parecia jovem — jovem demais para estar num lugar desses.

De qualquer forma, ao percorrer os olhos pela multidão, notei que a maior parte dos garotos ali ainda não tinha idade para beber. Alguns até tinham, porém a grande maioria parecia ter mais ou menos a nossa idade.

Contudo, o mais interessante era o que havia acima do palco. Gaiolas pendiam do teto, cada qual ocupada por uma garota seminua. *Dançarinas gogo*, diria minha mãe. Não sabia direito qual era o termo utilizado agora, mas as garotas usavam botas absurdamente fabulosas. A metade superior de seus rostos estava escondida atrás de máscaras cintilantes. E seus cabelos exibiam todas as cores do arco-íris.

Baixei os olhos para a faixa de pele exposta entre minha saia e o suéter cropped. A julgar pelo que estava vendo, eu definitivamente podia ter ousado mais.

Estranho era que não havia nenhuma mesa ou conjunto de cadeiras em lugar nenhum, apenas alguns sofás espalhados pelos cantos mais escuros ao longo das paredes. De forma alguma eu iria me sentar num deles.

Com uma das mãos firmemente pressionada contra minhas costas, Daemon se inclinou e cochichou no meu ouvido:

— Um tanto fora do seu elemento, não é mesmo, gatinha?

O engraçado era que ele ainda se destacava na multidão. Daemon era pelo menos uma cabeça mais alto do que a maioria, e ninguém ali era tão bonito ou se movia como ele.

— Acho que você devia ter passado um delineador de olhos.

Ele repuxou os lábios numa careta.

— Vai sonhando.

Blake passou na nossa frente e nos conduziu ao redor da pista de dança, no exato instante em que a música techno de batida rápida morria e era substituída por outra, mais pesada na percussão.

Todos pararam.

De repente, as pessoas levantaram os braços no ar e gritaram, e eu arregalei os olhos. Será que elas iam começar uma rodinha? Parte de mim desejava participar para ver como era. A batida agressiva talvez tivesse algo a ver com isso. As garotas dentro das gaiolas fecharam as mãos em torno das barras. A menina bonita de cabelos louros sobre o palco havia desaparecido.

Daemon pegou minha mão e a apertou. Apurei os ouvidos para tentar entender a letra acima da gritaria. *Safe from pain and truth and choice and other poison devils...* os gritos intensificaram, abafando qualquer outro barulho que não o da percussão.

Os pelos da minha nuca se arrepiaram.

Havia algo definitivamente estranho com aquela boate. Errado... muito errado.

LUX 3 OPALA

Contornamos o bar e entramos em outro corredor estreito. Várias pessoas se aglomeravam ao longo das paredes, tão próximas umas das outras que eu não saberia dizer onde uma terminava e a outra começava. Um cara ergueu a cabeça do pescoço que estava sugando e fixou os olhos fortemente delineados com kajal em mim.

Ele deu uma piscadinha.

Desviei os olhos rapidamente. Anotação mental: não faça contato visual com ninguém.

Antes que desse por mim, paramos diante de uma porta com um cartaz que dizia: APENAS FUNCIONÁRIOS. Alguém havia riscado FUNCIONÁRIOS e escrito ABERRAÇÕES com marcador permanente.

Fantástico.

Blake fez menção de bater à porta, mas ela se abriu antes que ele tivesse a chance. Não consegui ver quem estava por trás dela. Lancei um rápido olhar por cima do ombro. O Olhos Delineados continuava me observando. Tarado.

— Queremos falar com o Luc — informou Blake.

A pessoa misteriosa atrás da porta respondeu alguma coisa que não consegui escutar, mas que não podia ter sido muito bom, visto que as costas do Blake enrijeceram imediatamente.

— Diz pra ele que é o Blake. Ele me deve uma. — Houve uma pausa e o pescoço do surfista enrubesceu. — Não me interessa o que ele está fazendo. Eu *preciso* vê-lo.

— Excelente — murmurou Daemon, o corpo alternando entre momentos de tensão e relaxamento. — Como já era de esperar, ele não tem nenhum amigo.

O sujeito falou mais alguma coisa que não consegui entender e a porta se abriu mais um tiquinho. Blake rosnou.

— Merda, ele me deve uma. Eles estão limpos. Confie em mim. Não tem nenhum grampo aqui.

Grampo? Ah, outra palavra para espião.

Por fim, Blake se virou para a gente, as sobrancelhas franzidas.

— Ele quer falar comigo primeiro. Sozinho.

Daemon se empertigou, ficando ainda mais alto.

— Nem pensar.

O surfista não recuou.

— Então terá sido tudo em vão. Ou vocês fazem o que ele quer e esperam que alguém venha chamá-los, ou a viagem terá sido por nada.

Pude ver que o Daemon não estava gostando nem um pouco daquilo, mas eu não havia aguentado um trajeto infernal de carro e apelado para minha stripper interior por nada. Erguendo-me na ponta dos pés, pressionei o corpo contra as costas dele.

— Vamos dançar um pouco. — Daemon se virou meio de lado, os olhos cintilando. Puxei-o pela mão. — Vamos.

Ele cedeu e se virou completamente para mim. Com um olhar por cima do ombro dele, vi a porta se abrir ainda mais e Blake entrar. Uma sensação desagradável se alojou no fundo do meu estômago, mas não havia nada que pudéssemos fazer agora que estávamos ali.

A batida da percussão diminuiu e deu lugar a uma música razoavelmente familiar. Inspirei fundo e puxei o Daemon para a pista, me esgueirando por entre os corpos enquanto buscava um lugar para a gente. Ao encontrá-lo, girei nos calcanhares.

Ele me fitou com curiosidade, quase como se dissesse: *Estamos fazendo isso mesmo?* Estávamos. Dançar parecia loucura quando tanta coisa dependia da informação que tínhamos vindo buscar, mas tentei afastar da mente os motivos que haviam nos levado ali. Fechei os olhos e me enchi de coragem. Aproximando-me dele, passei um braço em volta do seu pescoço e pousei a outra mão em sua cintura.

Comecei a me mover de encontro a ele, tal como as dançarinas estavam fazendo, porque, na verdade, quando os caras dançavam, eles simplesmente ficavam parados no lugar e deixavam as garotas fazerem todo o trabalho. Se minha memória estava correta, nas poucas vezes que tinha ido com amigos a boates em Gainesville, eram as garotas que faziam com que os caras parecessem tão seguros de si.

Levei alguns segundos para identificar o ritmo da batida e soltar os músculos que não se exercitavam havia algum tempo, mas quando consegui, senti a música reverberar por minha mente e, em seguida, por meu tronco e membros. Ondulando ao som da melodia, virei-me de costas, mexendo os ombros em sintonia com os quadris. Daemon passou um braço em volta da minha cintura e roçou o queixo em meu pescoço.

— Certo. Acho que preciso agradecer ao Blake por ele não ter amigos — disse ao pé do meu ouvido.

Sorri.

Seu braço me apertou ainda mais quando as batidas se intensificaram, junto com meus movimentos.

— Isso até que é bem gostoso.

Os corpos à nossa volta estavam escorregadios e brilhantes de suor, como se as pessoas estivessem dançando há anos. Era isso o que havia de interessante nesses lugares — você acabava passando horas envolvido pela música, mas com a sensação de que se haviam passado apenas minutos.

Daemon me virou de volta para ele e, de repente, me vi na ponta dos pés. Abaixando a cabeça, pressionou a testa contra a minha e seus lábios roçaram os meus. Uma descarga de poder percorreu seu corpo e invadiu minha pele, e nos perdemos naquele mundo de luzes pulsantes. Nossos corpos se moviam ao som das batidas, de maneira fluida e encaixada, enquanto os dos demais pareciam colidir uns contra os outros, sem jamais conseguirem encontrar uma perfeita sintonia.

Entreabri os lábios ao senti-lo intensificar o beijo, mas mesmo com ele roubando minha respiração, não perdi o ritmo. Meu — *nossos* corações batiam com força, enquanto nossas mãos passeavam e acariciavam o corpo um do outro, até que Daemon deslizou a dele pela curva das minhas costas e, por trás das pálpebras fechadas, vi um espocar de luz branca.

Envolvi o rosto dele entre as palmas e o beijei de volta. Uma descarga estática desceu por nossos corpos em feixes de luz branco-avermelhada que, disfarçados pelo pulsar das luzes estroboscópicas, se espalharam pelo chão como uma onda de eletricidade. As pessoas ao nosso redor continuaram dançando, alheias aos choques ou estimuladas por eles, mas não dei a mínima. Daemon pousou as mãos em meus quadris e me apertou ainda mais de encontro a si; íamos acabar como um daqueles casais ambíguos no corredor.

A música podia ter parado, mudado ou o que quer que fosse, mas continuamos pressionados um contra o outro, praticamente nos devorando. Talvez depois, amanhã ou na próxima semana, eu fosse me sentir constrangida pela demonstração pública de afeto, mas não agora.

A mão de alguém pousou sobre o ombro do Daemon, e ele girou nos calcanhares. Tive menos de um segundo para agarrar seu braço e impedir que seu punho cumprimentasse o maxilar do Blake.

O surfista sorriu e gritou para se fazer ouvir acima da música:

— Vocês estão dançando ou trepando?

Minhas bochechas coraram. Certo, talvez eu já estivesse constrangida.

Daemon grunhiu alguma coisa e Blake recuou um passo, levantando as mãos.

— Desculpa — berrou ele. — Credo! Bom, se vocês já terminaram de se comer, podemos ir falar com o Luc.

Ele ia acabar levando uma porrada mais cedo ou mais tarde.

Daemon me pegou pela mão de novo e seguimos o Blake através da multidão de corpos sinuosos na pista e aglomerados no corredor. Meu coração continuava acelerado, o peito subindo e descendo rápido demais. Aquela dança...

O Olhos Delineados havia sumido e, dessa vez, quando Blake fez menção de bater à porta, ela se abriu totalmente. Segui os dois, rezando para que meu rosto não estivesse vermelho feito um pimentão.

Não sei bem o que eu esperava encontrar do outro lado da porta. Talvez um cômodo sombrio e esfumaçado com homens de óculos escuros estalando os dedos ou outro gigante de macacão, só não esperava encontrar o que encontrei.

O aposento era grande, e um leve aroma fresco de baunilha impregnava o ar. Num dos vários sofás espalhados pelo ambiente estava um garoto de cabelos castanhos na altura dos ombros, as mechas presas atrás das orelhas. Tal como a garota que eu tinha visto dançando um pouco antes, ele era jovem. Uns quinze anos, se tanto, e usava uma calça jeans com buracos do tamanho de Marte e uma pulseira de prata com uma pedra estranha incrustada no meio. A pedra era preta, mas não era obsidiana. No centro dela havia uma espécie de chama vermelho-alaranjada cercada por riscos azuis e verdes.

Qualquer que fosse aquela pedra, era linda e parecia *cara*.

O garoto ergueu os olhos do Nintendo DS que estava jogando, chocando-me com sua beleza quase infantil. Seus olhos cor de ametista se fixaram nos meus por um breve instante e voltaram a focar no jogo. Um dia aquele menino seria um tremendo pedaço de mau caminho.

Percebi subitamente que Daemon havia enrijecido e olhava fixamente para um sujeito de cabelos louros quase brancos sentado numa poltrona de couro. Pilhas de notas de cem dólares estavam espalhadas numa mesa à frente dele, que olhava de volta para o Daemon, os olhos prateados cintilando de surpresa.

O cara devia ter uns trinta e poucos e, por Deus, ele era deslumbrante. Daemon deu um passo à frente. O sujeito se levantou. Meu coração acelerou ainda mais, meus piores medos se espalharam por mim como um incêndio descontrolado.

— Qual é o problema? — perguntei. Até mesmo o Blake parecia nervoso.

O garoto sentado no sofá tossiu e, em seguida, riu, fechando o Nintendo.

— Aliens. Eles têm esse sistema interno insano que permite que sintam o cheiro de outros aliens. Acho que nenhum dos dois esperava encontrar o outro.

Virei para o garoto lentamente.

Ele se empertigou no sofá, jogando as pernas para fora. Seu rosto pareceria o de um bebê não fosse pelo afiado brilho de inteligência nos olhos ou as linhas duras da boca que transmitiam experiência demais para alguém tão novo.

— Então, quer dizer que os loucos desejam invadir a fortaleza do Daedalus e querem a minha ajuda?

Ofeguei. Luc era praticamente uma *criança*.

[15]

Esperei que o garoto gritasse: "Peguei vocês!", e saísse correndo para o playground mais próximo, mas à medida que os segundos foram passando, comecei a aceitar o fato de que nosso messias da informação mal havia entrado na adolescência.

Luc sorriu como se soubesse o que eu estava pensando.

— Surpresa? Pois não devia. Você não deveria se surpreender com nada, quero dizer.

Ele se levantou, e fiquei chocada ao perceber que era quase tão alto quanto o Daemon.

— Eu tinha seis anos quando decidi brincar de "quem sai da frente primeiro" com um táxi em alta velocidade. Ele ganhou. Acabei perdendo a bicicleta mais legal do planeta e muito sangue, mas para minha sorte meu melhor amigo era um alienígena.

— Como... como você conseguiu escapar do Daedalus? — E tão jovem assim, quis acrescentar.

Luc foi até a mesa, os passos leves e descontraídos.

— Eu era a menina dos olhos deles. — Abriu um sorrisinho diabólico, perturbador. — Nunca confie naquele que se sai bem demais, não é mesmo, Blake?

Recostado contra a parede, Blake deu de ombros.

— É o que dizem.

— Por quê? — Luc se sentou na beirada da mesa. — Porque em algum momento o pupilo irá suplantar o mestre, e olha que eu tinha mestres realmente inteligentes. — Entrelaçou as mãos. — Você deve ser o Daemon Black.

Se Daemon ficou surpreso pelo Luc saber o nome dele, não demonstrou.

— Eu mesmo.

O garoto baixou as pestanas ridiculamente longas.

— Ouvi falar de você. Blake é um tremendo fã.

O surfista ergueu o dedo do meio.

Daemon rebateu de modo seco:

— Bom saber que o meu fã-clube é extenso.

O garoto inclinou a cabeça ligeiramente de lado.

— E que fã-clube... Ah, me desculpa pela falta de educação. Não apresentei vocês ao meu camarada Luxen aqui. O nome dele é Paris. Por quê? Não faço ideia.

Paris ofereceu um sorriso tenso e estendeu a mão para o Daemon.

— É sempre legal encontrar outro Luxen que não segue as velhas crenças e regras desnecessárias.

Daemon apertou a mão dele.

— Digo o mesmo. Como você veio parar aqui?

Luc riu.

— Isso é uma longa história. Mas vamos deixar para outro dia... se houver outro dia. — Aqueles olhos extraordinários repousaram novamente em mim. — Faz ideia do que eles irão fazer com você se descobrirem que a sua mutação deu certo? — Abaixou a cabeça, rindo. — Nós, híbridos, somos muito raros. Na verdade, três de nós juntos é bastante surpreendente.

— Tenho uma imaginação fértil — respondi.

— Tem? — Ele ergueu uma sobrancelha. — Duvido que o Blake tenha te contado tudo... aposto que deixou o pior de fora.

Olhei de relance para o surfista. Ele manteve uma expressão impassível. Um calafrio percorreu minha espinha, algo que não tinha nada a ver com a pouca roupa.

— Mas você já sabia disso. — Luc se levantou de novo e se espreguiçou como um gato após um cochilo. — E, ainda assim, está disposta a entrar no ninho das cobras.

— Não temos escolha — interveio Daemon, lançando um olhar assassino na direção de um silencioso Blake. — Então, você vai nos dar os códigos ou não?

Luc deu de ombros e correu os dedos pelas pilhas de dinheiro.

— O que eu ganho com isso?

Soltei o ar com força.

— Além da oportunidade de emputecer o pessoal do Daedalus, não temos muito a oferecer.

— Hum, não sei se concordo. — Ele pegou um maço de notas de cem presas com um elástico. Um segundo depois, as pontas das notas começaram a se enroscar, o papel derretendo até que um cheiro de queimado impregnou o ar e o dinheiro virou cinzas.

Fiquei com inveja. Eu era um verdadeiro fracasso nessa história de usar-a-luz-para-aquecer-e-atear-fogo.

— O que podemos fazer por você?

— Obviamente dinheiro não é a questão — acrescentou Daemon.

Luc retorceu os lábios.

— Não preciso de dinheiro. — Limpou os dedos na calça. — Nem de poder. Honestamente, a única coisa de que preciso é um favor.

Blake desencostou da parede.

— Luc...

Os olhos dele se estreitaram.

— Tudo o que eu quero é um favor... um que eu possa coletar a qualquer hora. Se me prometerem isso, direi a vocês tudo o que precisam saber.

Bem, isso soava fácil.

— Cla...

— Espera um pouco — interrompeu Daemon. — Você quer que a gente concorde com um favor sem saber que favor é esse?

Ele fez que sim.

— Qual é a graça se vocês souberem de tudo?

— E onde fica a inteligência nisso? — rebateu meu namorado.

O garoto riu.

— Gostei de você. Muito. Mas a minha ajuda não é destituída de perigo.

— Deus do céu, você parece um mafioso pré-adolescente — murmurei.

— Algo do gênero. — Ele abriu um sorriso beatífico. — O que você... o que vocês não entendem é que há coisas muito mais importantes do que a namorada de um irmão ou um amigo... ou até mesmo do que terminar sob o jugo deles. Os ventos escondem mudanças, e eles serão ferozes. — Olhou para o Daemon. — O governo tem medo dos Luxen porque os alienígenas tiram a humanidade do topo da cadeia alimentar. Para dar um jeito nisso, criaram algo muito mais poderoso do que um Luxen. E não estou falando de simples bebezinhos híbridos.

Estremeci.

— Sobre o que você está falando?

Seus olhos ametista se fixaram em mim, mas ele não disse nada.

Paris cruzou os braços.

— Não quero ser grosseiro, mas se não estão dispostos a selarem o acordo, a porta fica bem ali.

Daemon e eu nos entreolhamos. Para ser sincera, não sabia o que dizer. Era como fazer um acordo com a máfia — com um chefão da máfia adolescente e assustador.

— Ei, pessoal — falou Blake. — Ele é nossa única chance.

— Jesus — murmurou Daemon. — Tudo bem. Ficamos te devendo um favor.

Os olhos do Luc cintilaram.

— E quanto a você?

Suspirei.

— Claro. Por que não?

— Fantástico! Paris? — Estendeu uma das mãos. Paris se inclinou, pegou um pequeno MacBook Air e o entregou a ele. — Só um segundo.

Observamos Luc começar a digitar, as sobrancelhas franzidas em concentração. Enquanto esperávamos, uma porta nos fundos do aposento se abriu e a garota que eu vira no palco meteu a cabeça pela fresta.

Luc ergueu os olhos.

— Agora não.

Ela fez uma careta de irritação, mas fechou a porta.

— Ela é a garota...

— Se quiser que eu continue, não termine essa frase. Não fale sobre ela. Estou falando sério, você nunca a viu — interveio Luc, os olhos novamente pregados na tela. — Caso contrário, o acordo será cancelado.

Fechei a boca, mesmo me coçando para perguntar como os dois haviam fugido e como conseguiam sobreviver sem praticamente nenhuma proteção.

Por fim, Luc botou o laptop sobre a mesa. A tela estava dividida em quatro seções granuladas em preto e branco, como imagens de uma câmera de segurança. Uma delas mostrava a mata. A segunda, uma cerca alta e um portão. A terceira, uma guarita, e a última, um homem de uniforme patrulhando outra parte da cerca.

— Digam olá para Mount Weather. Ele pertence à FEMA, a Agência Federal de Gestão de Emergências, subordinada ao Departamento de Segurança Interna. Situado nas majestosas Montanhas Blue Ridge, ele é usado como área de treinamento e como esconderijo para nossos belos oficiais caso sejamos bombardeados — informou Luc, dando uma risadinha sarcástica. — É também uma fachada para o DOD e o Daedalus, visto que o subsolo conta com uma área de 56 mil metros quadrados para treinamento e tortura.

Blake olhou para a tela.

— Você invadiu o sistema de segurança?

Ele deu de ombros.

— Como disse antes, eu era a menina dos olhos deles. Estão vendo essa seção aqui? — Apontou para o pedaço da tela com o guarda patrulhando a cerca, o qual praticamente se fundia com o fundo granulado. — Aqui fica a entrada "secreta" que não existe. Poucas pessoas sabem dela... Blake sabe.

Luc bateu no botão de espaço e a câmera se moveu para a direita. Um portão apareceu.

— Esse é o lance: domingo à noite, às nove, vai ser a melhor hora para vocês tentarem. É o horário da mudança da ronda e a vigilância é mínima... apenas dois guardas estarão patrulhando esse portão. Porque, como vocês sabem, domingo é um dia morto.

Paris pegou um bloquinho e uma caneta.

— Esse é o primeiro obstáculo. Vocês terão que cuidar dos vigias, mas isso é óbvio. Vou me certificar de que as câmeras estejam desligadas entre nove e nove e quinze... provocar um momento à la *Jurassic Park*. Vocês terão quinze minutos para entrar, pegar seus amigos e dar o fora de lá. Portanto não caiam nas garras de nenhum tiranossauro.

Daemon abafou uma risada.

— Quinze minutos — murmurou Blake, assentindo com um menear de cabeça. — Dá pra fazer. Uma vez lá dentro, o corredor leva direto aos elevadores. Daí é só descer dez andares e seguir para as celas.

— Ótimo. — Luc bateu com o dedo sobre a imagem do portão. — O código para ele é *Icarus*. Pescaram o padrão? — Riu. — Assim que vocês chegarem no prédio, verão três portas, uma ao lado da outra.

Blake assentiu novamente.

— A do meio... eu sei. O código?

— Espera um pouco. Aonde as duas outras vão dar? — perguntei.

— Nos aposentos do grande Oz — respondeu Luc, clicando no botão de espaço até a câmera focar nas portas. — Na verdade, nenhum lugar interessante. Apenas escritórios e outros lances da FEMA. Alguém quer tentar adivinhar o código desta porta?

— Daedalus? — arrisquei.

— Quase. O código dela é *Labyrinth*, labirinto. Não é uma palavra fácil de soletrar, eu sei, mas certifiquem-se de digitá-la corretamente. Vocês só terão uma chance. Se digitarem o código errado, a coisa vai ficar feia. Peguem o elevador e desçam dez andares, como o Blake falou e, então, insiram o código DAEDALUS... em letra maiúscula. E *voilà*!

Daemon balançou a cabeça, em dúvida.

— A segurança deles é toda essa? Um bando de códigos?

— A-há! — Luc apertou mais alguns botões e a tela ficou preta. — Estou fazendo mais do que dar a vocês códigos e desligar as câmeras, meu novo melhor amigo. Vou desativar também o software de reconhecimento de retina. Ele só pode ficar desligado de dez a quinze minutos por dia sem levantar suspeitas.

— O que acontece se ainda estivermos lá quando o sistema religar? — indaguei.

Luc ergueu as mãos.

— Hum, mais ou menos como estar dentro de um avião prestes a cair. Metam a cabeça entre os joelhos e rezem para que a próxima vida seja melhor.

— Ah, maravilha. Então quer dizer que você também é um hacker mutante?

Ele deu uma piscadinha.

— Mas tomem cuidado. Não posso desativar nenhum outro tipo de precaução que eles tenham decidido instalar. *Isso* levantaria suspeitas.

— Ei. — Daemon franziu o cenho. — Que outro tipo de precaução?

— Pelo que descobri, eles alternam os códigos de poucos em poucos dias. Afora isso, temos apenas os guardas, mas eles trabalham em escala. — Blake deu uma risadinha. — Vai dar tudo certo. A gente consegue.

Paris estendeu um papel com os códigos anotados. Daemon o arrancou da mão dele antes que Blake pudesse tentar e o meteu no bolso.

— Obrigado — disse.

Luc voltou para o sofá, se sentou e pegou o Nintendo. O sorriso desapareceu.

— Não me agradeça ainda. Na verdade, nem agora nem nunca. Eu não existo, pelo menos não até precisar do meu favor. — Abriu o jogo. — Só não se esqueçam, no próximo domingo, às nove. Vocês terão quinze minutos, isso é tudo.

— Certo — falei de maneira arrastada, olhando de relance para o Blake. Adoraria saber como aqueles dois haviam se conhecido. — Bem, imagino que...

— Está na hora da gente ir — completou Daemon, me dando a mão. — Foi muito bacana conhecer vocês, bem, mais ou menos.

— Ã-hã — retrucou o garoto, os polegares deslizando sobre a tela do jogo. Ao chegarmos à porta, a voz do Luc nos deteve. — Vocês não fazem ideia do que os aguarda. Tomem cuidado. Odiaria perder meu favor porque foram todos mortos... ou pior.

Estremeci. Bela maneira de terminar uma conversa, com uma boa dose de "deixei-os de cabelo em pé".

Daemon meneou a cabeça na direção do outro Luxen e saímos. Blake veio atrás e fechou a porta. Só então me dei conta de que o aposento era à prova de som.

· 158 ·

LUX ✦3✦ OPALA

— Bem — falou o surfista. — Não foi tão ruim, foi?
Revirei os olhos.
— Tenho a sensação de que acabamos de fazer um acordo com o diabo, e que ele irá voltar e requisitar nosso primogênito ou algo semelhante.
Daemon arqueou as sobrancelhas.
— Quer ter filhos? Porque, você sabe, a prática faz a...
— Cala a boca. — Fiz que não, frustrada, e continuei andando.
Atravessamos a boate rapidamente, contornando a pista de dança ainda lotada. Tinha a impressão de que nós três estávamos desesperados para dar o fora dali. Ao nos aproximarmos da saída, olhei por cima do ombro do Daemon e do Blake para a pista de dança.
Parte de mim imaginou quantos híbridos haveria ali dentro, se é que havia algum. Éramos raros, mas, como eu havia sentido a princípio, havia algo estranho acerca daquele lugar. Algo realmente esquisito em relação ao tal Luc também.
O Lutador Profissional continuava diante da porta. Ele deu um passo para o lado e cruzou os braços maciços sobre o peito.
— Lembrem-se — falou. — Vocês jamais estiveram aqui.

[16]

Chegamos tarde de Martinsburg e fui direto para a cama. Daemon me seguiu, mas tudo o que fizemos foi dormir de conchinha. A noite nos deixara depauperados, e era bom ter ele ali, uma presença sólida que ajudava a relaxar e acalmar meus nervos em frangalhos.

Fui para a escola na quinta me sentindo um zumbi, e o jeito irritantemente animado do Blake durante a aula de biologia me deixou com vontade de vomitar.

— Você devia estar feliz — sussurrou ele enquanto eu tomava notas. Tinha certeza de que havia me ferrado na prova da véspera. — Após domingo, tudo voltará a ser como era.

Tudo voltará a ser como era. Parei de escrever. Os músculos do meu pescoço tencionaram.

— Não vai ser fácil.

— Vai, sim. Você só precisa ter fé.

Quase ri. Fé em quem? Nele? No garoto mafioso? Eu não confiava em nenhum dos dois.

— Após domingo, você irá se mandar.

— Até nunca mais — retrucou ele.

LUX 3 OPALA

Assim que a aula terminou, guardei minhas coisas, ri de algo que a Lesa disse e esperei pelo Dawson. Não queria deixá-lo sozinho com o Blake. Não com o Dawson fitando o surfista como se desejasse arrancar informações dele no tapa.

Blake passou por nós, rindo ao trocar os livros de uma das mãos para a outra, e seguiu descontraidamente pelo corredor, acenando para um grupo de garotos que o cumprimentou.

— Não gosto dele — grunhiu Dawson.

— Entre na fila — repliquei, enquanto avançávamos pelo corredor. — Mas precisamos dele até domingo.

Dawson manteve os olhos fixos à frente.

— Ainda assim, não gosto dele. — Em seguida, perguntou: — Blake tinha uma quedinha por você, não tinha?

Minhas bochechas coraram.

— Por que você diz isso?

Um pequeno sorriso surgiu em seus lábios.

— O ódio do meu irmão por ele não conhece limites.

— Bem, ele matou o Adam — comentei baixinho.

— Eu sei, mas isso é mais pessoal.

Franzi o cenho.

— Mais pessoal do que ter um amigo assassinado?

— É. — Dawson abriu a porta que dava para a escada e fomos assaltados pelas risadas de um grupinho de garotas paradas no meio dela.

Kimmy era a capitã do grupo.

— Uau. Por que será que não estou surpresa?

Sem perceber, me coloquei na frente do Dawson.

— E por que eu não faço ideia do que você está falando?

Atrás de mim, Dawson mudou o peso de um pé para o outro.

— Bem, é óbvio. — Ela se recostou no corrimão, apoiando a mochila sobre ele. As outras meninas riram de maneira afetada. — Pelo visto, um irmão não é o bastante pra você.

Antes que eu pudesse retrucar, o gêmeo do Daemon saiu de trás de mim e cuspiu:

— Você é uma pobre coitada nojenta.

O sorrisinho da Kimmy congelou, talvez pelo fato de que o antigo Dawson jamais diria uma coisa dessas. Pela cara dela e das amigas, parecia que alguém tinha decidido pisotear seus túmulos. Em algum lugar lá no fundo, senti vontade de rir, mas estava zangada demais — enojada pela sugestão de que estava saindo com dois irmãos ao mesmo tempo.

Não sei o que aconteceu em seguida, juro. Uma pequena explosão de energia irradiou de mim, e a bela mochila cor-de-rosa tremeu e escorregou de cima do corrimão. O peso dela desequilibrou a Kimmy. Os sapatos de salto descolaram do chão e, num segundo, vi o que estava prestes a acontecer.

Ela ia cair de cabeça no vão da escada.

Soltei um grito ao mesmo tempo que a Kimmy. A expressão horrorizada de suas amigas ficaria gravada em minha mente para sempre. Meu coração veio parar na garganta.

Dawson se lançou à frente, agarrou-a pelo braço e a colocou de volta no chão. Seus gritos ainda ecoavam em meus ouvidos.

— Te peguei — disse ele de maneira surpreendentemente gentil. Kimmy inspirou fundo, ainda apertando a mão dele. — Está tudo bem. Não foi nada.

Ele soltou os dedos dela com cuidado e recuou. As amigas imediatamente a cercaram. Dawson me fitou, os olhos enevoados. Pegando-me pelo cotovelo, me conduziu rapidamente escada abaixo.

Assim que nos afastamos o bastante para que ninguém escutasse, ele parou e se virou para mim.

— O que foi aquilo?

Sentindo a respiração presa na garganta, desviei os olhos, confusa e envergonhada. Tudo havia acontecido tão rápido, e eu estava tão furiosa... Mas tinha sido eu — uma parte de mim agira sem pensar ou ponderar. Uma parte que sabia que o peso da mochila a faria despencar por cima do corrimão da escada.

❋ ❋ ❋

LUX 3 OPALA

Durante o almoço, não contei ao Daemon sobre o que havia acontecido com a Kimmy na escada, decidindo que não era hora para esse tipo de conversa, já que a Carissa e a Lesa estavam conosco. Sabia que isso era desculpa, mas continuava revoltada com as palavras da Kimmy. Tempos depois, quando estava na casa dele fazendo os planos para o domingo com o nosso grupinho, disse a mim mesma que ainda não era a hora.

Principalmente com a Dee exigindo ir junto e ele se recusando terminantemente.

— Preciso que você e a Ash fiquem de fora, assim como o Matthew, para o caso de algo dar errado.

Dee cruzou os braços.

— Por quê? Vocês acham que eu não vou conseguir me controlar? Que posso tropeçar e acidentalmente esfaquear o Blake?

O irmão a fitou com uma expressão impassível.

— Bom, já que você mencionou...

Ela revirou os olhos.

— A Katy vai?

Meus ombros penderam. *Aqui vamos nós*.

O corpo do Daemon tencionou.

— Eu não quero...

— Vou — interrompi, lançando um olhar assassino na direção dele. — Só porque sou a maior responsável pela gente estar nessa confusão e porque o Blake se recusa a ajudar a menos que Daemon e eu participemos.

Sentada na poltrona, Ash soltou uma risadinha presunçosa. Afora ficar olhando para o Daemon como se quisesse reatar o namoro deles, não estava fazendo nem dizendo muita coisa.

— Que valente da sua parte, Katy.

Ignorei-a.

— Mas precisamos de gente do lado de fora para o caso de alguma coisa dar errado.

— Como assim? — indagou Andrew. — Você não confia no Blake? Quem diria!

Daemon se recostou no sofá e correu as mãos pelo cabelo.

— Bem, resumindo, a gente entra e sai. E então tudo... tudo estará terminado.

O irmão piscou lentamente. Eu sabia que ele estava pensando na Beth, talvez até visualizando-a. Imaginei quanto tempo havia se passado desde a última vez em que a vira. Resolvi perguntar e, surpreendentemente, ele respondeu.

— Não sei. O tempo lá transcorria de forma diferente. Semanas? Meses? — Ele se levantou e remexeu os ombros. — Acho que jamais estive nesse lugar. Onde eu estava, o clima era sempre quente e seco quando me levavam para dar uma volta ao ar livre.

Uma volta ao ar livre, como se ele fosse um bicho de estimação ou algo do gênero. Isso era tão, tão errado!

Dawson soltou um suspiro entrecortado.

— Preciso andar, me mover.

Corri os olhos em volta rapidamente. O sol havia se posto fazia algum tempo. Não que ele precisasse da luz. Dawson já estava na porta antes que alguém pudesse dizer qualquer coisa.

— Vou com você. — Dessa vez foi a Dee quem se manifestou.

Andrew levantou.

— Eu também.

— Acho melhor dar o fora daqui — completou Ash.

Matthew suspirou.

— Um dia desses, vamos conseguir terminar uma reunião sem drama.

Daemon soltou uma risada cansada.

— Boa sorte.

Em cerca de cinco minutos, todos, com exceção do Daemon, tinham se mandado. Era o momento perfeito para mencionar que eu quase havia quebrado o pescoço da Kimmy, não fosse pelo brilho que detectei nos olhos cor de jade dele.

Minha boca ficou subitamente seca.

— Que foi?

Ele levantou e se espreguiçou, o gesto deixando à mostra uma faixa de músculos retesados.

— Está tão quieto. — Estendeu a mão e eu a tomei entre as minhas. — Hoje em dia, é raro ter momentos de silêncio nessa casa.

Verdade. Deixei-o me ajudar a levantar.

— O silêncio não vai durar muito.

— Não. — Daemon me puxou de encontro a si e, um segundo depois, estava em seu colo, voando escada acima. Ele botou meus pés no chão assim que entramos no quarto. — Admita, você gosta do meu jeito de viajar.

Ri, um pouco tonta.

— Um dia serei mais rápida do que você.

— Vai sonhando.

— Convencido.

Seus lábios se curvaram num dos cantos.

— Cabeça dura.

— Ah. — Arregalei os olhos. — Babaca.

— A gente devia aproveitar que a casa está quieta. — Ele avançou em minha direção como um predador com os olhos fixos na presa.

— Sério? — Sentindo-me ferver por dentro, recuei até bater na cama.

— Sério. — Tirou os sapatos. — Eu diria que temos cerca de trinta minutos antes de alguém aparecer e nos interromper.

Baixei os olhos ao vê-lo tirar a camiseta e jogá-la longe. Inspirei fundo.

— Provavelmente menos.

Seus lábios se repuxaram num sorrisinho diabólico.

— Tem razão. Digamos, então, vinte minutos, talvez uns cinco a mais ou a menos. — Parou na minha frente, os olhos semicerrados. — Nem de perto o tempo que eu gostaria de ter, mas podemos dar um jeito.

Uma onda de calor disparou por minhas veias, deixando-me novamente tonta.

— Podemos?

— Hum-hum. — Ele pousou as mãos nos meus ombros e fez pressão até que eu me visse sentada na beirinha da cama. Acariciando meu rosto, ajoelhou-se entre minhas pernas bambas, de modo que nossos olhos ficaram no mesmo nível.

Suas pestanas continuavam baixas, quase roçando as bochechas.

— Senti sua falta.

Envolvi os pulsos dele entre os dedos.

— Você me vê todo dia.

— Não é o bastante — murmurou, pressionando os lábios sobre a veia em meu pescoço. — Além disso, tem sempre alguém com a gente.

Pai do céu, não é que ele tinha razão? A última vez que havíamos ficado sozinhos por um tempo razoável, nós o passáramos dormindo. Esses raros momentos eram preciosos, breves e fugazes.

Sorri ao senti-lo traçar uma linha de beijos por meu queixo, parando pouco antes de chegar aos meus lábios.

— Então não devíamos gastar esse momento agora conversando.

— Ã-hã. — Daemon beijou o canto da minha boca. — Conversar é uma tremenda perda de tempo. — Em seguida, beijou o outro canto. — De mais a mais, quando a gente conversa, em geral acaba discutindo.

Eu ri.

— Nem sempre.

Ele se afastou e ergueu as sobrancelhas.

— Gatinha...

— Certo. — Recuei em direção à cabeceira da cama e ele me seguiu, posicionando-se sobre mim, os braços fortes e poderosos. Jesus, de vez em quando Daemon me fazia perder a cabeça. — Talvez você esteja certo, mas está perdendo tempo.

— Eu estou sempre certo.

Abri a boca para discordar, mas seus lábios silenciaram os meus, o beijo calando fundo em mim, derretendo todos os músculos e ossos. Daemon deslizou a língua sobre a minha e, nesse momento, ele podia estar certo o quanto quisesse, desde que continuasse me beijando daquele jeito.

Entrelacei os dedos no cabelo dele e tentei puxá-lo de volta ao senti-lo erguer a cabeça. Fiz menção de protestar, mas ele começou a traçar uma linha de beijos por minha garganta, em torno do decote do cardigã, por cima dos pequenos botões em forma de flores e continuou descendo, até eu não conseguir mais alcançar sua cabeça. Ou acompanhar o trajeto daqueles lábios abrasadores.

Ele se sentou nos calcanhares e estendeu as mãos para minhas botas. Arrancou a primeira e a lançou por cima do ombro. Ela bateu na parede e caiu no chão com um baque suave.

— Que material é esse? Pele de coelho?

— O quê? — Dei uma risadinha. — Não. Couro de ovelha sintético.

— Elas são tão macias! — Arrancou a outra e a lançou na parede também. Então foi a vez das meias. Contrai-me ao senti-lo plantar um beijo no topo do meu pé. — Mas não tão macias quanto isso aqui. — Rindo, ergueu a cabeça. — A propósito, adorei a meia-calça.

— Adorou? — Meus olhos estavam fixos no teto, mas eu não conseguia enxergar nada. Não com a sensação das mãos dele subindo por minhas panturrilhas. — Porque ela é vermelha?

— Também. — Seu rosto roçou meu joelho e minhas mãos penderam ao lado do corpo. — E porque ela é bem fininha. E sexy, mas você já sabia.

Sexy? Eu estava fervendo. As mãos dele continuaram subindo pelo exterior das minhas coxas, se enfiando por baixo da saia jeans, suspendendo o tecido. Mordi o lábio com tanta força que um gosto metálico de sangue se espalhou por minha boca. A meia-calça era realmente fina, uma barreira frágil, quase inexistente, entre nossas peles. Cada leve toque, cada roçar de dedos, era como um choque de mil volts.

— Gatinha...

— Hum? — Fechei os dedos nas cobertas.

— Só me certificando de que você continua aqui. — Daemon deu um beijo na lateral da minha perna, pouco acima do joelho. — Não quero que pegue no sono nem nada parecido.

Como se dormir fosse possível. Até parece!

Seus olhos cintilaram.

— Sabe de uma coisa? Tudo o que eu preciso são dois minutos.

— Você é quem sabe — retruquei. — O que vai fazer com os outros dezoito?

— Ficar de chamego com você.

Comecei a rir, mas Daemon fechou os dedos em volta da cintura da meia-calça e a puxou para baixo, soltando um palavrão quando ela se embaralhou em meus pés.

— Precisa de ajuda? — ofereci, a voz trêmula.

— Consegui — murmurou ele, juntando a meia numa bola e a lançando longe.

As coisas estavam indo mais longe do que jamais tinham ido. Eu estava nervosa, mas não queria que ele parasse. Estava curiosa demais, e confiava nele plenamente. De repente, não havia mais nada separando suas mãos e lábios da minha pele, e meu cérebro travou, incapaz de formular qualquer pensamento coerente. Tudo o que havia no mundo era ele e a miríade de sensações arrebatadoras que provocava em mim, como um artista manipulando sua obra-prima. Num segundo, já não sabia mais quem eu era de tanto que meu corpo tremia. Como um balão que leva um puxão e em seguida é solto, me vi flutuando, irradiando um suave brilho branco que se derramava pelas paredes.

Quando voltei a mim, os olhos do Daemon cintilavam como diamantes. Ele parecia maravilhado, o que era estranho, porque era como eu me sentia em relação a ele.

— Você está brilhando um pouco — disse, levantando-se de cima de mim. — Só te vi brilhar assim uma vez.

Eu me lembrava daquela noite, mas não queria pensar nela agora. Estava feliz em meu mundo flutuante. Era tão bom — na verdade maravilhoso, e eu não conseguia sequer falar. Meu cérebro tinha virado purê. Não fazia ideia de que *aquilo* pudesse ser desse jeito. Diabos, estava chocada pelo simples fato de algo assim ter acontecido. Sentia como se devesse agradecer ou coisa parecida.

Daemon me ofereceu um sorriso ao mesmo tempo orgulhoso e arrogante, como se soubesse que havia embotado minha mente. Ele se esticou ao meu lado e me puxou de encontro a si. Baixando a cabeça, me deu um beijo suave e profundo.

— Menos de dois minutos — declarou. — Eu te disse.

Meu coração estava em algum lugar da minha garganta.

— Você estava certo.

— Sempre.

[17]

Tempos depois, tentei me esticar e, ao falar, minha voz soou abafada contra o peito do Daemon.

— Não consigo me mexer.

Ele afrouxou o abraço, a risada reverberando por todo o meu corpo.

— É assim que se fica de chamego.

— Acho melhor ir pra casa. — Bocejei, sem a menor vontade de ir embora. Estava tão relaxada que não conseguia sequer sentir os dedos dos pés. — Mamãe vai chegar daqui a pouco.

— Você precisa ir agora?

Fiz que não. Tínhamos talvez uma hora, mas eu desejava preparar o jantar, de modo que isso me dava uns trinta ou quarenta minutos no máximo. Daemon ergueu meu queixo com a ponta do dedo.

— Que foi?

Seus olhos perscrutaram os meus.

— Queria conversar com você antes que vá.

Fui tomada por uma leve ansiedade.

— Sobre o quê?

— Domingo — respondeu ele, e a ansiedade aumentou. — Sei que você acha que meteu a gente nisso, mas não é verdade, ok?

— Daemon... — Podia ver muito bem qual seria o rumo da conversa. — Chegamos a esse ponto por causa das decisões que eu...

— Que nós — corrigiu-me ele com delicadeza. — As decisões que nós tomamos.

— Se eu não tivesse resolvido treinar com o Blake e tivesse dado ouvidos a você, nada disso teria acontecido. Adam estaria vivo. Dee não me odiaria tanto. Will não estaria desaparecido fazendo sabe lá Deus o quê. — Fechei os olhos com força. — Eu podia continuar com a lista, mas você entendeu.

— E se você não tivesse tomado nenhuma dessas decisões, não teríamos recuperado o Dawson. Foi uma idiotice inteligente.

Soltei uma risada seca.

— Pelo menos isso.

— Você não pode continuar carregando essa culpa, Kat. — O colchão afundou quando ele se ergueu num dos cotovelos. — Vai acabar que nem eu.

Olhei para ele.

— Como assim? Uma alienígena extremamente alta e insuportável?

Daemon sorriu.

— Só insuportável. Eu culpei a mim mesmo pelo que aconteceu com o Dawson. Isso me mudou. Ainda não consegui voltar a ser como era antes. Não deixe que o mesmo aconteça com você.

Mais fácil falar do que fazer, mas assenti com um menear de cabeça. A última coisa que eu queria era que ele se preocupasse com futuras contas de terapia. Estava na hora de abordar o que eu sabia que ele desejava falar.

— Você não quer que eu vá domingo.

Ele inspirou fundo.

— Apenas me escuta, tá? — Fiz que sim e ele continuou: — Sei que você quer ajudar, e sei que pode. Já vi o que é capaz de fazer. Você pode ser uma garotinha bastante assustadora quando fica puta.

Você não faz ideia, pensei com sarcasmo.

— Mas... se alguma coisa der errado, não quero que esteja envolvida. — Seus olhos se mantiveram pregados nos meus. — Quero que esteja em algum lugar seguro.

Eu entendia a preocupação dele e desejava tranquilizá-lo, mas ficar de fora não era algo que eu pudesse fazer.

— Não quero que *você* se envolva, Daemon. Quero *você* em algum lugar seguro, mas não estou te pedindo para ficar fora disso.

Ele franziu as sobrancelhas.

— É diferente.

Sentei e comecei a alisar os vincos do cardigã.

— Diferente como? Se disser que é porque você é homem, vou te dar uma porrada.

— Vamos lá, gatinha.

Estreitei os olhos.

Ele suspirou.

— É mais do que isso. Eu tenho experiência. Simples assim. Você não.

— Certo, o argumento é válido, mas eu já estive *dentro* de uma daquelas jaulas. Sabendo como é, tenho mais motivo do que você para não ser capturada.

— Mais uma razão para eu não querer que faça isso. — Seus olhos verdes faiscaram intensamente. Um indicador seguro de que ele estava prestes a assumir uma postura irritantemente protetora. — Você não faz ideia do que passou pela minha cabeça quando te vi naquela jaula... quando escuto sua voz *ainda* arranhar sempre que fica empolgada ou chateada. Você gritou até...

— Não precisa me lembrar — rebati, e, em seguida, soltei uma maldição por entre os dentes. Lutando para controlar a raiva, pousei a mão sobre o braço dele. — Uma das coisas que eu amo em você é esse seu jeito superprotetor, embora ele também me enlouqueça. Você não pode me proteger para sempre.

Seu olhar me disse que podia e tentaria.

Soltei o ar com força.

— Eu preciso fazer isso... tenho que ajudar o Dawson e a Beth.

— E o Blake?

— O quê? — Olhei para ele fixamente. — De onde veio isso?

— Não sei. — Ele puxou o braço. — Não importa. Posso...

— Espera um pouco. Importa, sim. Por que eu ia querer ajudar o Blake depois do que ele fez? Blake matou o Adam! Eu queria matá-lo. Foi você quem achou que a gente devia, sei lá, virar a página.

Eu me arrependi assim que as palavras saíram da minha boca. Ele fechou a cara imediatamente.

— Desculpa — falei com sinceridade. — Sei muito bem o motivo de você ter optado por... não matar o Blake, mas eu preciso fazer isso. Vai me ajudar a superar os problemas que causei. Tipo corrigir meus erros ou algo assim.

— Você não precisa...

— Preciso.

Daemon virou a cara, trincando o maxilar.

— Não pode fazer isso por mim? Por favor?

Senti o peito apertar, porque para o Daemon pedir por favor, o que era raro, significava que a coisa realmente o incomodava.

— Não posso.

Vários segundos se passaram. Ele tencionou os ombros.

— Isso é uma estupidez. Você não devia participar. Vou ficar o tempo inteiro me preocupando com a possibilidade de você se machucar.

— Viu? Esse é o problema! Você não pode ficar sempre se preocupando com a possibilidade de eu me machucar.

Daemon arqueou uma sobrancelha.

— Você está *sempre* se machucando.

Meu queixo caiu.

— Não estou nada!

Ele riu.

— Repete isso de novo.

Dei-lhe um empurrão, mas foi como tentar mover uma parede sólida de músculos. Furiosa, pulei por cima dele, e fiquei com mais raiva ainda ao detectar o brilho de humor em seus olhos.

— Deus do céu, você sabe me irritar.

— Bom, pelo menos consegui que você...

— Não ouse terminar essa frase! — Peguei a meia-calça e as meias. Comecei a pular num pé só para tentar calçá-las. — Argh, eu te odeio às vezes.

Ele se sentou com um movimento fluido.

— Não faz muito tempo, você disse que me amava, me amava *de verdade*.

— Cala a boca. — Calcei o outro pé. — Vou com vocês no domingo. Está decidido. Sem mais discussão.

LUX 3 OPALA

Daemon se levantou.

— Não quero que vá.

Rebolei para suspender a meia-calça, fuzilando-o com os olhos.

— Você não manda em mim, Daemon. — Peguei uma das botas, imaginando como ela havia parado tão longe. — Não sou uma mocinha frágil e incapaz rezando para ser resgatada.

— Isso não é um livro, Kat.

Calcei a outra bota.

— Não, jura? Merda. Estava torcendo para pular até o final e ver como a história acaba. Adoro um spoiler.

Girando nos calcanhares, saí do quarto e desci para a sala. Claro que ele estava bem atrás de mim, uma sombra gigante. Já estávamos na varanda quando Daemon me deteve.

— Depois de tudo o que aconteceu com o Blake, você disse que jamais duvidaria de mim de novo. Que confiaria nas minhas decisões. E agora está fazendo a mesma coisa. Se recusando a escutar tanto a mim quanto ao bom senso. O que espera que eu faça quando isso explodir na sua cara *de novo*?

Ofeguei e recuei um passo.

— Isso... isso é golpe baixo.

Ele apoiou as mãos nos quadris.

— É a mais pura verdade.

Meus olhos se encheram de lágrimas. Levei uns dois segundos para conseguir proferir as palavras seguintes.

— Sei que a sua intenção é boa, mas não preciso ser amigavelmente lembrada de que meti os pés pelas mãos. Sei muito bem. E estou tentando consertar isso.

— Kat, não estou tentando ser um babaca.

— Eu sei, é apenas o seu jeito. — Um par de faróis subindo a rua brilhou em meio à névoa. Ao falar, minha voz soou rouca: — Preciso ir. Minha mãe chegou.

Desci correndo os degraus e cruzei o congelado caminho de cascalho que separava nossas casas. Antes que eu alcançasse minha própria varanda, Daemon surgiu na minha frente. Parei de supetão e cuspi:

— Detesto quando você faz isso.

— Pense no que eu falei, Kat. — Lançou um rápido olhar por cima do meu ombro. O carro da minha mãe já estava quase diante da casa. — Você não precisa provar nada a ninguém.

— Não?

Daemon repetiu que não. Mas não era o que parecia quando ele próprio esperava que as coisas explodissem na minha cara de novo.

Fiquei revirando na cama; fritando bolinho; meu cérebro se recusando a desligar. Não parava de repassar tudo o que havia acontecido desde o momento em que congelara o galho diante do Blake até encontrar o relógio do Simon na caminhonete dele. Quantos indícios ele me dera de que era mais do que dizia ser? Muitos. E quantas vezes Daemon havia se metido e tentado me convencer a parar de treinar com o surfista? Muitas.

Virei de barriga para cima e fechei os olhos com força.

O que será que ele quisera dizer ao mencionar o Blake? Será que o Daemon achava que eu realmente queria ajudá-lo? Com que propósito? A última coisa que eu desejava era ter que compartilhar o mesmo ar que o surfista. Meu namorado não podia estar com ciúmes. Não, de jeito nenhum. Se fosse esse o caso, seria obrigada a lhe dar um tabefe. E depois chorar, porque se ele duvidava de mim...

Não conseguia sequer pensar nessa possibilidade.

A única coisa boa que resultara de toda essa confusão tinha sido o Dawson. O resto... Bem, era o motivo de eu não poder ficar sentada sem fazer nada.

Virei de lado e soquei o travesseiro, forçando meus olhos a se manterem fechados.

Só peguei no sono quando o dia estava quase amanhecendo e, mesmo assim, me pareceram alguns poucos segundos, pois logo em seguida o sol começou a penetrar pela janela do quarto. Frustrada, me forcei a levantar da cama, tomei um banho e me vesti.

LUX 3 Opala

Uma dor surda havia criado raízes atrás dos meus olhos. Quando por fim cheguei à escola e peguei os livros no armário, ela ainda não havia desaparecido como eu esperava. Assim que entrei em sala para a aula de trigonometria, cheguei o celular pela primeira vez desde a noite anterior.

Nenhuma mensagem.

Soltei o telefone de volta na mochila e apoiei o queixo entre as mãos. Lesa foi a primeira a aparecer.

Ela franziu o nariz ao me ver.

— Credo, você está com uma cara péssima.

— Obrigada — murmurei.

— De nada. Carissa pegou a gripe aviária ou algo parecido. Espero que você não tenha pego também.

Quase ri. Desde que o Daemon me curara, eu não tinha sequer soltado um espirro. Segundo o Will, uma vez tendo passado pela mutação, a pessoa não ficava mais doente, motivo pelo qual ele havia tentado forçar meu namorado a transformá-lo.

— Pode ser — respondi.

— Provavelmente na tal boate que você foi. — Ela estremeceu.

Um arrepio quente subiu por minha nuca e, como uma bela covarde, desviei os olhos enquanto Daemon se acomodava na carteira às minhas costas. Sabia que seus olhos estavam fixos em mim. Ele não disse nada por cerca de sessenta e dois segundos. Contados.

De repente, senti a familiar cutucada nas costas com a caneta.

Virei-me para ele com uma expressão impassível.

— Ei.

Ele arqueou uma sobrancelha.

— Você parece bem descansada.

Ele, por outro lado, estava com a mesma cara de sempre. Sobrenaturalmente perfeito.

— Dormi pra caramba na noite passada. E você?

Ele prendeu a caneta atrás da orelha e se inclinou para a frente.

— Dormi por cerca de uma hora, eu acho.

Baixei os olhos. Não fiquei feliz por ele ter tido uma noite ruim também, mas pelo menos isso significava que estivera pensando sobre a nossa conversa. Fiz menção de perguntar, mas ele fez que não.

— Qual é o problema? — indaguei.

— Não mudei de ideia, gatinha. Esperava que você tivesse.

— Não — respondi, e o sinal tocou. Com um último olhar significativo, virei-me de volta para o quadro-negro. Lesa me fitou com uma expressão estranha, e dei de ombros. Não era como se eu pudesse explicar o motivo de estarmos trocando apenas umas poucas sílabas hoje. Essa seria uma conversa bastante interessante.

Quando o sinal tocou de novo, cogitei a hipótese de fugir correndo de sala, mas reconsiderei ao ver um par de pernas vestidas com jeans em minha visão periférica. Mesmo zangada com ele, não consegui evitar a cambalhota no estômago.

Eu era uma verdadeira idiota.

Daemon não disse uma palavra ao sairmos de sala e seguirmos para lados opostos, mas após cada aula ele surgia do nada. O mesmo aconteceu antes da aula de biologia, e ele subiu a escada comigo, os olhos perscrutando a multidão.

— O que você está fazendo? — perguntei por fim, cansada do silêncio.

Ele deu de ombros.

— Apenas pensei que devia ser um cavalheiro e te acompanhar até a sala.

— Ã-hã.

Como não obtive resposta, lancei-lhe um olhar de esguelha. Seus olhos estavam estreitados e os lábios pressionados numa linha fina, como se houvesse acabado de comer algo azedo. Ergui-me na ponta dos pés e contive um palavrão. Blake estava recostado na parede ao lado da porta, a cabeça inclinada em nossa direção e um sorrisinho afetado estampado no rosto.

— Detesto esse garoto com todas as forças — murmurou Daemon.

O surfista descolou da parede e veio em nossa direção.

— Vocês parecem animados demais para uma sexta-feira.

Daemon bateu com o livro na coxa.

— Você tem algum motivo para estar parado aqui?

— Tenho aula nessa sala. — Apontou com o queixo para a porta aberta. — Com a Katy.

Daemon deu um passo à frente e olhou para o Blake de cima para baixo. Ondas de calor irradiavam de seu corpo.

— Você adora forçar a barra, não é mesmo?

Blake engoliu em seco, nervoso.

— Não sei sobre o que você está falando.

Meu namorado riu, provocando uma série de calafrios em minha espinha. De vez em quando eu esquecia o quão perigoso ele podia ser.

— Por favor, eu posso ser um monte de coisas, algumas delas não muito lisonjeiras, Biff, mas burro e cego definitivamente não sou.

— Certo — intervim, mantendo a voz baixa. As pessoas estavam começando a nos encarar. — Hora de fingir que vocês são duas pessoas bem-educadas.

— Concordo. — Blake correu os olhos em volta. — Mas isso aqui não é um teatro.

Daemon arqueou uma sobrancelha.

— Se não quiser fingir, Barf, podemos congelar o povo e começar a brincar aqui e agora.

Ah, pelo amor dos bebezinhos órfãos do mundo, isso não era necessário. Fechei os dedos em volta do braço do Daemon, rígido de tensão.

— Para com isso — sussurrei.

Após um longo e arrastado segundo, durante o qual uma descarga elétrica passou do braço dele para o meu, Daemon se virou lentamente para mim, abaixou a cabeça e colou os lábios nos meus. O beijo foi inesperado — profundo e feroz. Chocada, fiquei parada onde estava, mordendo o lábio inferior.

— Você é deliciosa, gatinha — dizendo isso, se virou, plantou a mão direita no ombro do Blake e o empurrou de encontro a um dos armários. — A gente se vê por aí — disse com um sorrisinho presunçoso.

— Jesus — murmurou o surfista, empertigando o corpo. — Ele definitivamente tem problemas para controlar a raiva.

As pessoas que nos fitavam de boca aberta pareceram sair de foco.

Blake pigarreou e passou por mim.

— Acho melhor você entrar.

Fiz que sim, mas quando o sinal tocou novamente, eu ainda estava parada no mesmo lugar, pressionando meus lábios com os dedos.

[18]

Na hora do almoço, o humor do Daemon estava em algum lugar entre carrancudo e raivoso. Ele havia conseguido deixar metade do corpo estudantil morrendo de medo de cruzar seu caminho ou respirar o mesmo ar que ele. Eu não fazia a mínima ideia do que provocara tamanha irritação. Não podia ter sido nossa discussão da véspera.

Quando ele se levantou para pegar a terceira caixinha de leite, Lesa se recostou na cadeira e soltou um assovio baixo.

— Qual é o problema?

— Não sei — respondi, empurrando um pedaço de carne de um lado para outro do prato. — Ele deve estar de TPM.

Chad soltou uma risada.

— É, não vou entrar nesse assunto.

Lesa sorriu para o namorado.

— Se souber o que é bom pra você, não vai mesmo.

— Do que vocês estão falando? — perguntou Daemon, sentando-se novamente.

— Nada. — Nós três respondemos ao mesmo tempo.

Ele franziu o cenho.

O resto da tarde passou rápido demais. Volta e meia sentia como se uma pedra tivesse caído em meu estômago. Mais um dia — sábado — e, então, tentaríamos o impossível. Invadir Mount Weather e resgatar a Beth e o Chris. O que faríamos com eles se conseguíssemos? Não *se*, *quando* conseguíssemos, corrigi-me rapidamente.

Quando estava saindo da escola, meu celular vibrou. Uma rápida verificada me deixou com um gosto amargo na boca. Adoraria que o Blake perdesse meu número.

Precisamos conversar.

Trincando os dentes, digitei de volta: *OK*.

A resposta veio imediatamente: *Sobre domingo.*

— Quem te deixou com essa cara assustada? — perguntou Daemon, se materializando do nada.

Dei um pulo e soltei um gritinho de susto.

— Deus do céu, de onde você saiu?

Ele deu uma risadinha, o que deveria ser um bom sinal levando em consideração o mau humor do dia inteiro, mas que só me deixou mais apreensiva.

— Sou silencioso feito um gato.

Com um suspiro, mostrei o telefone a ele.

— Blake. Ele quer conversar sobre o domingo.

Daemon grunhiu.

— Por que ele mandou uma mensagem pra você?

— Provavelmente porque sabe que você é um risco para a integridade física dele.

— E você não?

Balancei a cabeça, frustrada.

— Pelo visto ele tem menos medo de mim.

— Talvez a gente deva mudar isso. — Apoiou um braço em meus ombros e me puxou para perto enquanto seguíamos ao encontro dos ventos gelados de fevereiro. — Diz pra ele que a gente conversa amanhã.

Meu corpo se aqueceu em contato com o dele.

— Onde?

— Na minha casa — respondeu, com um sorrisinho diabólico. — Se ele tiver colhão, vai aparecer.

Fiz cara de nojo, mas mandei a mensagem.

— Por que não hoje à noite?

Daemon contraiu os lábios.

— Porque a gente precisa de um tempo sozinhos.

Um tempo sozinhos como o de ontem? A gente realmente precisava conversar sobre algumas coisas, mas eu podia muito bem passar sem outra discussão. Antes que pudesse abordar o assunto, Blake respondeu, aceitando o encontro.

— Veio de carro hoje? — perguntei.

Ele fez que não, os olhos fixos numa fileira de árvores.

— Vim com a Dee. Esperava que pudéssemos fazer algo normal. Tipo ir ao cinema.

Parte de mim adorou ouvir isso. A outra, mais responsável, vestiu o uniforme do bom senso. A Katy irritantemente adulta venceu.

— A ideia é ótima, mas não acha que a gente devia conversar sobre ontem à noite?

— Sobre o quê? Minha natureza magnânima?

Minhas bochechas coraram.

— Hum, não... Sobre o que aconteceu depois.

Um sorriso se desenhou em seus lábios.

— É, imaginei que fosse isso. Vou propor um acordo. A gente vai ao cinema e depois conversa, que tal?

O acordo era ótimo, de modo que concordei. Para ser honesta, adorava fazer coisas normais com o Daemon — tipo sair para jantar. Algo que raramente acontecia. A escolha do filme ficou por minha conta, e optei por uma comédia romântica. Surpreendentemente, ele não reclamou. Talvez tivesse algo a ver com o gigantesco balde de pipoca com o qual nos empanturramos entre beijos amanteigados.

Aquilo era tão maravilhosamente normal!

LUX 3 OPALA

Nosso fim de tarde maravilhosamente normal terminou assim que paramos na frente de casa e Daemon saltou do carro, estreitando os olhos. Todas as luzes da casa dele estavam acesas. Pelo visto, Dee não sabia o que significava poupar energia.

— Kat, acho melhor você ir pra casa.

— Ahn? — Fechei a porta do carro, franzindo o cenho. — Achei que a gente ia conversar. E tomar sorvete... você me prometeu sorvete.

Ele deu uma risadinha por entre os dentes.

— Eu sei, mas tenho companhia.

Plantei-me diante dos degraus da varanda.

— Que tipo de companhia?

— Luxen — respondeu ele, pousando as mãos em meus ombros. Seus olhos verdes estranhamente brilhantes se fixaram nos meus. — Antigos.

Devia ser legal ter um sistema sensorial embutido desses.

— E eu não posso entrar?

— Não acho que seja uma boa ideia. — Olhou de relance por cima do meu ombro ao escutarmos a porta abrir. — E não acho que seja uma opção.

Olhei rapidamente para trás. Um homem estava parado diante da porta — um sujeito de aparência distinta. Vestia um terno com direito a colete e seus cabelos pretos eram grisalhos nas têmporas. Eu não sabia muito bem o que esperava de um antigo. Talvez um cara com uma túnica branca e a cabeça raspada — afinal, eles viviam numa colônia na base das Seneca Rocks.

Isso era totalmente inesperado.

Mais inesperado ainda foi o Daemon não me soltar e colocar uma distância alienígena-humano apropriada entre nós. Em vez disso, sussurrou algo em sua própria língua, deslizou uma das mãos pelas minhas costas e se posicionou ao meu lado.

— Ethan — disse. — Não esperava te ver.

Os olhos absurdamente violeta do homem se fixaram em mim.

— Posso ver. Essa é a *garota* sobre a qual seu irmão e sua irmã fizeram a gentileza de me falar?

O corpo do Daemon ficou imediatamente tenso.

— Depende do que eles falaram.

O ar ficou preso em meus pulmões. Não sabia o que fazer, portanto continuei ali, tentando parecer o mais inocente possível. O fato de que eu sabia que o sujeito de terno não era humano era um problema. Os outros Luxen não deveriam sequer suspeitar de que eu conhecia seu segredo ou que era uma híbrida.

Ethan sorriu.

— Que você tem saído com ela. Fiquei surpreso. Somos praticamente da mesma família.

De alguma forma, imaginei que isso tivesse mais a ver com o fato de que eles esperavam que o Daemon começasse a fazer pequenos bebezinhos alienígenas com a Ash do que meu namorado não ter enviado uma mensagem de texto para todos notificando que não estava mais disponível.

— Você me conhece, Ethan, não gosto de contar ao mundo com quem estou saindo. — Com a ponta do polegar, traçou um círculo de maneira preguiçosa e tranquilizadora em minhas costas. — Kat, este é Ethan Smith. Ele é como um...

— Padrinho — completei, enrubescendo em seguida. Essa era a coisa mais idiota que eu poderia dizer.

Ethan, porém, pareceu gostar de ouvir aquilo.

— Isso mesmo, como um padrinho. — Seus olhos estranhos se fixaram em mim. Levantei o queixo um tiquinho. — Você não é daqui, é, Kat?

— Não, senhor. Sou da Flórida.

— Ah. — Ele arqueou as sobrancelhas escuras. — Está gostando da West Virginia?

Olhei de relance para o Daemon.

— Estou, aqui é legal.

— Que bom! — Ethan desceu um degrau. — É um prazer te conhecer. — Estendeu a mão.

Por força do hábito, fiz menção de estender a minha também, mas Daemon interveio, fechando os dedos em volta dos meus. Levou minha mão aos lábios e plantou um beijo na palma. Ethan observou o gesto com um lampejo de curiosidade e algo mais que não consegui interpretar.

— Kat, eu te vejo daqui a pouco. — Soltou minha mão e se posicionou entre mim e o antigo. — Tenho que acertar umas coisas com ele, tudo bem?

LUX 3 OPALA

Fiz que sim e dei um sorriso forçado para o Ethan.

— Foi um prazer conhecer você.

— Igualmente — retrucou o homem. — Tenho certeza de que nos veremos de novo.

Por algum motivo, aquelas palavras fizeram meu sangue gelar. Despedi-me do Daemon com um leve aceno e corri até meu carro para pegar minha mochila. Ao me virar de volta, eles já tinham entrado em casa. Daria meu polegar esquerdo para saber sobre o que estavam falando. Desde que conhecera os irmãos, jamais vira um Luxen da colônia na casa deles.

Incomodada pela súbita aparição do Ethan, soltei a mochila no vestíbulo e fui pegar um copo de suco de laranja. Mamãe estava dormindo, de modo que atravessei pé ante pé o corredor e fechei a porta do quarto. Sentei na cama e botei o copo sobre a mesinha de cabeceira. Concentrando-me no laptop, estendi uma das mãos.

Ele se ergueu da escrivaninha e veio flutuando até minha mão. Eu tentava não usar meus poderes alienígenas com muita frequência — talvez uma ou duas vezes ao dia para manter o... hum, *o que quer que fosse*, bem lubrificado. Sempre que lançava mão de algum poder, sentia uma estranha empolgação, tal como quando você está no topo de uma montanha-russa, prestes a despencar a uns cento e trinta quilômetros por hora — o momento em que seu estômago dá um salto e a pele formiga de expectativa. Era uma sensação diferente — não exatamente ruim, mais para divertida e talvez até um pouco viciante.

Jamais me sentira tão poderosa quanto na noite em que o Adam morreu, após invocar o que quer que houvesse dentro de mim. Portanto, sim, entendia muito bem como um poder daqueles podia virar a cabeça de uma pessoa. Se a mutação do Will tivesse dado certo, só Deus saberia dizer que loucuras ele estaria fazendo.

Não podia me dar ao luxo de pensar sobre o médico agora. Assim sendo, liguei o laptop e vasculhei a internet por meia hora, lendo resenhas até decidir fechar o computador e enviá-lo de volta para a escrivaninha. Peguei um livro e me enrosquei na cama, esperando avançar alguns capítulos antes que o Daemon aparecesse, mas acabei pegando no sono após umas três páginas.

Quando acordei, meu quarto estava escuro. Após uma rápida investigação, descobri que já passava das nove e que mamãe já tinha saído para o trabalho. Surpresa pelo Daemon não ter aparecido ainda, calcei as botas e segui para a casa ao lado.

Dawson atendeu com uma lata de refrigerante numa das mãos e uma torta Pop-Tart na outra.

— Esse açúcar todo vai te deixar cheio de energia — comentei, rindo.

Ele baixou os olhos para as mãos.

— Verdade. Acho que não vou dormir tão cedo.

Lembrei de algo que Dawson dissera sobre não conseguir pegar no sono, e rezei para que isso tivesse mudado. No entanto, antes que pudesse perguntar, ele acrescentou:

— Daemon não está.

— Ah. — Tentei esconder minha decepção. — Ele ainda está com o tal antigo?

— Céus, não. Ethan foi embora mais ou menos uma hora depois. Ele não ficou nada feliz. Daemon saiu com o Andrew.

— Com o Andrew? — Isso era inesperado.

Dawson assentiu.

— É, o Andrew, a Dee e a Ash queriam comer alguma coisa. Eu não quis ir.

— Ash? — murmurei. Certo, mais do que inesperado. O que era de esperar foi a onda de ciúme irracional que me invadiu e que quase me carregou para a terra das garotas surtadas.

— Ela mesma — respondeu ele, encolhendo-se. — Quer entrar?

Não me dei conta de que o segui até me ver sentada no sofá, os joelhos pressionados um contra o outro. Daemon tinha realmente saído para jantar com a Ash e os outros?

— Que horas eles saíram?

Dawson deu uma mordida na torta.

— Ah, não faz muito tempo.

— Mas são quase dez. — Os Luxen tinham um apetite voraz, mas vamos lá... eles não tinham o hábito de jantar. Eu sabia muito bem.

Ele se sentou na poltrona e baixou os olhos para a torta.

— Ethan saiu por volta das cinco. Pouco depois, o Andrew apareceu... — Olhou de relance para o relógio de parede e franziu o cenho. — Ele e a Ash chegaram mais ou menos às seis.

Meu estômago deu um nó.

— E, depois disso, os quatro saíram para comer alguma coisa?

Dawson fez que sim, como se falar fosse dolorosamente constrangedor.

Quatro horas jantando. De repente, não consegui mais ficar sentada. Queria saber para qual restaurante eles tinham ido. Queria encontrar meu namorado. Fiz menção de me levantar, tentando, ao mesmo tempo, engolir o tenebroso bolo de fel que se alojara no fundo da minha garganta.

— Não é o que você está pensando — falou Dawson baixinho.

Virei a cabeça para ele, e fiquei horrorizada ao sentir os olhos cheios de lágrimas. A ironia da situação foi como um tapa na cara. Será que era assim que o Daemon se sentira ao descobrir que eu havia saído para jantar e depois almoçar com o Blake? Só que na época nós ainda não estávamos namorando. Não era como se eu devesse qualquer explicação a ele.

— Não é? — Minha voz soou rouca.

Dawson terminou de comer a torta.

— Não. Acho que ele apenas precisava sair um pouco.

— Sem mim?

Ele espanou alguns grãos de açúcar que haviam caído na calça.

— Talvez sim, talvez não. Daemon não é mais o irmão que eu conhecia. Jamais o teria imaginado com uma humana. Sem ofensa.

— Tudo bem — murmurei. *Sem mim. Sem mim.* Fiquei repetindo essas palavras mentalmente. Não era como se eu fosse uma daquelas garotas carentes que precisava estar com o namorado o tempo todo, mas, maldição, não podia fingir que a informação não me incomodara.

E esse incômodo se transformou numa raiva ardente ao imaginar Dee e Andrew sentados num lado da mesa e Ash e Daemon do outro, porque essa com certeza era a maneira como eles se acomodariam para comer. Seria como nos velhos tempos — quando o Daemon e a Ash namoravam.

Blake e eu talvez tivéssemos nos beijado uma vez, mas não tínhamos tido um longo relacionamento. Céus, eles provavelmente haviam...

Forcei-me a parar de pensar nisso.

Dawson levantou, contornou a mesinha de centro e sentou ao meu lado.

— Ethan o deixou irritado. Ele queria se certificar de que o relacionamento do meu irmão com você não iria interferir na lealdade dele para com a nossa espécie. — Ele se inclinou e esfregou as palmas sobre os joelhos dobrados. — E, bem, você pode imaginar o que o Daemon respondeu.

Não tinha muita certeza de que podia.

— O que ele disse?

Dawson riu, apertando os olhos da mesma forma que o irmão.

— Digamos apenas que meu irmão explicou que sua lealdade não tinha nada a ver com quem ele saía, só que não com essas palavras.

Abri um ligeiro sorriso.

— Ele foi grosseiro?

— Super — respondeu ele, olhando de relance para mim. — Eles jamais esperariam isso dele. Ninguém esperava. De mim? Ah, bem, ninguém nunca esperou grande coisa de mim. Talvez porque eu não desse a mínima para o que eles achavam... Não que o Daemon dê, mas...

— Eu sei. Ele sempre foi o responsável, o que cuidava de tudo, certo? Nunca um causador de problemas.

Dawson anuiu.

— Eles não sabem sobre você, mas duvido que o Ethan vá deixar isso barato.

— Eles vão expulsá-lo? — Ao vê-lo assentir de novo, balancei a cabeça, frustrada. Quando um Luxen era expulso, ficava proibido de permanecer perto de qualquer comunidade Luxen, o que significava que não podia se manter sob a proteção do quartzo-beta. Daemon ficaria totalmente sozinho contra os Arum. — Quem é o Ethan? Quero dizer, sei que ele é um antigo, mas e daí?

Dawson franziu as sobrancelhas.

— Os antigos são como prefeitos ou presidentes de nossas comunidades. Ethan é nosso presidente.

Foi a minha vez de arquear as minhas.

— Parece importante.

— Todos que vivem na colônia darão ouvidos a ele. Pelo menos os que não quiserem arriscar a mesma degradação social. — Ele se recostou no sofá e fechou os olhos. — Mesmo aqueles que interagem com os humanos, como os que trabalham fora da colônia, têm medo de irritar os antigos. Nenhum de nós pode ir embora sem a permissão do DOD, mas se eles quiserem que a gente seja expulso darão um jeito de fazer isso.

— Eles fizeram isso com você por causa da Beth?

O rosto dele ficou subitamente tenso.

— Teriam, mas não deu tempo. Não houve tempo suficiente pra nada.

Senti uma fisgada no peito e pousei a mão sobre o braço dele.

— Vamos recuperá-la.

Um pequeno sorriso se desenhou em seus lábios.

— Eu sei. Domingo... Tudo se resume a esse próximo domingo.

Meu estômago embrulhou e meu pulso acelerou.

— Como era lá dentro?

Dawson abriu ligeiramente os olhos. Vários segundos se passaram antes que respondesse.

— A princípio, não foi muito ruim. Eles permitiam que Beth e eu nos víssemos com frequência. Disseram que estavam nos mantendo lá para nossa própria segurança. Você sabe, aquela história de "se as pessoas descobrissem o que eu tinha feito com ela, a coisa ficaria feia, de modo que precisávamos da proteção". Segundo eles, o Daedalus estava do nosso lado. Por um tempo, realmente pareceu que sim. Eu... eu quase acreditei que sairíamos daquilo juntos.

Era a primeira vez que eu o escutava mencionar o *Daedalus*. A palavra soou estranha dita por ele.

— Acreditar nisso só nos trouxe tristeza e, por fim, loucura quando a esperança desapareceu. — Seus lábios se ergueram nos cantos. — O pessoal do Daedalus queria que eu repetisse o que tinha feito com a Beth. Eles queriam que eu *criasse* outros como ela. Que ajudasse a aperfeiçoar a humanidade e toda aquela baboseira, mas quando minhas tentativas não deram certo, as coisas... as coisas mudaram.

Troquei de posição.

— Mudaram como?

Ele trincou o maxilar.

— No começo, eles não me deixavam vê-la... o castigo por fracassar em algo que consideravam tão fácil. Não entendiam que eu não sabia como a tinha curado e transformado. Ficavam me trazendo humanos moribundos e eu tentava, Katy, realmente tentava. Mas eles morriam de qualquer jeito.

Fui tomada por uma forte sensação de enjoo e desejei ter algo para dizer, mas tinha a impressão de que esse era um daqueles momentos em que ficar em silêncio era a melhor opção.

— Então eles começaram a trazer humanos saudáveis e fazer coisas com eles, tipo, machucá-los, para que eu os curasse. Alguns... alguns melhoravam. Pelo menos a princípio, mas passado um tempo os ferimentos infligidos voltavam ainda piores. Outros... outros ficavam instáveis.

— Instáveis?

As mãos do Dawson abriam e fechavam sobre o colo.

— Eles desenvolviam alguns dos nossos poderes, mas algo... algo acabava dando errado. Teve uma garota... ela não era muito mais velha do que a gente e era muito, muito bacana. Eles deram a ela algum tipo de remédio que a estava matando e eu a curei. A garota estava tão assustada, e eu realmente desejava curá-la. — Seus olhos esmeralda fitaram os meus. — Achamos que tinha funcionado. Ela ficou doente, que nem aconteceu com a Beth logo depois que fomos capturados. A menina desenvolveu velocidade, começou a se mover tão rápido quanto nós. Um dia após a doença ceder, ela se lançou contra uma parede.

Franzi o cenho.

— E isso é tão ruim assim?

Ele desviou os olhos.

— Nós podemos nos mover mais rápido do que uma bala, Katy. Ela se chocou com tudo. Tipo, acertou a parede numa velocidade supersônica.

— Ai, meu Deus...

— Foi como se a garota não conseguisse se impedir. De vez em quando, imagino se ela não fez isso de propósito. Houve tantos, tantos outros depois dela. Humanos que morreram em minhas mãos. Outros que morreram pouco após eu tê-los curado. Alguns sobreviveram, mas sem mutação, e esses eu nunca mais vi. — Baixou os olhos. — Eu carrego sangue demais nas mãos.

— Não. — Balancei a cabeça com vigor. — Nada disso foi culpa sua.

— Não? — Sua voz grave transbordava raiva. — Eu tenho o poder de curar, mas não consigo exercê-lo direito.

— Mas você precisa querer curar as pessoas... tipo, em nível celular. E estava sendo forçado a fazer isso.

— Não muda o fato de que tanta gente morreu. — Ele se inclinou para a frente, inquieto. — Houve um tempo em que eu acreditava que merecia o que eles estavam fazendo comigo, mas nunca... nunca com a Beth. Ela não merecia nada daquilo.

— Nem você, Dawson.

Ele me fitou por um momento e, em seguida, desviou os olhos.

— Eles me proibiram de vê-la, me deixaram sem água nem comida, e, quando isso não funcionou, tornaram-se criativos. — Soltou um longo suspiro. — Acho que fizeram o mesmo com ela, mas não tenho certeza. Só sei o que eu vi fazerem na minha frente.

Meu estômago foi parar no pé. Eu tinha um mau pressentimento em relação àquilo.

— Eles a feriram para que eu a curasse e, assim, pudessem analisar o processo. — O maxilar dele tremeu. — Esses momentos me deixavam apavorado. E se eu não conseguisse curá-la? Se fracassasse com ela? Eu... — Girou o pescoço como se estivesse tentando aliviar um torcicolo.

Dawson nunca mais seria o mesmo. Outra leva de lágrimas ficou presa em minha garganta. Queria chorar por ele, pela Beth, mas, acima de tudo, pelas pessoas que ambos costumavam ser e que jamais seriam novamente.

[19]

epois disso, Dawson se fechou. Continuou conversando sobre outros assuntos — tempo, futebol, os Smurfs —, mas não falou mais nada sobre o Daedalus ou o que eles fizeram com ele e a Beth. Parte de mim sentiu-se grata. Não sabia muito bem quanto mais eu suportaria descobrir, por mais egoísta que isso pudesse soar.

O lado ruim, porém, foi que assim que paramos de conversar sobre coisas sérias, meu cérebro se voltou imediatamente para o fato de não saber onde o Daemon estava nem o que estava fazendo. Quando o relógio bateu meia-noite e ele ainda não havia chegado, não consegui mais permanecer sentada.

Não podia continuar esperando sem fazer nada.

Assim sendo, me despedi do Dawson e atravessei correndo o jardim que separava nossas casas. A primeira coisa que fiz ao entrar foi verificar meu celular. Meu coração pulou uma batida ao me deparar com uma mensagem de texto.

Desculpa por hoje. A gente se fala amanhã.

A mensagem havia entrado fazia uma hora. O que significava que ele continuava com a Ash — ou melhor, o Andrew, a Dee e a Ash.

LUX 3 OPALA

Olhei de relance para o relógio como se com isso pudesse alterar a hora. Meu coração martelava tanto que tinha a sensação de ter corrido uma maratona. Ao baixar os olhos novamente para o celular, lutei contra a vontade de atirá-lo na parede. Sabia que estava sendo ridícula. Eles eram amigos do Daemon, inclusive a Ash. Não havia problema algum em ele sair com eles sem a minha presença. E, com o abismo que se instalara entre mim e a Dee, ele não vinha passando muito tempo com a irmã.

Ridículo ou não, eu estava magoada. E odiava esse sentimento — odiava perceber que algo tão idiota podia me incomodar tanto.

Subi para o quarto com o telefone e, enquanto lavava o rosto, escovava os dentes e vestia o pijama, tentei decidir se mandava uma mensagem de volta ou não. Queria ter a força de vontade para não mandar, dar uma de *não tô nem aí*. Mas, que inferno, isso seria uma tremenda estupidez levando em consideração tudo o que vinha acontecendo.

De qualquer forma, estava incomodadíssima com a situação. Assim sendo, botei o telefone na mesinha de cabeceira e me enfiei debaixo das cobertas, puxando-as até o queixo. Fiquei ali, brigando comigo mesma por não ter respondido à mensagem, por ter inicialmente saído com o Blake e o beijado, e por ficar ali deitada de olhos abertos, me punindo. Por fim, meu cérebro cansou e desligou pelo restante da noite.

Tempos depois, imersa naquele estágio em que a realidade se mistura com o subconsciente, não tive muita certeza se estava sonhando ou não. Parte era sonho, isso eu sabia, pois podia ver o Daemon numa casa estranha. No entanto, sempre que tinha um vislumbre de seus cabelos escuros, ele desaparecia. Eu o via num aposento, mas, antes que conseguisse alcançá-lo, ele já estava em outro. Era como se estivesse perambulando por um labirinto interminável, sem jamais responder aos meus chamados.

Fui tomada por uma profunda sensação de frustração, a ponto de ficar com o peito doendo. Eu o perseguia sem parar, só para chegar perto e perdê-lo de novo… uma busca sem fim.

Mas, então, senti um movimento na cama e a casa desapareceu, desfazendo-se em fumaça e escuridão. Algo pesado se acomodou ao meu lado. Senti um roçar de dedos afastando meu cabelo do rosto e acho que sorri, pois ele estava ali comigo, o que me tranquilizou. Resvalei novamente para um sono profundo, povoado por sonhos nos quais eu não mais perseguia o Daemon.

* * *

Assim que o dia amanheceu, virei de lado, esperando encontrá-lo. Mamãe costumava trabalhar até quase a hora do almoço nos sábados, e Daemon criara o hábito de ficar até o último momento, mas minha cama estava vazia.

Alisei o travesseiro extra e inspirei fundo, esperando sentir o perfume de natureza e especiarias tão típico dele, mas tudo o que consegui sentir foi um leve traço de limão. Será que eu havia sonhado com a presença do Daemon?

Credo, isso seria o cúmulo.

Franzindo o cenho, sentei e peguei o celular. Daemon me enviara outra mensagem por volta das duas da manhã.

Café da manhã: ovos e bacon. Vem pra cá quando acordar.

— Duas da manhã? — Olhei fixamente para o celular. Será que ele tinha ficado na rua até essa hora?

Meu coração começou a martelar enlouquecidamente de novo, e me deitei de costas, gemendo. Pelo visto eu era uma verdadeira idiota e o Daemon tinha ficado até de madrugada na rua sem a minha companhia.

Arrastei-me para fora da cama, tomei um banho e vesti uma calça jeans com um pulôver. Atordoada, sequei o cabelo mais ou menos, o enrolei num coque frouxo e segui para a casa ao lado. A porta estava trancada.

Apoiei a mão na maçaneta e esperei até escutar o clique das trancas. Assim que abri a porta, fui tomada por uma súbita ansiedade. Era fácil demais entrar na casa de qualquer pessoa, inclusive na minha.

Com um sacudir de cabeça, fechei a porta sem fazer barulho e inspirei fundo. A casa parecia um túmulo de tão silenciosa. Presumindo que todos ainda estivessem dormindo, subi a escada, tomando cuidado com os dois degraus próximos ao topo que costumavam ranger. Tanto o quarto do

LUX 3 OPALA

Dawson quanto o da Dee estavam fechados, mas escutei um suave zumbido de música vindo do quarto do Daemon.

Abri ligeiramente a porta do dele para dar uma espiada. Meus olhos recaíram imediatamente sobre a cama e, mesmo que quisesse, não consegui evitar a cambalhota em meu peito.

Daemon estava esparramado de barriga para cima, sem camisa, um dos braços estendidos num ângulo de noventa graus com o corpo e o outro apoiado sobre o abdômen. Os lençóis estavam amarfanhados em torno do quadril estreito. Seu rosto parecia quase angelical, as linhas marcantes atenuadas pelo sono e os lábios relaxados. Pestanas grossas roçavam o topo das bochechas.

Dormindo, ele parecia bem mais jovem e, de um jeito estranho, areia demais para o meu pobre caminhãozinho. Sua beleza masculina era de outro mundo, intimidante. Algo que só existia nas páginas dos livros que eu gostava de ler.

De vez em quando, tinha dificuldades em me convencer de que ele era real.

Aproximei-me pé ante pé e me sentei na beirada da cama, incapaz de desviar os olhos. Não queria acordá-lo. Assim sendo, fiquei ali sentada como uma perfeita maluca pervertida, observando o subir e descer ritmado daquele tórax definido. Imaginei se tinha sonhado com ele na noite anterior ou se Daemon havia realmente dado um pulo lá em casa para ver como eu estava. Meu coração deu outra cambalhota e quase consegui esquecer a ansiedade da noite anterior. Quase, mas...

Daemon se virou subitamente para mim e passou um braço em volta da minha cintura, forçando-me a deitar do seu lado. Em seguida, enterrou o rosto em meu pescoço.

— Bom dia — murmurou ele.

Um sorriso se desenhou em meu rosto enquanto apoiava uma das mãos em seu ombro. A pele dele estava quente.

— Bom dia.

Ele jogou uma das pernas por cima da minha e se aconchegou ainda mais.

— Cadê meus ovos com bacon?

— Achei que você ia preparar.

— Você entendeu errado. Vai logo pra cozinha, mulher.

— Até parece. — Virei de frente para ele. Daemon ergueu a cabeça, plantou um beijo em meu nariz e enterrou a cabeça no travesseiro. Eu ri.

— É cedo demais — grunhiu.

— São quase dez da manhã.

— Como eu disse, cedo demais.

Uma pedra se assentou em meu estômago. Mordi o lábio, sem saber ao certo o que dizer.

De maneira preguiçosa, ele passou um braço em volta do meu quadril e virou a cabeça para que eu pudesse ver seu rosto.

— Você não respondeu minha mensagem ontem à noite.

Ele *tinha* que trazer esse assunto à tona.

— Imaginei que você estivesse ocupado e... acabei pegando no sono.

Daemon arqueou uma sobrancelha.

— Eu não estava ocupado.

— Passei aqui ontem à noite e fiquei esperando um tempinho. — Comecei a brincar com a ponta do lençol, torcendo-a entre os dedos. — Você ficou na rua até tarde.

Ele abriu um olho.

— Então você recebeu a mensagem. Podia ter respondido.

Eu tinha caído direitinho na armadilha.

Ele suspirou.

— Por que me ignorou, gatinha? Fiquei magoado.

— Tenho certeza de que a Ash te consolou. — Quis me socar assim que as palavras saíram da minha boca.

Ambos os olhos estavam abertos agora. Ele, então, fez algo que tanto me surpreendeu quanto me irritou: abriu um daqueles sorrisos de orelha a orelha.

— Você tá com ciúmes.

O modo como disse isso me deu a impressão de que era uma coisa boa. Fiz menção de sentar, mas seu braço me impediu.

— Não tô, não.

— Gatinha...

Revirei os olhos e fui subitamente acometida por um caso crônico de diarreia verbal.

— Fiquei preocupada com a visita do antigo e você prometeu que conversaríamos depois. Mas você não apareceu. Em vez disso, resolveu sair com o Andrew, a Dee e a *Ash*. Sua ex-namorada Ash. E, como eu descobri? Através do seu irmão. E como foi que vocês se sentaram no restaurante, hein? A Dee e o Andrew de um lado e você e a Ash do outro? Aposto que ficaram superconfortáveis.

— Gatinha...

— Não vem com essa de gatinha pra cima de mim. — Franzi o cenho e continuei descascando. — Você saiu por volta das cinco, e voltou a que horas mesmo? Depois das duas da manhã? O que vocês estavam fazendo? E pode tirar esse sorrisinho idiota da cara. Não tem a menor graça.

Daemon tentou conter o sorriso, mas não conseguiu.

— Adoro quando você mostra as garras.

— Ah, cala a boca. — Exasperada, empurrei o braço dele. — Me solta. Por que não liga pra Ash e pede para ela te preparar os ovos com bacon? Fui!

Em vez de me soltar, Daemon mudou de posição, erguendo-se acima de mim, as mãos plantadas uma de cada lado dos meus ombros. Ele agora estava rindo — aquela risadinha atrevida e irritante.

— Quero ouvir você admitir que está com ciúmes.

— Já falei, seu cabeça de minhoca. Estou com ciúmes. Por que não estaria?

Ele inclinou a cabeça ligeiramente de lado.

— Ah. Não sei. Talvez porque eu jamais tenha desejado a Ash, não como desejei você desde a primeira vez que te vi. E, antes que comece, sei que demonstrei isso de uma maneira terrível, mas você sabe que eu sempre te quis. Só você. Esses ciúmes não fazem o menor sentido.

— Não? — Lutei para conter as lágrimas de raiva. — Vocês namoraram.

— *Nós* estamos namorando.

— E ela provavelmente ainda te quer.

— Mas eu não a quero, portanto isso não tem a menor importância. Tinha importância para mim.

— E ela é tão linda quanto uma modelo.

— Você é mais bonita.

— Não tenta me bajular.

— Não estou tentando.

Mordi o lábio, os olhos fixos em algum ponto acima do ombro dele.

— Sabe de uma coisa? A princípio achei que mereci o cano de ontem. Agora sei como você se sentiu quando eu saí com o Blake. Senti como se o cosmos estivesse me dando uma lição, mas não é a mesma coisa. Nós não estávamos juntos na época e eu e o Blake não temos nenhum tipo de história.

Daemon inspirou fundo.

— Tem razão. Não é a mesma coisa. A saída de ontem não foi um encontro. Andrew deu uma passada aqui em casa e começamos a conversar sobre o Ethan. Ele estava com fome, de modo que decidimos sair para comer alguma coisa. Dee resolveu ir junto, e acabamos encontrando a Ash lá, porque, você sabe, ela é irmã dele.

Dei de ombros. Certo, o argumento era bom.

— No fim das contas, não jantamos em nenhum lugar. Apenas pedimos uma pizza, fomos para a casa do Andrew e ficamos conversando sobre o que pretendemos fazer amanhã. Ash está morrendo de medo de perder o Andrew também. Dee continua querendo matar o Blake. Passei *horas* conversando com eles sobre isso. Não foi uma festa para a qual você não foi convidada.

Senti vontade de dizer que *festa ou não, eu não tinha sido convidada*, mas isso seria estupidez.

— Por que você não me disse nada? Podia ter me avisado. Assim eu não teria ficado imaginando um monte de coisas.

Ele me fitou por alguns instantes e, em seguida, saiu de cima de mim, sentando-se ao meu lado.

— Pensei em dar um pulo na sua casa quando cheguei, mas estava tarde.

Então a noite passada *tinha* sido um sonho. Confirmado, eu era uma idiota.

— Olhe só, eu agi sem pensar.

— Pelo visto, sim — murmurei.

Daemon esfregou o peito, logo acima do coração.

— Não achei que você fosse ficar tão chateada, juro. Imaginei que soubesse.

Eu continuava deitada de costas, cansada demais para me mover.

— Soubesse o quê?

— Que mesmo que a Ash entrasse nua no meu quarto, eu a mandaria embora. Que você não tem nada com o que se preocupar.

— Valeu, agora vou ficar com essa imagem gravada no cérebro pelo resto da vida.

Daemon balançou a cabeça e soltou uma risada seca.

— Essa insegurança é irritante, gatinha.

Meu queixo caiu e eu me sentei de imediato, acomodando-me sobre os joelhos dobrados.

— Como é que é? Por acaso você é o único que pode se sentir inseguro?

— Ahn? — Ele deu uma risadinha presunçosa. — Por que eu me sentiria inseguro?

— Boa pergunta, mas como você chamaria sua pequena cena com o Blake no corredor da escola ontem? E aquela pergunta idiota sobre eu querer ajudá-lo?

Ele fechou a boca.

— A-há! Exatamente. Você se sentir inseguro é mais ridículo ainda. Vou repetir mais uma vez. — Com a raiva, a Fonte veio à tona. Senti o poder envolvendo minha pele. — Eu odeio o Blake. Ele me usou e estava pronto para me entregar pro Daedalus. Além disso, matou o Adam. Eu mal consigo tolerar o cara. Como você pode sentir ciúmes dele?

Seu maxilar tremeu.

— Ele te quer.

— Ah, por Deus, é claro que não.

— Não vou discutir. Eu sou homem. Sei o que os homens pensam.

Joguei as mãos para o alto.

— De qualquer forma, não faz a menor diferença. Eu. Odeio. Ele.

Daemon desviou os olhos.

— Certo.

— Mas você não odeia a Ash. Parte de você a ama. Eu sei que sim. Talvez não da forma como você me ama, mas existe afeto entre vocês... história. Pode me processar, mas isso é um pouco intimidante.

Levantei da cama, com vontade de sair pisando duro como uma criança birrenta. Quem sabe até me jogar no chão. Pelo menos assim eu conseguiria gastar um pouco de energia.

Daemon apareceu diante de mim e envolveu meu rosto entre as mãos.

— Certo. Entendi o argumento. Eu devia ter te avisado. Quanto à história com o Blake... é, aquilo foi idiotice.

— Que bom que você reconhece. — Cruzei os braços.

Ele retorceu os lábios.

— Mas entenda uma coisa de uma vez por todas: é você quem eu quero. Não a Ash nem ninguém mais.

— Mesmo que os antigos pressionem para que você fique com alguém como ela?

Daemon baixou a cabeça e roçou os lábios pelo meu rosto.

— Não dou a mínima para o que eles querem. Nesse sentido, sou incrivelmente egoísta. — Beijou minha têmpora. — Entendeu?

Fechei os olhos.

— Entendi.

— Estamos acertados então?

— Se você me prometer que não vai mais encher minha cabeça com essa história de eu ir com vocês amanhã.

Ele pressionou a testa contra a minha.

— Você não deixa nada barato.

— Verdade.

— Não quero que você vá, gatinha. — Suspirou e passou os braços em volta de mim. — Mas não posso te impedir. Só me prometa que vai ficar perto de mim.

Meu sorriso ficou escondido de encontro ao peito dele.

— Prometo.

Daemon plantou um beijo no topo da minha cabeça.

— Você sempre consegue que as coisas saiam do seu jeito, não é mesmo?

— Nem sempre. — Fechei as mãos em sua cintura, aproveitando o calor que emanava de seu corpo. Se as coisas saíssem sempre do meu jeito, nada disso estaria acontecendo. Mas esse era exatamente o problema. Imaginei se algum de nós conseguiria que as coisas saíssem do nosso jeito.

Seus braços me apertaram ainda mais e o corpo estremeceu com um suspiro.

— Vamos lá. Vamos preparar os ovos com bacon. Vou precisar de todas as minhas forças hoje.

— Pra quê? Por causa... — Fiz uma pausa, percebendo o que ele estava querendo dizer. — Ah, sim... por causa do Blake.

— Isso mesmo. — Me beijou com suavidade. — Vou precisar de todas as minhas forças para não dar uma surra nele. Você entende, certo? Portanto, quero uma porção extra de bacon.

[20]

Dee estava sentada no primeiro degrau da escada como uma fadinha insana prestes a abrir os portões do inferno. Havia prendido o cabelo num rabo de cavalo apertado, e seus olhos verdes emitiam um brilho febril. Os lábios estavam apertados numa linha fina, os dedos fechados em volta dos joelhos como garras afiadas prontas para se enterrar na carne.

— Ele chegou — disse ela, os olhos fixos na janela ao lado da porta.

Olhei de relance para o Daemon. Seu rosto se iluminou com um sorriso lupino. Ele não estava nem um pouco preocupado com a postura assassina da irmã. Talvez termos combinado com o Blake na casa deles não tivesse sido uma boa ideia.

Ela se levantou num pulo e abriu a porta antes que o surfista pudesse bater. Ninguém fez o menor movimento para tentar impedi-la.

Surpreso, Blake abaixou a mão.

— Ahn, oi...

Dee afastou o braço esguio num arco e desferiu um soco direto no maxilar dele. O impacto lançou-o quase um metro para trás.

Meu queixo caiu.

Andrew riu.

Ela girou nos calcanhares e soltou um longo suspiro.

— Certo. Estou pronta.

Observei-a seguir para a poltrona e se sentar, sacudindo a mão.

— Prometi a ela uma pequena retaliação — informou Daemon, rindo. — Dee vai se comportar agora.

Simplesmente o encarei.

Blake entrou cambaleando, esfregando o maxilar.

— Certo — disse ele, encolhendo-se. — Acho que fiz por merecer.

— Você merece muito mais do que isso — declarou Andrew. — Não se esqueça.

Ele assentiu e correu os olhos pela sala. Seis Luxen e uma jovem híbrida o encaravam sem pestanejar. O surfista teve o bom senso de parecer nervoso, até mesmo amedrontado. A animosidade no aposento era palpável.

Blake se posicionou de modo a ficar com as costas coladas na parede. Rapaz esperto. Lentamente, enfiou a mão no bolso de trás da calça e puxou um papel enrolado.

— Acho bom resolvermos logo isso.

— Também acho — replicou Daemon, arrancando o papel da mão dele. — O que é isso?

— Um mapa — respondeu o surfista. — O percurso que teremos que tomar está marcado em vermelho. É uma rota de emergência que leva direto até a entrada dos fundos de Mount Weather.

Meu namorado desenrolou o mapa sobre a mesinha de centro. Dawson deu uma espiada por cima do ombro do irmão e correu o indicador pela linha vermelha sinuosa.

— Quanto tempo levaremos para percorrer essa estrada?

— Cerca de uns vinte minutos de carro, mas não temos como usar um para chegar lá sem que sejamos vistos. — Blake deu um passo titubeante à frente, os olhos fixos na Dee, que o fitava raivosamente de volta. O lado direito do rosto estava vermelho. Aquilo ia virar um hematoma. — Temos que cruzá-la a pé, e rápido.

— Rápido quanto? — perguntou Matthew, parado ao lado da porta que dava para a sala de jantar.

— O mais sobrenaturalmente possível — respondeu ele. — Precisamos nos mover na velocidade da luz. Luc só irá nos dar quinze minutos, de modo que não podemos perder tempo. Temos que chegar lá uns cinco minutos antes e atravessar essa estrada o mais rápido possível.

Sentei. Só tinha conseguido alcançar a velocidade sobre a qual eles estavam falando uma vez antes. Quando estivera perseguindo o Blake após ele matar o Adam.

Daemon ergueu os olhos.

— Você acha que consegue?

— Sim. — Com um bom motivo, tinha certeza que sim. Pelo menos era o que esperava.

Dee balançou a cabeça e se levantou.

— Vocês conseguem correr tão rápido assim?

— Se for preciso, como um foguete — respondeu o surfista. — Tenta me acertar de novo que eu te mostro.

Dee bufou.

— Aposto que eu te alcanço.

— Talvez — murmurou ele e, então, acrescentou: — Você precisa treinar amanhã o dia inteiro. Talvez seja melhor começar hoje. Não podemos permitir que ninguém nos atrase.

Levei um segundo para perceber que ele estava falando comigo.

— Não vou atrasar ninguém.

— Só me certificando. — Seus olhos faiscaram ao se fixarem em mim.

Desviei os meus rapidamente. O fato de que eu era o elo mais fraco da corrente me queimava por dentro. Provavelmente Dee ou Ash seriam uma escolha melhor para aquela investida, mas eu sabia que podia dar conta.

— Ela não é problema seu — rosnou Daemon.

Matthew se colocou entre ele e o Blake.

— Certo. Já sabemos que teremos que percorrer essa estrada, mas onde você quer que nosso grupo de apoio fique esperando?

Daemon cruzou os braços e estreitou os olhos.

— É melhor vocês ficarem perto do começo da estrada. Assim terão tempo de fugir caso alguma coisa dê errado.

— Nada vai dar errado — interveio Ash, os olhos fixos nele. — Esperaremos vocês lá então.

— Certo — retrucou Daemon, sorrindo de maneira tranquilizadora. — Vamos ficar bem, Ash.

Dei um beliscão em minha própria coxa. *Ele não a quer. Ele não a quer. Ele não a quer.* Isso ajudou.

— Confio em você — declarou ela, observando-o com adoração. Como se ele fosse um santo ou algo parecido.

Dei outro beliscão ainda mais forte. *Vou bater nela. Vou bater nela. Vou bater nela.* Isso não ajudou.

Blake pigarreou para limpar a garganta.

— Bem, segundo Luc, tem uma velha fazenda próximo ao começo da estrada de emergência. Podemos estacionar os carros lá.

— Boa ideia. — Dawson recuou um passo e plantou as mãos nos quadris. Uma mecha de cabelos caiu-lhe sobre a testa. — Assim que chegarmos lá, teremos quinze minutos, certo?

Daemon assentiu.

— Foi o que prometeu nosso líder mafioso adolescente.

— Esse garoto é confiável? — indagou Matthew.

— Boto a mão no fogo por ele.

Olhei para o Blake.

— E a sua palavra vale ouro.

Ele corou.

— Luc é confiável.

— Você acha que teremos tempo suficiente? — Dawson perguntou para o irmão. — Para entrar lá, pegar a Beth e o Chris e sair?

— Espero que sim. — Daemon dobrou o mapa e o meteu no bolso traseiro da calça. — Você pega a Beth e o merdinha aqui pega o Chris.

Blake revirou os olhos.

— Andrew, Kat e eu daremos cobertura. A coisa toda não deve levar nem quinze minutos. — Daemon se sentou ao meu lado e fixou seu olhar penetrante no surfista. — Depois disso, você pega o Chris e dá o fora daqui. Não vai ter mais motivo para voltar.

— E se ele tiver? — interveio Dee. — E se ele arrumar outra desculpa para te chantagear e te forçar a ajudá-lo?

— Não vou fazer isso — respondeu Blake, voltando os olhos para mim. — Não tenho motivo para voltar.

Daemon ficou tenso.

— Se voltar, vai me obrigar a fazer algo que eu não quero... provavelmente iria gostar, mas não quero.

Blake projetou o queixo.

— Entendi aonde você quer chegar.

— Então estamos acertados — declarou Matthew, dirigindo-se à sala. — A gente se encontra aqui amanhã às seis e meia. Já acertou tudo, Katy?

Fiz que sim.

— Minha mãe acha que vou dormir na casa da Lesa. De qualquer forma, ela vai estar no plantão.

— Ela está sempre trabalhando — observou Ash, analisando as próprias unhas. — Talvez não goste de ficar em casa.

Sem saber ao certo se isso tinha sido uma alfinetada ou não, controlei minha irritação.

— Minha mãe paga sozinha a hipoteca, as contas, a comida e todas as minhas despesas. Ela precisa trabalhar pra cacete.

— Talvez você devesse arrumar um emprego — sugeriu ela, erguendo os olhos. — Alguma coisa depois das aulas que te deixe ocupada por umas vinte horas.

Cruzei os braços e contraí os lábios.

— Por que está sugerindo isso?

Um sorriso felino iluminou seu rosto ao voltar a atenção para o garoto ao meu lado.

— Só acho que se você está preocupada com as despesas, deveria ajudar.

— Tenho certeza de que esse é o motivo. — Relaxei ao sentir o Daemon deslizar uma das mãos pelas minhas costas.

Ash percebeu o gesto e fez um muxoxo.

Engole essa!

— Só tem uma coisa com a qual precisamos nos preocupar — falou Blake, como se realmente só houvesse uma única coisa que poderia dar errado. — Eles possuem portas de emergência que se fecham de tantos em tantos metros quando os alarmes são disparados. Essas portas possuem um mecanismo de defesa. Não se aproximem das luzes azuis. São lasers. Eles irão cortá-los ao meio.

Todos nós fixamos os olhos nele. Uau, sem dúvida era um problemão. Blake sorriu.

— Mas isso não vai ser um problema. Devemos ser capazes de entrar e sair sem sermos vistos.

— Certo — disse Andrew lentamente. — Mais alguma coisa? Tipo uma rede de ônix com a qual devamos nos preocupar?

O surfista riu.

— Não. Isso é tudo.

Assim que terminamos os planos, Dee quis o Blake fora dali. Sem protestar, ele seguiu para a porta, mas, ao alcançá-la, parou como se fosse dizer alguma coisa. Senti seu olhar em mim mais uma vez e, então, ele se foi. Todo o restante do grupo debandou também; ficamos somente eu e os irmãos.

Entrelacei as mãos.

— Quero praticar esse negócio de velocidade. Sei que posso correr tão rápido quanto vocês, mas quero praticar.

Dee focou a atenção no braço do sofá e inspirou fundo.

— Ótima ideia. — Dawson abriu um sorriso meio de lado. — Praticar um pouco também não me faria mal.

Daemon se espreguiçou todo e passou um braço em volta da minha cintura.

— Está escuro demais agora. Provavelmente você acabaria quebrando o pescoço. Mas podemos fazer isso amanhã.

— Obrigada pelo voto de confiança.

— Meu voto é sempre seu.

Dei-lhe uma cotovelada e me virei para a Dee. Ela continuava com os olhos fixos no sofá, como se o móvel pudesse lhe garantir a resposta de alguma coisa. Dali não sairia nada.

— Você... você vai nos ajudar?

Ela abriu a boca como se fosse dizer alguma coisa, mas a fechou em seguida e fez que não. Então, sem mais uma palavra, girou nos calcanhares e subiu para o quarto. Senti um súbito desânimo.

— Ela vai mudar de ideia — falou Daemon, com um leve aperto em minha cintura. — Sei que vai.

Eu duvidava muito, mas assenti com um menear de cabeça. Dee não ia *mudar de ideia*. Não sei nem por que me dei ao trabalho de perguntar.

Dawson se sentou do meu outro lado com uma expressão confusa.

— Não sei o que aconteceu com ela durante o período em que estive longe. Não entendo.

Pressionei os lábios numa linha fina. *Eu* tinha acontecido.

— Nós todos mudamos, meu irmão. — Daemon me deu um puxão, grudando-me a ele mais uma vez. — Mas as coisas... as coisas vão voltar ao normal logo, logo.

Dawson nos encarou, as sobrancelhas franzidas. Um lampejo de tristeza cruzou-lhe os olhos, enevoando seu tom brilhante. Imaginei o que ele devia pensar quando nos via juntos. Lembranças dele próprio e da Beth aninhados no sofá? Mas, então, ele piscou e abriu um sorriso meio amarelo.

— Que tal uma maratona de *Caçadores de Fantasmas*?

— Não precisa falar duas vezes. — Daemon ergueu uma das mãos e o controle veio flutuando até ele. — Temos cerca de umas seis horas gravadas. Pipoca? Precisamos de um balde de pipoca.

— E sorvete. — Dawson se levantou. — Vou pegar.

O relógio da parede marcava sete e meia. A noite ia ser longa, porém, ao me acomodar ao lado do Daemon, dei-me conta de que não queria estar em nenhum outro lugar.

Ele roçou os lábios pelo meu rosto enquanto estendia o braço atrás da gente e puxava o cobertor do encosto do sofá. Em seguida, ajeitou-o sobre nós dois, deixando que a maior parte me engolisse.

— Ele tá se recuperando, não tá?

Virei para ele, sorrindo.

— É, tá sim.

Seus olhos encontraram os meus.

— Só precisamos nos certificar de que amanhã não seja em vão.

❋ ❋ ❋

LUX 3 OPALA

Por volta de uma da tarde do dia seguinte, eu estava coberta de lama e suando feito uma porca. Estava me saindo melhor do que esperava, tendo conseguido acompanhar o Dawson com facilidade e só caído, tipo... umas quatro vezes. O terreno era implacável.

Ao passar pelo Daemon, ele estendeu a mão para me capturar. Lancei-lhe um olhar irritado, que ele respondeu com um sorrisinho sacana.

— Você está com lama na bochecha — informou. — É bonitinho.

Já ele continuava perfeito como sempre. Não tinha nem mesmo começado a suar.

— Ele é sempre tão irritantemente competente?

Dawson, que estava com uma aparência tão terrível quanto a minha, anuiu.

— É, ele é o melhor nesse tipo de coisa... qualquer atividade física, como lutar ou correr.

O irmão abriu um sorriso radiante. Terminei de limpar a lama dos tênis e falei:

— Cretino.

Daemon riu.

Mostrei a língua e voltei para junto dos dois. Estávamos no limite da mata que se estendia diante da minha casa. Inspirei fundo umas duas vezes e acolhi de braços abertos a descarga da Fonte em meu corpo. A sensação de estar numa montanha-russa retornou, e meus músculos tencionaram.

— Prontos?! — perguntou Daemon, crispando as mãos ao lado do corpo. — Vamos!

Enterrei os pés no chão e, com um impulso, parti, competindo contra os dois. O ar começou a me açoitar à medida que fui ganhando velocidade. Mantive os olhos fixos no chão e nos arredores, a fim de evitar as pedras e raízes expostas. O vento pinicava meu rosto, mas a sensação até que era agradável. Significava que eu estava indo rápido o bastante.

Contornei como um raio o borrão de árvores, mergulhando para passar pelos galhos mais baixos e pulando arbustos e pedregulhos maiores. Consegui passar na frente do Dawson. A velocidade fez com que mechas de cabelo se soltassem do rabo de cavalo. Uma risada escapou da minha garganta. Enquanto corria, esqueci dos meus ciúmes idiotas, do problema pendente com o Will e até mesmo do que teríamos que fazer mais tarde.

Correr daquela maneira, rápido como o vento, era libertador.

Daemon passou por nós feito um tufão, alcançando o riacho uns bons dez segundos antes da gente. Reduzir a velocidade era um problema. Não dava para simplesmente parar, não de uma hora para outra. Você cairia de cara no chão. Assim sendo, finquei os pés na terra e, levantando sedimentos e pedrinhas soltas, deslizei os últimos poucos centímetros.

Daemon estendeu o braço e me pegou pela cintura para que eu não caísse no lago. Rindo, me virei e, envolvendo-o pelo pescoço, dei-lhe um beijo no rosto.

Ele riu.

— Seus olhos estão brilhando.

— Jura? Que nem os seus? Brancos que nem diamantes?

Dawson parou e afastou uma franja de cabelos que caíra sobre sua testa.

— Não, a mesma cor, só que cintilante. É bonito.

— É lindo — corrigiu Daemon. — Mas é melhor você tomar cuidado para não fazer isso na frente das pessoas. — Ao me ver assentir, foi até o irmão e deu-lhe um tapinha nas costas. — Que tal a gente parar por aqui? Vocês já treinaram o suficiente e eu estou morrendo de fome.

Uma sensação de orgulho aflorou dentro de mim até que lembrei o quão importante seria a noite de hoje. Eu não podia ser o elo fraco.

— Vocês vão na frente. Vou treinar mais um pouco.

— Tem certeza?

— Tenho. Vou tentar correr em círculos em torno de vocês.

— Isso jamais vai acontecer, gatinha. — Ele se aproximou de mim e me deu um beijo na bochecha. — É melhor desistir logo.

Dei-lhe um empurrão no peito de brincadeira.

— Mais dia menos dia, vou te fazer comer poeira.

— Duvido que algum de nós esteja por perto para ver isso. — Dawson olhou para o irmão e riu.

Meu coração parou ao ver os dois unidos para implicar comigo, mas me forcei a manter a mesma expressão, embora tenha percebido o lampejo de surpresa que cruzou o rosto do Daemon. Alheio à importância da conversa, Dawson jogou o cabelo para trás de novo e tomou o caminho de casa.

LUX 3 OPALA

— Vamos apostar quem chega mais rápido, Daemon — desafiou ele.

Vai, disse com um simples movimento de boca para o meu namorado. Ele me ofereceu um rápido sorriso e saiu trotando atrás do irmão.

— Você sabe que vai perder.

— Provavelmente, mas, ei, isso vai ser bom pro seu ego, certo?

Como se o ego dele precisasse de ajuda, mas sorri, me sentindo toda feliz e contente ao ver os dois brincando e, em seguida, partindo em desabalada correria. Esperei alguns minutos para descansar a mente e voltei para casa numa leve corrida. Se meus cálculos estivessem corretos, em velocidade normal o trajeto levava cinco minutos. Assim que alcancei a fileira de árvores que margeavam a rua, virei e me preparei. Ao sentir a Fonte se espalhar por meu corpo, parti em disparada.

Dois minutos.

Repeti, cronometrando.

Um minuto e meio. Continuei repetindo até sentir os músculos e os pulmões queimando e conseguir percorrer a distância de cinco minutos em cinquenta segundos. Acho que não dava para melhorar mais do que isso.

O engraçado é que mesmo que meus músculos estivessem tremendo, não estavam doendo. Era como se eu viesse fazendo isso há anos, quando o máximo que costumava fazer era correr da entrada de uma livraria até a seção de lançamentos.

Enquanto me alongava, observei os raios de sol que incidiam através das árvores refletirem no riacho semicongelado. A primavera não demoraria muito, pensei, jogando o cabelo por cima de um dos ombros. Isto é, se a gente sobrevivesse à incursão de hoje à noite a Mount Weather.

— Eu estava errado. Você não precisa praticar.

Virei ao escutar a voz do Blake. Ele estava parado a alguns metros de distância, recostado contra uma árvore grossa, as mãos nos bolsos. Uma mistura de raiva e inquietação revirou meu estômago.

— O que você está fazendo aqui? — exigi saber, tentando manter a voz baixa.

Blake deu de ombros.

— Observando.

— Nem um pouco assustador, não?

Ele me ofereceu um sorriso tenso.

— Acho que me expressei mal. Quis dizer que estava observando os três praticarem. Vocês são bons... e você é ótima. O Daedalus adoraria ter você na equipe.

Meu estômago revirou ainda mais.

— Isso é uma ameaça?

— Não! — Ele piscou e as bochechas coraram. — Credo, de jeito nenhum. Só quis destacar o quanto você é boa. Você é tudo o que eles querem num híbrido.

— Que nem você?

Ele baixou os olhos para o chão.

— É, que nem eu.

Aquilo era estranho e, para piorar, respirar o mesmo ar que o Blake me irritava. Em geral, não era uma pessoa de guardar ressentimentos, mas abria uma exceção para ele. Comecei a tomar o caminho de casa.

— Tá preocupada com hoje à noite?

— Não quero conversar com você.

Num piscar de olhos, ele estava do meu lado.

— Por que não?

Por que não? Sério? *Por que não?* A pergunta me deixou furiosa. Sem pensar, girei o corpo e acertei um soco no diafragma dele. Blake soltou o ar de uma vez só e um sorriso de satisfação iluminou meu rosto.

— Deus do céu! — grunhiu ele, dobrando-se ao meio. — O que deu em vocês, garotas, para ficarem me socando?

— Você merece muito mais do que isso. — Virei-me de costas antes que o acertasse de novo e retomei o caminho. — Por que eu não quero conversar com você? Por que não pergunta pro Adam?

— Certo. — Ele me alcançou de novo, esfregando a barriga. — Tem razão. Mas já pedi desculpas.

— Desculpas não resolvem esse tipo de coisa. — Inspirei fundo e apertei os olhos para enxergar além do brilho ofuscante do sol que incidia através dos galhos. Não podia acreditar que estava tendo essa conversa.

— Estou tentando compensar meus erros.

Ri diante da ideia ridícula de que ele poderia nos compensar após tudo o que tinha feito. Desde a noite em que o Adam morrera, parte de mim passara a compreender o motivo de ter sido criada uma punição tão severa para crimes capitais. Talvez não a pena de morte, mas definitivamente a prisão perpétua.

Parei.

— Por que está aqui, de verdade? Você sabe que isso provavelmente vai deixar o Daemon puto, e ele é pior do que eu ou a Dee.

— Eu queria conversar com você. — Ergueu os olhos para o céu. — Antigamente você também gostava de conversar comigo.

É, antes de o Blake provar que era o próprio demônio encarnado, ele até que era um cara bem legal.

— Eu te odeio — falei, e sério. O nível de animosidade que eu sentia por aquele garoto era estratosférico.

Blake se encolheu, mas não desviou os olhos. O vento rugia por entre as árvores, açoitando meu cabelo e deixando o dele ainda mais espetado.

— Nunca quis que você me odiasse.

Soltei uma risada curta e voltei a caminhar.

— Você é um fracasso nessa história de fazer-com-que-eu-pare-de-te-odiar.

— Eu sei. — Ele voltou a andar do meu lado. — E sei que não posso mudar isso. Acho que não mudaria mesmo que tivesse a chance de fazer tudo de novo.

Lancei-lhe um olhar de puro ódio.

— Pelo menos você é honesto, certo? Foda-se.

Ele meteu as mãos nos bolsos.

— Você faria a mesma coisa se estivesse na minha pele... se tivesse que proteger o Daemon.

Um calafrio desceu por minha espinha. Trinquei o maxilar.

— Eu sei que sim — insistiu ele, baixinho. — Você faria exatamente o que eu fiz. E isso é o que mais te chateia. Somos mais parecidos do que você quer admitir.

— Não somos nada parecidos! — Meu estômago apertou, porque, lá no fundo, tal como tinha dito para o Daemon, Blake e eu éramos muito parecidos. Saber disso não significava que eu ia dar a ele o prazer de admitir, especialmente porque o que ele tinha feito me mudara.

Crispei as mãos e continuei avançando de maneira irritada, pulando galhos e arbustos.

— Você é um monstro, Blake. Um monstro de verdade, de carne e osso. Não quero me tornar como você.

Ele não disse nada por um momento.

— Você não é um monstro.

Eu apertava os dentes com tanta força que meu maxilar começou a doer.

— Você é como eu, Katy, de verdade, mas é melhor do que eu. — Fez uma pausa e, em seguida, acrescentou: — Gostei de você de cara. Mesmo sabendo que é estupidez, ainda gosto.

Chocada, parei e me virei para ele.

— Como?

As bochechas dele ficaram vermelhas.

— Eu gosto de você, Katy. E muito. Sei que me odeia e que ama o Daemon. Já entendi, mas queria esclarecer tudo para o caso de alguma coisa dar errado hoje à noite. Não vai acontecer nada, mas você sabe... deixa pra lá.

Não conseguia processar o que ele estava dizendo. Melhor esquecer. Com um sacudir de cabeça frustrado, virei e retomei mais uma vez o caminho de casa, que agora já estava à vista. Ele gostava de mim. E *muito*. É por isso que havia traído tanto a mim quanto os meus amigos. Matado o Adam e depois retornado para nos chantagear. Uma risada histérica se formou em minha garganta. Assim que comecei a rir, não consegui mais parar.

— Obrigado — murmurou ele. — Eu me abro e você ri de mim.

— Você devia ficar feliz por eu estar rindo. A outra opção seria te bater de novo, o que ainda não...

Blake colidiu contra as minhas costas, jogando-me no chão. O ar saiu dos meus pulmões de uma vez só e meu corpo se preparou imediatamente para o contra-ataque.

— Não faça nada — sussurrou ele junto ao meu ouvido, as mãos envolvendo meus braços. — Temos companhia... e não é do tipo amigável.

[21]

eu coração martelava em minha garganta. Ergui a cabeça, esperando me deparar com um pelotão de oficiais do DOD se fechando em volta da gente.

Não vi ninguém.

— Do que você está falando? — perguntei num sussurro. — Não estou vendo...

— Quieta.

Embora irritada, me calei. No entanto, passados alguns segundos, cheguei à conclusão de que Blake estava apenas usando uma desculpa qualquer para botar as mãos em mim ou coisa parecida.

— Se não sair de cima de mim, vou te machucar de verdade...

Foi então que vi o que ele estava dizendo. Um sujeito de terno preto se aproximava sorrateiramente pela lateral da minha casa. Algo na aparência do cara me pareceu familiar e, de repente, lembrei onde o vira antes.

Ele estava com a Nancy Husher no dia em que o DOD surpreendera Daemon e a mim no campo onde havíamos matado Baruck.

O oficial Lane.

Em seguida, vi a Expedition parada próximo ao fim da rua.

Engoli em seco.

— O que ele tá fazendo aqui?

— Não sei. — A respiração do Blake era quente em contato com minha bochecha. Trinquei os dentes. — Mas com certeza está procurando alguma coisa. — Um segundo depois, um movimento na casa do Daemon atraiu minha atenção. A porta da frente se abriu e ele veio para fora. Daemon, então, desapareceu da varanda e reapareceu diante da entrada de garagem da minha casa, a mais ou menos um metro do oficial Lane. Ele se movia tão rápido que o olho humano não conseguia acompanhar.

— Posso te ajudar com alguma coisa, Lane? — Sua voz chegou até onde eu estava, baixa e sem entonação.

Surpreso pela súbita aparição, Lane recuou um passo e levou a mão ao peito.

— Daemon, Deus do céu, odeio quando você faz isso!

Meu namorado sequer sorriu, e o que quer que o oficial tenha visto nos olhos dele fez com que fosse direto ao ponto.

— Estou investigando.

— Certo.

Lane meteu a mão no bolso da camisa, puxou um pequeno notebook e o abriu. O paletó ficou preso no coldre da arma. Não tive certeza se isso havia sido de propósito ou não.

— O oficial Brian Vaughn está desaparecido desde antes do Ano-Novo. Estou verificando todas as pistas.

— Merda — murmurei.

Daemon cruzou os braços.

— Por que eu saberia ou me importaria com o que aconteceu com ele?

— Quando foi a última vez que você o viu?

— No dia que vocês apareceram no campo para sua inspeção de praxe e quiseram comer naquele tenebroso restaurante chinês — respondeu Daemon numa voz tão convincente que eu quase acreditei. — Meu estômago ainda não se recuperou.

Lane sorriu de modo relutante.

— Verdade, a comida era pavorosa. — Anotou alguma coisa no notebook e o meteu de volta no bolso. — Depois disso você não viu mais o Vaughn?

— Não.

O oficial assentiu com um menear de cabeça.

— Sei que vocês dois não são grandes fãs um do outro. Não acho que ele ousaria te fazer uma visita sem autorização, mas precisamos checar todas as possibilidades.

— Compreensível. — O olhar do Daemon recaiu sobre as árvores em meio às quais estávamos escondidos. — Por que você estava verificando a casa da minha vizinha?

— Estou verificando todas as casas — retrucou ele. — Você ainda é amigo daquela garota?

Ah, não!

Daemon não disse nada, mas mesmo deitada de bruços pude perceber o modo como seus olhos estreitaram ao se fixarem no oficial.

Lane riu.

— Daemon, quando você vai aprender a relaxar? — Deu um tapinha no ombro do meu namorado ao passar por ele. — Não quero saber com quem você... passa seu tempo livre. Só estou fazendo o meu trabalho.

Daemon girou o corpo, acompanhando os movimentos do Lane.

— Quer dizer que, se eu resolvesse sair só com humanas e acabasse decidindo morar com uma, você não me entregaria?

— Desde que eu não encontre nenhuma prova irrefutável, não dou a mínima. Este é apenas um emprego com uma boa aposentadoria, e espero continuar vivo para aproveitá-la. — Começou a se afastar em direção ao carro, mas parou e se virou para o Daemon. — Existe uma diferença entre intuição e prova. Por exemplo, minha intuição me diz que seu irmão estava num relacionamento sério com a humana que desapareceu junto com ele, mas não havia nenhuma prova.

É claro. Nós sabíamos como o DOD havia descoberto sobre ele e a Beth: através do Will. Será que esse cara estava insinuando que não sabia nada sobre o Dawson?

Daemon se recostou na Expedition do Lane.

— Você viu o corpo do meu irmão quando o DOD o encontrou?

Seguiu-se um momento de tensão, e Lane abaixou o queixo.

— Eu não estava presente quando o corpo dele e da garota foram encontrados. Apenas fui informado sobre o que havia acontecido. Sou só um oficial. — Ergueu a cabeça. — E ninguém jamais desmentiu a história. Sei que não sou ninguém no grande esquema das coisas, mas não sou cego.

Prendi a respiração. Senti Blake fazer o mesmo.

— O que você tá querendo dizer com isso? — perguntou Daemon.

Lane ofereceu um sorriso tenso.

— Sei quem está na sua casa, Daemon, e sei que mentiram para mim. Eles mentiram para muitos de nós, de modo que não fazemos ideia do que está realmente acontecendo. Esse é apenas um trabalho. A gente simplesmente o executa de cabeça baixa.

Daemon assentiu.

— É isso o que você está fazendo agora, mantendo a cabeça abaixada?

— Me mandaram verificar todos os lugares onde o Vaughn poderia estar, só isso. — Ele estendeu a mão para a porta do carro e Daemon se afastou. — A menos que me obriguem, não vou meter o nariz onde não sou chamado. Quero muito aproveitar minha aposentadoria. — Entrou no carro e fechou a porta. — Cuide-se.

Daemon recuou alguns passos.

— A gente se vê por aí, Lane.

Com um guinchar de pneus e levantar de cascalho, a Expedition se afastou, deixando para trás um rastro de fumaça liberada pelo cano de descarga.

O que diabos acabara de acontecer? Melhor ainda, por que o Blake continuava em cima de mim?

Ele soltou um grunhido ao sentir a cotovelada que lhe acertou o estômago.

— Sai de cima de mim.

Blake se levantou, os olhos faiscando.

— Você gosta de bater.

Levantei também e o fitei com irritação.

— É melhor dar o fora daqui. Não precisamos lidar com você agora.

— Bem colocado. — Ele recuou alguns passos e o sorriso esmoreceu. — A gente se vê mais tarde.

— Vá pro inferno — murmurei, virando-me de volta para o Daemon, que atravessava a rua. Saí trotando da mata e parei ao alcançá-lo. — Tudo bem?

LUX 3 OPALA

Ele fez que sim.

— Você escutou o papo?

— Escutei. Estava voltando quando o vi. — Imaginei que seria melhor ele não saber que o Blake tinha dado uma de sr. Voyeur Assustador antes de invadirmos Mount Weather. — Você acreditou nele?

— Não sei. — Daemon apoiou um braço em meus ombros e me guiou em direção à casa dele. — Lane sempre foi um cara decente, mas isso foi meio estranho.

Passei um braço em volta da sua cintura e me aconcheguei a ele.

— Qual parte?

— A coisa toda — respondeu, se sentando no degrau de cima da varanda. Em seguida, me puxou para o colo e passou os braços em volta de mim. — O fato de o DOD, inclusive o Lane, saber que o Dawson está de volta. Eles têm que saber que a gente descobriu a mentira, e não estão fazendo nada. — Fechou os olhos quando pressionei meu rosto no dele. — Além disso, o que a gente vai fazer hoje mais tarde... pode até funcionar, mas é loucura. Parte de mim se pergunta se eles já não sabem que estamos a caminho.

Corri o polegar pelo maxilar do Daemon e dei-lhe um beijo no rosto, desejando que houvesse algo que eu pudesse fazer.

— Você acha que vamos cair numa armadilha?

— Acho que já estamos numa e só está faltando ela se fechar em volta da gente. — Capturou minha mão suja entre as dele e a manteve ali.

Soltei um suspiro trêmulo.

— Vamos continuar com o plano mesmo assim?

Daemon empertigou os ombros. Resposta suficiente.

— Você não tem que fazer isso.

— Nem você — retruquei baixinho. — Mas estamos nisso juntos.

Ele inclinou a cabeça para trás e seus olhos encontraram os meus.

— Tem razão.

Não estávamos fazendo isso por termos um desejo secreto de morrer ou sermos estúpidos, mas porque havia duas vidas em jogo, talvez mais, que valiam tanto quanto a nossa. Talvez a coisa toda acabasse sendo um sacrifício, mas se não tentássemos perderíamos a Beth, o Chris e o Dawson. Blake seria uma perda aceitável.

De qualquer forma, senti uma fisgada de pânico apertar meu peito. Eu estava assustada... na verdade, morrendo de medo. Quem não estaria? Mas era a responsável por estarmos naquela situação, e agora a coisa toda se tornara maior do que eu, do que meu medo.

Inspirei o ar de maneira superficial, abaixei a cabeça e beijei-lhe os lábios.

— Acho que vou ficar um pouco com a minha mãe antes de irmos. — Senti a garganta fechada. — Ela já deve estar acordando.

Ele me beijou de volta, os lábios demorando-se sobre os meus. O contato transmitiu desejo, mas com um quê de desespero e aceitação. Se as coisas terminassem mal, o tempo passado com ele não teria sido suficiente. Talvez jamais viesse a ser.

Por fim, Daemon falou numa voz áspera e rouca.

— Boa ideia, gatinha.

Quando enfim chegou a hora de entrar no carro do Daemon e seguir para as Montanhas Blue Ridge, estávamos todos tensos. E, para variar, isso não tinha nada a ver com a presença do Blake.

Embora de vez em quando alguém risse ou soltasse um palavrão, todo mundo estava pisando em ovos.

Ash se acomodou no banco do carona do carro do Matthew. Estava vestida de preto da cabeça aos pés — calças pretas, tênis preto e uma blusa justa de gola alta preta. Parecia uma ninja. Dee, por sua vez, estava toda de rosa. Pelo visto aceitara o fato de que teria que ficar dentro do carro. A menos que a Ash planejasse se misturar com o assento de couro, não sabia muito bem por que ela se vestira daquele jeito.

Exceto pelo fato de que estava absolutamente fabulosa.

Já eu estava com uma calça de moletom escura e uma camiseta preta de mangas compridas que não cabia mais no Daemon. Devia ser da época em que ele estava na puberdade, visto que não passava mais por sua cabeça. A impressão era de que eu estava pronta para ir para a academia.

LUX 3 OPALA

Ao lado da Ash, eu parecia uma verdadeira pobre coitada. Daemon, porém, disse algo ao me ver vestida com a roupa dele que fez meu sangue ferver e, depois disso, deixei de ligar se eu parecia ou não uma corcunda em comparação com sua ex-namorada.

Dawson e Blake iriam com a gente e o resto com o Matthew. Enquanto tirávamos o carro da garagem, mantive os olhos pregados na minha casa até perdê-la de vista. As poucas horas que havia passado com minha mãe tinham sido ótimas... realmente incríveis.

Os primeiros trinta minutos do trajeto transcorreram sem maiores incidentes. Blake permaneceu quieto, mas quando resolveu começar a falar as coisas foram imediatamente por água abaixo. Por diversas vezes imaginei que o Daemon ia parar o carro e estrangulá-lo.

Acho que nem o Dawson nem eu o teríamos impedido.

O gêmeo do meu namorado mudou de posição e apoiou a cabeça entre as mãos.

— Você não se cala nunca, não?

— Só quando estou dormindo — retrucou Blake.

— Ou se estiver morto — revidou Daemon. — Ele vai parar de falar quando estiver morto.

O surfista apertou os lábios numa linha fina.

— Captei o recado.

— Excelente. — Daemon voltou a focar a atenção na estrada. — Tente ficar quieto por um tempo.

Controlei a vontade de rir e me virei para trás.

— O que você vai fazer quando encontrar a Beth?

Um ar sonhador iluminou o rosto do Dawson, e ele balançou a cabeça lentamente como que para acordar do transe.

— Ah, cara, não sei. Respirar... finalmente vou ser capaz de respirar.

Com os olhos marejados de emoção, ofereci a ele um sorriso aguado.

— Tenho certeza de que ela vai se sentir da mesma forma. — Pelo menos, esperava que sim. A última vez que eu vira a Beth, ela me parecera meio pancada das ideias. Mas se eu sabia algo a respeito do Dawson era que o amor que ele sentia por ela faria com que fosse capaz de lidar com isso... eles compartilhavam o mesmo tipo de amor que minha mãe e meu pai.

Pelo canto do olho, vi os lábios do Daemon se curvarem ligeiramente nos cantos. O gesto provocou um farfalhar engraçado no fundo do peito.

Inspirei devagarinho e foquei minha atenção no surfista. Ele estava com a cabeça apoiada na janela, olhando para a escuridão da noite.

— E você?

Seu olhar se fixou em mim. Blake não disse nada por vários segundos.

— Vamos sair daqui e seguir para oeste. A primeira coisa a fazer é surfar. Chris sempre adorou o mar.

Virei de volta para a frente e baixei os olhos para minhas mãos. Às vezes era difícil odiar alguém sem se sentir mal por isso. E eu me sentia mal pelo amigo dele. Me sentia mal até pelo Blake.

— Ah... legal.

Depois disso, ninguém falou mais nada. A princípio, o humor se manteve sombrio e carregado de lembranças, além de provavelmente milhares de *e se* e uma dúzia de cenários de como a noite seria para o Dawson e o Blake. No entanto, assim que passamos por Winchester, cruzamos o rio e a silhueta escura das Montanhas Blue Ridge surgiu à frente, o humor mudou.

Os garotos ficaram tensos, exalando testosterona por todos os poros. Olhei de relance para o Daemon, inquieta e impaciente para resolver logo aquilo. Faltavam vinte para às nove.

— Falta muito? — perguntou Dawson.

— Temos tempo.

Daemon diminuiu a marcha ao começarmos a subir a montanha. Matthew nos seguia bem de perto. Ele conhecia o caminho. A estrada de emergência ficava a cerca de uns oitocentos metros da entrada principal. Daemon havia inserido o endereço no GPS, mas o aparelho aparentemente não encontrara nada.

Um celular tocou e Blake atendeu.

— É o Luc. Ele quer saber se vamos conseguir cumprir o horário.

— Vamos — respondeu meu namorado.

Dawson se meteu entre os dois assentos dianteiros.

— Tem certeza?

O irmão revirou os olhos.

— Tenho.

— Só verificando — grunhiu Dawson, recostando-se novamente.

Foi a vez do Blake se meter entre os bancos.

— Certo. Luc está pronto. Ele pediu para lembrar a todos que teremos apenas quinze minutos. Se algo der errado, a gente sai e tenta de novo depois.

— Não quero tentar de novo depois — protestou Dawson. — Assim que entrarmos, temos que ir até o fim.

Blake franziu o cenho.

— Quero tirá-los de lá tanto quanto você, meu chapa, mas nosso tempo é limitado. Só isso.

— Vamos nos ater ao plano. — Daemon olhou para o irmão através do retrovisor. — Está decidido, Dawson. Não vou arriscar te perder de novo.

— Nada vai dar errado — intervim, antes que a discussão se tornasse um bate-boca de proporções épicas. — Tudo sairá como planejado.

Fixei a atenção na estrada. A rodovia tinha quatro pistas e era densamente arborizada nas laterais. Era como se estivéssemos passando por um borrão de sombras. Não fazia ideia de como o Daemon ia encontrar a porcaria da estradinha de emergência, mas ele começou a diminuir e jogou o carro para a pista da esquerda.

Uma pressão se formou em meu peito ao vê-lo virar numa estradinha quase invisível. Não havia nenhuma sinalização — nada que indicasse haver sequer uma rua ali. Um par de faróis entrou na viela estreita atrás da gente, que mais parecia uma trilha de terra e cascalho do que uma via asfaltada. Cerca de uns duzentos metros adiante, uma velha casa de fazenda surgiu à direita, iluminada pela luz fraca da lua. Metade do telhado havia desmoronado. O mato encobria a frente e as laterais da casa.

— Assustador — murmurei. — Aposto que aqueles caçadores de fantasmas diriam que esse lugar é assombrado.

Daemon deu uma risadinha.

— Para eles, qualquer lugar é assombrado. É por isso que eu adoro o programa.

— Não diga! — comentou Dawson, enquanto estacionávamos e Matthew encostava ao nosso lado.

Ambos os carros desligaram o motor e os faróis. Sem nenhuma outra fonte de luz, o lugar era escuro como piche. Meu estômago revirou. Faltavam cinco para às nove. Não havia como desistir agora.

O celular do Blake tocou novamente.

— Ele só está querendo se certificar de que estamos prontos.

— Deus do céu, que garotinho irritante — murmurou Daemon, virando-se para o carro do Matthew. — Estamos quase prontos. Andrew?

Ele cochichou algo para a irmã e a Dee e saltou do carro. Em seguida se virou, fazendo alguns sinais que eu juraria serem do tipo usados por membros de gangues.

— Estou mais do que pronto.

— Credo — murmurou Blake.

— Vamos nos ater ao plano. De forma alguma, *qualquer um* de nós irá se desviar do plano — disse Daemon, dirigindo-se ao irmão. — Todos nós voltaremos juntos para casa hoje.

Seguiu-se uma série de murmúrios de concordância. Com a pulsação condizente com a de alguém prestes a ter um ataque cardíaco, abri a porta do carro.

Daemon pousou a mão em meu braço.

— Fique perto de mim.

Minhas cordas vocais pareciam ter parado de funcionar, de modo que apenas assenti com um menear de cabeça. Então, nós quatro saltamos ao encontro do ar frio da montanha. O entorno estava um breu — exceto pelos feixes de luar que cortavam a estradinha de emergência. Eu provavelmente estava parada ao lado de um urso e não fazia ideia.

Contornei a frente do veículo e parei ao lado do Daemon. Escutei um movimento perto de mim e percebi que era o Blake.

— Tempo — pediu Daemon.

Um celular piscou rapidamente e, em seguida, o surfista informou:

— Um minuto.

Tentei respirar para me acalmar, mas o ar ficou preso na garganta. Podia sentir meu coração pulsando por todo o meu corpo. Em meio à escuridão, Daemon pegou minha mão e a apertou.

Podemos fazer isso, pensei comigo mesma. *Podemos fazer isso. Vamos fazer isso.*

— Trinta segundos — disse Blake.

Continuei repetindo meu mantra. Tinha lido algo sobre as leis do universo que dizia que acreditar de verdade fazia com que a coisa acontecesse. Meu Deus, esperava que eles estivessem certos.

— Dez segundos.

Daemon apertou minha mão mais uma vez e percebi que não ia soltá-la. Eu ia acabar fazendo com que ele se atrasasse, mas não havia tempo para reclamar. Um estremecimento percorreu os meus braços. A Fonte borbulhou dentro de mim, acordando. Meu peso oscilava para frente e para trás.

Ao meu lado, Blake inclinou o corpo para a frente.

— Três, dois, vamos!

Parti com tudo, deixando a Fonte correr livremente por minhas veias, enchendo cada célula com luz. Nenhum dos caras estava brilhando, embora estivéssemos todos praticamente voando. Meus tênis deslizavam sobre a pista. Começamos a subir, mantendo-nos à margem da estrada, evitando os trechos iluminados. No fundo da mente, percebi que acompanhá-los jamais tinha sido o problema.

Eu conseguia enxergar o caminho.

Daemon, porém, continuava de mãos dadas comigo, mas não estava me puxando, e sim me guiando através da noite, contornando buracos do tamanho de crateras e subindo a encosta sinuosa da montanha.

Setenta e cinco segundos depois, o que eu sabia porque havia contado, uma cerca de seis metros de altura, iluminada por canhões de luz, surgiu à vista. Diminuímos o ritmo até pararmos atrás da última fileira de árvores.

Inspirei fundo, os olhos arregalados. Placas vermelhas e brancas indicavam que a cerca era eletrificada. Do outro lado havia um espaço aberto do tamanho de um campo de futebol e, em seguida, uma estrutura gigantesca.

— Que horas são? — perguntou Daemon.

— Nove e um. — Blake correu uma das mãos pelos cabelos espetados. — Certo. Estou vendo um guarda ao lado do portão. Você consegue ver mais alguém?

Esperamos cerca de um minuto para ver se havia algum outro guarda patrulhando, mas, como Luc tinha dito, era a hora da troca da ronda. Somente o portão estava protegido. Não podíamos esperar mais.

— Só um segundo — pediu Andrew, afastando-se das árvores e se aproximando sorrateiramente do guarda vestido de preto.

Eu estava prestes a perguntar o que diabos ele pretendia fazer quando o vi se abaixar e encostar a mão no chão. Um espocar de faíscas azuis atraiu a atenção do guarda, que foi surpreendido por uma súbita descarga de eletricidade.

O sujeito tremeu violentamente e soltou a arma. Um segundo depois, estava estatelado ao lado dela. Os garotos avançaram e eu os segui, lançando um olhar de relance para o guarda. Seu peito subia e descia, mas ele estava completamente apagado.

— Ele nem sabe o que o acertou. — Andrew deu uma risadinha e soprou os dedos. — Deve ficar desmaiado por uns vinte minutos.

— Excelente — comentou Dawson. — Eu teria fritado o cérebro dele se tivesse tentado fazer isso.

Arregalei os olhos.

Daemon já estava próximo ao portão. O teclado branco parecia inofensivo, mas era apenas o primeiro teste. Só podíamos rezar para que Luc tivesse desligado as câmeras e nos fornecido os códigos corretos.

— Icarus — disse Blake baixinho.

Daemon assentiu, os ombros tensos ao digitar rapidamente o código. Escutamos um clique mecânico seguido por um zumbido baixo e, então, o portão estremeceu. Ele se abriu, convidando-nos a entrar como um tapete vermelho estirado diante de um convidado de honra.

Meu namorado fez sinal para que avançássemos. Atravessamos correndo o campo, e alcançamos as portas sobre as quais Luc e Blake tinham falado no prazo de dois batimentos cardíacos. Parei atrás do Daemon enquanto eles verificavam a parede.

— Onde está a merda do teclado? — perguntou Dawson, andando de um lado para outro diante das portas.

Recuei um passo e forcei meus olhos a percorrerem o espaço da esquerda para a direita lentamente.

— Ali. — Apontei para a direita. O teclado era pequeno, escondido em uma pequena reentrância.

Andrew foi até ele e lançou um olhar por cima do ombro.

— Prontos?

Dawson olhou para mim e, em seguida, para a porta do meio.

— Prontos.

— Labyrinth — murmurou Daemon, parado atrás da gente. — E, por Deus, digite corretamente.

Andrew bufou e digitou o código. Senti vontade de fechar os olhos, para o caso de terminarmos com uma dúzia de armas apontadas para nossas caras. A porta à nossa frente se abriu, revelando o espaço atrás dela centímetro por centímetro.

Nenhuma arma. Nenhum guarda.

Soltei a respiração que estivera prendendo.

A porta se abriu para um espaçoso túnel alaranjado que seguia até os elevadores. Tudo o que precisávamos fazer era atravessar os trinta metros e, então, descer dez andares. Blake sabia onde ficavam as celas.

Estávamos realmente invadindo um estabelecimento do governo.

A porta era larga o bastante para que duas pessoas passassem ao mesmo tempo, mas Dawson fez questão de ir primeiro. Compreensível, levando em consideração o que ele tinha a ganhar. Posicionei-me logo atrás. Assim que ele atravessou o umbral, escutei um leve som de ar sendo liberado.

Dawson caiu como se tivesse sido alvejado por uma arma, mas não houvera tiro algum. Num segundo ele estava em pé sob o umbral da porta e, no seguinte, contorcendo-se no chão, a boca aberta num grito silencioso.

— Ninguém se mexe — ordenou Andrew.

O tempo pareceu parar. Os pelos da minha nuca se eriçaram. Ergui os olhos e vi uma fileira de diminutos borrifadores, praticamente imperceptíveis, voltados para baixo. Tarde demais, percebi, horrorizada. O som de algo sendo pulverizado ecoou novamente.

Uma dor excruciante penetrou minha pele, como se milhares de pequeninas facas estivessem me cortando de dentro para fora, perfurando cada célula. Meu corpo inteiro pareceu entrar em erupção e suguei o ar, que entrou queimando. Minhas pernas cederam e eu despenquei no chão, incapaz até de tentar amortecer a queda. A lateral do meu rosto bateu no concreto duro, mas a dor da pancada não foi nada em comparação com o fogo que assolava meu corpo.

Era como se minhas células cerebrais estivessem se retorcendo, colidindo umas contra as outras. Meus músculos trancaram, tanto de dor quanto de pânico. Eu não conseguia fechar os olhos. Tentei respirar, expandir os pulmões, mas havia algo errado com o ar — ele escaldava minha boca e minha garganta. Uma distante parte de mim que ainda conseguia funcionar, escondida em algum lugar, soube do que se tratava.

Ônix — ônix em forma de vapor, sendo pulverizado.

[22]

Fui tomada por espasmos incontroláveis enquanto ondas de dor me rasgavam por dentro. Escutei um murmúrio de vozes apavoradas ao longe e tentei processar o que elas diziam. Nada fazia sentido, exceto pela profunda e cortante agonia do ônix.

Um par de mãos fortes me agarrou pelos braços e a dor tornou-se desesperadora. Abri a boca, deixando escapar um ofego estrangulado. Em seguida, fui levantada e meu rosto pressionado contra algo quente e sólido. Reconheci o perfume fresco.

De repente, estávamos voando.

Só podíamos estar, pois nos movíamos tão rápido que o vento uivava e rugia em meus ouvidos. Meus olhos continuavam abertos, mas tudo estava escuro e minha pele parecia estar sendo retalhada por diminutas lâminas.

Quando a velocidade diminuiu, achei ter escutado Dee soltar um grito de choque e alguém dizer *rio*. Voltamos, então, a voar. Eu não sabia onde o Dawson estava nem se eles o haviam resgatado de dentro do corredor.

Tudo o que conseguia sentir era a dor irradiando pelo meu corpo, minha pulsação acelerada e o martelar do meu coração.

Tive a impressão de que haviam se passado horas até pararmos de novo, mas sabia que só podiam ter sido alguns poucos minutos. O ar que nos envolvia era frio e úmido, com um leve aroma almiscarado.

— Segure em mim. — A voz do Daemon soou áspera em meus ouvidos. — A água está gelada, mas suas roupas e seu cabelo estão cobertos de ônix e precisamos lavar isso. Portanto, segure firme, ok?

Não consegui responder, mas pensei que se eu estava coberta de ônix da cabeça aos pés, Daemon tinha que ter sido afetado também. Ele devia estar sofrendo, mas ainda assim havia corrido toda a distância, de Mount Weather até o rio, ou seja, vários quilômetros.

Meu namorado deu um passo à frente, escorregou de leve e soltou um palavrão por entre os dentes. Momentos depois, senti o choque da água gelada em contato com minhas pernas e, mesmo com dor, tentei escalar o corpo dele para escapar. Daemon, porém, continuou avançando, até que senti a água semicongelada lamber minha cintura.

— Segure firme — repetiu ele. — Não solte.

Ele, então, mergulhou comigo e o ar foi novamente roubado de meus pulmões. Sacudi a cabeça vigorosamente, vendo os sedimentos se espalharem pela água escura e meu cabelo flutuar em torno do meu rosto, me cegando. A queimação provocada pelo ônix, porém, começou a ceder.

Seus braços me apertaram com força e ele nos impulsionou para cima. Assim que minha cabeça emergiu na superfície, inspirei fundo algumas vezes. As estrelas rodopiaram e saíram de foco enquanto Daemon nos tirava de dentro d'água.

Escutei um chapinhar alguns metros adiante e, assim que minha visão clareou, vi Blake e Andrew arrastando Dawson para fora da água e o deitando na margem. Blake se sentou ao lado dele e correu as mãos pelo cabelo encharcado.

Meu coração foi parar nos pés. Será que ele...?

Dawson cobriu o rosto com um dos braços e dobrou uma perna.

— Merda.

O súbito alívio me deixou com os joelhos fracos. Daemon envolveu meu rosto entre as mãos e me obrigou a fitá-lo. Seus olhos verdes cintilantes perscrutaram os meus.

— Você está bem? — perguntou ele. — Diz alguma coisa, gatinha. Por favor.

Forcei meus lábios enregelados a se moverem.

— Uau.

Ele franziu as sobrancelhas e balançou a cabeça, confuso, e, em seguida, me tomou em seus braços, me apertando com tanta força que soltei um guincho.

— Deus do céu, não sei nem... — Com uma das mãos em minha nuca, Daemon se virou de costas para o grupo e baixou a voz: — Você me deixou apavorado.

— Estou bem. — Minha voz saiu abafada. — E você? Você tem que ter...

— Já lavei tudo. Não se preocupe com isso. — Um calafrio percorreu seu corpo. — Que droga, gatinha...

Permaneci quieta enquanto ele me apertava de novo e corria as mãos pelo meu corpo como que para se certificar de que eu não havia perdido meus braços e dedos. No entanto, ao senti-lo tomar meu rosto entre as mãos trêmulas e beijar minhas pálpebras, achei que fosse começar a chorar.

Dois pares de faróis incidiram sobre a gente, seguidos por uma enxurrada de vozes e perguntas. Dee foi a primeira a aparecer em cena. Ela se agachou ao lado do Dawson e tomou-lhe a mão.

— O que aconteceu? — exigiu saber. — Alguém pode nos dizer o que aconteceu?

Matthew e Ash surgiram em seguida, curiosos e preocupados. Foi Andrew quem respondeu.

— Não sei. Alguma coisa foi liberada no ar assim que as portas se abriram. Uma espécie de spray, mas sem cheiro e invisível.

— E que dói pra caralho. — Dawson se sentou, esfregando os braços. — A única coisa que provoca uma dor dessas é ônix.

Claro que ele também reconhecera o que era. Estremeci. Só Deus sabia quantas vezes eles tinham usado ônix contra ele.

— Só que eu nunca tinha visto assim antes — continuou ele, levantando-se lentamente com a ajuda da Dee e da Ash. — Ele foi pulverizado. Loucura. Acho que engoli um pouco.

— Vocês estão bem? Katy? — perguntou Matthew.

Nós dois assentimos. Minha pele ainda doía um pouco, mas o pior já havia passado.

— Como você sabia que a gente tinha que vir para o rio?

Daemon afastou algumas mechas molhadas da testa.

— Imaginei que devia ser ônix quando não vi nenhum ferimento aparente, e deduzi que devia estar nas suas roupas e na pele. Lembrei, então, de termos passado por um rio. E concluí que era o melhor lugar para irmos.

— Bem pensado — observou Matthew. — Que inferno...

— A gente nem conseguiu passar pelo primeiro conjunto de portas — disse Andrew, soltando uma risada amarga. — O que diabos estávamos pensando? O lugar é à prova de Luxen e, pelo visto, de híbridos.

Daemon me soltou e andou até onde estavam os outros. Parou ao lado do Blake.

— Você já esteve em Mount Weather antes, não esteve?

O surfista se levantou devagar. Seu rosto parecia pálido sob a luz da lua.

— Já, mas nada disso...

Daemon foi como uma cobra dando o bote. Seu punho acertou o maxilar do Blake em cheio. O garoto cambaleou alguns passos para trás e caiu de bunda no chão. Em seguida, se curvou e cuspiu um punhado de sangue.

— Eu não sabia... Não sabia que eles tinham instalado algo assim!

— Acho difícil de acreditar. — Daemon acompanhou os movimentos do surfista.

Blake ergueu a cabeça.

— Você tem que acreditar em mim! Isso jamais havia acontecido. Não entendo.

— Mentira — falou Andrew. — Você armou pra gente.

— Não. De jeito nenhum. — Blake se levantou, mantendo as costas voltadas para o rio. Esfregou o maxilar com uma das mãos. — Por que eu faria isso? Meu amigo está...

— Não dou a mínima pro seu amigo — gritou Andrew. — Você já esteve lá! Como podia não saber que as portas tinham armadilhas desse tipo?

Blake se virou para mim.

— Você tem que acreditar em mim! Eu não fazia ideia de que isso ia acontecer. Eu jamais conduziria vocês para uma armadilha.

Olhei para o rio, sem saber ao certo no que acreditar. Seria uma tremenda burrice ele armar para cima da gente daquele jeito, e, se tivesse, não deveríamos ter sido cercados por agentes do DOD? Alguma coisa não batia direito naquela história.

— Luc também não sabia?

— Se soubesse, teria nos dito, Katy...

— Pode parar — avisou Daemon, a voz tão baixa que chamou minha atenção. O contorno do corpo dele tremulou. — Não fale com ela. Não fale com nenhum de nós no momento.

Blake abriu a boca, mas não disse nada. Balançou a cabeça, frustrado, e seguiu para os carros.

Ficamos em silêncio por alguns instantes, até que Ash perguntou:

— O que a gente faz agora?

— Não sei. — Metade do rosto do Daemon estava oculto pelas sombras enquanto ele observava o irmão andar de um lado para outro. — Realmente não sei.

Dee se levantou.

— Merda. Uma verdadeira *merda*.

— Voltamos à estaca zero — comentou Andrew. — Diabos, na verdade a gente tá no negativo.

Dawson se virou para o irmão.

— Não podemos desistir. Me prometa que a gente não vai desistir.

— Não vamos. — Daemon rapidamente procurou tranquilizá-lo. — Não vamos desistir.

Sequer tinha percebido que estava tremendo até Matthew jogar um cobertor sobre meus ombros. Seus olhos cruzaram com os meus e, em seguida, se focaram nos faróis.

— Tenho sempre um cobertor no carro para qualquer imprevisto.

Encolhi-me sob o cobertor, os dentes batendo de frio.

— Obrigada.

Ele assentiu e pousou uma das mãos em meu ombro.

— Vamos lá. É melhor você entrar no carro, está mais quentinho. Por hoje chega.

Deixei que ele me conduzisse até a caminhonete do Daemon. O vento morno era maravilhosamente aconchegante. No entanto, ao lembrar que não havia nada para festejar, fui tomada por um profundo desapontamento. A menos que descobríssemos um meio de neutralizar o ônix, o "por hoje chega" se estenderia indefinidamente.

Estaríamos acabados. Ponto final.

❊ ❊ ❊

Para usar as palavras da Dee, a viagem de volta foi uma verdadeira merda. Já era quase meia-noite quando paramos diante de casa. Blake não disse nada ao saltar do carro e seguir para sua própria caminhonete. Assim que ligou o motor, saiu cantando pneu.

Comecei a me dirigir para minha própria casa, mas Daemon me deteve e me conduziu para a dele.

— Ainda não — disse.

Ergui as sobrancelhas ao escutar isso e perceber o brilho em seus olhos, mas não estava com ânimo para discutir. Já era tarde, teríamos aula no dia seguinte e a noite tinha sido um gigantesco fiasco.

Entrei na casa deles ainda envolta no cobertor do Matthew. Minha pele estava tão gelada por baixo das roupas úmidas que eu me sentia anestesiada. Exausta, minhas pernas tremiam, mal me aguentando em pé, mas todos falavam sem parar — Dee, Andrew, Ash e Dawson. Matthew tentava acalmá-los, mas não estava conseguindo. Todos estavam ligados, cheios de adrenalina e raiva. Tive a impressão de que o Dawson não parava de falar para não ter que lidar com o que havia acontecido essa noite.

Beth continuava nas mãos do Daedalus.

— Vamos arrumar roupas secas pra você — falou Daemon baixinho, me puxando pela mão.

Ao alcançarmos a base da escada, ele fez menção de me pegar no colo. Eu o detive.

— Estou bem.

Ele fez um ruído no fundo da garganta que me fez lembrar um leão irritado, mas acompanhou minha lenta subida. Assim que entramos em seu quarto, fechou a porta. Exalava determinação por todos os poros.

LUX 3 OPALA

Suspirei. A noite de hoje tinha sido uma tragédia.

— A gente meio que mereceu isso.

Ele se aproximou e tirou o cobertor de cima de mim. Em seguida, começou a levantar a camiseta emprestada.

— Como assim?

Para mim parecia óbvio.

— Somos apenas um bando de adolescentes e achamos que conseguiríamos invadir um prédio do Departamento de Segurança Interna e do DOD? Quero dizer, fala sério. Estava na cara que ia dar errado... Espera aí! — Metade da minha barriga já estava exposta. Com os dedos enregelados, envolvi os pulsos dele. — O que você está fazendo?

— Tirando a sua roupa.

Meu queixo caiu ao mesmo tempo que meu coração deu uma cambalhota. Um suave calor se espalhou por minhas veias.

— Ah, uau, isso que é ir direto ao ponto.

Um sorriso meio de lado repuxou-lhe os lábios.

— Suas calças e sua camiseta estão encharcadas e geladas. Além disso, deve haver resquícios de ônix nelas. Você precisa tirar essas roupas.

Afastei as mãos dele com um tapa.

— Posso fazer isso sozinha.

Daemon se inclinou e falou junto ao meu ouvido.

— E qual é a graça nisso? — De qualquer forma, me soltou e foi até a cômoda. — Você realmente acha que a gente está fadado a fracassar?

Aproveitando que ele tinha virado de costas, tirei rapidamente as roupas. *Tudo*, com exceção do colar com pingente de obsidiana, precisava ir para o lixo. As peças fediam a cachorro molhado. Tremendo de frio, cruzei os braços diante do peito.

— Não... não vire.

Seus ombros tremeram com a risada silenciosa enquanto ele vasculhava as gavetas em busca de algo que eu pudesse usar. Com alguma sorte, quem sabe!

— Não sei — respondi por fim. — Isso já seria uma tarefa e tanto para espiões treinados. Estamos sonhando alto demais.

— Mas a gente estava indo bem até chegarmos às portas. — Puxou uma camiseta de dentro da cômoda. — Odeio admitir, mas acho que o

Blake realmente não sabia sobre o ônix. A cara que ele fez quando você e o Dawson caíram no chão... foi sincera demais.

— Então por que você deu um soco nele?

— Porque eu quis. — Ele se virou com uma das mãos cobrindo os olhos e me entregou a camiseta. — Aqui.

Arranquei-a da mão dele e a vesti rapidamente. O tecido velho e macio me engoliu inteira, parando no meio das coxas. Ao erguer os olhos, vi que ele havia entreaberto os dedos.

— Você estava espiando.

— Talvez. — Pegou minha mão e me puxou para a cama. — Se ajeita aí. Vou dar uma checada no Dawson e já volto.

Eu devia ter ido para casa deitar na minha própria cama, mas concluí que a noite de hoje era diferente. Além disso, minha mãe só voltaria do plantão amanhã de manhã, e eu não queria ficar sozinha. Enfiei-me debaixo das cobertas e as puxei até o queixo. Elas exalavam um cheiro de limpeza misturado com o perfume do Daemon. Embora ele tivesse descido não fazia muito tempo, minhas pálpebras se fecharam. O ônix me deixara praticamente sem energia, como era para ser. Tínhamos tido muita sorte de conseguirmos sair antes que algum segurança aparecesse.

Senti quando Daemon voltou e começou a andar silenciosamente pelo quarto, mas estava cansada demais para abrir os olhos e ver o que ele estava fazendo. Escutei um farfalhar de roupas caindo no chão e minha temperatura subiu um grau. Em seguida, uma gaveta se abriu e, então, ele puxou as cobertas e se acomodou na cama.

Daemon deitou de lado, passou um braço em volta da minha cintura e me puxou de encontro a seu peito nu. Ao sentir as calças de flanela do pijama roçarem minhas pernas, soltei um suspiro satisfeito.

— Como o Dawson está? — perguntei, aconchegando-me a ele até ficarmos completamente colados.

— Bem. — Afastou uma mecha de cabelo do meu rosto, a mão demorando-se em minha bochecha. — Nem um pouco feliz, mas bem.

Eu podia imaginar. Tínhamos chegado tão perto de resgatar a Beth, só para sermos forçados a retroceder. Isto é, presumindo que ela realmente estivesse lá. Blake podia não saber sobre a maldita armadilha de ônix, mas ainda assim eu não confiava nele. Ninguém confiava.

— Obrigada por tirar a gente de lá. — Inclinei a cabeça para trás, perscrutando o rosto dele na escuridão. Seus olhos brilhavam suavemente.

— Tive ajuda. — Ele pressionou os lábios em minha testa e me apertou ainda mais. — Está se sentindo bem?

— Estou. Pare de se preocupar comigo.

Seus olhos encontraram os meus.

— Nunca mais passe primeiro por nenhuma porta, combinado? E não discuta comigo sobre isso nem me acuse de ser chauvinista. Nunca mais quero te ver com uma dor daquelas.

Em vez de discutir, contorci-me entre os braços dele até conseguir alcançar-lhe os lábios e beijá-lo docemente. Daemon baixou os cílios, ocultando os olhos, e retribuiu o beijo com um carinho e uma doçura tão perfeitos que senti uma profunda vontade de me enroscar como um bebê.

De repente, os beijos mudaram, tornando-se mais profundos. Virei de costas e Daemon me acompanhou, seu peso provocando uma sensação maravilhosa em contato com minhas pernas. Os beijos continuaram profundamente doces, me acendendo por dentro, apagando os eventos das duas últimas horas tal como o rio havia aplacado a terrível queimação do ônix. Quando ele me beijava assim, cada músculo do meu corpo tencionava feito uma mola, me deixando completamente entregue.

Sua mão puxou a camiseta para baixo, revelando um dos ombros, que ele em seguida beijou. O ar ficou carregado de eletricidade, e um tremor percorreu meu corpo. Naquele momento, após tudo o que havia acontecido, eu desejava sentir a pele dele em contato com a minha, sem nenhuma barreira, nada que pudesse se interpor entre nós. Ergui o tronco e levantei os braços, e Daemon não hesitou. Acolheu de bom grado o que estava sendo oferecido. Sem mais nada para atrapalhá-lo, suas mãos estavam em toda parte, acompanhando a fina peça de obsidiana, deslizando pela curva da minha barriga, acariciando meus quadris. Tive certeza de que jamais haveria um momento tão perfeito quanto esse.

Talvez estivéssemos sendo impulsionados pelo fato de quase termos perdido tudo naquela noite. Eu não saberia dizer, assim como também não sabia como havíamos chegado àquele ponto, porém tudo o que importava era que estávamos ambos ali e prontos. Realmente prontos. Quando a roupa dele se juntou à minha no chão, percebi que não havia mais volta.

— Não pare — falei, apenas para o caso de ele ter qualquer dúvida quanto ao que eu queria.

Ele abriu um ligeiro sorriso e me beijou de novo. Eu estava me afogando nas sensações que cresciam entre nós. Uma descarga de eletricidade envolveu nossas peles, projetando sombras dançantes sobre a parede enquanto ele erguia o corpo e estendia a mão em direção à pequena mesinha de cabeceira ao lado da cama.

Corei ao me dar conta do que ele pretendia pegar. Quando Daemon se sentou e nossos olhos se cruzaram, comecei a rir. Um lindo e amplo sorriso iluminou seu rosto, amenizando os traços de uma beleza feroz.

Ele disse algo em sua própria língua. Embora de uma sonoridade lírica, as palavras não faziam o menor sentido para mim. Mas eram lindas, como uma música recitada que despertou meu lado alienígena.

— O que foi que você disse? — perguntei.

Ele me observou através das pestanas grossas, apertando o pacote da camisinha em sua mão.

— Não existe tradução para isso — respondeu —, o mais perto seria: você é linda aos meus olhos.

Inspirei fundo, os olhos fixos nele. Sentindo as lágrimas nublarem minha visão, estendi o braço e entrelacei os dedos em seu sedoso cabelo. Meu coração martelava com força, e eu sabia que o dele também.

Chegara a hora. O momento certo. Perfeito, mesmo sem jantar, filmes e flores, porque quem podia realmente planejar algo assim? Ninguém.

Daemon se recostou e...

Escutamos uma batida à porta, seguida pela voz do Andrew.

— Daemon, está acordado?

Olhamos um para o outro sem conseguir acreditar naquilo.

— Se eu ignorar — sussurrou ele —, você acha que ele vai embora?

Minhas mãos penderam ao lado do corpo.

— Talvez.

Outra batida.

— Daemon, preciso de você lá embaixo. Dawson está dizendo que vai voltar para Mount Weather. Nem eu nem a Dee estamos conseguindo fazê-lo deixar de lado essa ideia idiota. Ele parece o coelhinho da Duracell com instinto suicida.

Daemon fechou os olhos com força.

— Filho da puta...

— Está tudo bem. — Comecei a me sentar também. — Ele precisa de você.

Ele soltou um suspiro entrecortado.

— Fique aqui e descanse um pouco. Vou conversar com ele... obrigá-lo a botar a cabeça no lugar nem que seja na porrada. — Me deu um beijo rápido e, com delicadeza, me forçou a deitar de novo. — Já volto.

Aconcheguei-me novamente na cama e sorri.

— Tente não matá-lo.

— Não vou prometer nada. — Ele se levantou, vestiu a calça do pijama e seguiu para a porta. Parou pouco antes de alcançá-la e olhou por cima do ombro. A intensidade de seu olhar fez meus ossos se derreterem. — Merda!

Alguns segundos depois, Daemon saiu para o corredor e fechou a porta. Escutei um som de tapa seguido pelo grito do Andrew.

— Iai! Por que diabos você fez isso?

— Você não podia ter escolhido uma hora pior — rebateu ele.

Com um sorriso sonolento, virei de lado e tentei me forçar a permanecer acordada. No entanto, assim que minha respiração voltou ao normal, fui arrebatada pelo sono. Algum tempo depois, escutei a porta se abrir e Daemon se acomodar do meu lado, puxando-me para si. Em poucos minutos, o subir e descer constante do peito dele me embalou de novo. De vez em quando eu meio que despertava ao sentir seu braço se fechar ainda mais, me apertando tanto que achei que fosse cortar minha circulação. Mesmo dormindo, ele me segurava como se temesse me perder.

[23]

Daemon e eu fomos juntos para a escola na segunda. O carro continuava com um forte cheiro de umidade, um doloroso lembrete de onde nossa missão havia terminado — num rio. No caminho, ele me disse que estava convencido de que o irmão havia desistido de tentar invadir Mount Weather sozinho, mas eu sabia que precisávamos encontrar outra forma de resgatar a Beth e o Chris. Dawson não ia esperar para sempre, e eu podia entender o motivo. Se fosse o Daemon quem estivesse trancafiado, acho que ninguém teria conseguido me segurar.

Ao saltarmos do carro, vi Blake encostado em sua caminhonete algumas vagas adiante. Ele desencostou do carro e veio ao nosso encontro assim que nos viu.

Daemon grunhiu.

— Ele é a última pessoa que eu gostaria de ver assim que chego à escola.

— Concordo — repliquei, dando a mão a ele. — Lembre-se que estamos em público.

— Não tem graça.

LUX 3 OPALA

Blake diminuiu o passo ao se aproximar, baixando o olhar para nossas mãos entrelaçadas e rapidamente o erguendo de volta.

— Precisamos conversar.

Continuamos andando, ou melhor, Daemon continuou andando e me puxando.

— Falar com você é a última coisa que eu quero fazer no momento.

— Posso entender. — Ele nos alcançou. — Mas, sério, eu não sabia sobre os borrifadores de ônix nas portas. Não fazia a menor ideia.

— Acredito em você — retrucou meu namorado.

Blake quase tropeçou.

— Você me deu um soco.

— Ele fez isso porque quis — respondi pelo Daemon, que me ofereceu uma piscadinha. — Veja bem, não confio em você, embora talvez você realmente não soubesse sobre a armadilha das portas. De qualquer forma, isso não muda o fato de que não conseguiremos entrar lá.

— Conversei com o Luc ontem à noite. Ele também não sabia sobre os borrifadores. — Blake meteu as mãos nos bolsos e parou na nossa frente. Por sorte Daemon não o derrubou bem ali. — Ele está disposto a repetir o processo... desligar as câmeras e coisa e tal.

Daemon soltou um longo suspiro.

— E de que adianta? Não conseguiremos passar por aquelas portas.

— Além disso, as outras também podem ter o mesmo tipo de armadilha — acrescentei, tremendo. Não podia sequer imaginar ter que passar por aquilo umas três ou quatro vezes. Por mais que eu tivesse ficado numa jaula revestida de ônix por um tempo bem maior, em forma de vapor ele havia coberto tudo.

Nós três estávamos grudados na cerca que circundava a pista de atletismo, tomando cuidado para manter nossas vozes baixas a fim de que nenhum outro aluno acabasse escutando alguma coisa e imaginando sobre o que diabos estávamos falando.

— Bem, andei pensando sobre isso — falou Blake, mudando o peso de um pé para o outro. — Durante o tempo em que fiquei com o Daedalus, eles costumavam nos expor ao ônix diariamente. Nossos talheres eram revestidos também. Várias coisas eram, ou melhor, quase tudo o que tocávamos.

O contato queimava que era um inferno, mas não tínhamos escolha. Eu atravessei aquelas portas antes e recentemente. Não aconteceu nada.

Daemon riu e desviou os olhos.

— E só agora você decidiu nos contar sobre isso?

— Eu não sabia o que era. Nenhum de nós sabia. — Ele me fitou de maneira suplicante. — Nunca pensei muito sobre isso.

Chocada, me dei conta de que eles haviam condicionado o Blake. Provavelmente expondo tanto ele quanto os outros ao ônix repetidas vezes. No entanto, tal como na noite passada, algo não batia muito bem. Por que eles fariam uma coisa dessas? Por pura crueldade e por punição ou para que as cobaias desenvolvessem tolerância? E por que o governo iria querer que os Luxen ou os híbridos criassem tolerância a uma arma que poderia ser usada contra eles?

— Você não pode me dizer que não sabia sobre o ônix nem o que ele faz com a gente — declarei.

Ele me respondeu na lata.

— Eu não sabia que ele podia nos incapacitar.

Pressionei os lábios.

— Quer saber? A gente precisa confiar em você a respeito de coisas demais. Por exemplo, o fato de que está trabalhando contra o Daedalus e não para eles. Que a Beth e o Chris estão onde você diz que estão e, agora, que você realmente não sabia sobre o ônix.

— Sei o que isso parece.

— Acho que não sabe, não — retrucou Daemon, soltando minha mão e encostando o quadril na cerca. — Não temos nenhum motivo para confiar em você.

— E você conseguiu nossa ajuda através de chantagem — acrescentei.

Blake soltou o ar de maneira ruidosa.

— Certo. Meu histórico não é lá essas coisas, mas tudo o que eu quero é libertar meu amigo. Foi por isso que voltei.

— E por que você está aqui agora, nesse exato instante? — perguntou Daemon, obviamente no limite da paciência.

— Acho que podemos contornar o problema do ônix — respondeu ele, tirando as mãos dos bolsos e as estendendo diante do corpo. — Apenas me escutem. Sei que vai soar louco.

LUX 3 OPALA

— Ó céus — murmurou Daemon.

— Precisamos desenvolver a tolerância. Se era isso o que o Daedalus estava fazendo, então faz sentido. Os híbridos precisam entrar e sair por aquelas portas. Se a gente se expor ao...

— Tá louco? — Daemon se virou, correu uma das mãos pelo cabelo e a manteve envolvendo a nuca. — Quer que a gente se exponha ao ônix?

— Você tem alguma outra opção?

É, havia uma — não voltar lá. Mas será que isso era uma opção? Daemon começou a andar de um lado para outro. Não era um bom sinal.

— Podemos continuar essa conversa depois? A gente vai se atrasar.

— Claro. — Blake passou ao lado do Daemon. — Depois da aula?

— Pode ser — intervim, a atenção fixa no meu namorado. — A gente se fala mais tarde.

Entendendo a indireta, o surfista se mandou. Eu não fazia ideia do que dizer.

— A gente se expor ao ônix?

Daemon bufou.

— Ele é louco.

Era mesmo.

— Você acha que poderia funcionar?

— Você não está...?

— Não sei. — Troquei a mochila de ombro ao retomarmos o caminho de volta para a escola. — Realmente não sei. Podemos desistir, mas, afora isso, que outra opção a gente tem?

— A gente nem sabe se vai funcionar.

— Mas se o Blake é mais ou menos imune, podemos testar nele.

Um amplo sorriso iluminou o rosto do Daemon.

— Gostei da ideia.

Eu ri.

— Por que será que isso não me surpreende? Agora, falando sério, se ele criou tolerância, a gente pode criar também, certo? Já é alguma coisa. Só precisamos descobrir como arrumar um pouco. — Daemon permaneceu em silêncio por alguns segundos. — Que foi? — perguntei.

Ele apertou os olhos.

— Acho que isso não vai ser um problema.

— Como assim? — Parei de novo, ignorando o pequeno sininho de alarme.

— Depois que o Will te capturou e uns dois dias após o Dawson voltar, fui de novo até o armazém e arranquei a maior parte dos emblemas que cercavam o prédio.

Meu queixo caiu.

— Como é que é?

— Não sei por que fiz isso. Acho que quis mandar uma mensagem, tipo "vão se foder". — Ele riu. — Imagine a cara que eles devem ter feito quando voltaram lá e viram que não havia mais nada?

Fiquei sem palavras.

Daemon brincou com meu nariz. Afastei a mão dele com um tapa.

— Você é maluco. Podia ter sido pego!

— Mas não fui.

Dei-lhe outro tapa, dessa vez com mais força.

— Você é insano.

— Mas você adora a minha insanidade. — Inclinou-se e beijou o canto da minha boca. — Vamos lá, estamos atrasados. A última coisa que a gente precisa é de uma detenção.

Bufei.

— Como se *esse* fosse o maior dos nossos problemas.

Carissa não apareceu na escola na segunda. A gripe devia tê-la deixado de cama. Lesa parecia estar com uma certa inveja de toda a situação.

— Preciso perder mais uns dois quilos e meio para chegar ao meu peso ideal — disse ela, antes da aula de trigonometria começar. — Por que não posso pegar alguma coisa, também? Jesus!

Ri do comentário e passamos para as fofocas. Por algum tempo, esqueci todos os nossos problemas. Era legal e necessário dar uma trégua, mesmo que fosse na escola. A manhã passou voando e, quando Blake chegou para a aula de biologia, me recusei a deixá-lo estragar meu humor.

Até que ele resolveu abrir a boca e mencionar um assunto "absolutamente desagradável".

— Você não contou ao Daemon o que eu te disse na mata? Sobre eu gostar de você?

Ah, que inferno!

— Hum, não. Ele te mataria.

Blake riu.

Franzi o cenho.

— Tô falando sério.

— Ah! — O sorriso desapareceu e ele ficou branco. Imaginei que estivesse visualizando mentalmente a cena: eu contando ao Daemon sobre seu segredinho sujo e meu namorado surtando ao escutar. Blake chegou à mesma conclusão que eu. — É, bem pensado. De qualquer forma — continuou. — Sobre o que eu falei hoje de manhã...

— Agora não. — Abri meu caderno. — Não quero falar sobre isso agora.

Sorri ao ver a Lesa se sentar e, para minha sorte, Blake respeitou meu pedido. Ele conversou com ela como uma pessoa normal. O surfista era realmente bom nisso — teatro.

Um nó se formou em meu estômago enquanto o observava com um olhar cortante. Ele estava contando a Lesa sobre as diferentes técnicas do surfe. Considerando que os olhos dela estavam pregados no modo como a camiseta dele se esticava sobre os bíceps, eu tinha quase certeza de que ela não estava escutando.

Blake ria com facilidade e se misturava com perfeição. Como um bom espião deveria fazer, e eu sabia por experiência própria que ele era excelente na arte de fingir. Não havia como saber ao certo de que lado ele realmente estava, e era burrice tentar adivinhar.

Matthew abriu o livro diante da turma. Seus olhos encontraram os meus por um breve instante e, em seguida, se fixaram no garoto ao meu lado. Imaginei como ele conseguia fazer isso — manter a calma o tempo todo. Como conseguia ser a cola que mantinha todos unidos.

❊ ❊ ❊

Ao final do dia, parei diante do meu armário e peguei o livro de história americana. As chances de um teste surpresa no dia seguinte eram grandes. A sra. Kerns costumava cumprir um cronograma, de modo que o teste não seria uma surpresa tão grande assim. Fechei o armário e me virei, metendo o livro na mochila. A multidão no corredor diminuía à medida que os alunos se apressavam para ir embora. Não sabia ao certo se eu queria sair logo também ou não. Blake tinha me enviado uma mensagem durante a aula de educação física pedindo que eu marcasse uma reunião com os outros para discutirmos o problema do ônix, algo que eu definitivamente não queria fazer.

Tudo o que queria era passar um dia em casa sem fazer nada — sem ter que pensar em planos nem lidar com assuntos alienígenas. Tinha livros para ler e resenhar, e meu pobre blog estava merecendo uma reestruturação. Não conseguia pensar numa maneira melhor de terminar minha segunda-feira.

Mas isso provavelmente não ia acontecer.

Saí do prédio atrás do último grupo de alunos que seguiam para o estacionamento. De onde estava, podia escutar a voz esganiçada da Kimmy um pouco mais à frente.

— Meu pai falou que o pai do Simon andou conversando com o FBI. Ele está exigindo uma investigação completa e não vai parar até que o filho volte para casa.

Imaginei se o FBI sabia sobre os alienígenas. Cenas do *Arquivo-X* passaram por minha mente.

— Escutei na TV que quanto mais tempo uma pessoa permanece desaparecida, menores as chances de encontrá-la viva — comentou uma das amigas dela.

— Mas olhem o caso do Dawson. Ele ficou sumido por mais de um ano e reapareceu — falou outra.

Tommy Cruz esfregou a nuca com sua mão de dedos gordos.

— Não é estranho? Ele estava desaparecido há séculos. De repente o garoto Thompson some e o Dawson reaparece do nada? Isso é muito louco.

Eu havia escutado o bastante. Me meti entre os carros a fim de abrir uma distância maior entre mim e o grupo. Não acreditava que a suspeita deles fosse levar a lugar algum, mas não queria mais coisas com as quais me preocupar. Já tínhamos o suficiente.

Daemon me esperava recostado no carro, as pernas cruzadas na altura dos tornozelos. Sorriu ao me ver e se afastou do veículo.

— Estava começando a imaginar se você pretendia dormir na escola.

— Desculpa. — Ele abriu a porta do carro com uma mesura. Rindo, entrei e esperei que desse a volta e se acomodasse atrás do volante. — Blake quer conversar com a gente hoje.

— É, eu sei. Ele topou com o Dawson e contou a ele toda a história da tolerância ao ônix. — Passando a ré, saiu da vaga. Um lampejo de raiva iluminou seus olhos. — E, é claro, Dawson achou a ideia fantástica. Foi como entregar a ele um bilhete de loteria premiado.

— Maravilha. — Recostei a cabeça no assento. Dawson era realmente um coelhinho da Duracell com instinto suicida.

De repente, a ficha caiu. Essa era a minha vida — toda essa loucura. Os altos e baixos, os momentos de quase morte e, pior ainda, as mentiras e o fato de que eu provavelmente jamais seria capaz de confiar em alguém que quisesse se tornar meu amigo sem me preocupar com a possibilidade de ele ou ela ser um espião. E, diabos, como eu poderia fazer amizade com alguém normal? Que nem o Daemon no começo — ele havia mantido distância e pedido à Dee para fazer o mesmo, a fim de que eu não acabasse sendo tragada para o mundo deles.

Seria o mesmo com qualquer pessoa que eu viesse a conhecer.

Já não era mais dona da minha própria vida. Estava sempre esperando que algo acontecesse a qualquer instante. Afundei no banco e suspirei.

— Lá se vão meus planos de resenhar e ler.

— Não deveria ser ler e depois resenhar?

— Tanto faz — murmurei.

Daemon entrou na rodovia.

— E por que você não pode fazer isso?

— A conversa com o Blake hoje vai tomar todo o meu tempo. — Senti uma tremenda vontade de fazer bico. Talvez até espernear.

Com uma das mãos no volante e a outra estendida sobre o encosto do meu banco, ele me ofereceu um meio sorriso.

— Você não precisa participar, gatinha. Podemos conversar com ele sem a sua presença.

— Tá bom! — Ri. — Se eu não estiver lá, há uma boa chance de que alguém acabe matando o Blake.

— Isso te incomodaria?

Fiz uma careta.

— Bem...

Daemon riu.

— Tem o probleminha de que se ele morrer de uma hora para outra, Nancy Husher vai receber uma carta. Portanto, precisamos dele vivo.

— Verdade — concordou ele, pegando uma mecha do meu cabelo entre os dedos. — Mas podemos fazer com que a reunião seja breve. Assim você poderá ter uma noite normal de segunda-feira, repleta de coisas normais. Nada da nossa porcaria extraterrestre.

Corei de vergonha e mordi o lábio. Por mais louco que tudo tivesse ficado, era quase capaz de admitir que podia ser pior.

— Isso foi muito egoísta da minha parte.

— Como assim? — Ele deu um puxão de leve no meu cabelo. — Não é egoísmo, gatinha. Sua vida não tem que girar exclusivamente em torno dessa merda. E não vai.

Estalei os dedos e sorri.

— Você parece determinado.

— E você sabe o que acontece quando eu enfio uma coisa na cabeça.

— Daemon sempre consegue o que quer. — Ao vê-lo erguer as sobrancelhas, eu ri. — Mas e quanto a você? Sua vida também não pode girar exclusivamente em torno dessa merda.

Ele puxou a mão de volta e a pousou na coxa.

— Eu nasci no meio disso. Estou acostumado e, de qualquer forma, basta aprender a gerenciar o tempo. Tal como fizemos ontem à noite. Nós participamos da missão...

— E fracassamos.

— Verdade, mas e depois? — Seus lábios se curvaram num dos cantos e eu senti minhas bochechas quentes por um motivo totalmente diferente. — Tivemos o lado ruim... não normal. Mas depois tivemos o bom... o normal. Tudo bem que o lado bom foi interrompido pelo ruim, mas nós gerenciamos o tempo.

— Você faz parecer tão fácil! — Estiquei as pernas, relaxando.

— E é fácil, Kat. Você só precisa aprender a impor limites, saber quando chega. — Fez uma pausa enquanto desacelerava para entrar na nossa deserta ruazinha. — Se alcançou seus limites hoje, então chega. Não tem que se sentir culpada nem se preocupar com isso.

Daemon parou diante da entrada da garagem e desligou o motor.

— E ninguém vai matar o Bill.

Ri baixinho enquanto desafivelava o cinto.

— Blake. O nome dele é Blake.

Ele tirou a chave da ignição e se recostou, os olhos brilhando com malícia.

— O nome dele é o que eu quiser que seja.

— Você é terrível. — Cruzei a distância que nos separava e o beijei. Quando me afastei, ele fez menção de me segurar, mas abri a porta, rindo. — E, a propósito, ainda não cheguei ao meu limite hoje. Acho que preciso de um incentivo. Mas tenho que estar em casa às sete.

Fechei a porta do carro e me virei. Daemon estava parado diante de mim. Ele se aproximou um passo, me impedindo de escapar, mesmo que eu quisesse. E eu não queria.

— Você ainda não chegou ao seu limite? — perguntou ele.

Meus ossos começaram a derreter imediatamente ao reconhecer o tom de voz.

— Não, nem perto.

— Excelente. — Suas mãos me seguraram pelos quadris e me puxaram de encontro a ele. — Exatamente o que eu queria ouvir.

Apoiei as mãos sobre o peito dele e ergui a cabeça. Esse era um perfeito exercício de como gerenciar o tempo. Assim que nossos lábios se roçaram, uma sensação de calor escorreu por minhas veias. Exercício divertido. Fiquei na ponta dos pés e deslizei as mãos por aquele peitoral definido, maravilhada com a forma como ele subia e descia de maneira instável.

Daemon murmurou algo e me beijou com suavidade. O beijo não foi mais do que um leve roçar das asas de uma borboleta, mas me fortaleceu e pareceu deixá-lo sem chão. Seus braços me envolveram e pude sentir nossos corações batendo no mesmo compasso.

— Ei! — gritou Dawson da varanda. — Acho que a Dee fritou o micro-ondas. De novo. E eu tentei preparar pipoca usando as mãos, mas não deu muito certo. Na verdade, deu totalmente errado.

Daemon pressionou a testa na minha e grunhiu:

— *Merda.*

Não consegui controlar o riso.

— Gerenciar o tempo, certo?

— Certo — murmurou ele.

❋ ❋ ❋

Por mais surpreendente que pudesse parecer, todos concordaram com a sugestão do Blake. Estava convencida de que devia ter havido uma invasão de corpos ou algo do gênero, porque até o Matthew achou que a gente se expor à agonia insuportável do ônix era uma boa ideia.

Tive a sensação de que ele mudaria de opinião assim que entrasse em contato com o ônix pela primeira vez.

— Isso é absolutamente insano — comentou Dee, e fui obrigada a concordar. — É o mesmo que tentar uma automutilação.

Bom argumento.

Dawson inclinou a cabeça para trás e soltou um suspiro.

— Você está exagerando.

— Lembro muito bem da sua cara quando eles te tiraram de Mount Weather. — Ela enrolou uma mecha de cabelos entre os dedos. — E a Katy ficou sem voz por um bom tempo de tanto gritar. Quem está disposto a passar por isso?

— Só quem for louco. — Daemon soltou um suspiro. — Dee, não quero que você faça isso.

Ela o fitou com uma expressão de *dã*.

— Sem ofensa, Dawson. Eu te amo e quero que você consiga a Beth de volta, porque desejo te ver... — A voz falhou, mas ela empertigou as costas. — Mas não vou fazer isso.

Dawson se aproximou da irmã e pousou uma das mãos em seu braço.

— Tudo bem. Não espero que você faça.

— Eu quero ajudar. — A voz dela tremeu. — Mas não posso...

— Não tem problema. — Dawson sorriu e, por um momento, o sorriso pareceu dizer muito mais do que o simples gesto poderia dar a entender. O que quer que tivesse sido funcionou, porque Dee imediatamente relaxou. — Nem todos precisamos passar por isso.

— Então, quem se candidata? — Blake correu os olhos por cada um de nós. — Se vamos levar a sério, então precisamos começar, tipo, ontem, porque não sei quanto tempo vai ser necessário para desenvolver uma tolerância.

Inquieto, Dawson se levantou.

— Não pode levar tanto tempo assim.

Blake soltou uma risada admirada.

— Eu passei anos com o Daedalus, de modo que não sei exatamente quando desenvolvi a tolerância... ou se realmente sou imune de fato.

— Precisamos testar isso, então. — Dei uma risadinha.

Ele franziu o cenho.

— Uau! Empolgada com a chance, é?

Fiz que sim.

Dee se virou e olhou para o surfista.

— Posso testar também?

— Estou certo de que todos terão uma chance. — O sinistro repuxar de lábios do Daemon foi meio assustador. — De qualquer forma, de volta ao que interessa. Quem se candidata?

Matthew ergueu a mão.

— Quero participar. Sem ofensa, Andrew, mas prefiro tomar o seu lugar dessa vez.

Andrew assentiu com um menear de cabeça.

— Sem problema. Posso esperar com a Dee e a Ash.

Ash, que não tinha dito mais do que umas duas palavras, anuiu. Dei-me conta de que metade da sala estava com os olhos fixos em mim.

— Ah! — exclamei. — Sim, estou dentro. — Ao meu lado, Daemon me fitou como se dissesse: *Você está louca!* Cruzei os braços. — Não começa. Vou participar também. Nada do que você disser vai me fazer mudar de ideia.

O olhar seguinte poderia ser traduzido como: *Vamos conversar, ou discutir, em particular.* Blake me fitou com aprovação — algo que eu não precisava nem queria. Para ser sincera, aquele olhar me deu arrepios, visto que me fez lembrar da vez em que eu tinha matado um Arum e ele praticamente se jogara em cima de mim.

Jesus, queria tanto bater nele de novo!

Combinamos de nos encontrar depois das aulas. Se o tempo permitisse, iríamos até o lago para começar o delicioso treinamento de provocar dores excruciantes uns nos outros. Legal!

Como ainda faltavam algumas horas para a hora de dormir, me despedi de todos e fui para casa a fim de estudar um pouco e, com sorte, redigir uma maldita resenha.

Daemon me acompanhou. Não foi um ato de cavalheirismo, mas mesmo assim deixei-o entrar e ofereci a ele sua bebida predileta: leite.

Ele tomou o copo inteiro em cinco segundos.

— Podemos falar sobre esse assunto?

Sentei na bancada, abri a mochila e puxei o livro de história.

— Não.

— Kat.

— Hum? — Abri no capítulo que estávamos lendo em sala.

Ele se aproximou e apoiou as mãos uma de cada lado das minhas pernas cruzadas.

— Não posso te ver provocar dor em si mesma repetidas vezes.

Peguei um marcador de texto.

— Não depois de ter te visto algemada naquela jaula e do que aconteceu ontem. Como você pode esperar que eu fique parado observando... Tá me ouvindo?

Parei na metade da frase que eu tinha começado a marcar.

— Tô.

— Então olha pra mim.

Ergui os olhos.

— Estou olhando.

Daemon franziu o cenho.

Com um suspiro, tampei a caneta.

— Certo. Eu também não quero te ver com dor.

— Kat...

— Não. Não me interrompa. Eu não quero te ver com dor. Fico com vontade de vomitar só de pensar em ver você passar por uma agonia dessas.

— Eu aguento.

Nossos olhos estavam fixos um no outro.

— Sei que sim, mas isso não muda o horror que vou sentir ao te ver sofrendo. E nem assim estou te pedindo para não fazer isso.

Ele se afastou da bancada e virou de costas, correndo os dedos pelos cabelos. Um misto de tensão e frustração recaiu sobre a cozinha como um cobertor gasto.

Botei o livro de lado e desci da bancada.

— Não quero discutir, Daemon, mas não pode me dizer que não tem problema eu te ver passar por isso mas o oposto tem.

Aproximei-me dele e o envolvi pela cintura. Ele enrijeceu.

— Sei que a sua intenção é boa, mas não vou recuar só porque as coisas estão ficando feias. Sei que você também não vai. Portanto, sejamos justos.

— Odeio a sua lógica. — Ele pousou as mãos sobre as minhas e apertei meu corpo contra suas costas, sorrindo. — Vou detestar esse exercício.

Apertei-o como se ele fosse meu ursinho de pelúcia predileto. Sabia o quanto era difícil para ele ceder. Na verdade, era algo absolutamente monumental. Daemon se virou em meus braços e abaixou a cabeça. Pensei: *Uau, é assim que os adultos resolvem as coisas.* Eles podiam não concordar a respeito de tudo, podiam até discutir, mas no final o amor fazia com que conseguissem contornar a situação.

Tal como a minha mãe e o meu pai.

Um bolo se formou em minha garganta. Chorar não seria muito inteligente, mas foi difícil conter as lágrimas.

— A única coisa boa nisso tudo é que terei a chance de fazer o Buff beijar o ônix várias vezes — comentou ele.

Abafei uma risada.

— Você é sádico.

— E você precisa estudar, certo? Está na hora de direcionar seu tempo para assuntos escolares... e não para mim, o que é um saco, porque estamos sozinhos e eles teriam que se esforçar bem mais para nos interromper aqui.

Desapontada, me afastei.

— É, preciso estudar.

O bico que o Daemon fez foi inacreditavelmente sexy.

— Tudo bem, vou embora.

Acompanhei-o até a porta.

— Te mando uma mensagem quando terminar. Se você quiser, pode vir me colocar na cama.

— Combinado — retrucou ele, plantando um beijo no topo da minha cabeça. — Vou ficar esperando.

Saber disso me deixou toda feliz e contente. Brandi os dedos em despedida, fechei a porta e voltei para a cozinha, a fim de pegar minhas coisas e um copo de suco de laranja. Satisfeita por ter conseguido evitar um bate-boca com o Daemon, subi para o quarto e abri a porta com o quadril.

Parei na mesma hora.

Havia uma garota sentada na minha cama, as mãos cruzadas elegantemente sobre o colo. Levei alguns segundos para reconhecê-la, visto que seus cabelos pendiam em mechas ensebadas em torno de um rosto pálido e seus olhos amendoados não estavam escondidos atrás de um óculos de armação roxa ou rosa.

— Carissa! — exclamei, atordoada. — Como... como você entrou aqui?

Ela se levantou sem dizer uma palavra e estendeu as mãos. A luz que vinha do teto refletiu sobre um bracelete que eu também reconheci — com uma pedra preta incrustada que brilhava como fogo no meio.

LUX 3 OPALA

Que diabos...? Luc tinha um bracelete assim. Por que ela...?

Escutei o ar chiar com uma descarga de estática e senti um leve cheiro de ozônio um segundo antes de perceber a luz azul-esbranquiçada que irradiava das mãos dela. Esqueci imediatamente do bracelete.

Chocada a ponto de ficar sem reação, olhei incrédula para minha amiga.

— Merda.

Carissa atacou.

[24]

bola de energia explodiu contra o livro de história, abrindo um buraco no meio dele, e então se dissipou antes que pudesse me alcançar. De qualquer forma, o incidente com o livro me disse o que eu precisava saber.

Carissa não era amigável.

E aquela pequena demonstração de poder da Fonte não era um aviso.

Soltei o livro e me joguei para a esquerda no exato instante em que Carissa se lançou sobre mim. O suco de laranja derramou pelas bordas, molhando meus dedos. Por que eu ainda estava segurando o maldito copo? Meu cérebro se recusava a entender a súbita reviravolta nos fatos.

Ao vê-la avançando, fiz a única coisa em que consegui pensar. Joguei o copo na cara dela. O vidro se espatifou ao bater em seu rosto, fazendo-a recuar alguns passos e levantar a mão diante dos olhos. Pedaços de vidro e gotas do líquido açucarado escorreram por suas bochechas, misturados com diminutos pontinhos de sangue.

Aposto que estava ardendo.

— Carissa — falei, me afastando ainda mais. — Não faço ideia de como isso aconteceu, mas sou sua amiga... posso te ajudar! Apenas se acalme, ok?

LUX 3 OPALA

Ela limpou os olhos, lançando gotas de suco e sangue nas paredes. Ao fixar o olhar em mim, não vi o menor sinal de reconhecimento. Seus olhos estavam assustadoramente vazios e vidrados. Era como se ela não me conhecesse, como se os últimos meses tivessem sido apagados de sua memória. Não havia nada por trás daqueles olhos.

Ou os meus estavam me enganando ou eu estava sonhando, porque ela era definitivamente uma híbrida, o que não fazia o menor sentido. Carissa não sabia nada sobre alienígenas. Era apenas uma garota normal. Quieta e talvez um pouco tímida.

Mas ela havia estado *gripada*...

Oh, santos gatinhos recém-nascidos... Minha amiga fora transformada.

Ela inclinou a cabeça meio de lado e apertou os olhos.

— Carissa, por favor, sou eu, a Katy. Você me conhece — supliquei. Bati com as costas na escrivaninha, os olhos pregados na porta aberta atrás dela. — Somos amigas. Você não quer fazer isso.

Ela começou a avançar de novo, que nem aquela maldita exterminadora atrás do John Connor.

E, nesse caso, eu era o John Connor.

Tentei inspirar fundo, mas o ar ficou preso na garganta.

— A gente estuda na mesma escola, temos aula de trigonometria e almoçamos juntas. Você usa óculos... com armações superdiferentes e maneiras. — Não sabia mais o que dizer, mas continuei falando, na esperança de convencê-la de alguma forma, pois a última coisa que queria fazer era machucá-la. — Carissa, *por favor*.

Ela, porém, não parecia ter os mesmos escrúpulos quanto a me machucar.

O ar tornou-se novamente carregado de estática. Pulei para o lado assim que ela soltou outra bola de energia. A bola passou de raspão pelo meu pulôver. Um cheiro de cabelo e algodão queimado impregnou o ar. Escutei um chiado baixo e, ao me virar para a minha escrivaninha, vi meu laptop começar a fumegar.

Soltei um ofego.

Meu novíssimo e precioso laptop que eu amava como se fosse um filho pequeno.

Filha da mãe...
Amiga ou não, agora era guerra.

Avancei para cima dela, derrubando-a no chão. Enrosquei os dedos em seu cabelo e levantei os braços, fazendo algumas mechas escuras balançarem. Usando, então, toda a minha força, bati a cabeça dela no piso. Escutei um satisfatório *pow* e ela soltou um pequeno guincho.

— Sua idiota... — Carissa envolveu meus quadris com as pernas e rolou, ficando rapidamente em vantagem. Parecia uma maldita ninja... quem diria? Em seguida, foi a vez dela bater minha cabeça no chão, com mais força ainda. Maldita retribuição! Minha visão nublou. Uma dor aguda explodiu em meu maxilar, me deixando momentaneamente sem reação.

Mas, então, algo dentro de mim se rompeu.

Um ódio inacreditável borbulhou em meu âmago, revestindo minha pele, incendiando cada célula do meu corpo. O poder vibrou em meu peito e escorreu por minhas veias como lava, até alcançar as pontas dos dedos. Uma espécie de véu vermelho-esbranquiçado surgiu diante dos meus olhos.

O tempo pareceu desacelerar, entrar em câmera lenta. As delicadas cortinas que eram sopradas em nossa direção pelo vento quente do sistema de aquecimento simplesmente pararam, suspensas em pleno ar. As pequeninas nuvens de fumaça cinza e brancas congelaram. No fundo da mente, dei-me conta de que nada havia realmente congelado, só tinha essa impressão porque eu estava me movendo absurdamente rápido.

Eu não queria machucá-la, mas *ia* detê-la.

Peguei impulso e bati com ambas as mãos espalmadas no peito dela, lançando-a contra a cômoda. Vidros de perfume e potes de hidratante rolaram pelas bordas do tampo e quicaram ao baterem em sua cabeça.

Coloquei-me de pé, a respiração ofegante. A Fonte rugia dentro de mim, exigindo ser reutilizada. Tentar segurá-la era como ousar ficar sem respirar.

— Certo — ofeguei. — Que tal descansar e se acalmar um pouco? Podemos conversar, descobrir o que está acontecendo.

Carissa se levantou devagar, obviamente com dor. Nossos olhos se cruzaram mais uma vez e seu olhar vazio me fez estremecer até a alma.

— Não faça isso — avisei. — Não quero te machucar...

Ela estendeu a mão e um raio de energia acertou minha bochecha, fazendo-me girar. Bati na cama com o quadril e escorreguei para o chão. Um gosto metálico invadiu minha boca. Meu lábio começou a arder e meus ouvidos apitaram.

Carissa agarrou um punhado do meu cabelo e me colocou de pé com um puxão. Soltei um grito ao sentir a terrível queimação que se espalhou por meu couro cabeludo. Ela então me jogou de costas na cama e envolveu meu pescoço entre as mãos. Seus dedos compridos apertaram minha traqueia, bloqueando o ar. A impossibilidade de respirar me remeteu ao meu primeiro encontro com um Arum, me fazendo reviver a mesma sensação de desespero e impotência ao sentir meus pulmões privados de oxigênio.

Só que eu não já não era aquela garota, apavorada demais para lutar.

Ao inferno com isso.

Deixei a Fonte se expandir dentro de mim e a liberei. Estrelas explodiram por todo o quarto, produzindo um efeito ofuscante e lançando minha amiga contra a parede. Parte do reboco rachou, mas ela continuou de pé. Fiapos de fumaça se desprendiam de seu suéter chamuscado.

Meu bom Deus, a garota era indestrutível.

Levantei da cama e tentei argumentar mais uma vez.

— Carissa, somos amigas. Você não quer fazer isso. Por favor, me escuta. *Por favor.*

A energia crepitou em torno dos dedos de sua mão, formando uma bola. Em qualquer outra situação, eu teria ficado com inveja da facilidade com que ela havia aprendido a dominar aquele poder, tipo, meio segundo, porque até uma semana atrás Carissa era apenas uma menina normal.

Agora eu já não sabia quem ou o quê estava parada na minha frente.

Uma pedra de gelo se formou em meu estômago e envolveu minhas entranhas. Não adiantava tentar argumentar. Sem chance. A realização, porém, me custou caro. Distraída, não driblei a bola de energia seguinte rápido o bastante.

Apenas ergui as mãos e gritei "Pare!", colocando tudo o que eu tinha naquela única palavra, visualizando as pequeninas partículas de luz presentes no ar respondendo ao meu chamado, formando uma barreira.

O ar cintilou à minha volta como se um tubo de purpurina tivesse sido espremido numa linha perfeita. Cada partícula reluzia com a potência de mil sóis. Eu sabia, bem no fundo da mente, que o que quer que fosse aquilo deveria ser capaz de deter a bola.

Mas ela atravessou, destruindo minha barreira reluzente. Tudo que consegui foi desacelerá-la, mas não detê-la.

A bola de energia acertou meu ombro, produzindo uma fisgada de dor e me deixando momentaneamente cega e surda. Despenquei como uma boneca de pano, caindo de barriga na cama com um baque alto. O ar escapou de meus pulmões, mas eu sabia que não tinha tempo para me entregar à dor.

Ergui a cabeça e a fitei através de algumas mechas embaraçadas de cabelo.

Carissa voltou a avançar com movimentos fluidos, até que, de repente... nem tanto. Sua perna esquerda começou a tremer violentamente. A tremedeira subiu pelo lado esquerdo do corpo, *somente* o esquerdo. Seu braço pendeu, inerte, e metade do rosto se contraiu num espasmo.

Embora fraca, ergui-me nos braços e me arrastei por cima da cama até alcançar a beirada.

— Carissa?

Seu corpo inteiro começou a tremer como se estivesse ocorrendo um terremoto bem debaixo dela. Achei que ela estivesse tendo uma convulsão, e me levantei.

Centelhas irradiavam de sua pele. Um cheiro de roupas e carne queimada invadiu minhas narinas. Ela continuava tremendo, a cabeça balançando de um lado para outro sobre um pescoço aparentemente de pano.

Cobrindo a boca com a mão, dei um passo à frente. Eu precisava ajudá-la, mas não sabia como.

— Carissa, eu...

O ar em torno dela implodiu.

Uma onda de choque cruzou meu quarto. A cadeira do computador tombou; a cama virou de lado, suspensa no ar, e a onda continuou seu trajeto devastador. Roupas voaram do armário. Meus papéis elevaram-se num redemoinho em direção ao teto e, em seguida, despencaram como gigantescos flocos de neve.

LUX 3 OPALA

Quando a onda me alcançou, fui erguida do chão e lançada para trás como se não pesasse mais do que um daqueles papéis flutuantes. Bati contra a parede ao lado da pequena mesinha de cabeceira e fiquei suspensa no ar.

Eu não conseguia me mexer nem respirar.

E Carissa... Ah, meu Deus, Carissa...

Sua pele e seus ossos pareciam estar sendo sugados como se alguém houvesse ligado um aspirador de pó bem no meio das costas dela. Ela foi encolhendo gradativamente até que uma explosão de luz com a potência de uma tempestade solar iluminou o quarto — na verdade a casa inteira e provavelmente a rua também, me cegando.

Uma espécie de estouro ensurdecedor reverberou pela casa e a luz começou a retroceder, assim como a onda de choque. Escorreguei para o chão, caindo num amontoado de roupas e papéis, sugando o ar de maneira desesperada. Eu não conseguia absorver oxigênio suficiente; o quarto parecia imerso num vácuo.

Olhei para o ponto onde Carissa estava até uns poucos segundos antes. Não havia nada ali, a não ser uma mancha escura no chão, tal como a que o Baruck havia deixado ao ser morto.

Não restava nada, absolutamente nada da garota... da minha amiga.

Nada.

[25]

Senti o familiar arrepio quente na nuca como que anestesiada e, em seguida, vi Daemon parado na soleira da porta, com as sobrancelhas arqueadas e a boca aberta.

— Eu não posso te deixar sozinha nem dois segundos, gatinha.

Desvencilhei-me do amontoado de roupas e me joguei nos braços dele. Despejei tudo o que havia acontecido numa enxurrada de palavras incoerentes e frases desconexas. Ele me interrompeu diversas vezes, me pedindo para repetir, antes que conseguisse captar o quadro geral.

Daemon, então, me levou para a sala e sentou comigo no sofá, os dedos acariciando meu lábio inferior enquanto me observava com os olhos apertados em concentração. O calor da cura se espalhou por minha boca e por minhas bochechas doloridas.

— Não entendo como isso pode ter acontecido — falei, acompanhando seus movimentos. — Até a semana passada, ela era uma garota normal. Daemon, você a viu. Como a gente pode ter deixado uma coisa dessas passar despercebida?

Ele trincou o maxilar.

— Acho que a pergunta a fazer é: por que ela veio atrás de você?

O bolo que se formara em meu estômago subiu para o peito, tornando difícil respirar.

— Não sei.

Não sabia mais de nada. Tentei relembrar todas as conversas que tivera com Carissa desde que a conhecera até o dia em que ela faltara a escola por estar "gripada". Onde estavam as pistas, a peça que não se encaixava? Não conseguia pensar em nada que me chamasse a atenção.

Daemon franziu o cenho.

— Talvez ela conhecesse algum Luxen... Soubesse a verdade e que não podia contar a ninguém. Por exemplo, nenhum membro da colônia sabe que você conhece a verdade.

— Mas não tem nenhum outro Luxen com mais ou menos a nossa idade.

Ele ergueu os olhos.

— Nenhum fora da colônia, mas *dentro* tem alguns que são uns dois anos mais velhos ou mais novos do que a gente.

Era possível que Carissa soubesse a verdade e a gente não fizesse ideia. Eu jamais havia contado nada para ela ou para a Lesa, portanto, não era preciso grande imaginação para deduzir que ela talvez tivesse feito o mesmo. De qualquer forma, por que ela havia tentado me matar?

Era totalmente possível que eu não fosse a única na região que soubesse sobre a existência dos seres que viviam entre nós, mas, Deus do céu, o que será que tinha dado errado? Será que ela havia se machucado e um Luxen tentara curá-la?

— Você acha...? — Não consegui terminar a pergunta. Só de pensar ficava enjoada, mas Daemon percebeu aonde eu queria chegar.

— Que o Daedalus a capturou e forçou um Luxen a curá-la, tal como fizeram com o Dawson? — A raiva escureceu o verde dos olhos. — Eu sinceramente torço para que não seja esse o caso. Isso seria...

— Revoltante — completei numa voz rouca. Minhas mãos tremiam tanto que as prendi entre os joelhos. — Não era ela. Não reconheci nem uma centelha de sua personalidade. Carissa parecia um zumbi, entende? Totalmente ensandecida. É isso o que a instabilidade provoca?

Daemon afastou as mãos e o calor da cura amainou. E, junto com ele, a barreira que me impedia de ser consumida pela verdade de toda aquela história se rompeu.

— Ai, meu Pai, ela... ela morreu. Isso significa...? — Engoli em seco, tentando desfazer o bolo em meu peito, mas ele pareceu subir para a garganta.

Daemon tencionou os braços.

— Se tiver sido um dos Luxen da região, vou acabar descobrindo. Mas não sabemos se a mutação funcionou. Blake disse que às vezes ela é instável, e o que você me contou me pareceu bem instável. Acredito que a conexão só acontece quando a mutação se estabiliza.

— Precisamos conversar com o Blake — falei, sentindo um calafrio percorrer meu corpo. Pisquei, porém minha visão ficou ainda mais nublada. Inspirei fundo e engasguei.

— Ó... ó céus, Daemon... era a Carissa. A minha amiga. Isso foi tão errado!

Outro estremecimento sacudiu meus ombros e, antes que eu desse por mim, estava chorando — soluçando até não conseguir mais respirar direito. De maneira vaga, senti o Daemon me puxar de encontro a si e aninhar minha cabeça em seu peito.

Não sei bem por quanto tempo chorei, mas meu corpo inteiro doía de um jeito que não podia ser reparado por ele. Carissa era uma garota inocente, pelo menos eu acreditava que sim, e talvez isso deixasse tudo ainda pior. Não sabia até que ponto ela estivera envolvida, e como eu poderia descobrir?

As lágrimas escorriam em profusão, praticamente encharcando a camiseta dele, mas Daemon não se afastou. Pelo contrário, me apertou ainda mais e, com sua voz sonoramente poética, começou a murmurar naquela língua que eu jamais compreenderia, mas que me atraía mesmo assim. As palavras, ainda que desconhecidas, me acalmaram, e me peguei imaginando se algum dia alguém, um dos pais talvez, o havia segurado e murmurado estas mesmas palavras. E quantas vezes ele as teria repetido para os irmãos? Mesmo com todo o ladrar *e* morder, Daemon sabia reconfortar, era um dom natural.

Ele acalmou o profundo e escuro vazio, abrandou as pontas afiadas da dor.

Carissa... Carissa estava morta. E eu não sabia como lidar com isso. Ou com o fato de que seu último ato fora tentar me matar, o que não era nem um pouco a cara dela.

Quando as lágrimas finalmente cessaram, funguei e sequei o rosto com as mangas. A que cobria meu braço direito estava chamuscada pela explosão de energia e arranhou um pouco a bochecha. A sensação trouxe à tona uma lembrança.

Ergui a cabeça.

— Ela estava usando um bracelete que eu nunca a vi usar antes. Igual ao do Luc.

— Tem certeza? — Fiz que sim e Daemon se recostou de volta no sofá, me levando junto. — Isso é ainda mais suspeito.

— É mesmo.

— Em primeiro lugar, precisamos conversar com o Luc sem a presença do nosso indesejado ajudante. — Ele ergueu o queixo e soltou um longo suspiro. A preocupação estampada em seu rosto tornou a voz mais áspera. — Vou contar aos outros. — Fiz menção de reclamar, mas ele fez que não. — Não quero que você passe por tudo isso de novo relatando o que aconteceu.

Apoiei a bochecha em seu ombro.

— Obrigada.

— E pode deixar o quarto comigo. Vou limpá-lo pra você.

Senti um profundo alívio. Limpar o quarto e ver aquela mancha no chão era a última coisa que eu queria fazer.

— Você é perfeito, sabia?

— De vez em quando — murmurou ele, roçando carinhosamente o queixo em meu rosto. — Sinto muito, Kat. E sinto também pela Carissa. Ela era uma garota legal, não merecia isso.

Meus lábios tremeram.

— Não, não merecia.

— E você não merecia ter que passar por uma coisa dessas.

Não retruquei. Não sabia mais ao certo o que eu merecia ou não. Às vezes, achava que não merecia alguém como ele.

Combinamos de voltar a Martinsburg na quarta, o que significava que perderíamos nosso segundo dia de treinamento com o ônix, mas não conseguia pensar nisso no momento. Descobrir como a Carissa tinha se tornado uma híbrida e como havia arrumado um bracelete igual ao do Luc era muito mais importante. Se eu conseguisse descobrir o que havia acontecido com ela, talvez pudesse de alguma forma vir a fazer justiça.

Não fazia ideia do que diria na escola quando as pessoas percebessem o sumiço da Carissa e começassem a fazer as inevitáveis perguntas. Acho que não conseguiria fingir que não sabia de nada e continuar mentindo. Mais outro aluno desaparecido...

Ó céus, Lesa... O que ela ia fazer? As duas eram amigas inseparáveis desde pequenas.

Apertei os olhos com força e me enrosquei de encontro ao Daemon. As dores provocadas pela luta tinham abrandado fazia tempo, mas eu estava cansada até a alma, mental e fisicamente exausta. Era irônico que tivesse passado o último mês evitando a sala; agora seria a vez do meu quarto. Estava ficando sem aposentos nos quais relaxar.

Daemon continuou falando em sua belíssima e melódica língua até que peguei no sono em seus braços. Senti de maneira distante quando ele me ajeitou no sofá e me cobriu com a manta.

Horas depois, abri os olhos e vi a Dee sentada no divã com os joelhos pressionados junto ao peito, lendo um dos meus livros. Um dos meus romances paranormais prediletos para jovens adultos — sobre uma caçadora de demônios que vivia em Atlanta.

Mas o que ela estava fazendo ali?

Sentei e afastei o cabelo da cara. O relógio sob a TV, uma relíquia de corda que minha mãe adorava, dizia que faltavam quinze para a meia-noite.

Dee fechou o livro.

— Daemon foi até o Walmart em Moorefield. Ele vai levar um tempão, mas é o único lugar aberto a essa hora que vende tapetinhos.

— Tapetinhos?

Seu rosto endureceu.

— Pro seu quarto... Nós não encontramos nenhum sobressalente e ele não queria que a sua mãe acabasse descobrindo a mancha no chão e achasse que você tentou incendiar a casa.

A mancha...? Desvencilhei-me do restante do sono e os acontecimentos das duas últimas horas voltaram com força total. A mancha no chão do meu quarto onde Carissa basicamente se autodestruíra.

— Ai, meu Deus... — Tirei as pernas de cima do sofá, mas elas tremiam demais para que eu conseguisse me levantar. Meus olhos ficaram novamente marejados. — Eu não... eu não a matei.

Não sei por que disse isso. Talvez pelo fato de que, no fundo, achasse que a Dee fosse automaticamente presumir que eu fora a responsável.

— Eu sei. Daemon me contou tudo. — Ela esticou as pernas e baixou os cílios, que praticamente roçavam suas bochechas. — Não posso...

— Acreditar que isso tenha acontecido? — Ao vê-la assentir, puxei as pernas de encontro ao peito e abracei os joelhos. — Também não. Simplesmente não consigo digerir uma coisa dessas.

Dee ficou em silêncio por um momento.

— Eu não falava com ela desde... bem, você sabe. — Abaixou a cabeça e o cabelo pendeu para a frente, ocultando-lhe o rosto. — Eu gostava dela, e a tratei como uma verdadeira cretina.

Fiz menção de dizer que isso não era verdade, mas Dee ergueu novamente a cabeça com um sorrisinho irônico nos lábios.

— Não minta para me fazer sentir melhor. Agradeço a intenção, mas não muda nada. Acho que não cheguei a trocar duas palavras com ela desde que o Adam... morreu, e agora...

E agora Carissa estava morta também.

Eu queria confortá-la, mas havia um abismo cercado por uma parede de três metros coberta por arame farpado entre nós duas. A cerca elétrica que envolvia a parede havia desaparecido, porém a gente continuava pisando em ovos uma com a outra, e, no momento, isso doía mais do que qualquer outra coisa.

Esfreguei o pescoço para soltar os músculos e fechei os olhos. Meu cérebro parecia embotado, de modo que não sabia ao certo o que fazer. Tudo o que eu queria era chorar pela minha amiga, mas como poderia sofrer por alguém que ninguém fora do nosso grupo sabia que havia morrido?

Dee pigarreou.

— Daemon e eu limpamos seu quarto. Algumas coisas não puderam ser salvas. Joguei fora as roupas que estavam queimadas ou rasgadas.

E... e pendurei um quadro sobre a rachadura na parede. — Ela me fitou como que analisando minha reação. — Seu laptop... ele não... está funcionando mais.

Meus ombros penderam. O laptop era a menor das perdas da noite, mas não fazia ideia de como ia explicar isso para minha mãe.

— Obrigada — respondi finalmente, a voz grossa. — Acho que não conseguiria ter feito isso.

Dee começou a enroscar uma mecha de cabelo no dedo. Vários minutos se passaram em silêncio, até que ela perguntou:

— Você está bem, Katy? Bem de verdade?

Chocada, levei alguns segundos para responder.

— Não, não estou — falei com sinceridade.

— Não achei que estivesse. — Ela fez uma pausa e secou os olhos com a palma da mão. — Eu realmente gostava da Carissa.

— Eu também — murmurei. Não havia mais nada que pudesse dizer.

Todas as coisas que haviam acontecido antes e tudo em que estávamos concentrados pareciam quase sem importância, o que não era, mas uma amiga havia morrido — mais uma. Tanto sua vida quanto sua morte eram um mistério. Eu a conhecia fazia seis meses, mas pelo visto não a conhecia nem um pouco.

[26]

Fingi estar doente na terça e fiquei em casa, vegetando no sofá. Não podia ir para a escola, encontrar a Lesa, sabendo que sua melhor amiga estava morta, e fingir não saber de nada. Simplesmente não podia fazer isso ainda.

Volta e meia via o rosto da Carissa. Havia duas versões, até antes de ontem e depois que a encontrara em meu quarto. Ao pensar nela usando seus típicos óculos fashion, meu peito doía, mas quando a visualizava com aqueles olhos profundamente vazios, sentia vontade de recomeçar a chorar.

E foi o que fiz.

Minha mãe não criou caso. Em primeiro lugar porque eu raramente matava aula. E, em segundo, eu estava com uma cara péssima. Fingir estar doente não foi um exagero tão grande assim. Mamãe passou a maior parte da manhã me paparicando, algo que aproveitei ao máximo, pois precisava dela mais do que ela jamais poderia imaginar.

Tempos depois, após ela subir para dormir um pouco, Daemon apareceu inesperadamente. Ele entrou com um boné preto enterrado na cabeça e fechou a porta.

— O que você está fazendo aqui? — Era cedo, mal passava da uma da tarde.

Ele me pegou pela mão e me puxou para a sala.

— Belo pijama.

Ignorei o comentário.

— Você não devia estar na aula?

— Não acho bom você ficar sozinha agora — disse, virando o boné para trás.

— Estou bem.

Ele me lançou um olhar que dizia que eu não estava enganando ninguém. E, precisava admitir, estava feliz por ele ter aparecido, porque eu realmente precisava de alguém que soubesse o que estava acontecendo. Tinha passado a manhã inteira arrasada, presa entre a culpa e a incredulidade, entregue a uma dor que não conseguia sequer mensurar.

Sem dizer nada, Daemon me conduziu até o sofá, deitou e me ajeitou ao lado dele. O peso de seu braço envolvendo minha cintura produziu um efeito tranquilizador. Mantendo a voz baixa, conversamos sobre coisas normais — assuntos que não pudessem machucar nenhum dos dois.

Passado um tempo, virei nos braços dele e nossos narizes se roçaram. Não nos beijamos. Não era o momento para amassos ou coisas do tipo. Ficamos apenas abraçados, o que me trouxe uma sensação de intimidade muito maior do que qualquer outra coisa que pudéssemos fazer. A presença dele me acalmava. Acabamos pegando no sono, respirando um sobre o outro.

Minha mãe deve ter descido em algum momento e nos visto juntos no sofá, pois estávamos exatamente do mesmo jeito quando acordei. Daemon com a cabeça apoiada sobre a minha, e eu com uma das mãos fechada em volta da camiseta dele. Foi o aroma do café que me despertou pouco depois das cinco.

Com relutância, me desvencilhei dos braços dele e passei as mãos pelo cabelo para ajeitá-lo. Minha mãe estava parada na soleira da porta, recostada contra o umbral, as pernas cruzadas na altura dos tornozelos. Segurava uma caneca fumegante de café entre as mãos.

E ela estava usando um pijama com estampa de amuletos da sorte.

Ah, santo Houdini.

— Onde você arrumou isso?

— Isso o quê? — Ela tomou um gole do café.

— Esse... pijama horroroso.

Mamãe deu de ombros.

— Eu gosto.

— É bonitinho — comentou Daemon, tirando o boné e correndo os dedos pelo cabelo bagunçado. Dei-lhe uma cotovelada, que ele retribuiu com um sorrisinho atrevido. — Sinto muito, sra. Swartz, não tive a intenção de pegar no sono com...

— Não tem problema. — Ela brandiu a mão como que descartando o assunto. — A Katy não estava se sentindo bem, e estou feliz que você tenha aparecido para fazer companhia a ela. Só espero que não pegue o que quer que ela tenha.

Ele me lançou um olhar de esguelha.

— Espero que você não tenha me passado herpes.

Bufei. Se alguém estava espalhando herpes alienígena, esse alguém era ele.

O celular da minha mãe tocou e ela o pescou no bolso do pijama, derramando café no chão. Seu rosto se iluminou, do modo como sempre acontecia quando Will ligava. Meu coração apertou ao vê-la se virar e seguir para a cozinha.

— É o Will — murmurei, levantando antes que me desse conta.

Daemon veio atrás de mim.

— Você não tem como saber com certeza.

— Tenho sim. Dá pra ver nos olhos dela... o modo como eles brilham. — Senti vontade de vomitar, sério. De repente, vi minha mãe estirada no chão do quarto, o corpo inerte, morta como a Carissa. O pânico aflorou em meu peito e fincou raízes. — Preciso contar a ela por que o Will se aproximou da gente.

— Contar o quê? — Daemon se colocou em meu caminho. — Que ele quis sair com ela para ficar perto de você? Que a usou? Não acho que isso irá abrandar o golpe.

Abri a boca para retrucar, mas ele tinha razão.

Daemon apoiou as mãos em meus ombros.

— Não sabemos se foi o Will quem ligou nem o que aconteceu com ele. Veja o exemplo da Carissa — disse, mantendo a voz baixa.

— A mutação dela não estabilizou. Não levou muito para que... acontecesse o que aconteceu.

— Então isso significa que a dele funcionou. — Daemon não ia conseguir me fazer sentir melhor agora.

— Ou que retrocedeu. — Ele me lembrou de novo. — Não podemos fazer nada até sabermos com o que estamos lidando.

Mudei o peso de um pé para o outro, olhando por cima do ombro dele. O estresse que eu estava sentindo era como uma bola de sete toneladas em meus ombros. Havia tanta coisa com as quais precisávamos lidar.

— Uma coisa de cada vez — falou Daemon, como que lendo meu pensamento. — Vamos lidar com as coisas uma de cada vez. Isso é tudo o que podemos fazer.

Assenti com um menear de cabeça, inspirei fundo e soltei o ar lentamente. Meu coração continuava martelando como um louco.

— Vou ver se era ele.

Ele me soltou e deu um passo para o lado. Corri para a porta.

— Mas gosto mais do seu pijama — declarou, me fazendo virar. Abriu um sorrisinho, aquele meio de lado que insinuava a vontade de cair na gargalhada.

O meu não era muito melhor do que o da minha mãe. Ele tinha estampa de bolinhas, tipo, milhares de bolinhas roxas e rosa.

— Ah, cala a boca — repliquei.

Meu namorado voltou para o sofá.

— Vou esperar aqui.

Entrei na cozinha no momento em que minha mãe desligava o telefone com uma expressão contrariada. O peso em meus ombros ficou ainda maior.

— Qual é o problema?

Ela piscou e forçou um sorriso.

— Ah, não é nada, querida.

Peguei uma toalha e limpei o açúcar que ela havia derramado.

— Não é o que parece. — Na verdade, parecia que a coisa era séria.

Mamãe fez uma careta.

— Era o Will. Ele ainda está na costa oeste. Disse que acha que pegou alguma coisa durante a viagem. Vai ter que continuar lá até melhorar.

Congelei. *Mentiroso*, quis gritar.

Ela despejou o restante do café na pia e passou uma água na caneca.

— Eu não te contei nada, querida, porque não queria desenterrar lembranças ruins, mas o Will... bem, ele já esteve doente antes, que nem o seu pai.

Meu queixo caiu.

Interpretando mal minha surpresa, ela continuou:

— Eu sei. É cosmicamente injusto, não é? Mas a doença retrocedeu. O câncer foi completamente curado.

Eu não tinha nada a dizer. Nada. Will havia contado a ela que estivera doente.

— Mas é claro que eu me preocupo. — Ela colocou a caneca na lava-louças, mas não fechou a porta direito. Por hábito, fui lá e fechei. — Não adianta a gente se preocupar com coisas desse tipo, eu sei. — Parou diante de mim e encostou a mão em minha testa. — Você não me parece estar com febre. Está se sentindo melhor?

A mudança de assunto me deixou sem reação.

— Tô, tô bem.

— Ótimo. — Mamãe sorriu, e dessa vez o sorriso não foi forçado. — Não se preocupe com isso, querida. Will vai ficar bem e vai estar de volta antes que a gente perceba. Vai dar tudo certo.

Meu coração falhou uma batida.

— Mãe?

— Que foi?

Cheguei perto de contar tudo a ela, mas congelei. Daemon tinha razão. O que eu poderia dizer? Sacudi a cabeça, frustrada.

— Tenho certeza... de que o Will está bem.

Ela se curvou rapidamente e depositou um beijo em meu rosto.

— Ele ficará feliz em saber que você está preocupada.

Uma risada histérica se formou em minha garganta. Tinha certeza que sim.

Horas depois, após minha mãe ter ido para o plantão, parei ao lado do lago, olhando para uma pilha reluzente de ônix.

Matthew e Daemon não tinham falado muito desde que chegáramos, e até mesmo Blake estava extraordinariamente quieto. Todos sabiam o que havia acontecido com a Carissa na véspera. Daemon tinha contado ao Blake um pouco mais cedo; a conversa inteira transcorrera sem socos nem farpas e eu não havia testemunhado?! Aparentemente, Blake jamais vira um híbrido instável com os próprios olhos. Só ouvira falar deles.

Mas o Dawson já.

O gêmeo do Daemon tinha visto pessoas levadas até ele que antes da mutação eram normais, mas que poucos dias depois tinham surtado. Explosões violentas eram comuns instantes antes de elas entrarem em modo de autodestruição. Todas elas tinham recebido o mesmo soro que eu. Segundo o Blake, sem ele a mutação até poderia acontecer, mas era ainda mais raro e, na maioria dos casos, ela regredia.

Desde que eu chegara ao lago, Dawson se mantivera do meu lado enquanto o Daemon e o Matthew cuidavam cautelosamente da pilha de ônix.

— Tive que fazer isso uma vez — falou Dawson baixinho, os olhos focados no céu carregado.

— Fazer o quê?

— Ver um híbrido morrer assim. — Inspirou fundo e apertou os olhos. — O cara enlouqueceu, e ninguém conseguiu detê-lo. Ele derrubou um dos oficiais e, em seguida, houve uma explosão de luz. Algo como uma combustão espontânea, porque assim que a luz diminuiu ele havia desaparecido. Não restava nada do cara. Foi tão rápido que ele não pode ter sofrido.

Lembrei de como Carissa havia tremido e cheguei à conclusão de que ela *devia* ter sentido aquilo. Enjoada, concentrei minha atenção no Daemon. Ele havia colocado o ônix num buraco e estava ajoelhado diante dele, falando baixinho com o Matthew. Fiquei feliz pelo resto do grupo não estar ali.

— As pessoas que foram levadas até você sabiam o que seria feito? — perguntei.

— Algumas sim, como se tivessem se voluntariado. Outras estavam sedadas. Essas não tinham a menor ideia. Acho que eram mendigos ou indigentes.

Isso era revoltante. Incapaz de continuar parada, fui até a beira do lago. A água já não estava mais congelada, e sim tranquila, como um espelho. O oposto de como eu me sentia por dentro.

Dawson me seguiu.

— Carissa era uma garota bacana. Não merecia isso. Por que será que eles a escolheram?

Fiz que não, não fazia ideia. Havia passado boa parte do dia pensando sobre isso. Mesmo que Carissa soubesse sobre os Luxen e tivesse sido curada por um, o Daedalus estava envolvido. Eu tinha certeza. Mas os comos e por ques eram um mistério. Assim como a pedra que eu a vira usando em torno do pulso.

— Você alguma vez viu os híbridos de lá usando algo estranho? Tipo uma pedra preta diferente que parece ter fogo no meio?

Ele arqueou as sobrancelhas.

— Nenhuma das pessoas que eu curei foi devidamente transformada, exceto a Beth. Elas não estavam usando nada. Os outros, eu nunca vi.

Terrível... isso era simplesmente terrível.

Fiz força para engolir, mas minha garganta parecia fechada. Uma brisa suave sacudiu a água do lago, que ondulou de uma margem à outra. Como uma onda de choque...

— Pessoal? — chamou Daemon, e nos viramos. — Estão prontos?

Se estávamos prontos para encarar uma sessão de tortura? Ahn, não. De qualquer forma, fomos até eles. Daemon tinha se levantado e segurava um pedaço de ônix na mão enluvada.

Ele se virou para o Blake.

— Hora do show!

O surfista inspirou fundo e assentiu.

— Acho que a primeira coisa que precisamos fazer é verificar se eu tenho tolerância. Se tiver, isso nos dá um ponto de partida, certo? Pelo menos a gente vai saber que ela pode ser desenvolvida.

Diante dele, Daemon baixou os olhos para o pedaço de ônix em sua mão e deu de ombros. Sem mais preâmbulos, deu um passo à frente e apertou a pedra contra o rosto do Blake.

Meu queixo caiu.

Matthew recuou um passo.

— Pai do céu!

Ao meu lado, Dawson riu por entre os dentes.

Mas nada aconteceu por alguns instantes. No fim, Blake afastou a pedra com um tapa, as narinas infladas.

— Que diabos foi isso?

Desapontado, Daemon jogou a pedra de volta sobre a pilha.

— Bem, aparentemente você tem tolerância. E aqui estava eu, rezando para que fosse mentira.

Cobri a boca com a mão para abafar o riso. Meu namorado era um verdadeiro babaca, mas eu o amava.

Blake simplesmente o encarou.

— E se eu não tivesse? Jesus, queria ter me preparado.

— Eu sei. — Daemon sorriu de maneira presunçosa.

Matthew balançou a cabeça, desanimado.

— Certo, de volta ao que interessa. Como você sugere que a gente faça isso?

Blake marchou até a pilha de ônix e pegou um pedaço. Percebi um ligeiro contrair de músculos, mas ele se manteve firme.

— Acho que o Daemon devia tentar primeiro. A gente segura contra a pele até sentir que ele vai desmaiar. Não pode passar disso.

— Pelo amor de Deus — murmurei.

Daemon tirou as luvas e estendeu as mãos.

— Manda ver.

Sem hesitar um instante, Blake deu um passo à frente e pressionou a pedra contra a palma do Daemon. Ele contraiu imediatamente o rosto e deu a impressão de querer recuar, mas o ônix o manteve pregado no ponto. A tremedeira começou no braço e foi se espalhando para o resto do corpo.

Dawson e eu avançamos para intervir. Nenhum dos dois conseguiu evitar. Ficar parado ali, observando aquele lindo rosto contraído de dor, era demais. Fui subitamente tomada pelo pânico.

Mas, então, Blake se afastou e Daemon caiu de joelhos, apoiando os punhos fechados no chão à sua frente.

— Merda...

Corri até ele e toquei-lhe os ombros de leve.

— Você está bem?

— Ele está ótimo — respondeu o surfista, soltando o ônix no chão. Sua mão direita tremia quando nossos olhos se encontraram. — A pedra começou a queimar minha mão. Deve haver um limite para a minha tolerância...

Daemon se levantou sem muita firmeza. Fiz menção de ajudá-lo.

— Estou bem. — Em seguida, repetiu o mesmo para o irmão, que olhava para o Blake como se quisesse lançá-lo através de uma janela. — Estou bem, Dawson.

— Como a gente pode ter certeza de que isso vai funcionar? — demandou Matthew. — Tocar num pedaço de ônix é completamente diferente de tê-lo pulverizado em cima de você.

— Eu já atravessei aquelas portas antes e nada aconteceu. E eles nunca borrifaram ônix na minha cara. Portanto, isso deve resolver.

Lembrei de ele ter me dito que tudo o que tocava era revestido em ônix.

— Certo. Vamos continuar.

Daemon abriu a boca como se quisesse contestar, mas o detive com um olhar irritado. Ele não ia me convencer a desistir.

Blake calçou uma luva e segurou a pedra de modo diferente. Em vez de vir até mim, dirigiu-se ao Matthew. O mesmo aconteceu com nosso Luxen veterano. Ele caiu de joelhos, ofegando. Em seguida, foi a vez do Dawson.

O gêmeo do Daemon demorou mais um pouco para sentir o efeito, o que fazia sentido. Ele tinha sido exposto ao spray, como eu, e fora torturado diversas vezes durante o tempo em que ficara encarcerado. No entanto, passados uns dez segundos, ele também despencou, fazendo o irmão massacrar a língua inglesa.

Então foi a minha vez.

Empertiguei os ombros e assenti com um menear de cabeça. Eu estava pronta, não estava? Diabos, não! Quem eu estava tentando enganar? Isso ia *doer*.

Blake se encolheu ligeiramente e deu um passo à frente, mas Daemon o deteve. Usando uma das luvas, tirou a pedra da mão do surfista e parou diante de mim.

— Não — reclamei. — Não quero que você faça isso.

O jeito determinado com que ele projetou o queixo para a frente me enfureceu.

— Não vou deixar que ele assuma isso.

— Então deixe outra pessoa. — De forma alguma eu poderia permitir que meu namorado fizesse aquilo. — Por favor. — Daemon fez que não. Senti vontade de socá-lo. — Isso é tão errado!

— Pode escolher: ou eu ou ninguém.

De repente, a ficha caiu. Era a forma que ele encontrara de lidar com a situação. Inspirei fundo, me preparando.

— Vai.

Um lampejo de surpresa cintilou naqueles olhos verde-garrafa que, em seguida, escureceram com raiva.

— Odeio isso — disse ele, baixo o bastante para que apenas eu pudesse escutar.

— Eu também. — Uma onda de ansiedade me subiu à garganta. — Não pensa, vai.

Daemon não desviou os olhos, embora fosse óbvio que quisesse. Qualquer que fosse a dor que eu estava prestes a sentir seria simbiótica. Ele a sentiria — não fisicamente, mas sentiria a angústia percorrer seu corpo como se fosse própria. O mesmo acontecia comigo quando ele sentia dor.

Fechei os olhos, imaginando que isso talvez ajudasse. Tive a impressão de que sim, porque uns dez segundos depois senti o frio da pedra em contato com minha mão e a aspereza da luva. Nada aconteceu de imediato, mas, então, as coisas mudaram.

Uma súbita e crescente queimação irradiou da minha mão e subiu pelo braço. Milhares de diminutas fisgadas de dor se espalharam por meu corpo. Mordi o lábio para não gritar. Não demorou muito para que eu despencasse no chão, ofegando enquanto esperava a queimação ceder.

Estremeci.

— Certo... tudo bem... até que não foi tão ruim.

— Mentira — retrucou Daemon, me ajudando a levantar. — Kat...

Desvencilhei-me dele e inspirei fundo mais algumas vezes.

— Sério, estou bem. Precisamos continuar.

Ele me fitou como se quisesse me jogar sobre o ombro e fugir correndo que nem um homem das cavernas, mas prosseguimos com o treino. Repetimos a tortura diversas vezes, cada qual segurando o ônix até o corpo se recusar a cooperar. Nenhum de nós conseguiu aumentar o tempo, mas estávamos apenas começando.

— É como ser alvejado por uma arma de choque — comentou Matthew enquanto cobria o buraco que continha o ônix com uma tábua e a fixava no lugar com duas pedras pesadas. Já era tarde e todos nós estávamos com os nervos à flor da pele. Até o Blake. — Não que eu já tenha sido alvejado por uma, mas imagino que seja essa a sensação.

Imaginei se haveria algum efeito a longo prazo. Tipo um descompasso do ritmo cardíaco ou estresse pós-traumático. A única coisa boa de passar por toda aquela dor enlouquecedora e observar os outros sucumbirem a ela era que eu não tinha sido capaz de pensar em mais nada.

Assim que terminamos de arrumar tudo e retomamos cambaleando o caminho de casa, Blake diminuiu o passo até ficar ao meu lado.

— Sinto muito — disse ele.

Não respondi.

Ele meteu as mãos nos bolsos.

— A Carissa era legal. Gostaria...

— Se desejo fosse peixe, a gente lançaria uma rede, certo? Não é isso o que as pessoas dizem? — A amargura deixou minha voz mais cortante.

— É, isso mesmo. — Fez uma pausa. — O pessoal na escola vai surtar.

— E desde quando você liga? Você vai se mandar assim que recuperar o Chris. Vai ser apenas mais outro garoto que desapareceu em pleno ar.

Ele parou e inclinou ligeiramente a cabeça.

— Eu ficaria se pudesse. Mas não posso.

Franzi o cenho e fixei os olhos à frente. Daemon tinha diminuído o passo também, sem dúvida dando o melhor de si para não colocar uma distância maior entre mim e o Blake. Por um segundo, considerei perguntar ao surfista sobre a pedra. Ele devia saber, uma vez que costumava trabalhar para o Daedalus — na verdade, ainda trabalhava. Mas era arriscado demais. Blake alegava estar bancando o agente duplo. A palavra-chave, porém, era: *alegava*.

Abracei minha própria cintura. Os galhos acima estalavam ao baterem uns contra os outros, um som baixo e ritmado, como o de um tambor.

— Eu ficaria — repetiu, pousando uma das mãos em meu ombro. — Eu...

Num piscar de olhos, Daemon estava entre a gente, arrancando os dedos do Blake de cima de mim.

— Não toque nela.

O surfista empalideceu, soltou a mão e recuou um passo.

— Cara, eu não fiz nada. Não acha que está sendo demasiadamente protetor?

Plantado entre nós, meu namorado retrucou:

— Achei que tínhamos um acordo. Você está aqui porque não temos escolha. E ainda está vivo porque ela é uma pessoa melhor do que eu. Você não está aqui para confortá-la. Entendeu?

O queixo do Blake caiu.

— Deixa pra lá. A gente se vê depois.

Observei o surfista acelerar o passo e passar pelo Matthew e pelo Dawson.

— Isso foi um pouco exagerado.

— Não gosto que ele toque em você — rosnou Daemon. Seus olhos começaram a brilhar. — Não gosto nem de vê-lo dividindo o mesmo espaço que você. Não confio nele.

Ergui-me na ponta dos pés e dei-lhe um beijo na bochecha.

— Ninguém confia nele, mas você não pode ameaçá-lo a cada cinco segundos.

— Posso, sim.

Ri e o envolvi pela cintura. Seu coração batia compassadamente sob a minha bochecha. Daemon deslizou as mãos pelas minhas costas e inclinou a cabeça.

— Você pretende continuar com isso mesmo? — perguntou. — Passar dia após dia sentindo dor?

Não era como se isso estivesse no topo da minha lista de coisas a fazer.

— A coisa toda serve como uma boa distração, algo de que estou precisando muito no momento.

Esperei que ele começasse uma discussão, mas não. Em vez disso, Daemon plantou um beijo no topo da minha cabeça. Ficamos ali abraçados por um tempinho. Quando finalmente nos afastamos, Matthew e Dawson já tinham desaparecido. O luar começou a incidir através dos galhos. De mãos dadas, retomamos o caminho de casa e, ao chegarmos, Daemon foi para a dele se lavar.

A minha estava escura e silenciosa. Parei na base da escada, lutando para respirar. Não podia ter medo do meu próprio quarto. Era burrice. Apoiei a mão no corrimão e subi um degrau.

Meus músculos travaram.

Era só um quarto. Não podia passar o resto da vida dormindo no sofá, como também não podia entrar e sair correndo do quarto como se estivesse sendo perseguida por um Arum.

Levando em consideração que meu instinto me dizia para virar e sair correndo na direção oposta, cada degrau foi um parto, mas continuei até me ver parada diante da porta, as mãos entrelaçadas sob o queixo.

O Daemon e a Dee tinham realmente arrumado tudo. Minha cama estava feita. As roupas dobradas e todos os papéis empilhados sobre a escrivaninha. O que quer que houvesse restado do meu laptop sumira. E havia um pequeno tapetinho circular sobre o ponto onde a Carissa se autodestruíra, de um marrom clarinho. Daemon sabia que eu não gostava de cores berrantes, não como a Dee. Afora isso, o quarto parecia normal.

Prendi a respiração e me forcei a entrar. Andei de um lado para outro, pegando os livros e os arrumando de volta na ordem certa, fazendo de tudo para não pensar em nada. Tempos depois, vesti um camisetão velho e um par de meias que vinham até o joelho. Em seguida, me enfiei debaixo das cobertas e virei de lado.

Com os olhos fixos na janela, observei as estrelas começarem a despontar no céu azul-escuro. Uma delas pareceu cair em direção à Terra, deixando um suave rastro de luz. Fechei os dedos em volta do edredom, imaginando se teria sido uma estrela cadente ou algo mais. Não podia ser mais nenhum Luxen, podia?

Obriguei-me a fechar os olhos e me concentrar no dia seguinte. Depois da aula, Daemon e eu iríamos até Martinsburg tentar falar com o Luc. Nossos amigos achavam que íamos simplesmente sair para namorar. Com sorte, depois da visita saberíamos um pouco mais sobre o que acontecera com a Carissa.

Tive um sono leve e intermitente. Lá pelas tantas, senti o Daemon se ajeitar do meu lado e passar um braço firmemente em volta da minha cintura. Meio que dormindo, cheguei à conclusão de que ele precisava ser mais cauteloso. Se minha mãe nos pegasse na cama de novo, as coisas iam ficar feias. No entanto, feliz nos braços dele, me aconcheguei ao seu corpo e, embalada pelo calor de sua respiração em minha nuca, resvalei novamente para o sono.

— Eu te amo — falei. Pelo menos, achei que sim. Talvez tivesse sido um sonho, mas seu braço me apertou ainda mais e a perna deslizou por cima da minha. A sensação era tão boa, tão surreal, que talvez fosse realmente um sonho. Mesmo que fosse, era o bastante.

[27]

Lesa praticamente voou em cima de mim assim que entrei na escola no dia seguinte. Não consegui nem chegar até o meu armário. Ela me agarrou pelo braço e me puxou para um pequeno canto recuado próximo à estante de troféus.

Bastou um rápido olhar para perceber que ela sabia que algo ruim havia acontecido. Lesa estava pálida, com olheiras profundas e o lábio inferior tremendo. Eu nunca a vira tão transtornada.

— O que houve? — Forcei minha voz a permanecer calma.

Seus dedos se enterraram em meu braço.

— Carissa sumiu.

Senti o sangue esvair do rosto e soltei numa voz de sapo:

— O quê?

Lesa confirmou com um menear de cabeça, os olhos marejados.

— Ela estava gripada, certo? Aparentemente, Carissa piorou nos últimos dois dias, a febre aumentou muito. Os pais a levaram para o hospital. Achavam que ela estava com meningite ou algo do gênero. — Soltou um suspiro trêmulo. — Eu não sabia de nada até eles me ligarem hoje de manhã perguntando se eu a tinha visto ou falado com ela. Eu disse: "Não, por quê? Ela estava doente demais até pra falar no telefone." E os dois me contaram que a Carissa desapareceu do quarto do hospital duas noites atrás. Eles estão procurando por ela, mas a polícia se recusa a fazer qualquer coisa até que tenham se passado quarenta e oito horas.

O horror que senti ao ouvir aquilo não foi fingimento. Falei algumas coisas, mas não sei bem o quê. De qualquer forma, Lesa não estava escutando mesmo.

— Eles acham que ela saiu do hospital por conta própria... disseram que ela estava muito mal e que provavelmente está por aí em algum lugar, confusa e perdida. — A voz tremeu. — Como é que ninguém a viu e a deteve?

— Não sei — murmurei.

Lesa abraçou a própria cintura.

— Isso não está acontecendo. Não é possível. Não a Carissa.

Meu coração se partiu em mil pedaços. Grande parte do tempo, eu sentia vontade de confiar e contar a verdade a Lesa, mas esse era um daqueles momentos em que nada no mundo me faria querer ser a portadora de tais notícias.

Não havia nada que eu pudesse dizer, de modo que apenas a abracei e a mantive assim até o primeiro sinal tocar. Seguimos para a sala sem nossos livros. Não fazia diferença. A notícia sobre o desaparecimento da Carissa já começara a se espalhar, e ninguém estava prestando atenção a nada.

Pouco antes da aula terminar, Kimmy anunciou que a polícia estava organizando uma equipe de busca para o fim da tarde. Ela e Carissa não eram amigas, mas percebi que isso não tinha a menor importância. Muitos garotos haviam desaparecido, o que afetava a vida de todos. Lancei um olhar por cima do ombro para o Daemon, que me retribuiu com um sorriso tranquilizador. Mas eu estava tão nervosa que o sorriso não ajudou em nada a me acalmar. Quando a aula acabou, encontrei Lesa esperando por mim.

— Acho que vou pra casa — disse ela, piscando sem parar. — Não... não consigo ficar por aqui.

— Quer que eu vá com você? — perguntei. A menos que ela preferisse, não queria deixá-la sozinha.

Lesa fez que não.

— Obrigada, mas não.

LUX 3 OPALA

Dei-lhe um rápido abraço e, com o coração pesado, a observei se afastar correndo.

Daemon não disse nada, apenas pressionou um beijo em minha têmpora. Ele sabia que não havia o que dizer.

— Acha que temos tempo de nos juntarmos à equipe de busca antes de irmos para Martinsburg? — perguntei.

Nós dois sabíamos que era inútil, mas parecia desonroso com a memória dela não lhe oferecer ao menos isso. Ou será que era errado querer participar sabendo o que realmente havia acontecido? Não tinha ideia.

Pelo visto, ele também não, mas concordou.

— Claro.

Eu queria sair dali também. Especialmente com todos falando sobre a Carissa e como encontrá-la. As pessoas tinham grandes esperanças de que ela *seria* encontrada, pois parecia impossível que minha amiga fosse terminar como o Simon.

Fiquei dividida entre a culpa e a raiva o dia inteiro. Ficar sentada em sala parecia sem sentido com tanta coisa pesando na balança. Aquelas pessoas — aqueles garotos — não faziam ideia do que transcorria ao redor deles. Eles viviam numa abençoada bolha de ignorância que nem os desaparecimentos conseguiam romper. Tudo o que cada sumiço fazia era abrir um pequeno furinho na bolha, e eu ficava esperando que em algum momento ela finalmente estourasse.

Pela primeira vez, nós todos nos sentamos juntos para almoçar. Até mesmo o Blake. Minha falta de apetite não tinha nada a ver com o alimento misterioso em meu prato.

— Vocês vão participar da equipe de busca? — perguntou Andrew.

Fiz que sim.

— Mas, de qualquer forma, vamos sair depois.

Blake franziu o cenho.

— Acho que vocês deviam deixar pra outro dia.

— Por quê? — indaguei, antes que o Daemon arrancasse a cabeça dele dos ombros.

— Vocês precisam trabalhar para desenvolver a tolerância, e não sair para namorar. — Diante dele, Ash concordou com um menear de cabeça.

— Isso não tem a menor importância no momento.

Daemon se virou para ele.

— Cala a boca.

Com o rosto vermelho feito um pimentão, o surfista se debruçou sobre a mesa.

— Precisamos treinar todos os dias se quisermos fazer isso logo.

Daemon trincou o maxilar.

— Um dia não vai mudar nada. Vocês podem treinar sem a gente, ou não. Não dou a mínima.

Blake fez menção de protestar, mas Dawson interveio.

— Deixa eles irem. Eles precisam disso. Vamos ficar bem.

Peguei o garfo, sentindo as bochechas queimarem. Todos achavam que eu precisava de um tempo só para mim, um descanso, e eu não queria que eles ficassem com pena ou preocupados comigo. Só que a gente não ia sair para namorar. O que o Daemon e eu pretendíamos fazer seria tão arriscado quanto brincar com ônix.

Como se sentisse meus pensamentos sombrios, meu namorado se virou de lado e pegou minha mão por baixo da mesa. Ao senti-lo apertá-la, tive vontade de chorar. Estava me tornando uma verdadeira bebezona, e a culpa era dele.

Talvez a noite anterior tivesse sido um sonho, porque, ao acordar, não o encontrei ao meu lado nem senti seu perfume característico no travesseiro. No entanto, gostava de pensar que tinha sido real. Que não havia sonhado com ele me apertando de encontro a si, com suas mãos em meus quadris e os lábios roçando meu pescoço.

Se tudo tivesse sido fruto da minha imaginação... ó céus, meus sonhos eram demasiadamente realistas. Não podia perguntar a ele; seria constrangedor demais. Para não falar que eu não precisava massagear ainda mais seu ego já bombado dizendo que sonhava com ele.

Ri um pouco ao pensar na reação presunçosa que ele teria diante de todos se soubesse. Daemon percebeu a risadinha e meu coração pulou uma batida, simplesmente porque o dele havia pulado também.

De vez em quando, nossa bizarra conexão alienígena tinha seus benefícios. Por exemplo, ela me dizia que eu o afetava tanto quanto ele me afetava e, em dias como o de hoje, precisava de toda e qualquer coisa que pudesse levantar meu moral.

[28]

A equipe de busca foi exatamente como eu tinha visto na TV e no cinema. Fileiras de pessoas umas ao lado das outras vasculhando o campo numa linha reta, logo atrás dos policiais com seus cães farejadores. Qualquer coisa era uma pista para os marinheiros de primeira viagem — um amontoado de folhas fora do lugar; um pedaço velho e puído de roupa; pegadas já meio apagadas.

Uma cena absurdamente triste.

Principalmente pelo fato de haver tanta esperança — de que Carissa fosse encontrada, de que ela estivesse bem, ainda que talvez um pouco pior da gripe, e de que tudo voltasse ao normal. Ela não seria o mais recente caso de desaparecimento porque sua situação era diferente. Carissa aparentemente saíra andando do hospital por conta própria.

Tinha minhas dúvidas quanto a isso.

Will era um espião infiltrado no hospital da cidade, e eu não precisava ser uma grande investigadora para deduzir que ele não era o único. Na minha opinião, Carissa tinha recebido *ajuda* para sair do hospital.

Daemon e eu abandonamos as buscas por volta das cinco e fomos para casa. Entrei na minha a fim de mudar de roupa para o nosso "encontro". Mas não ia me vestir como da última vez. Escolhi um par de jeans skinny, com sapatos de salto e um suéter justo que deixava um pouco da barriga de fora, do tipo que a Lesa definitivamente aprovaria.

Minha mãe estava na cozinha preparando uma omelete. Arregalei os olhos e puxei a bainha do suéter para baixo. Ela lançou um olhar por cima do ombro enquanto quebrava os ovos sobre a frigideira, deixando a maior parte cair fora.

Mamãe levava aquele programa *Cozinha sob Pressão* a um novo extremo.

— Você vai sair com o Daemon?

— Vou — respondi, pegando uma folha de papel toalha. Limpei os ovos que haviam caído sobre o fogão antes que o cheiro de queimado me deixasse com vontade de vomitar. — A gente vai jantar e depois pegar um cineminha.

— Não se esqueça da hora. Amanhã tem aula.

— Eu sei. — Joguei a toalha de papel no lixo enquanto com a outra mão continuava segurando a bainha do suéter. — Você escutou alguma coisa sobre a Carissa?

Mamãe fez que sim.

— Eu não estava trabalhando no Grant quando ela deu entrada nem nos últimos dois dias, mas o hospital está fervilhando de policiais. Os diretores também estão fazendo sua própria investigação.

Ela andava dando plantão direto no Winchester.

— Quer dizer que eles realmente acham que ela saiu andando sozinha?

— Pelo que escutei, ela estava com suspeita de meningite, o que provoca uma febre alta. E as pessoas fazem coisas estranhas quando estão doentes assim. Por isso fiquei tão preocupada quando você teve aquele febrão em novembro. — Desligou o fogo. — Mas isso não é desculpa para o que aconteceu. Alguém devia ter detido a menina. As enfermeiras do plantão da noite terão muito que explicar. Sem a medicação, Carissa... — Fechou a boca e se concentrou em despejar os ovos num prato. Alguns pedaços caíram no chão. Suspirei. — Querida, eles irão encontrá-la.

Não, não vão, senti vontade de gritar.

— Ela não pode ter ido longe — continuou minha mãe enquanto eu recolhia os pedacinhos de gema entremeados com cebola e pimentão.

— E essas enfermeiras jamais permitirão que um descuido desses aconteça novamente.

Eu duvidava de que tivesse sido um descuido. Elas provavelmente haviam feito vista grossa ou ajudado. O desejo de fazer justiça ou de ao menos entrar no hospital e socar um monte de gente era quase impossível de ignorar.

Após me despedir da minha mãe com um beijo, prometendo não passar da hora combinada, fui pegar a jaqueta e a bolsa. Daemon estava sozinho em casa. Todos tinham ido para o lago, quer para participar do excruciante treino com o ônix ou para assistir.

Ele veio ao meu encontro com aquele típico andar de predador, baixando os olhos para a faixa de pele exposta em minha barriga... e algo cruzou seu rosto.

— Gosto mais dessa produção do que da outra.

— Jura? — Ficava constrangida quando Daemon me fitava como se estivesse olhando para uma peça de arte feita exclusivamente para ele. — Achei que você tivesse gostado da saia.

— E gostei, mas isso... — Deu um puxão na fivela do cinto e emitiu uma espécie de rosnado no fundo da garganta. — Adorei essa roupa.

Um calor entontecedor se espalhou por minhas veias, me deixando com os joelhos fracos.

Daemon balançou a cabeça, frustrado, soltou o cinto e pescou as chaves do carro no bolso.

— Precisamos ir. Tá com fome? Você não comeu nada no almoço.

Levei alguns instantes para me recobrar.

— Eu não dispensaria um McLanche Feliz.

Ele riu ao sairmos ao encontro da noite.

— Um McLanche Feliz?

— Qual é o problema? — Vesti a jaqueta. — É uma refeição perfeita.

— É por causa do brinquedo, não é?

Dei uma risadinha e parei ao lado da porta do carona.

— Os meninos sempre ganham brinquedos melhores.

Daemon se virou subitamente, fechou as mãos em meus quadris e me suspendeu do chão. Surpresa, soltei a bolsa e me segurei nos braços dele.

— O que...?

Ele me silenciou com um beijo que mexeu fundo comigo, me deixando ao mesmo tempo excitada e assustada. Quando Daemon me beijava, era como se quisesse tocar minha alma.

O engraçado é que ele já tinha tanto minha alma quanto meu coração em suas mãos.

Lentamente, ele me botou de volta no chão.

Atordoada, ergui os olhos para fitá-lo.

— Por que você fez isso?

— Você sorriu. — Seus dedos roçaram meu rosto e continuaram a descer pelo pescoço. Ele, então, abotoou rapidamente minha jaqueta. — Você não tem sorrido muito ultimamente. Estava sentindo falta, portanto, resolvi recompensá-la.

— Me recompensar? — Eu ri. — Deus do céu, só você pra achar que um beijo é recompensa.

— Você sabe que é. Meus lábios mudam uma vida, bebê. — Daemon se abaixou e pegou minha bolsa no chão. — Pronta?

Peguei a bolsa e, com os joelhos ainda fracos, me acomodei no banco do carona. Assim que se sentou atrás do volante, Daemon ligou o motor e seguimos para a cidade, fazendo uma pequena parada no McDonald's para comprar meu McLanche Feliz.

E ele me trouxe um com o brinquedinho de menino.

Para si mesmo, meu namorado comprou três hambúrgueres e duas porções de batatas fritas. Não fazia ideia de para onde iam todas aquelas calorias. Para o ego dele, talvez? Era o que parecia, levando em consideração seu último comentário a respeito dos próprios lábios. Já eu começara a sentir mais fome depois da mutação, mas não como ele.

A caminho de Martinsburg começamos a brincar de I Spy, mas desisti da brincadeira ao notar que ele estava trapaceando.

Daemon soltou uma profunda e sonora gargalhada.

— Como eu posso trapacear num jogo de I Spy?

— Você fica escolhendo coisas que nenhum humano no mundo consegue enxergar! — Lutei para não rir ao ver sua expressão ofendida. — Ou então escolhe uma letra, tipo *c*, e não para de escolher a mesma letra. Eu espio com meus olhinhos algo que comece com *c*!

— Carro — respondeu ele, sorrindo. — Cachorro. Casaco. Capela. — Fez uma pausa e me lançou um olhar de esguelha diabólico. — Calças.

— Ah, cala a boca. — Dei-lhe um soco no braço. Ficamos calados por alguns instantes enquanto eu procurava desesperadamente pensar em algum outro jogo. Aquela bobajada toda estava ajudando a manter minha mente longe dos problemas. Passamos para a brincadeira sobre placas de carro, e pude jurar que ele encostava o máximo possível nos carros da frente para que eu não conseguisse ver a placa. Daemon tinha uma terrível veia competitiva.

Antes que percebêssemos, estávamos pegando a saída para Martinsburg e nenhum dos dois continuava com humor para prosseguir com o jogo.

— Você acha que a gente vai conseguir entrar?

— Acho.

Lancei-lhe um olhar de dúvida.

— Aquele armário era realmente grande.

Ele repuxou os lábios num ligeiro sorriso.

— Tá vendo, gatinha? Eu bem que tento não falar sacanagem.

— Como assim?

O sorriso se ampliou.

— Poderia dizer que tamanho não é documento, mas é. Eu sei bem. — Deu uma piscadinha, que eu retribuí com um grunhido de revolta. — Desculpa, mas você pediu. Agora, falando sério, o armário não vai ser um problema. Acho que ele gostou de mim.

— O-o quê?

Daemon diminuiu a velocidade ao fazer uma curva.

— Acho que ele gostou de mim, tipo, gostou de verdade.

— Seu ego não conhece limite, sabia?

— Você vai ver. Conheço essas coisas.

Até onde me lembrava, o segurança tinha dado a impressão de que gostaria de matar o Daemon. Balancei a cabeça, frustrada, me recostei de volta no banco e comecei a roer uma unha. Um hábito nojento, mas eu estava uma pilha de nervos.

O posto de gasolina abandonado surgiu à vista. Ao sentir os solavancos da trilha esburacada, segurei a maçaneta da porta. Como era de esperar, havia vários carros estacionados diante da boate. E, mais uma vez, Daemon parou a Dolly a uma boa distância dos outros.

Já sabia que teria que me livrar da jaqueta. Enrolei-a em volta da bolsa e deixei as duas no chão do carro. Atravessamos por entre os veículos a distância que nos separava da entrada. Ao chegarmos perto, parei e joguei o cabelo para a frente e para trás.

— Isso me faz lembrar de um vídeo do Whitesnake — comentou Daemon.

— Ahn? — Corri os dedos pelo cabelo, esperando obter um efeito sexy, e não uma cara de "alguém que ficou com a cabeça para fora do carro".

— Se você começar a andar sentada no teto dos carros, acho que vou te pedir em casamento.

Revirei os olhos e me empertiguei, sacudindo a cabeça mais uma vez.

— Pronto.

Ele me encarou.

— Você está uma graça.

— E você é estranho. — Ergui-me na ponta dos pés e dei-lhe um rápido beijo no rosto antes de seguir marchando através do capim alto. Salto definitivamente não tinha sido uma boa ideia.

O gigantesco segurança surgiu do nada, novamente de macacão, e cruzou as duas toras em forma de braços diante do peito.

— Achei que tinha dito para vocês esquecerem esse lugar.

Daemon se colocou na minha frente.

— Precisamos falar com o Luc.

— Eu preciso de muita coisa nessa vida. Tipo encontrar um corretor de ações decente que não perca metade do meu dinheiro.

Ceeerto. Pigarreei.

— Não vamos demorar, mas, por favor, realmente precisamos vê-lo.

— Sinto muito — retrucou o armário.

Daemon inclinou a cabeça ligeiramente de lado.

— Deve ter alguma coisa que a gente possa fazer pra te convencer.

Ó Pai, por favor, me diz que ele não vai...

O gigante ergueu as sobrancelhas e esperou.

Daemon sorriu — aquele sorrisinho sexy que fazia todas as garotas da escola tropeçarem nos próprios pés, e eu... senti vontade de me enfiar debaixo de um dos carros.

Antes que pudesse morrer de vergonha, o telefone do segurança tocou e ele o pescou no bolso dianteiro do macacão.

— Algum problema?

Aproveitei a distração dele para dar uma cotovelada no Daemon.

— Que foi? — perguntou meu namorado. — Estava funcionando.

O armário riu.

— Não, não estou ocupado. Só conversando com um babaca e uma gatinha.

— Como é que é? — replicou Daemon, surpreso.

Engasguei com o riso.

O sujeito abriu um sorriso cheio de dentes e, em seguida, suspirou.

— Sim, eles vieram falar com você. — Seguiu-se uma pausa. — Claro.

Ele desligou o celular.

— Luc irá recebê-los. Entrem e sigam direto até a sala dele. Não quero dança hoje, ou o que quer que vocês tenham feito da última vez.

Estranho. Passei pelo segurança de cabeça baixa. Ele, porém, parou o Daemon assim que meu namorado chegou perto da porta. Lancei um olhar por cima do ombro.

O armário deu uma piscadinha e entregou a ele algo que me pareceu um cartão de visitas.

— Você não faz muito o meu tipo, mas posso abrir uma exceção.

Meu queixo caiu.

Daemon pegou o cartão com um sorriso e abriu a porta.

— Eu te disse — falou para mim.

Recusei-me a dar a ele o benefício de uma resposta. Em vez disso, me concentrei na boate. Nada havia mudado desde a última vez. A pista de dança estava lotada. As gaiolas que pendiam do teto balançavam com o rebolar das garotas lá dentro. A multidão se esfregava ao sabor da batida pesada. Era um mundo esquisito e diferente inserido no epicentro da normalidade.

E, de um jeito estranho, aquele lugar me atraía.

Atravessamos o corredor escuro e encontramos um homem nos esperando junto à porta. Paris — o Luxen louro que havíamos conhecido da última vez. Ele cumprimentou o Daemon com um menear de cabeça, abriu a porta e deu um passo para o lado.

Esperava encontrar o Luc esparramado no sofá, brincando com seu Nintendo DS como da outra vez. Fiquei surpresa ao vê-lo sentado à uma mesa, observando alguma coisa num laptop, o rosto franzido em concentração.

As pilhas de notas de cem dólares tinham desaparecido.

Luc sequer ergueu os olhos.

— Por favor, sentem-se. — Apontou para o sofá ao lado como um perfeito homem de negócios.

Com um olhar de relance para o Daemon, o puxei para o sofá e nos sentamos. Uma vela amarela alta posicionada num dos cantos liberava um perfume de pêssego no ambiente. Essa era toda a decoração. Será que a porta atrás da mesa dava em outro cômodo? Será que Luc morava ali?

— Ouvi dizer que a pequena incursão de vocês a Mount Weather não deu muito certo. — Fechou o laptop e entrelaçou as mãos debaixo do queixo.

— Por falar nisso — começou Daemon, inclinando-se para a frente. — Você não sabia sobre os borrifadores de ônix?

O garoto, o pequeno conquistador mongol / chefão mafioso / o que quer que ele fosse, congelou. Uma onda de tensão se espalhou pelo aposento. Fiquei esperando que alguma coisa explodisse. Com sorte, não um de nós.

— Eu avisei que poderia haver alguma surpresa inesperada — respondeu ele. — Nem mesmo eu sei tudo sobre o Daedalus. Mas acho que o Blake está no caminho certo. Ele falou a verdade ao dizer que tudo era revestido num material preto-avermelhado brilhante. Talvez nós tenhamos criado tolerância, de modo que não éramos afetados pelos borrifadores.

— E se não for isso? — perguntei, odiando o gelo que correu por minhas veias.

Os olhos ametista do Luc estavam concentrados.

— E se não for? Tenho a sensação de que isso não irá impedi-los de tentar de novo. É um risco, mas o que não é? Vocês tiveram sorte de conseguirem sair de lá antes que alguém percebesse o que tinha acontecido. Terão outra chance. A maioria não tem.

Era estranho conversar com aquele garoto, principalmente porque ele tinha o jeito de falar e gesticular de um adulto de boa família.

— Tem razão — repliquei. — A gente vai tentar de novo.

— Mas parece injusto não saber todos os perigos com os quais irão se deparar, certo? — Afastou uma mecha de cabelos castanhos, o rosto angelical impassível. — A vida não é justa, querida.

Ao meu lado, Daemon enrijeceu.

— Por que tenho a sensação de que você está escondendo um monte de coisas da gente?

Os lábios do Luc se repuxaram num meio sorriso.

— De qualquer forma, vocês não vieram aqui só por causa dos borrifadores de ônix, certo? Que tal irem direto ao ponto?

Um lampejo de irritação cruzou o rosto do Daemon.

— Uma híbrida instável atacou a Kat.

— É o que as pessoas instáveis fazem, híbridos ou não.

Engoli uma resposta atrevida.

— É, bem, isso a gente já sabe, mas ela era minha amiga. E nunca deu o menor sinal de que soubesse sobre os Luxen. Estava bem, ficou doente e, de repente, surgiu na minha casa parecendo uma louca.

— Você também nunca deu o menor sinal de saber que o ET não ligou pra casa.

Que moleque irritante! Inspirei fundo.

— Eu sei, mas isso aconteceu do nada.

Luc se recostou de volta na cadeira e apoiou as pernas sobre a mesa, cruzando-as na altura dos tornozelos.

— Não sei o que dizer. Ela talvez soubesse sobre os Luxen, se feriu e algum pobre coitado tentou curá-la, sem muito sucesso. Ou então um dos homens a pegou na rua, como eles fazem às vezes. A menos que vocês conheçam algumas excelentes técnicas de tortura e estejam dispostos a usá-las em um dos oficiais do Daedalus, não vejo como poderão descobrir.

— Me recuso a aceitar isso — murmurei. Descobrir traria alguma espécie de desfecho e justiça.

Ele deu de ombros.

— O que aconteceu com ela? — Sua voz traiu a curiosidade.

Sentindo o ar preso na garganta, crispei as mãos.

— Ela não está mais...

— Ah — murmurou Luc. — Quer dizer que ela entrou em combustão espontânea? — Minha expressão deve ter sido resposta suficiente, porque ele soltou um triste suspiro. — Revoltante. Desculpe por isso. Uma terrível lição de história para vocês... sabem todos aqueles casos misteriosos de combustão espontânea no decorrer da história?

Daemon fez uma careta.

— Tenho medo de perguntar.

— Engraçado como não há muitos casos conhecidos, embora eles aconteçam pelo mundo afora. — Abriu bem os braços para indicar o mundo fora do escritório. — Minha teoria, e acho que ela faz sentido se vocês pensarem sobre isso, é que a maioria dos híbridos entra em modo de autodestruição dentro dos órgãos governamentais, embora algumas vezes isso aconteça do lado de fora. É por esse motivo que a ocorrência é rara entre os humanos.

Tudo muito bom, ainda que um pouco perturbador, mas não era por isso que estávamos ali.

— Minha amiga estava usando um bracelete...

— Da Tiffany's? — perguntou ele, com uma risadinha presunçosa.

— Não. — Ofereci um sorriso tenso. — Igual ao seu.

Luc assumiu imediatamente uma expressão surpresa. O jovem pestinha abaixou as pernas e se empertigou na cadeira.

— Isso não é nada bom.

Um calafrio agourento me deixou com a pele arrepiada ao mesmo tempo que Daemon fixava os olhos no Luc.

— Por que não?

Ele pareceu pensar se deveria responder ou não, e então decidiu que sim.

— Ah, que inferno! Vocês vão ficar me devendo essa, espero que saibam. Fazem ideia do que é isso? — Correu o dedo por cima da pedra.

— É uma opala negra... tão rara que só pode ser encontrada em algumas poucas minas. E só serve *esse* tipo.

LUX 3 OPALA

— Essa que parece ter fogo no meio? — perguntei, inclinando-me para a frente a fim de enxergar melhor. Ela realmente parecia uma bola preta com uma chama no meio. — Onde ficam essas minas?

— A maioria na Austrália. Existe algo na composição de uma opala negra que amplifica nossos poderes. Você sabe, que nem quando o Mario Bros pega um daqueles cogumelos. Lembra o que acontece? É isso o que a opala negra faz.

— Que tipo de composição? — indagou Daemon, os olhos brilhando de interesse.

Luc tirou o bracelete e o segurou sob a luz fraca.

— As opalas possuem uma incrível capacidade de refração e reflexão de determinadas ondas de luz.

— Fala sério! — ofegou Daemon. Aparentemente, aquilo era superlegal. Já eu continuava perdida nesse lance de luz e pedra.

— É sério. — Luc olhou para a pedra e sorriu, como um pai sorri para o filho pródigo. — Não sei quem descobriu isso. Alguém do Daedalus, tenho certeza. Assim que eles descobriram o que ela podia fazer, a mantiveram longe dos Luxen e de outros como nós.

— Por quê? — Senti-me estúpida por perguntar, principalmente porque ambos me fitaram como se eu realmente fosse. — Que foi? Não sou formada em mineralogia alienígena. Credo!

Daemon deu um tapinha em minha coxa.

— Não tem problema. Somos afetados pela refração e reflexão das ondas de luz, assim como a obsidiana afeta os Arum e o ônix a gente.

— Certo — respondi lentamente.

Os olhos violeta do Luc cintilaram.

— A refração da luz muda sua direção e velocidade. Nossos amigáveis vizinhos alienígenas são feitos de luz. Bem, na verdade de mais do que isso, mas vou tentar explicar: digamos que o DNA deles seja feito de luz. E digamos que assim que um humano é transformado, seu DNA passa a ser envolvido por ondas de luz.

Lembrei que o Daemon já tentara me explicar isso antes.

— E o ônix interfere nessas ondas de luz, certo? Faz com que elas enlouqueçam, se choquem umas contra as outras.

Luc assentiu.

— A capacidade de refração da opala amplia o poder de um Luxen ou de um híbrido... aumentando nossa capacidade de refratar a luz.

— Para não falar na reflexão... Uau. — Abismado, Daemon deu uma risadinha.

Finalmente tinha entendido a história da refração. Claro, aumentar ainda mais a velocidade, conjurar a Fonte com mais facilidade e provavelmente vários outros benefícios, mas a reflexão? Esperei.

Daemon me deu uma leve cotovelada.

— A gente pisca ou desaparece de vez em quando porque nos movemos muito rápido. E, às vezes, você vê a gente desaparecer e ressurgir... é só um reflexo. Algo que todos temos que trabalhar quando somos jovens para aprendermos a controlar.

— E fica mais difícil quando você está chateado ou empolgado?

Ele fez que sim.

— Entre outras coisas, mas controlar o reflexo? — Fixou a atenção no Luc. — Você está dizendo o que eu penso que está?

Rindo, Luc prendeu o bracelete em volta do pulso e se recostou na cadeira, apoiando novamente as pernas sobre a mesa.

— Os híbridos são ótimos. Nós podemos nos mover mais rápido do que os humanos, embora com a taxa de obesidade dos dias de hoje, até mesmo uma tartaruga consegue se mover mais rápido do que a maioria deles. De vez em quando, somos até mais fortes do que alguns Luxen no que diz respeito à Fonte... é que a mistura do DNA humano com alienígena pode criar algo extremamente poderoso, ainda que isso não ocorra com frequência. — Um sorriso autoindulgente se desenhou em seus lábios. — Mas, se der a um Luxen uma dessas pedras, ele poderá refletir a luz completamente.

Meu coração pulou uma batida.

— Você que dizer... que ele ficará invisível?

— Isso é o máximo! — exclamou Daemon, olhando para a pedra. — Podemos mudar nossa aparência, mas ficar invisível? Uau, isso é novidade.

Balancei a cabeça, confusa.

— Nós também podemos nos tornar invisíveis?

— Não. Nosso DNA humano impede que isso aconteça, mas ela nos torna tão ou mais poderosos do que os Luxen mais fortes. — Ele se remexeu um pouco na cadeira. — Vocês podem imaginar que eles não gostariam de ver nenhum de nós com uma pedra dessas... especialmente um que não tenha se estabilizado totalmente, a menos...

Uma lufada de ar frio gelou meu pescoço.

— A menos que o quê?

Parte do entusiasmo desapareceu do rosto dele.

— A menos que eles não deem a mínima para o dano que o híbrido possa vir a causar. Talvez sua amiga fosse uma cobaia de teste para algo maior.

— Como assim? — Daemon ficou tenso. — Você acha que fizeram isso de propósito? Ampliaram os poderes de uma híbrida instável e a soltaram no mundo para ver o que acontecia?

— Paris acredita que eu sou um defensor das teorias de conspiração com um quê de esquizofrenia paranoica. — Ele deu de ombros. — Mas ninguém pode me convencer de que o Daedalus não tenha um plano guardado na manga. Vindo deles, eu não duvidaria de nada.

— Mas por que ela viria atrás de mim? Blake disse que eles não tinham como saber se a mutação foi bem-sucedida ou não. Isso significa que eles não podem tê-la enviado propositalmente. — Fiz uma pausa. — Bem, isso se o Blake estiver dizendo a verdade.

— Tenho certeza de que em relação à mutação ele está sim — retrucou Luc. — Se estivesse mentindo, vocês não estariam sentados aqui hoje. Vejam bem, não sei nem se o Daedalus sabe tudo o que essa pedra é capaz de fazer ou como ela nos afeta. Ainda estou aprendendo.

— E o que você descobriu? — perguntou Daemon.

— Pra começar, antes de conseguir botar minhas mãozinhas gananciosas em uma dessas, eu não sabia dizer se alguém era um híbrido mesmo que um fizesse uma dancinha na minha frente. E eu soube o exato momento em que você e o Blake chegaram a Martinsburg, Katy. É uma sensação estranha, como se sentisse um sopro por todo o meu corpo. Sua amiga provavelmente sentiu você. Essa é a menos terrível das possibilidades.

Daemon soltou um longo suspiro e desviou os olhos por um momento.

— Você sabe se ela também amplia os poderes de um Arum?

— Imagino que sim, se ele tiver sugado algum Luxen.

Chocada, me recostei no sofá, mas, em seguida, me inclinei novamente.

— Você acha que a opala pode, tipo, anular o efeito do ônix?

— É possível, mas não tenho certeza. Não andei abraçando nenhuma montanha de ônix ultimamente.

Ignorei o tom sarcástico.

— E onde a gente pode arrumar uma opala dessas?

Luc riu. Senti vontade de chutar as pernas dele de cima da mesa.

— A menos que vocês tenham cerca de trinta mil dólares dando sopa e conheçam alguém que trabalhe na extração de opalas ou que queiram pedir ao Daedalus um pedaço, acho que estão sem sorte. Não vou dar a minha.

Meus ombros penderam. Iupi, mais outro beco sem saída. Não conseguíamos acertar uma dentro!

— De qualquer forma, está na hora de vocês irem. — Ele inclinou a cabeça para trás e fechou os olhos. — Imagino que não terei notícias de vocês até estarem prontos para tentar invadir Mount Weather de novo, certo?

Ah, estávamos sendo dispensados. Enquanto me levantava, cogitei a hipótese de me jogar sobre o Luc e pegar o bracelete dele à força. O modo como seus olhos apenas se entreabriram me disse para esquecer a ideia.

— Tem algo mais que você possa nos dizer? — insistiu Daemon.

— Claro, tem mais uma coisa. — Luc ergueu as compridas pestanas. — Não confiem em ninguém. Não quando todos têm algo a ganhar ou perder.

[29]

No decorrer de várias semanas de entrevistas com as autoridades locais e de súplicas lacrimosas dos pais da Carissa nos noticiários noturnos, foram organizadas inúmeras vigílias à luz de velas. Chegaram também repórteres de todas as partes do país, atraídos por uma curiosidade mórbida. Como uma cidade tão pequena podia ter tantas crianças desaparecidas? Alguns chegaram até a especular que talvez um serial killer tivesse escolhido nossa pequena e entediante cidade da West Virginia como alvo.

Ir para a escola e escutar todo mundo falando da Carissa, do Simon e até mesmo do Adam e da Beth era difícil. Não só para mim, mas para todos nós que sabíamos a verdade.

Nenhum deles tinha realmente desaparecido.

Adam e Carissa estavam mortos, e provavelmente Simon também. Beth estava sendo mantida à força num estabelecimento do governo.

O humor que se instaurara entre a gente, insinuando-se sorrateiramente, era sombrio e nefasto, e não havia como nos livrarmos dele. Claro que com a chegada da primavera e o despontar dos primeiros brotos nos canteiros da escola, uma forte suspeita começou a se espalhar, porque apenas um dos garotos havia reaparecido, o Dawson. E a volta dele chamava ainda mais atenção para o sumiço dos outros.

Trocas de olhares entre alunos e sussurros ecoavam pelos corredores sempre que o Daemon ou o Dawson estavam por perto, provavelmente porque quase ninguém conseguia distingui-los. Os irmãos, porém, agiam como se não tivessem escutado. Ou talvez eles simplesmente não dessem a mínima.

Até mesmo a Lesa estava diferente. Perder uma amiga era um bom motivo para tanto, assim como a incapacidade de encontrar um desfecho. Não havia razão para o desaparecimento da Carissa, pelo menos não para Lesa. Ela, tal como tantos outros, passaria a vida imaginando por que e como isso havia acontecido. E não saber criava um tremendo desânimo de seguir em frente. Mesmo com a mudança das estações e a visível chegada da primavera, Lesa continuava congelada no momento em que descobrira sobre o desaparecimento da amiga. De certa forma, ela continuava sendo a mesma garota; havia momentos em que dizia algo totalmente inapropriado que a fazia rir, mas então, quando não achava que eu estava olhando, seus olhos ficavam vidrados de apreensão.

Carissa, porém, não foi o único assunto a alcançar os noticiários.

O dr. William Michaels, também conhecido como namorado da minha mãe e cretino-mor, foi dado como desaparecido pela irmã cerca de três semanas após Carissa sair do radar. Uma nova tempestade recaiu sobre a cidade. Minha mãe foi interrogada e ficou... ela ficou arrasada. Principalmente depois de descobrir que Will jamais havia participado de nenhuma conferência na costa oeste, e que ninguém o vira ou ouvira falar dele desde que saíra de Petersburg.

Os oficiais suspeitavam de algum tipo de emboscada. Outros diziam entre sussurros que ele devia ter algo a ver com o que acontecera com a Carissa e o Simon. Um médico proeminente simplesmente não desaparecia em pleno ar.

Mas como Daemon e eu continuávamos vivos presumimos que a mutação havia funcionado e, tendo conseguido o que queria, o médico estava escondido. Na pior das hipóteses, Daedalus o havia capturado em algum lugar. Isso não seria muito bom para a gente, mas, por outro lado, *ele* bem que merecia estar trancafiado numa jaula.

LUX 3 OPALA

No todo, eu não estava nem um pouco triste pelo fato de que por enquanto Will deixara de ser um problema, mas odiava ver minha mãe passar por aquilo de novo. E o odiava ainda mais por colocá-la naquela situação. Ela passou por todos os estágios do processo de luto: incredulidade, tristeza, aquele terrível e constante sentimento de perda e, por fim, raiva.

Não tinha a menor ideia do que fazer por ela. O melhor que podia era lhe fazer companhia nas noites de folga, depois de terminar o treinamento com o ônix. Ficar com ela tentando distraí-la parecia ajudar.

À medida que as semanas foram passando sem que houvesse nenhum sinal da Carissa nem de qualquer dos outros desaparecidos, aconteceu o inevitável. As pessoas jamais esqueceriam, mas os repórteres foram embora e outros assuntos passaram a ocupar os noticiários noturnos. Por volta de meados de abril, todos tinham basicamente voltado para seus próprios afazeres.

Perguntei ao Daemon certa noite enquanto voltávamos do lago, aproveitando a temperatura amena, como as pessoas conseguiam esquecer com tanta facilidade. Uma profunda amargura se instalara em minhas entranhas. Será que o mesmo aconteceria comigo algum dia caso não conseguíssemos retornar de Mount Weather? As pessoas simplesmente superariam o fato?

Daemon apertou minha mão e disse:

— É uma condição natural do ser humano, gatinha. O desconhecido não é algo muito bem aceito. As pessoas preferem ignorar... não completamente, apenas o bastante para que isso não fique interferindo em cada ato ou pensamento.

— E isso é legal?

— Não estou dizendo que é. — Ele parou e fechou as mãos em volta dos meus braços. — Mas não ter as respostas de algo pode ser assustador. As pessoas não conseguem permanecer focadas nisso indefinidamente. Assim como você não conseguiu continuar focada no motivo de seu pai ter ficado doente e morrido. Esse é o grande desconhecido. Chega um momento em que você precisa seguir em frente.

Ergui os olhos e observei aquele rosto lindo iluminado pela suave luz da lua.

— Não acredito que você consiga soar tão sábio de vez em quando.

Daemon riu e correu as mãos pelos meus braços, me deixando toda arrepiada.

— Sou mais do que beleza, gatinha. Você já devia saber disso.

E eu sabia. Ele era inacreditavelmente encorajador na maior parte do tempo. Por mais que odiasse o fato de eu estar participando dos treinos com o ônix, não havia mais tentado me impedir, e eu era grata por isso.

Empenhei-me nos treinos, o que me deixou com pouco tempo livre para qualquer coisa exceto frequentar as aulas. O ônix roubava nossa energia e, após cada treino, todos nós apagávamos rapidamente. A gente estava tão concentrado em desenvolver a tolerância e manter os olhos abertos para possíveis oficiais e espiões que nem comemoramos o Dia dos Namorados. Daemon apenas me deu um buquê de flores, que eu retribuí com um cartão.

Combinamos de compensar depois, sair para jantar ou algo do gênero, mas ou o tempo era apertado demais ou alguém atrapalhava. Ou era o Dawson, com sua impaciência para invadir logo Mount Weather e resgatar a Beth, ou a Dee desejando matar alguém, ou o Blake exigindo que treinássemos todos os dias. Já tinha até me esquecido como era ficarmos somente o Daemon e eu.

Comecei a achar que suas esporádicas visitas no meio da madrugada eram fruto da minha imaginação fértil, porque, ao final de cada noite, ele estava tão esgotado quanto eu. Ao acordar, tinha a sensação de ter tido um sonho demasiadamente vívido, mas como Daemon jamais mencionara nada, deixei o assunto de lado, embora aguardasse ansiosamente pelo próximo. Um Daemon onírico era melhor do que nenhum Daemon, concluí.

Por volta do começo de maio, nós cinco já conseguíamos manipular o ônix por cerca de cinquenta segundos sem perdermos o controle dos músculos. Podia não parecer muito, mas já era um progresso.

Estávamos na metade do treino quando subitamente Ash e Dee apareceram para assistir. Aquelas duas estavam se tornando unha e carne, enquanto eu continuava basicamente sem amigos, com exceção da Lesa nos dias bons.

Os ruins eram aqueles em que ela morria de saudade da Carissa e ninguém conseguia substituir essa amizade perdida.

LUX 3 OPALA

Observei a Ash andando de um lado para outro naqueles saltos ridículos, imaginando como ela e a Dee podiam se dar tão bem. Tirando a obsessão das duas por moda, elas não tinham praticamente nada em comum.

De repente, me dei conta de que provavelmente o que unia as duas era o luto. E ali estava eu, ressentida por isso. Eu podia ser uma verdadeira imbecil.

Enquanto o Matthew se levantava do chão, Ash foi até a pilha de ônix, o cenho franzido.

— Não pode ser tão ruim assim. Quero experimentar.

Abafei uma risadinha maquiavélica. Eu não ia impedi-la, *de jeito nenhum*.

— Ahn, Ash, eu não faria isso se fosse você — alertou Daemon.

Estraga-prazeres, pensei. Ash, porém, era uma alienigenazinha determinada. Assim sendo, me sentei, estiquei as pernas e esperei o show começar.

Não precisei esperar muito.

Ela se curvou graciosamente e pegou uma das brilhantes pedras preto-avermelhadas. Prendi a respiração. Menos de um segundo depois, com um grito esganiçado, soltou o ônix como se ele fosse uma cobra e cambaleou alguns passos para trás, caindo de bunda no chão.

— Tem razão, não é tão ruim assim — comentou Dawson de modo seco.

Os olhos dela estavam arregalados, a boca abrindo e fechando como a de um peixe.

— O que... o que foi isso?

— Ônix — respondi, deitando de costas. Um resquício de sol aquecia o ar contra um céu de um azul brilhante. Só hoje eu já passara três vezes por aquela tortura. Não conseguia mais sentir meus dedos. — É uma merda.

— Senti... senti como se minha pele estivesse sendo arrancada do corpo — disse ela. O choque a deixara rouca. — Por que vocês estão fazendo isso há meses?

Dawson pigarreou.

— Você sabe por que, Ash.

— Mas ela...

Ah, não.

— Ela o quê? — O gêmeo do Daemon se levantou num pulo. — Ela é minha namorada.

— Não foi o que eu quis dizer. — Ash correu os olhos em volta em busca de apoio, mas percebeu que estava sozinha nessa. Levantou-se com cuidado e deu um passo titubeante na direção do Dawson. — Desculpa. É só... que isso dói.

Ele não disse nada ao passar pelo irmão e desaparecer mata adentro. Daemon olhou para mim, soltou um suspiro e saiu trotando atrás do Dawson.

— Ash, você precisa aprender a ter um pouquinho mais de tato — observou Matthew, espanando a terra da calça jeans.

Ela fez uma careta e se sentou de novo.

— Sinto muito. Não quis dizer nada com isso.

Não acreditei. Era raro ver a Ash demonstrar qualquer emoção além de uma mal-humorada amargura. Dee foi até ela e as duas se mandaram. Matthew as seguiu, dando a impressão de que precisava de um descanso ou de uma garrafa de uísque.

O que me deixou sozinha com o Blake.

Resmungando, fechei os olhos e me deitei de novo. Sentia o corpo tão pesado que tinha a sensação de que abriria um buraco no chão. Em umas duas semanas, flores brotariam do meu corpo.

— Está se sentindo bem? — perguntou Blake.

Minha língua coçou com uma série de respostas ferinas, mas tudo o que eu disse foi:

— Só estou cansada.

Seguiu-se uma ligeira pausa e, então, escutei seus passos se aproximando. Blake se sentou ao meu lado.

— O ônix é foda, não é? Nunca parei para pensar nisso, mas quando fui *admitido* no Daedalus eu vivia cansado.

Não soube o que responder, de modo que fiquei quieta e, por um tempo, ele também. Blake era provavelmente a pessoa mais difícil de ter por perto. Porque, no fundo, ele não era tão horrível assim, talvez nem mesmo um monstro. Era apenas alguém desesperado, e o desespero levava as pessoas a fazerem loucuras.

LUX 3 OPALA

Ele trazia à tona sentimentos conflitantes. No decorrer dos últimos dois meses, eu e os outros havíamos aprendido a tolerá-lo, ainda que não confiássemos nele. Lembrava muito bem das palavras do Luc ao nos despedirmos — *Não confiem em ninguém. Não quando todos têm algo a ganhar ou perder.* Não conseguia evitar pensar se ele não tinha se referido ao Blake. Não queria pegar leve com o surfista por conta do que ele tinha feito com o Adam, e tampouco desejava sentir pena dele, mas às vezes sentia. Blake era um produto do meio onde crescera. O que não servia como justificativa, mas o surfista não era o único responsável. Vários fatores haviam contribuído para tanto. No entanto, o mais estranho tinha sido vê-lo na hora do almoço, sentado à mesa com os irmãos do garoto que havia matado.

Honestamente, achava que ninguém sabia como lidar com o Blake. Por fim, ele disse:

— Sei no que você está pensando.

— Achei que você não conseguisse ler a mente de outros híbridos.

Ele riu.

— E não consigo, mas está na cara. Você não está se sentindo confortável comigo aqui, mas está cansada demais e é bacana demais para se levantar.

Blake estava definitivamente certo.

— E, ainda assim, você continua aqui.

— Bem, quanto a isso... não acho que pegar no sono aqui seja muito seguro. Além dos ursos e dos coiotes, pode aparecer algum oficial do Daedalus ou do DOD.

Abri os olhos e soltei um suspiro.

— O que teria de suspeito alguém me encontrar deitada aqui?

— Bem, fora o fato de que estamos em maio e que está um pouco tarde para alguém estar tomando sol... eles sabem que eu ainda falo com você. Pelo bem das aparências e tudo o mais.

Virei a cabeça para ele. Os Luxen se revezavam para vigiar a área enquanto treinávamos, certificando-se de que ninguém estivesse nos observando. Parecia estranho que o Blake se mostrasse preocupado com isso agora.

— Fala sério — repliquei.

Ele dobrou os joelhos, apoiou os braços sobre eles e ficou olhando para as águas plácidas do lago. Seguiu-se outro momento de silêncio e, então:

— Sei que você e o Daemon foram ver o Luc em fevereiro.

Abri a boca para responder, mas apenas balancei a cabeça sem dizer nada. Tinha certeza de que não precisava explicar o motivo de termos feito isso.

Ele suspirou.

— Sei que vocês não confiam nem jamais irão confiar em mim, mas podia tê-los poupado a viagem. Eu conheço os efeitos da opala negra. Já vi o Luc fazer algumas coisas bem loucas por causa dela.

Fui tomada por uma súbita irritação.

— E não passou pela sua cabeça mencionar nada?

— Não achei que poderia ser importante — respondeu ele. — Esse tipo de opala é quase impossível de encontrar, e a última coisa que esperava era que o Daedalus oferecesse uma a um híbrido. Diabos, isso nunca me passou pela cabeça.

Ali estava eu, novamente na mesma posição: acreditar ou não acreditar nele. Cruzei as pernas na altura dos tornozelos e fiquei observando um chumaço de nuvens algodoadas cruzar o céu.

— Certo — retruquei, porque, para ser honesta, não havia como saber se ele estava mentindo ou não. Podia apostar que, se o conectássemos a um detector de mentiras, os resultados seriam inconclusivos.

Blake pareceu surpreso.

— Gostaria que as coisas fossem diferentes, Katy.

Bufei.

— Eu também, e provavelmente uma centena de pessoas.

— Eu sei. — Ele cavucou a terra até encontrar uma pedrinha. Com gestos lentos, virou-a em suas mãos. — Andei pensando sobre o que vou fazer quando tudo isso terminar. Existe uma boa chance de que o Chris... esteja meio pancada, entende? Precisaremos ir para algum lugar, desaparecer, mas e se ele não conseguir se misturar? E se ele estiver... diferente?

Meio pancada, que nem a Beth quando eu a vira.

— Você disse que ele gosta de praia. E você também. Talvez seja um bom lugar pra começar.

LUX 3 OPALA

— Não é má ideia... — Ele me lançou um olhar de relance. — O que vocês vão fazer com a Beth? Diabos, o que vão fazer depois que a resgatarem? O Daedalus vai procurar por ela.

— Eu sei. — Suspirei, desejando que o chão me engolisse. — Vamos ter que escondê-la, eu acho. Ver como ela se comporta. Mas um problema de cada vez. Desde que estejamos todos juntos, o resto a gente resolve.

— Tem razão... — Fez uma pausa e apertou os lábios. Em seguida, abriu o braço e lançou a pedrinha no lago. Ela quicou três vezes sobre a superfície antes de afundar. Blake, então, se levantou. — Vou te deixar em paz, mas ficarei por perto.

Antes que eu pudesse responder, o surfista se afastou. Franzindo o cenho, arqueei as costas para conseguir vê-lo. As margens do lago estavam desertas, com exceção de alguns pintarroxos que ciscavam o chão próximo a uma árvore.

Essa tinha sido uma conversa para lá de estranha.

Deitei de novo, fechei os olhos e tentei forçar o cérebro a não pensar em nada. No entanto, assim que me vi sozinha, imersa num profundo silêncio, mil coisas invadiram minha mente. Sempre que sentia dificuldades em pegar no sono, tentava visualizar uma praia na Flórida que papai gostava de frequentar. Imaginava as ondas azul-esverdeadas lambendo a areia, num ir e vir constante, e fixava essa imagem nos recônditos da mente, repetindo-a sem parar. Não tinha a intenção de dormir ali ao relento, mas estava tão exausta que apaguei rapidamente.

Não sei bem o que me acordou, mas ao abrir os olhos me peguei encarando um familiar par de um verde cintilante. Sorri.

— Oi — murmurei.

Aqueles lábios cheios repuxaram num dos cantos.

— Oi, bela adormecida...

Ao olhar por cima do ombro dele, vi que o céu adquirira um azul-índigo.

— Você me acordou com um beijo?

— Foi. — Daemon estava deitado de lado, a cabeça apoiada num dos braços. Ao pousar a outra mão em minha barriga, meu coração deu uma cambalhota. — Eu te falei, meus lábios são mágicos.

Meus ombros subiram e desceram numa risadinha silenciosa.

— Há quanto tempo você está aí?

— Não muito. — Seus olhos perscrutaram os meus. — Encontrei o Blake de cara amarrada não muito longe daqui. Ele não queria ir embora e te deixar sozinha.

Revirei os olhos.

— Por mais que isso me incomode, fico feliz por ele não ter ido.

— Uau! Os porcos criaram asas! — Ao vê-lo estreitar os olhos, ergui a mão e, com as pontas dos dedos, afastei uma mecha rebelde que caíra sobre sua testa. Daemon cerrou as pálpebras, fazendo-me ofegar. — Como o Dawson está?

— Mais calmo. E você, gatinha?

— Com sono.

— E?

Rocei lentamente os dedos pelo rosto dele, acompanhando a linha da bochecha e do maxilar. Daemon virou a cabeça e pressionou um beijo em minha palma.

— Feliz por você estar aqui.

Com movimentos rápidos, ele abriu meu leve cardigã, os nós dos dedos roçando a camiseta justa que eu vestia por baixo.

— E?

— Contente por não ter sido devorada por um urso ou um coiote.

Ele arqueou uma sobrancelha.

— Como?

Dei uma risadinha.

— Aparentemente, eles são um problema nessa área.

Meu namorado balançou a cabeça.

— Vamos voltar a falar sobre mim.

Em vez de falar, mostrei. Como Daemon diria, era a amante de livros que existia dentro de mim. Mostrar era muito melhor do que falar. Corri os dedos por seu lábio inferior e deixei a mão escorregar para o peito. Ao erguer a cabeça, ele me encontrou na metade do caminho.

O beijo começou de forma suave e hesitante. Aqueles beijos sedosos instigavam um desejo que vinha se tornando demasiadamente familiar. A sensação dos lábios dele contra os meus, a certeza de saber o que eu queria, acendeu uma fagulha no fundo do peito, e nossos corações aceleraram em compasso, batendo de forma rápida e pesada. Deixei-me perder naquele beijo, me afogar nele, tornar-me ele. Era difícil processar a crescente onda de emoções. Aquilo era ao mesmo tempo excitante e assustador. Eu estava pronta, mais do que pronta, mas ainda assim estava assustada, porque como o próprio Daemon dissera antes, os humanos tinham medo daquilo que não conheciam. E tanto ele quanto eu vínhamos "namorando" o desconhecido havia um tempo.

Daemon me empurrou até eu me ver com as costas pregadas no chão e se posicionou acima de mim, seu peso uma perfeita loucura. Em seguida deslizou a mão por baixo da camiseta, suspendendo o tecido, os dedos roçando de leve minha pele. O toque foi ao mesmo tempo enlouquecedor e frustrante. Meu peito começou a subir e descer rapidamente ao senti-lo encaixar uma das pernas entre as minhas. Quando ele se afastou ligeiramente, inspirei fundo, tentando recobrar o controle que eu vinha perdendo numa velocidade surpreendente.

— Tenho que parar — disse ele numa voz áspera, fechando os olhos com força, as pestanas roçando o topo das bochechas. — Tipo, imediatamente.

Entrelacei os dedos nas mechas rebeldes de sua nuca, rezando para que ele não percebesse o tremor em minha mão.

— É, é melhor a gente parar.

Daemon concordou com um menear de cabeça, mas, em seguida, me beijou de novo. Era bom ver que ele tinha tanta força de vontade quanto eu, ou seja, zero. Deslizei as mãos por suas costas, enterrando os dedos na camiseta, suspendendo-a para poder sentir aquela pele quente por baixo, e enrosquei minha perna na dele. Estávamos tão, tão colados que mesmo que nossos corações já não batessem no mesmo ritmo antes, não faria a menor diferença, pois eles teriam se encontrado e passariam a fazer isso agora.

Estávamos ambos ofegantes. Aquilo era uma perfeita loucura. A mão dele começou a subir por baixo da camiseta, mais e mais, até que cada parte do meu corpo desejou poder apertar o botão de parar e, então, retroceder, a fim de que eu pudesse sentir tudo aquilo novamente.

De repente, ele congelou.

— Ai, meu doce Jesus na manjedoura. Pai do céu, meus olhos! — guinchou Dee. — Meus olhos!

Abri os meus. Daemon ergueu a cabeça, os olhos cintilando. Percebi, então, que minhas mãos continuavam espalmadas em suas costas e as puxei de baixo da camiseta.

— Ai, meu Deus — murmurei, mortificada.

Daemon disse alguma coisa que fez meus ouvidos queimarem.

— Dee, você não viu nada. — Em seguida acrescentou num tom bem mais baixo. — Seu timing é impecável.

— Você estava em cima... dela, e suas bocas estavam assim... — Podia muito bem imaginar os gestos que ela estava fazendo. Dee continuou: — E isso é algo que eu definitivamente não quero ver. Tipo, nunca.

Plantei as mãos no peito do Daemon e o empurrei para que saísse de cima de mim. Em seguida, me sentei e virei meio de lado, mantendo a cabeça baixa para que o cabelo escondesse minhas bochechas vermelhas de vergonha. Observando-a pelo canto do olho, fiquei surpresa ao ver que mesmo que ela estivesse com uma expressão de quem havia surpreendido nós dois nus no meio de uma transa, em vez de apenas trocando uns amassos, Dee estava rindo.

— O que você quer, Dee? — perguntou Daemon.

Ela bufou e plantou as mãos nos quadris.

— Bem, com *você*, nada. Quero falar com a Katy.

Levantei a cabeça. Pro inferno com a vergonha!

— Quer?

— Ash e eu vamos a uma lojinha nova que abriu em Moorefield no sábado à tarde. Eles vendem vestidos retrô. Para o baile de formatura — acrescentou ela enquanto eu a encarava de boca aberta.

— Baile de formatura? — Eu não estava entendendo.

— É, o baile é no fim do mês. — Olhou de relance para o irmão, as bochechas começando a adquirir um tom rosado. — Os vestidos vão acabar rápido. Não sei se esse lugar tem alguma coisa interessante, mas a Ash ouviu falar dele e você sabe como ela é no que diz respeito a roupas, uma perfeita consultora de moda. Por exemplo, uns dois dias atrás, ela encontrou um suéter cropped muito lindo...

— Dee — interveio Daemon com um pequeno sorriso nos lábios.

— Que foi? Não estou falando com você. — Ela me fitou, exasperada. — De qualquer forma, você não quer ir com a gente? Ou já encontrou um vestido? Porque se tiver encontrado, então acho que não faz muito sentido, a não ser que você...

— Não, ainda não encontrei. — Não conseguia acreditar que ela estivesse me convidando para fazer algo. Estava chocada. Esperançosa também, porém profundamente chocada.

— Ótimo! — Dee deu uma risadinha. — Então sábado está de pé. Pensei em chamar a Lesa pra ir também.

Eu só podia estar sonhando. Dee queria convidar a Lesa também? O que acontecera que eu não estava sabendo? Olhei de relance para o Daemon enquanto sua irmã continuava falando sem parar, e ele deu uma risadinha.

— Espera um pouco — interrompi. — Eu não estava planejando ir ao baile.

— Como assim? — O queixo dela caiu. — É nosso baile de formatura.

— Eu sei, mas com tudo o que vem acontecendo... não tinha parado pra pensar nisso. — Mentira. Era impossível entrar na escola e não ver todos os cartazes e folhetos sobre o baile.

A expressão da Dee tornou-se ainda mais incrédula.

— É nosso baile de *formatura*.

— Mas... — Prendi o cabelo atrás da orelha e olhei de esguelha para o Daemon. — Você nem me convidou.

Ele sorriu.

— Não achei que precisasse. Presumi que a gente iria e pronto.

— Bem, você sabe o que dizem sobre pessoas que ficam presumindo coisas — falou Dee, se balançando para a frente e para trás nos calcanhares.

Ele a ignorou, o sorriso desaparecendo.

— Que foi, gatinha?

Pisquei.

— Como podemos ir ao baile com tudo o que está acontecendo? Estamos tão perto de desenvolver tolerância o suficiente para tentarmos invadir Mount Weather de novo e...

— E o baile é num sábado — retrucou ele, soltando a mão com a qual eu continuava segurando o cabelo. — Digamos que estaremos prontos em duas semanas, ainda assim, será num domingo.

Dee pulava de um pé para o outro como se estivesse pisando em batatas quentes.

— E serão só algumas horas. Vocês podem interromper o treinamento de automutilação por algumas horas.

O problema não era o número de horas, nem mesmo o ônix. Não parecia certo ir a um baile depois de tudo o que acontecera, depois que a Carissa...

Daemon passou um braço em volta da minha cintura e falou baixinho ao pé do meu ouvido:

— Isso não é errado, Kat. Você merece uma trégua.

Fechei os olhos.

— Por que temos o direito de celebrar e ela não?

Ele colou o rosto no meu.

— Nós ainda estamos vivos e merecemos estar, merecemos fazer coisas normais de vez em quando.

Será?

— Não foi sua culpa — murmurou ele, plantando um beijo em minha têmpora. Em seguida, se afastou, os olhos perscrutando os meus. — Quer ir ao baile comigo, Kat?

Dee continuava inquieta.

— Aceita logo, assim podemos sair para comprar nossos vestidos e eu não serei obrigada a presenciá-la dar um fora no meu irmão. Mesmo que ele mereça.

Soltei uma risada e olhei para ela. Dee me ofereceu um sorriso hesitante, e meu peito se encheu novamente de esperança.

— Tudo bem. — Inspirei fundo. — Eu vou ao baile... só porque não quero que essa conversa se torne ainda mais constrangedora.

Daemon cutucou meu nariz de forma brincalhona.

— Vou aceitar o que você quiser me oferecer pelo máximo de tempo possível.

Uma nuvem encobriu o céu. A temperatura caiu drasticamente.

Um calafrio percorreu minha espinha, e meu sorriso quase desapareceu. Esse era um bom momento — um momento de felicidade. Minha amizade com a Dee não estava completamente perdida. E um baile não era pouca coisa. O Daemon de smoking seria uma visão e tanto. Íamos agir como adolescentes normais por uma noite, mas ainda assim a sombra que pairava sobre nós pareceu escorrer para dentro de mim.

— Qual é o problema? — perguntou ele, preocupado.

— Nada — respondi, embora houvesse alguma coisa. Só não sabia o quê.

[30]

Uma das primeiras coisas que fiz no dia seguinte foi convidar a Lesa. Fiquei animadíssima quando ela ergueu a cabeça e aceitou. O fato de ela ter topado fez com que me sentisse melhor em relação à minha própria decisão. Era como se tivesse conseguido a aprovação da melhor amiga da Carissa, o que não era pouca coisa.

Como eu, Lesa estava um pouco apreensiva de sair para fazer compras com a Ash, e um vestígio de sua antiga personalidade veio à tona através de uma série de comentários ferinos.

— Aposto que ela vai escolher algo ridiculamente curto e apertado e fazer com que a gente se sinta um daqueles feiosos Oompa Loompas. — Soltou um suspiro conformado. — Não. Esquece. Mais provável que ela simplesmente fique desfilando nua na frente do espelho da loja.

Eu ri.

— É verdade, mas estou feliz pela Dee ter nos convidado.

— Eu também — retrucou ela num tom sério. — Sinto falta da Dee, especialmente depois... Apenas sinto falta dela.

Meu sorriso falhou. Eu nunca sabia como agir quando Carissa surgia no meio da conversa. Por sorte, fomos interrompidas pelo Daemon, que resolveu puxar meu rabo de cavalo que nem um garotinho de seis anos.

E, assim que se sentou atrás de mim, me deu uma cutucada com a caneta.

Olhei para Lesa e, com um revirar de olhos, me virei para ele.

— Você e essa maldita caneta.

— Que você adora. — Ele se debruçou sobre a carteira e bateu com a ponta da caneta no meu queixo. — Bom, estava pensando em pegar uma carona com você pra casa. Aquele *negócio* que temos que fazer vai atrasar cerca de uma hora. E sua mãe já vai ter ido para o plantão em Winchester, certo?

Uma leve descarga de adrenalina se espalhou por minhas veias. Eu sabia o que ele estava insinuando. Sem minha mãe para nos vigiar. E mais ou menos uma hora para ficarmos sozinhos sem interrupções — se Deus quisesse.

Não pude evitar um suspiro sonhador.

— Isso seria perfeito.

— Achei que sim. — Daemon se recostou de volta na cadeira, mas manteve os olhos fixos em mim. — Mal posso esperar.

Senti como se estivesse com excesso de oxigênio no cérebro enquanto o sangue disparava por todos os membros. Tonta, apenas assenti com um menear de cabeça e me virei de volta para o quadro-negro. A expressão da Lesa dizia que ela havia escutado a conversa.

Minhas bochechas queimaram ao vê-la erguer as sobrancelhas de maneira sugestiva. Ai, Deus do céu...

Depois da aula de trigonometria, o resto da manhã se arrastou. O cosmos parecia estar contra mim, como se soubesse que eu estava vibrando de energia e empolgação. Ainda assim, estava um pouquinho nervosa. Quem não estaria? Se realmente conseguíssemos ficar um tempo sozinhos sem interrupções e as coisas se encaixassem nos seus devidos lugares...

As coisas se encaixassem nos seus devidos lugares?

Abafei uma risadinha...

Blake ergueu os olhos do livro de biologia, o cenho franzido.

— Que foi?

— Nada. — Eu ri. — Absolutamente nada.

Ele arqueou uma sobrancelha.

— O Daemon te avisou que o Matthew vai ter uma reunião com os pais de um dos alunos depois da aula?

Ri de novo, e ele me fitou com uma cara estranha.

— Avisou.

Blake continuou me encarando por mais alguns instantes e, então, soltou a caneta. Sem que eu esperasse, estendeu o braço e tirou um fio de linha agarrado em meu cabelo. Afastei a cabeça com um movimento brusco ao mesmo tempo que ele puxava a mão de volta, o que deixou meu nariz num ângulo perfeito para sentir o cheiro em seu pulso.

O perfume fresco e cítrico desencadeou uma sensação estranha e desconfortável dentro de mim. Tipo como quando você faz algo idiota e está prestes a encarar uma humilhação pública. Minha pele ficou toda arrepiada.

Uma lembrança ameaçou vir à tona. Aquele cheiro... eu já o sentira antes.

— Está tudo bem? — perguntou ele.

Inclinei a cabeça ligeiramente de lado como se dessa forma pudesse apurar meu olfato. De onde eu conhecia aquele perfume? Com certeza já o sentira antes no próprio Blake. Sem dúvida era uma daquelas colônias caras, só que tinha algo mais.

Tal como quando você escuta a voz de um ator, mas não vê o rosto dele. A resposta estava na ponta da língua, e eu não conseguia me livrar dessa sensação irritante.

Por que esse perfume me parecia tão dolorosamente familiar? O rosto do Daemon pipocou em minha mente, mas não era isso. Ele tinha um perfume de natureza, de vento e vida ao ar livre. Um aroma que permanecia um tempão mesmo depois que ele ia embora, nas minhas roupas, no travesseiro...

O travesseiro...

Meu coração engasgou e pulou uma batida. Quase despenquei da cadeira quando a ficha finalmente caiu. Fui tomada por um profundo choque, rapidamente substituído por uma raiva tão feroz que fez com que me contraísse de maneira involuntária.

Não podia continuar sentada ali. Não conseguia respirar.

Uma descarga de estática crepitou por baixo da minha camiseta. Os pelos do meu corpo se arrepiaram. Um cheiro de ozônio queimado impregnou o ar. Diante da turma, Matthew ergueu os olhos. O olhar recaiu primeiro sobre o Dawson, claro, porque se alguém estava prestes a perder a cabeça, esse alguém provavelmente seria ele. Dawson, porém, também estava correndo os olhos ao redor da sala, procurando a origem da crescente estática no ar.

Ela estava vindo de mim.

Eu ia explodir.

Recobrando-me, fechei o livro e o meti na bolsa. Sem perder tempo, levantei, as pernas bambas. Minha pele zumbia, com sorte, numa frequência baixa. Uma violenta explosão de energia se espalhou por meu corpo. Só me sentira assim uma vez, quando o Blake...

Passei pelo Matthew, incapaz de tentar responder à sua expressão preocupada, e ignorei os olhares curiosos. Afastei-me o mais depressa possível da sala, respirando fundo para me acalmar. Os armários do corredor pareciam um borrão de cinza. As conversas soavam abafadas e extremamente distantes.

Para onde eu estava indo? O que ia fazer? Procurar o Daemon estava fora de questão. Com tudo o que vinha acontecendo nos últimos tempos, isso era a última coisa que a gente precisava.

Continuei andando, os dedos fechados com força em volta da alça da bolsa. Sentia... sentia como se fosse vomitar. A raiva e o enjoo digladiavam-se dentro de mim. Segui para o banheiro feminino no final do corredor.

— Katy! Você está bem? Espera!

O chão pareceu sumir debaixo dos meus pés, mas continuei andando. Blake me alcançou e me pegou pelo braço.

— Katy...

— Me larga! — Soltei o braço com um safanão, horrorizada... simplesmente horrorizada. — Não me toque!

Ele me encarou com uma expressão dura e zangada.

— Qual é o problema?

Uma sensação terrível, nauseante, fincou as garras afiadas em minhas entranhas.

— Eu sei, Blake. *Eu sei*.

— Sabe o quê? — Ele pareceu confuso. — Katy, seus olhos estão começando a brilhar. Você precisa se acalmar.

Fiz menção de avançar nele, mas me detive. Estava perto demais de perder a cabeça.

— Você... você é absolutamente louco.

Ele ergueu as sobrancelhas.

— Certo. Você vai ter que me dar uma explicação melhor do que essa. Não faço ideia do que a deixou tão irritada.

Embora o corredor estivesse deserto, não era o lugar para aquele tipo de conversa. Virei e parti para a escada de emergência. O surfista me seguiu e, assim que a porta se fechou atrás da gente, voltei-me novamente para ele.

Não foi meu punho o que o acertou no meio do peito, e sim uma explosão de energia que provavelmente deu a ele a sensação de ter sido alvejado por uma arma de choque. Blake cambaleou alguns passos para trás até bater de costas na porta, a boca abrindo e fechando enquanto as pernas e braços se contraíam.

— O que... — ofegou ele. — O que foi isso?

A energia crepitou sob meus dedos. Queria acertá-lo de novo.

— Você tem dormido na minha cama.

Ele se empertigou e esfregou o peito com uma das mãos. A luz suave que incidia através da janelinha no meio da escada iluminou seu rosto.

— Katy, eu...

— Não minta. Eu sei que sim. Senti o cheiro da sua colônia no meu travesseiro. — Um gosto de fel me subiu à garganta e a necessidade de soltar o verbo foi incontrolável. — Como você pôde fazer uma coisa dessas? Como pôde fazer algo tão revoltante e assustador?

Um lampejo de alguma coisa cintilou nos olhos dele. Mágoa? Raiva? Não sabia e não dava a mínima. O que ele tinha feito era tão, tão errado que as pessoas em geral conseguiam um mandado de segurança para situações desse tipo.

Blake correu os dedos pelo cabelo.

— Não é o que você está pensando.

— Ah, não? — Soltei uma risada curta e sem o menor humor. — Não sei o que mais poderia ser. Você entrou na minha casa e no meu quarto sem ser convidado e... deitou na cama comigo, seu filho da...

— Não é o que você está pensando! — Blake praticamente gritou, fazendo com que a Fonte dentro de mim mostrasse novamente a cara em resposta. Esperei que os professores surgissem subitamente ali na escada de emergência, mas não. — Tenho passado as noites vigiando tudo por causa do Daedalus. Simplesmente patrulho a área, tal como o Daemon e os outros Luxen.

Bufei.

— Eles não deitam na minha cama, Blake.

Ele me fitou com tamanha cara de pau que senti vontade de esbofeteá-lo.

— Eu sei. Como eu disse... não foi minha intenção. Foi um acidente.

Meu queixo caiu.

— Você escorregou e caiu na minha cama? Porque não entendo como você pode acidentalmente ter terminado lá.

As bochechas dele ficaram vermelhas.

— Eu verifico toda a área em volta da casa e depois entro só para me certificar. Os híbridos podem entrar na sua casa, Katy, como você bem sabe. O Daedalus também, se quisesse.

O que ele teria feito se tivesse encontrado o Daemon comigo? De repente, a ficha caiu, deixando-me novamente enjoada.

— Quanto tempo você passa vigiando?

Ele deu de ombros.

— Umas duas horas.

O que significava que na maioria das vezes ele teria visto se o Daemon tivesse entrado comigo e, nas outras, arriscara a sorte. Parte de mim desejava que ele tivesse tentado pelo menos uma vez quando meu namorado estava lá. Blake não conseguiria andar direito por vários meses.

Havia uma boa chance de que o surfista deixasse aquela escada mancando.

Ele pareceu sentir o que eu estava pensando.

— Depois que verifiquei a sua casa, não sei... não sei bem o que aconteceu. Você estava tendo um pesadelo.

Imaginei por que razão. Talvez por ter pervertidos dormindo na cama comigo.

— Eu só queria confortá-la, só isso. — Ele se recostou na parede, logo abaixo da janela, e fechou os olhos. — Acho que acabei pegando no sono.

— Isso não aconteceu só uma vez. O que não quer dizer que estaria tudo bem se tivesse sido. Está me entendendo?

— Estou. — Entreabriu os olhos. — Você vai contar ao Daemon?

Fiz que não. Eu podia resolver aquilo. Eu *ia* resolver aquilo.

— Ele te mataria num piscar de olhos, e a gente acabaria nas mãos do Daedalus.

Blake relaxou, imediatamente aliviado.

— Sinto muito, Katy, não é tão apavorante quanto...

— Não é? Tá falando sério? Não, não responda. Não quero saber. — Dei um passo à frente, a voz tremendo. — Não quero saber se você estava apenas preocupado e verificando como eu estava. Não quero te ver na minha casa nunca mais, mesmo que ela esteja pegando fogo. E muito menos na minha cama. Você me beijou... — Inspirei fundo. Aquela sensação horrível estava de volta, travando minha garganta. — Não quero saber. Não se aproxime de mim mais do que o necessário. Estamos entendidos? Fique longe. E pode parar com essa coisa de vigiar ou seja lá o que for.

Um lampejo de mágoa cruzou seus olhos e, por um longo tempo, ele deu a impressão de que ia protestar.

— Certo.

Com o corpo inteiro tremendo, comecei a me virar para a porta, mas parei e o encarei. Blake continuava parado sob a janela, de cabeça baixa. Ele correu uma das mãos pelos cabelos espetados e a fechou em volta do pescoço.

— Se você fizer isso de novo, irei machucá-lo. — A emoção bloqueou minha garganta. — Não me importam as consequências, irei machucá-lo.

❖ ❖ ❖

Foi difícil não ficar pensando naquela nova descoberta. Passei o resto do dia dividida entre a vontade de tomar um banho bem quente e uma raiva tão profunda que podia sentir o gosto na boca. Por sorte, consegui convencer o Matthew de que tinha ficado irritada com o Blake apenas porque ele era, bem, o Blake, o que era plausível e explicava o motivo de o surfista ter me seguido. Também consegui convencer a Lesa de que tinha saído correndo de sala por não estar me sentindo muito bem, fazendo-a ressaltar que isso seria um banho de água fria nos meus planos para a tarde.

De qualquer forma, eles já estavam arruinados.

Não tinha a menor intenção de contar nada ao Daemon. Ele definitivamente perderia a cabeça e, por mais que eu odiasse o fato, precisávamos do Blake. Tínhamos chegado longe demais para acabarmos nas mãos do governo por causa de alguma carta idiota que ele estava usando para nos chantagear. Também não queria arriscar perdermos a chance de resgatar a Beth.

Sempre que pensava no surfista em minha cama, ficava toda arrepiada. Achava que era o Daemon ou então um sonho, mas já devia saber. Nenhuma das vezes tinha sentido o familiar arrepio quente na nuca que indicava quando meu namorado estava por perto.

Já devia saber que Blake era mais louco do que eu poderia imaginar.

Passei pelos correios no caminho de casa. Daemon saltou do carro e me seguiu. Três passos antes de alcançarmos a porta, ele me abraçou por trás e me levantou do chão. Virou-me tão rápido que minhas pernas pareceram as pás de um moinho.

Uma mulher que estava saindo com o filho do correio quase foi derrubada. Ela riu, e tive certeza de que o riso teve algo a ver com a expressão de felicidade que o Daemon devia estar ostentando.

Após me botar no chão e me soltar, Daemon soltou uma risada ao me ver seguir cambaleando para a porta.

— Você parece meio bêbada.

— Não graças a você.

Ele passou um braço em volta do meu ombro de maneira brincalhona. Paramos diante da caixa postal da minha mãe e pegamos os pacotes. Alguns eram de livros, mas o resto era apenas lixo.

Daemon arrancou os pacotes amarelos das minhas mãos.

— Ah, livros! Quem diria!

Soltei uma risada ao ver várias pessoas que esperavam na fila lançarem um olhar por cima do ombro.

— Devolve.

Ele apertou os pacotes de encontro ao peito e me fitou com um brilho sonhador nos olhos.

— Agora minha vida está completa.

— Minha vida estaria completa se eu pudesse postar uma resenha em alguma outra máquina que não nos computadores da biblioteca da escola.

Eu fazia isso cerca de duas vezes por semana desde que meu último laptop tinha ido parar no paraíso dos computadores. Daemon sempre me acompanhava. Em suas próprias palavras, sua presença era "prova" de que eu estava postando de fato. Mas, em outras palavras, ele era apenas uma enorme distração.

Daemon tirou o resto da correspondência de minhas mãos e me deu um beijo no rosto.

— Isso seria bem legal, não? Mas acho que você acabou com a reserva de dinheiro da sua mãe para laptops novos.

— Nenhum dos casos foi minha culpa. — Vinha escondendo dela o fato de meu último laptop também ter sido destruído. Mamãe surtaria se descobrisse.

— Verdade. — Ele segurou a porta para uma senhora idosa e, em seguida, me esperou passar. — Mas aposto que você vai para a cama todas as noites sonhando com um novo e brilhante laptop.

Uma brisa cálida soprou uma mecha de cabelo diante do meu rosto quando parei ao lado do carro.

— Além de sonhar com você?

— Entre os sonhos comigo — corrigiu ele, soltando a correspondência no banco de trás. — Qual é a primeira coisa que você faria se ganhasse um novinho?

Entreguei-lhe as chaves e segui para o lado do carona, pensando a respeito.

— Não sei. Provavelmente o abraçaria e prometeria não deixar nada de mau acontecer com ele.

Ele riu de novo, os olhos brilhando.

— Certo. E o que mais?

— Gravaria um vlog agradecendo aos deuses dos computadores por terem me dado mais um. — Suspirei ao pensar que esse seria o único jeito de conseguir outro computador. — Preciso arrumar um emprego.

— O que você precisa é preencher o formulário de inscrição para a faculdade.

— Você ainda não fez isso — ressaltei.

Ele me lançou um olhar de esguelha.

— Estou te esperando.

— Colorado — comentei e, ao vê-lo assentir, imaginei a cara horrorizada que minha mãe faria. — Mamãe vai surtar.

— Acho que ela vai ficar feliz por você ter finalmente escolhido uma faculdade.

Ele tinha razão, porém aquela história de faculdade ainda me parecia muito no ar. Não fazia ideia do que aconteceria na semana seguinte, que dirá dali a alguns meses. Mas, de qualquer forma, tinha boas notas e já dera uma olhada na disponibilidade de bolsas estudantis para o segundo semestre do ano que vem.

No Colorado... Sabia que o Daemon já tinha analisado o panfleto da universidade. A perspectiva de ir para a mesma faculdade que ele, como dois adolescentes normais, era bastante atraente. O problema era que seria uma droga criar esperanças só para vê-las serem jogadas por terra.

Minha casa estava silenciosa e um pouco quente demais. Abri uma das janelas da sala enquanto Daemon ia até a cozinha pegar um copo de leite. Encontrei-o lá correndo as costas da mão pela boca, com os cabelos bagunçados e os olhos verdes cintilando como a grama da primavera. O movimento fez com que a camiseta se esticasse sobre o peito e os bíceps.

Contive um suspiro. Sem dúvida leite fazia bem para o corpo.

Ele me ofereceu um sorrisinho diabólico. Botando o copo sobre a bancada, moveu-se tão rápido que não consegui acompanhar. De repente, estava parado diante de mim, envolvendo meu rosto entre as mãos. Eu adorava o fato de o Daemon poder ser quem era comigo. Costumava pensar que ele lançava mão de sua supervelocidade alienígena só para me irritar, mas essa era apenas sua forma natural de locomoção. Mover-se como um ser humano normal na verdade lhe custava mais energia.

Mas, então, ele me beijou, com traços de leite e algo mais, algo mais profundo, rico e entontecedor. Não percebi que estávamos recuando até nos vermos na base da escada e ele me pegar no colo, sem descolar a boca da minha.

Achava que a história com o Blake iria arruinar minha tarde, mas tinha subestimado o magnetismo do Daemon e de seus beijos. Passei as pernas em volta da cintura dele, adorando a sensação de seus músculos sob minhas mãos.

Ele não parou ao alcançarmos o topo da escada, apenas continuou andando e me beijando, fazendo meu coração martelar como um louco. Ao senti-lo se virar e abrir a porta do meu quarto delicadamente com o pé, meu coração pulou uma batida. Estávamos sozinhos no meu espaço pessoal, sem ninguém para nos interromper. Fui tomada por um misto de excitação e nervosismo.

Daemon ergueu a cabeça e, com um sorrisinho meio de lado repuxando os lábios, me soltou no chão. Ofegante, observei-o recuar alguns passos e se sentar na beirada da cama, os dedos acariciando minha palma ao soltarem lentamente os meus. Um leve formigamento subiu pelo meu braço.

Mas, então, ele olhou para minha escrivaninha.

Acompanhei seu olhar e, quando vi do que se tratava, pisquei algumas vezes, imaginando que aquilo só podia ser uma miragem.

Repousado sobre a minha escrivaninha estava um MacBook Air, com uma capa em tom de cereja.

— Eu... — Não sabia o que dizer. Meu cérebro estava embotado. Será que havíamos entrado na casa certa? Corri os olhos pelos objetos familiares e cheguei à conclusão de que sim.

Dei um passo em direção ao computador e parei.

— Isso é pra mim?

Um lento e lindo sorriso se desenhou em seu rosto, iluminando-lhe os olhos.

— Bem, ele está na sua escrivaninha, portanto...

Meu coração falhou.

— Não entendo.

— É simples. Existe um lugar chamado Apple Store. Fui até lá e escolhi esse. Mas eles não tinham nenhum em estoque. — Fez uma pausa como que para se certificar de que eu estava acompanhando, mas tudo o que consegui fazer foi encará-lo. — Assim sendo, encomendei. Enquanto esperava, escolhi a capa. Tomei a liberdade de escolher um tom de vermelho, já que é a minha cor preferida.

— Mas por quê?

Ele riu baixinho.

— Menina, gostaria que você pudesse ver a sua cara.

Cobri as bochechas com as mãos.

— Por quê?

— Você estava sem nenhum computador e eu sabia o quanto o blog é importante pra você. Usar os computadores da escola não é lá essas coisas. — Deu de ombros. — Além disso, a gente não comemorou de verdade o Dia dos Namorados. Portanto... aqui está.

Dei-me conta de que ele devia ter passado o dia todo planejando isso.

— Quando você o trouxe para cá?

— Hoje de manhã, depois que você foi pra escola.

Inspirei fundo. Eu estava prestes a soltar gritinhos como uma fã adolescente.

— E você escolheu esse aí? Um MacBook Air? Essas coisas custam uma nota.

— Agradeça aos contribuintes. O dinheiro deles patrocina o DOD, que, por sua vez, é quem garante nosso sustento. — Riu ao ver minha expressão. — Além disso, gosto de poupar. Tenho uma pequena fortuna guardada.

— Daemon, isso é muito.

— É seu.

Meu olhar foi novamente atraído para o Mac como se ele fosse minha Meca pessoal. Quantas vezes, desde que aprendera a soletrar *laptop*, tinha sonhado com um MacBook?

Senti vontade de rir e chorar ao mesmo tempo.

— Não acredito que você tenha feito uma coisa dessas.

Ele deu de ombros de novo.

— Você merece.

Algo lá dentro de mim se rompeu. Lancei-me sobre ele, que me envolveu pela cintura, rindo.

— Obrigada, obrigada, obrigada... — repeti sem parar, em meio a uma chuva de beijos por todo o seu rosto.

Daemon recostou a cabeça na cabeceira, ainda rindo.

— Uau! Você é bem forte quando fica animada.

Empertiguei-me, sorrindo feito uma boba. O rosto dele parecia ligeiramente fora de foco.

— Não posso acreditar que você tenha feito isso.

Ele assumiu uma expressão presunçosa.

— Você não desconfiou de nada, desconfiou?

— Não, mas foi por isso que você não parava de falar no blog. — Dei-lhe um soco de brincadeira no peito. — Você é...

Daemon cruzou os braços atrás da cabeça.

— Sou o quê?

— Maravilhoso. — Inclinei-me e o beijei novamente. — Você é maravilhoso.

— É o que eu venho dizendo há anos.

Ri de encontro à boca dele.

— Agora, sério, não precisava ter feito isso.

— Eu quis.

Não sabia o que dizer, a não ser gritar a plenos pulmões. Ganhar um MacBook era como comemorar o Natal e o Halloween ao mesmo tempo.

Ele baixou as pestanas.

— Está tudo bem. Sei o que você quer fazer. Vai lá, pode brincar.

— Tem certeza? — Meus dedos coçavam de vontade de explorar meu novo laptop.

— Tenho.

Com um guinchinho de felicidade, dei-lhe outro beijo e fui correndo pegar o computador. Carreguei a máquina inacreditavelmente leve de volta para a cama, sentei ao lado dele e a ajeitei sobre o colo. Passei a hora seguinte me familiarizando com os programas e me sentindo simplesmente o máximo por ter um MacBook Air.

Recostado contra o meu ombro, Daemon começou a me mostrar alguns recursos.

— Aqui é a câmera.

Soltei uma risadinha esganiçada quando nossos rostos apareceram na tela.

— Você devia gravar seu primeiro vlog agora — sugeriu ele.

Tonta, apertei o botão de gravar e gritei:

— Eu tenho um MacBook Air!

Daemon riu e enterrou a cara no meu cabelo.

— Sua boba.

Apertei o botão de parar e verifiquei a hora. Desliguei o computador, botei-o de lado e joguei os braços novamente em volta do Daemon.

— Obrigada.

Ele me puxou um pouquinho para baixo, estendeu o braço e prendeu uma mecha de cabelo atrás da minha orelha. A mão permaneceu ali por alguns instantes.

— Gosto de te ver feliz e, se eu puder fazer alguma coisinha pra ajudar, vou fazer.

— Alguma coisinha? — O choque deixou minha voz esganiçada. — Isso não foi uma coisinha. Esse laptop deve ter custado...

— Não tem importância. Você ficou feliz. O que me deixa feliz.

Meu peito inflou.

— Eu te amo. Você sabe, certo?

Ele abriu um sorrisinho afetado.

— Sei.

Fiquei esperando. Nada. Com um revirar de olhos, virei para a beirada da cama e descalcei os sapatos. Olhei de relance para a janela do quarto e vi que o céu estava de um azul belíssimo. Perfeito para usar chinelos. Chinelos!

— Você nunca vai dizer isso pra mim, vai?

— Dizer o quê? — Senti a cama se mexer quando ele se sentou e fechou as mãos nos meus quadris.

Olhei por cima do ombro. Seus olhos estavam semiencobertos pelas pestanas.

— Você sabe.

— Hummm? — Correu as mãos pelas laterais do meu corpo, me distraindo, como sempre.

Talvez algumas garotas ficassem chateadas por seus namorados jamais dizerem aquelas três palavrinhas mágicas. Com qualquer outro cara, eu talvez também ficasse. Só que com o Daemon, bem, essas palavras jamais seriam fáceis, ainda que ele não tivesse o menor problema em demonstrá-las.

E eu não tinha problema com isso. O que não significava que não gostasse de alfinetá-lo por causa disso.

Daemon pressionou um beijo em minha bochecha e se levantou.

— Que bom que você gostou.

— Eu *amei*!

Ele ergueu uma sobrancelha.

— Sério, amei, mesmo. Não sei nem como te agradecer.

A mesma sobrancelha franziu.

— Tenho certeza que sabe.

Levantei também e o empurrei de leve enquanto esquadrinhava o chão em busca dos chinelos. Não havia procurado nada desde a noite em que me deparara com a Carissa no quarto. Eu continuava encontrando coisas que ele e a irmã haviam colocado no lugar errado. Agachando, levantei a ponta do edredom de bolinhas e verifiquei aquele espaço totalmente terra de ninguém que havia debaixo da cama.

Encontrei várias folhas soltas de caderno espalhadas pelo chão. Havia, também, meias por todos os lados. Um pé de tênis estava próximo à cabeceira, ao lado de duas revistas. O outro não estava em lugar algum, ou talvez tivesse fugido com metade das meias, já que nenhuma delas combinava.

Os chinelos estavam bem no meio. Deitei no chão e me estiquei toda para alcançá-los.

— O que você está fazendo? — perguntou Daemon.

— Tentando pegar meus chinelos.

— Tá tão difícil assim?

Ignorando-o, concentrei-me nos chinelos, ordenando mentalmente que eles viessem até mim. Um segundo depois, um dos pés bateu na minha mão e, quando o segundo veio se juntar a ele, senti algo morno e liso quicar contra minha palma.

— Que diabos...?

Jogando os chinelos de lado, tateei o chão até encontrar o objeto. Em seguida, contorci-me para sair debaixo da cama, me sentei e abri a mão.

LUX 3 OPALA

— Ai meu Deus!

— Que foi? — Daemon se ajoelhou ao meu lado e ofegou ao ver o que eu estava segurando. — Isso é o que eu penso que é?

Em minha mão estava uma brilhante pedra preta entremeada de vermelho no centro, como uma chama vibrante. Devia ser do bracelete da Carissa, embora a parte de metal não existisse mais. Talvez o metal tivesse sido destruído junto com a própria Carissa, porém a pedra sobrevivera.

Eu estava segurando um pedaço de opala.

[31]

Ficamos nos encarando como dois panacas por alguns instantes, até que ambos entramos em ação. Descemos para a sala com a pedra, que por sinal era pouco maior do que uma moeda de cinquenta centavos. Nossos corações martelavam feito loucos.

Entreguei-a ao Daemon.

— Tenta alguma coisa... tipo aquele negócio de reflexão.

Daemon, que vinha sonhando com um pedaço de opala desde que descobrira o que ela podia fazer, não pensou duas vezes. Ele a fechou em sua mão e se concentrou, apertando os lábios.

A princípio, nada aconteceu, até que de repente o corpo dele foi envolvido por um brilho suave. Tipo como quando a Dee ficava toda animada e seu braço piscava, desaparecendo por um breve instante. Mas, então, o brilho intensificou e ele desapareceu.

Desapareceu completamente.

— Daemon? — Escutei uma risada baixa perto do sofá e estreitei os olhos. — Não consigo te ver.

— Nem meu contorno?

Fiz que não. Estranho. Ele estava ali, mas eu não conseguia vê-lo. Recuei alguns passos e foquei os olhos no sofá. Foi então que percebi a diferença. O espaço entre a mesinha de centro e o meio do sofá parecia distorcido. Meio ondulado, como quando a gente olha para um objeto que está dentro d'água. Ele devia estar parado ali, camuflado contra o fundo que nem um camaleão.

— Ai, meu Deus. Você está parecendo aquele alienígena de *O Predador*.

Seguiu-se uma pausa, e então:

— Isso é demais! — Um segundo depois, ele ressurgiu, rindo como uma criança que acabou de ganhar seu primeiro videogame. — Vou aproveitar para dar uma de Homem Invisível e entrar no seu banheiro.

Revirei os olhos.

— Dá a opala aqui.

Rindo, Daemon me entregou a pedra. Ela parecia ter a mesma temperatura que meu corpo, o que achei estranho.

— Quer saber qual é a parte mais louca de ter ficado completamente invisível? Quase não gastei energia. Estou ótimo.

— Uau! — Virei a pedra de cabeça para baixo. — Precisamos testar de novo.

Ele a pegou novamente e seguimos para o lago. Tínhamos cerca de quinze minutos antes que os outros aparecessem.

— Tenta você — disse ele.

Segurei a opala em minha palma, sem saber ao certo o que fazer. A coisa mais difícil e que demandava mais energia era usar a Fonte como arma. Assim sendo, decidi experimentar isso. Concentrei-me na liberação de energia e senti que dessa vez foi diferente — urgente e possante. Invocar a Fonte foi mais rápido, mais fácil e, em questão de segundos, uma bola de luz vermelho-esbranquiçada surgiu em minha outra mão.

— Uau! — exclamei, sorrindo. — Isso é... diferente.

Daemon assentiu com um menear de cabeça.

— Está se sentindo cansada ou algo parecido?

— Não. — E, em geral, aquilo me exauria rapidamente, o que significava que a opala de fato causava um impacto. De repente, tive outra ideia. Deixando a Fonte se apagar, esquadrinhei o chão até encontrar um pequeno galho.

Com a pedra ainda em minha mão, levei o galho até a beira do lago.

— Nunca consegui controlar o lance de calor e fogo. Arrumei uma bela queimadura nos dedos na última vez que tentei.

— Você acha que devia experimentar isso agora?

Hum, bom argumento.

— Qualquer problema, você está aqui para me curar.

Ele franziu o cenho.

— Lógica terrível, gatinha.

Dei uma risadinha e me concentrei no galho. A Fonte se manifestou novamente, descendo pela madeira fina e retorcida até envolvê-la por inteiro. Um segundo depois, o galho se tornou uma réplica exata do que era antes, só que feito de cinzas, e, quando a luz vermelho-esbranquiçada retrocedeu, ele se desfez por completo.

— Ahn — comentei.

— Isso não foi exatamente fogo, mas chegou bem perto.

Nunca tinha feito nada assim antes. Só podia ser o efeito intensificador dos poderes alienígenas provocado pela opala, porque eu acabara de fazer com um galho a mesma coisa que o vulcão fizera com Pompeia.

— Me deixa tentar de novo — pediu Daemon. — Quero ver se ela tem algum efeito sobre o ônix.

Entreguei a pedra a ele e o segui até a pilha de ônix, limpando as cinzas dos dedos. Segurando a opala em uma das mãos, Daemon descobriu a pilha e, trincando o maxilar, pegou um dos pedaços.

Nada aconteceu. Todos nós já tínhamos desenvolvido uma pequena tolerância, mas em geral tocar no ônix provocava um rápido ofego ou uma leve contração de dor.

— O que você está sentindo? — perguntei.

Daemon ergueu o queixo.

— Nada... Não estou sentindo nada.

— Minha vez. — Trocamos de posição. Ele estava certo. Não senti nem mesmo um resquício da dor provocada pelo ônix. Olhamos um para o outro. — Puta merda!

Um som de passos e vozes invadiu a clareira. Num movimento rápido, Daemon escondeu a opala no bolso.

— Acho que não devemos deixar o Blake ver isso.

— Tem razão — concordei.

A gente se virou assim que o Matthew, o Dawson e o Blake saíram de dentro da mata. Seria interessante verificar se a opala teria algum efeito dentro do bolso ou se era preciso tocar nela fisicamente.

— Falei com o Luc — anunciou Blake enquanto nos reuníamos em torno do ônix. — Ele disse que pode ser este domingo, e acho que estaremos prontos.

— Você acha? — perguntou Dawson.

O surfista fez que sim.

— É tudo ou nada.

Fracassar não era uma opção.

— Então no domingo depois do baile de formatura?

— Vocês estão pretendendo ir ao baile? — perguntou Blake, franzindo o cenho.

— Por que não? — rebati de maneira defensiva.

Seus olhos escureceram.

— É só que me parece algo idiota de fazer um dia antes. Devíamos passar o sábado treinando.

— Ninguém pediu sua opinião — retrucou Daemon, crispando as mãos.

Dawson se colocou ao lado do irmão.

— Uma noite não vai mudar nada.

— E eu tenho que comparecer — declarou Matthew, parecendo totalmente revoltado com a ideia.

Sem ninguém para apoiá-lo, Blake balbuciou de maneira irritada:

— Certo. Vocês que sabem.

Começamos, então, o treino. Mantive os olhos pregados no Daemon quando chegou a vez dele. Assim que meu namorado tocou o ônix, seus músculos se contraíram ligeiramente, mas ele se manteve firme. A menos que estivesse fingindo, era preciso tocar a opala para que ela fizesse efeito. Bom saber.

Passamos as duas horas seguintes nos revezando com o ônix. Estava começando a pensar seriamente que o controle dos meus dedos e músculos jamais seria o mesmo. Blake manteve os dez passos de distância que eu exigira dele, e não tentou conversar comigo. Gostava de pensar que a chamada na chincha que dera nele tinha surtido algum resultado.

Caso contrário... bem, duvidava de que fosse conseguir me segurar.

Assim que o treino terminou e todos foram embora, continuei ali mais um pouco com o Daemon.

— Não foi a mesma coisa com a opala no bolso, foi?

— Não. — Ele a pescou de novo. — Vou escondê-la em algum lugar. Por ora, acho que não precisamos de ninguém brigando por causa dela, nem arriscar que ela caia nas mãos erradas.

Concordei com um menear de cabeça.

— Você acha que estaremos prontos para o próximo domingo? — Fiquei enjoada só de pensar, por mais que soubesse que esse dia estava chegando.

Daemon meteu a opala de volta no bolso e me tomou nos braços. Sempre que ele me segurava, tinha a sensação de estar exatamente onde devia, o que me fazia imaginar por que eu havia negado isso por tanto tempo.

— Acho que estaremos tão prontos quanto jamais conseguiremos estar. — Roçou o rosto no meu, fazendo-me estremecer. Fechei os olhos. — E não acho que conseguiremos segurar o Dawson por muito mais tempo.

Assenti e passei os braços em volta do pescoço dele. Era agora ou nunca. Por mais estranho que pudesse parecer, naquele momento senti como se não tivéssemos tido tempo suficiente, ainda que viéssemos treinando há meses. Mas talvez não fosse isso.

Talvez apenas estivesse sentindo que não havíamos tido tempo suficiente juntos.

❈ ❈ ❈

No sábado, Lesa e eu nos acomodamos no banco de trás do Jetta da Dee, e nós quatro partimos com as janelas abaixadas, apreciando a temperatura amena. Dee parecia diferente. Não por causa do leve vestidinho rosa de verão que estava usando com um cardigã preto e sandálias de tiras. O cabelo preso num rabo de cavalo frouxo cascateava pelo meio das costas, deixando à mostra um rosto perfeitamente simétrico que ostentava um sorriso fácil — não o mesmo com o qual eu estava tão familiarizada e que sentia tanta falta, mas *quase*. De alguma forma, ela estava mais descontraída, os ombros menos tensos.

Por ora Dee acompanhava assobiando um rock que tocava no rádio, cortando os carros como um piloto da Nascar.

Hoje era um dia superimportante.

Lesa seguia agarrada ao banco da Ash, o rosto pálido.

— Ahn, Dee, você sabe que aqui é proibida a ultrapassagem, certo?

Dee riu pelo espelho retrovisor.

— Eu diria que é uma sugestão, e não uma regra.

— Eu diria que é uma regra — rebateu Lesa.

Ash bufou.

— Dee acha que as placas de parar também são apenas sugestivas.

Eu ri, imaginando como podia ter esquecido o jeito apavorante de dirigir da Dee. Normalmente, também estaria agarrada ao banco ou à maçaneta da porta, mas no momento não dava a mínima, desde que ela fizesse com que chegássemos inteiras à loja.

E chegamos.

Tudo bem que por pouco não atropelamos uma família de quatro e batemos num ônibus que conduzia um grupo de religiosos.

A loja ficava no centro, numa antiga casa geminada. Ash franziu o nariz ao saltarmos do carro.

— Sei que não parece grande coisa olhando de fora, mas a loja é razoável. Eles têm vestidos bem legais.

Lesa analisou a velha construção de tijolos, não muito convencida.

— Tem certeza?

Ash passou por ela, lançando um sorrisinho diabólico por cima do ombro.

— No que diz respeito a roupas, jamais vou sugerir algo de mau gosto. — Em seguida, franziu o cenho, estendeu o braço e correu as unhas pintadas de verde pela camiseta da Lesa. — Precisamos sair para fazer compras um dia desses.

De queixo caído, Lesa observou-a se virar de novo e seguir para a porta dos fundos, que ostentava uma plaquinha de ABERTO escrito numa caligrafia elegante.

— Vou dar uma porrada nela — comentou minha amiga por entre os dentes. — Esperem só, vou quebrar aquele belo narizinho empinado.

— Eu tentaria me conter se fosse você.

Ela deu uma risadinha presunçosa.

— Eu dou conta da desgraçada.

Ah, mas não dava mesmo.

Não demoramos muito a encontrar os vestidos. Ash escolheu um que mal cobria sua bunda, e eu encontrei um belo modelo vermelho que faria o Daemon babar. Depois de pagarmos, seguimos para o Smoke Hole Diner.

Era superlegal sair para comer com a Lesa, e a presença da Dee foi como a proverbial cereja no bolo. Já a Ash? Não tinha certeza se poderia dizer o mesmo a respeito dela.

Optei por um hambúrguer enquanto as duas alienígenas pediam praticamente o cardápio inteiro. Lesa escolheu um queijo quente e algo que eu achava absolutamente nojento.

— Não sei por que alguém bebe café gelado. É melhor pedir um café normal e deixá-lo esfriar.

— Não é a mesma coisa — observou Dee enquanto a garçonete servia nossos refrigerantes. — Não é verdade, Ash?

A Luxen loura nos fitou por baixo das pestanas ridiculamente longas.

— Café gelado é mais sofisticado.

Fiz uma careta.

— Prefiro não ser nada sofisticada e continuar com meu café normal.

— Por que será que isso não me surpreende? — Ash arqueou uma sobrancelha e voltou a atenção novamente para seu celular.

Mostrei-lhe a língua e abafei uma risadinha ao sentir a Lesa me dar uma cotovelada.

— Ainda acho que devia ter comprado as asas transparentes para acompanhar meu vestido.

Dee sorriu.

— Elas eram bonitinhas.

Concordei com um menear de cabeça, imaginando que Daemon teria adorado.

Lesa afastou os cachos do rosto.

— Vocês têm sorte de terem encontrado um vestido tão em cima da hora.

Lesa e Chad tinham combinado de ir ao baile havia meses, como duas pessoas normais, de modo que ela já comprara o vestido em outra loja da Virgínia. Lesa só tinha ido com a gente pelo passeio.

Enquanto escutava o desenrolar da conversa, com Dee falando sobre seu próprio vestido, recostei-me no banco, tomada por uma súbita tristeza, que logo deu lugar a lembranças amargamente doces. Achava que sabia quem era Carissa, mas não sabia. Será que ela conhecia algum Luxen? Ou será que tinha sido capturada e usada pelo Daedalus? Meses haviam se passado sem que encontrássemos nenhuma resposta. A única lembrança que restara dela era um pedaço de opala que eu tinha achado debaixo da cama.

Havia dias em que tudo o que conseguia sentir era raiva. Hoje, porém, resolvi deixá-la se esvair com um profundo suspiro. A morte da Carissa não podia continuar maculando sua memória para sempre.

Ash sorriu.

— Acho que meu vestido vai dar o que falar.

Lesa suspirou.

— Não sei por que você simplesmente não vai nua. Esse vestidinho preto que você escolheu não esconde quase nada.

— Não dá ideia — comentou Dee com um sorriso enquanto a garçonete servia nossos pratos.

— Nua? — Ash bufou. — Não mostro meus atributos de graça.

— Até parece! — murmurou Lesa por entre os dentes.

Foi a minha vez de lhe dar uma cotovelada.

— Então, você tem companhia pro baile? — perguntou ela, me ignorando e brandindo o queijo quente diante da Dee. — Ou vai sozinha?

Dee simulou um dar de ombros, mas com um ombro só.

— Eu não estava pretendendo ir, vocês sabem, por causa do... Adam, mas é meu último ano, de modo que... eu quero ir. — Fez uma pausa enquanto empurrava um pedaço de frango de um lado para outro do prato. — Vou com o Andrew.

Quase engasguei com o pão. Lesa soltou um ofego. Nós duas a encaramos.

Ela ergueu as sobrancelhas.

— Que foi?

— Você não está... hum, saindo com ele, está? — As bochechas da Lesa ficaram vermelhas feito um pimentão... as bochechas da *Lesa*. — Quero dizer, se está, então tudo bem.

Dee riu.

— Não... Deus do céu, não! Isso seria estranho demais, tanto pra mim quanto pra ele. Somos apenas amigos.

— Andrew é um idiota — falou Lesa, expressando exatamente o que eu estava pensando.

Ash bufou.

— Andrew tem bom gosto. Claro que vocês diriam que ele é um idiota.

— Ele mudou muito. Andrew tem me apoiado e vice-versa. — Dee estava certa. Andrew tinha realmente baixado um pouco a bola. Todos nós havíamos mudado. — Nós vamos como amigos.

Graças a Deus! Por mais que eu não quisesse julgar, ver a Dee saindo com o irmão do Adam seria estranho demais. E, então, enquanto mastigava uma batata frita, Ash soltou a bomba de todas as bombas:

— Tenho um encontro.

Eu devia estar com problemas de audição.

— Com quem?

Ela arqueou uma delicada sobrancelha.

— Ninguém que você conheça.

— Ele é... — Me contive a tempo. — Ele mora por aqui?

Dee mordeu o lábio inferior.

— Ele é calouro em Frostburg. Ash o conheceu num shopping em Cumberland algumas semanas atrás.

Isso, porém, não respondia a pergunta que não queria calar. Seria ele humano? Dee deve ter visto em meus olhos o que eu estava morrendo de curiosidade em saber, pois assentiu com um sorriso.

Quase derramei meu refrigerante.

Santas estradinhas de terra, me levem para casa! Devíamos estar numa dimensão alternativa. Ash ia ao baile com um humano? Um ser tão inferior quanto um humano normal?

Ela revirou os olhos extremamente azuis.

— Não sei por que vocês estão me olhando com essa cara. — Meteu outra batata na boca. — Eu jamais iria ao baile sozinha. Por exemplo...

— Ash — interrompeu Dee, estreitando os olhos.

— No ano passado, fui com o Daemon — continuou ela, fazendo meu estômago se retorcer, o que só piorou com o sorrisinho misterioso que lhe repuxou os lábios. — Foi uma noite inesquecível.

Senti vontade de esbofeteá-la.

Em vez disso, inspirei fundo e forcei um sorriso.

— Engraçado, ele nunca mencionou nada sobre essa noite.

Um brilho de alerta cintilou nos olhos dela.

— Ele não é do tipo que conta vantagem, querida.

Meu sorriso falhou.

— *Isso* eu sei.

Ela captou a mensagem, e a conversa mudou para outros temas, felizmente. Dee começou a falar sobre um programa de TV que vinha assistindo, o que desencadeou outra discussão entre a Ash e a Lesa sobre qual dos caras do programa era o mais gato. Aquelas duas eram capazes de discutir até sobre a cor do céu.

Tomei o partido da Lesa.

No trajeto de volta para casa, Lesa se virou para mim.

— Então, você e o Daemon vão reservar um quarto num hotel?

— Ahn, não. As pessoas realmente fazem isso?

Lesa se recostou no banco, rindo.

— Claro. Chad e eu reservamos um no Fort Hill.

Sentada no banco do carona, Ash soltou uma risadinha.

— E você, Ash, vai fazer o quê? — perguntou Lesa com um olhar penetrante. — Ficar no baile até o final e dar uma surra na rainha?

Ash riu, mas não disse nada.

— De qualquer forma — prosseguiu Lesa de maneira arrastada. — Você e o Daemon ainda não transaram, certo? O baile...

— Ei! — guinchou Dee, dando um susto em nós duas. — Eu estou aqui, lembram? Não quero ouvir nada disso.

— Nem eu — murmurou Ash.

Alheia às duas, Lesa me fitou, esperando. De jeito nenhum eu ia responder aquela pergunta. Se mentisse e dissesse que sim, Dee ficaria traumatizada pelo resto da vida, e se contasse a verdade, tinha certeza de que a Ash começaria um resumo detalhado de todas as suas experiências sexuais passadas.

Por fim, Lesa deixou a pergunta de lado, e quase lhe agradeci por isso. Com um suspiro, foquei os olhos na janela. Não era como se não estivéssemos prontos. Pelo menos, eu achava que sim. Mas como alguém sabia quando realmente estava pronto? Acho que, no fundo, ninguém sabia com certeza. Sexo não era algo que você pudesse planejar. Ou a coisa acontecia ou não.

Reservar um quarto de hotel com a expectativa de transar? Hotéis eram tão... tão repugnantes!

Parte de mim ponderou se eu vinha vivendo numa caverna ou algo do gênero, mas sabia que não. Na escola, entre uma aula e outra, escutava as garotas conversando sobre o que esperavam ou planejavam que acontecesse depois do baile. Escutava os garotos falarem também. Talvez eu apenas estivesse com a cabeça em outras coisas.

De mais a mais, quem era eu para julgar? Alguns dias antes havia acreditado piamente que o Daemon queria ir para minha casa depois da aula para... transar. Mas, que inferno, do jeito como as coisas estavam indo entre a gente, estaríamos com cinquenta anos antes que alguma coisa acontecesse.

Tentei não pensar mais nisso assim que chegamos em casa e me despedi da Lesa e até mesmo da Ash. Mal podia esperar para ver o tal garoto humano que ela levaria ao baile.

Dee e eu ficamos sozinhas.

Ela tomou o caminho de casa, e eu fiquei parada ali feito uma idiota, sem saber ao certo o que dizer. Antes de entrar, porém, Dee parou e se virou. Com as pestanas abaixadas, começou a brincar com as pontas do cabelo.

— Foi divertido. Fico feliz que você tenha ido com a gente.

LUX 3 OPALA

— Eu também.

Dee mudou o peso de uma perna para outra.

— Daemon vai amar o vestido.

— Você acha? — Ergui a sacola da loja.

— Ele é vermelho. — Sorriu e recuou um passo. — Talvez a gente possa se encontrar antes do baile e nos arrumarmos juntas... que nem no *Homecoming*. O que você acha?

— Eu adoraria. — Abri um sorriso tão radiante que podia apostar ter ficado com cara de louca.

Ela assentiu. Tive vontade de sair correndo e abraçá-la, mas não tinha certeza se já estávamos nesse ponto. Com um ligeiro aceno de despedida, Dee se virou e subiu os degraus da varanda. Fiquei ali por mais alguns instantes e, com a sacola do vestido ainda em minha mão, soltei um suspiro de felicidade.

Enfim, um progresso. Talvez as coisas jamais voltassem a ser como eram antes, mas isso já estava bom demais.

Entrei em casa com a sacola apertada de encontro ao peito e fechei a porta com o pé. Minha mãe já havia saído para o plantão, de modo que subi para o quarto com o vestido e o pendurei na porta do armário. Imaginei o que poderia preparar para o jantar.

Eu peguei o celular e enviei uma rápida mensagem para o Daemon. *O q vc tá fazendo?*

Instantes depois, ele me respondeu. *Indo comprar algo para jantar com o Andrew e o Matthew. Quer alguma coisa?*

Olhei para a sacola, pensando no modelito sedutor que acabara de comprar. Sentindo-me poderosa, enviei outra mensagem. *Você.*

A resposta veio rápida como um raio, o que me fez rir. *Jura?* E, em seguida: *Já sabia, é claro.* Mas antes que eu pudesse replicar, o telefone tocou. Era ele.

Atendi, sorrindo feito uma retardada.

— Oi.

— Gostaria de estar em casa agora — disse ele. Uma buzina tocou ao fundo. — Posso chegar aí em questão de segundos.

Comecei a descer a escada, mas parei no meio dela e me recostei na parede.

— Não. Você raramente passa um tempo com os rapazes. Fica com eles.

— Não preciso passar um tempo com os rapazes. Preciso passar um tempo com a minha gatinha.

Corei.

— Bem, você pode passar um tempo com a sua gatinha quando chegar em casa.

Ele soltou um grunhido e, em seguida, perguntou:

— Você comprou o vestido?

— Comprei.

— Eu vou gostar?

Sorri e revirei os olhos ao perceber que estava enroscando o cabelo.

— Acho que sim. Ele é vermelho.

— Que delícia! — Alguém gritou o nome dele. Tive a impressão de ter sido o Andrew. Daemon suspirou. — Certo, preciso voltar para lá. Quer que eu leve alguma coisa pra você? Andrew, Dawson e eu vamos dar uma passada no Smoke Hole.

Pensei no hambúrguer que tinha acabado de comer. De qualquer forma, eu ia sentir fome mais tarde.

— Eles têm peito de frango grelhado?

— Têm.

— Com molho caseiro? — perguntei, terminando de descer os degraus.

A risada dele soou rouca.

— O melhor molho da cidade.

— Ótimo. Então é isso o que eu quero.

Ele prometeu me trazer uma generosa porção e, então, desligou. Passei primeiro na sala e deixei o celular sobre a mesinha de centro. Em seguida, peguei um dos livros que tinha recebido na semana anterior para resenhar e segui para a cozinha em busca de algo para beber.

Enquanto andava, abri o livro e comecei a ler a orelha, mas parei quando quase bati de cara na parede. Rindo comigo mesma, acertei o curso e entrei na cozinha.

Will estava sentado à mesa.

[32]

livro escorregou dos meus dedos subitamente dormentes e caiu no chão. Senti o baque reverberar por todo o corpo e pelo espaço à minha volta. Inspirei fundo, mas o ar ficou preso na garganta, enquanto o coração martelava feito um louco contra as costelas.

Meus olhos deviam estar me enganando. Ele não podia estar ali. E não com aquela cara. Era o Will... Era, mas *não era*. Havia algo tremendamente errado com o sujeito.

Ele estava debruçado sobre a mesa, de costas para a geladeira. Na última vez que o vira, seus cabelos castanhos eram grossos e ondulados, com alguns fios grisalhos nas têmporas. Agora, pedaços do couro cabeludo sobressaíam em meio a uma penugem rala.

Will... Will era um homem bonito, atraente, não aquele velho caquético sentado diante de mim. A pele tinha um aspecto acinzentado, repuxada sobre os ossos da face. Ele estava tão magro que me fez pensar num daqueles esqueletos decorativos usados para assustar as crianças no Halloween. Uma espécie de eczema lhe cobria a testa, fazendo-a parecer uma plantação de framboesas. Os lábios estavam inacreditavelmente finos, assim como os braços e os ombros.

Somente os olhos, fixos em mim, continuavam os mesmos. De um azul pálido, esbanjavam força e determinação. Alguma coisa os tornara ainda mais penetrantes. Resolução? Ódio? Não sabia ao certo, mas o brilho que percebi neles foi mais assustador do que encarar um pelotão de Arum.

Ele soltou uma risada seca e angustiada.

— Sou um verdadeiro colírio para os olhos, não concorda?

Não sabia o que fazer ou dizer. Por mais apavorante que fosse o fato de ele estar ali, o médico não estava em condições de tentar nada comigo. O que me tranquilizou um pouco.

Ele se recostou na cadeira; o movimento pareceu exauri-lo, causando-lhe dor.

— O que aconteceu com você? — perguntei.

Will me fitou por um longo momento em silêncio, até que, correndo a mão pelo tampo da mesa, disse:

— Você é esperta, Katy. Não é óbvio? A mutação não deu certo.

Isso dava para ver, mas não explicava por que ele parecia um coveiro-zumbi.

— Tinha planejado retornar após algumas semanas. Sabia que a "gripe" não seria fácil... que precisava de tempo para controlá-la. Mas então voltaria e seríamos uma grande família feliz.

Engasguei.

— Eu jamais permitiria que isso acontecesse.

— Era o que sua mãe queria.

Crispei as mãos.

— A princípio, achei que a mutação tinha estabilizado. — Um acesso de tosse sacudiu seu corpo frágil. Achei que ele fosse desmontar. — Várias semanas se passaram e as coisas que eu podia fazer... — Um breve e débil sorriso repuxou-lhe os lábios ressecados. — Mover objetos com um brandir da mão, correr quilômetros sem nem sequer suar... Jamais me sentira tão bem. Tudo parecia perfeito, exatamente como eu havia planejado, como havia *pago* para que acontecesse.

Meu olhar horrorizado recaiu sobre o peito encovado.

— Mas, então, o que aconteceu?

O braço esquerdo dele se contraiu de maneira involuntária.

— A mutação retrocedeu, o que não significa que ela não tenha me transformado em nível celular. Algo que eu desejava prevenir acabou sendo... estimulado. O câncer — concluiu, curvando os lábios. — Meu câncer estava em remissão. As chances de uma cura completa eram altas, mas quando a mutação retrocedeu... — Apontou para si mesmo com uma de suas debilitadas mãos. — Aconteceu isso.

Pisquei, chocada.

— O câncer voltou?

— Com força total — respondeu ele, soltando uma risada fraca e apavorante. — Não há nada a fazer. Meu sangue é como uma toxina. Meus órgãos estão entrando em falência numa velocidade inacreditável. Aparentemente, a teoria de que o câncer é ligado ao DNA procede.

Cada palavra parecia deixá-lo ainda mais cansado. Will estava obviamente a um passo da morte. Fui tomada por uma relutante simpatia. Devia ser terrível perceber que tudo o que ele havia feito para assegurar a saúde tinha, em última instância, o conduzido à morte.

Balancei a cabeça. A ironia era uma puta desgraçada.

— Se tivesse ficado na sua, ainda estaria bem.

Seus olhos encontraram os meus.

— Quer esfregar isso na minha cara agora?

— Não. — E não queria mesmo. Na verdade, estava enjoada com toda aquela situação. — É muito triste, de verdade.

Ele enrijeceu.

— Não quero a sua piedade.

Certo. Cruzei os braços.

— O que você quer, então?

— Vingança.

Ergui as sobrancelhas.

— Pelo quê? Foi você quem provocou isso.

— Eu fiz tudo certo! — Tomei um susto ao vê-lo dar um soco na mesa, fazendo-a vibrar. Pelo visto Will era mais forte do que parecia. — Eu fiz tudo certo. A culpa é dele... do Daemon. Ele não fez o que deveria ter feito.

— Ele te curou, como você queria.

— É! Ele me curou! Me proporcionando uma mutação temporária. — As palavras foram interrompidas por outro acesso de tosse. — Ele...

ele não me transformou de verdade. O que o Daemon fez foi... dar um jeito de conseguir o que queria e ganhar tempo para pensar que poderia se safar com isso.

Olhei fixamente para ele.

— Esse negócio de cura e mutação não é uma ciência exata.

— Tem razão. O DOD possui várias organizações dedicadas a descobrir como criar um híbrido perfeito. — Como se isso fosse alguma novidade. — Mas o Daemon é o Luxen mais forte de que se tem notícia. Não há motivo para a mutação não ter dado certo.

— Ele não tinha como saber o que iria acontecer.

— Não minta — cuspiu ele. — Aquele filho da mãe sabia o que estava fazendo. Vi nos olhos dele. Só que na hora não soube interpretar.

Desviei os olhos por alguns instantes e, em seguida, o encarei de novo.

— É preciso haver um desejo real para que a cura funcione. Qualquer outra coisa não é suficiente... Pelo menos, foi o que descobrimos.

— Isso é uma tremenda bobagem.

— Tem certeza? — Olhei para ele de cima a baixo. Certo, eu estava sendo uma vaca, mas ele havia me trancafiado numa jaula, me torturado e dormido com a minha mãe para conseguir o que queria. Sentia uma certa simpatia pelo cara, mas de um jeito muito maluco ele recebera o que merecia. — Não é o que parece.

— Você é tão arrogante, Katy. Na última vez que a vi, você gritava a plenos pulmões. — Sorriu de novo, a cabeça oscilando sobre o pescoço.

Lá se foi qualquer simpatia que eu pudesse estar sentindo.

— O que você quer, Will?

— Já falei. — Ele se levantou sem muita firmeza, cambaleando em direção à esquerda da mesa. — Quero vingança.

Arqueei uma sobrancelha.

— Não sei muito bem como você vai conseguir isso.

Will apoiou uma das mãos sobre a bancada para se firmar.

— Isso é culpa sua... e do Daemon. Nós fizemos um acordo. E eu mantive a minha parte.

— Dawson não estava onde você disse que estaria.

— Não. Porque mandei soltá-lo antes. — O sorriso presunçoso mais pareceu uma careta. — Eu precisava de tempo para fugir. Sabia que o Daemon viria atrás de mim.

— Não é verdade. Ele não teria ido. Daemon não sabia se a mutação tinha funcionado ou não. Se tivesse... — Parei no meio da frase.

— Nós estaríamos conectados, e ele não poderia fazer nada, certo? — completou o médico. — Era o que eu esperava.

Observei-o apertar o quadril ossudo com uma das mãos, grata pelo fato de que minha mãe jamais o veria daquele jeito. Will a faria lembrar do papai. Parte de mim sentia como se eu devesse ajudá-lo a sentar ou coisa parecida.

Ele sorriu, deixando à mostra os dentes amarelados.

— Mas vocês dois estão, certo? Uma vida dividida ao meio. Se um de vocês morrer, o outro morre também.

Sininhos de alerta ressoaram em minha mente. Meu estômago revirou. Will percebeu minha reação.

— Se eu pudesse escolher o que gostaria que acontecesse, seria vê-lo sofrer, viver sem a coisa que ele mais ama neste mundo, mas... ele não vai morrer imediatamente, vai? Ele vai saber... e esses segundos de realização...

A ficha caiu lentamente. Meus ouvidos começaram a zumbir e minha boca ficou seca. Will queria nos matar. Com o quê? O poder de seu olhar demoníaco?

Ele tirou um revólver debaixo da camisa larga.

Ah, sim, aquilo daria conta do serviço.

— Você não pode estar falando sério — repliquei, balançando a cabeça com incredulidade.

— Mais sério que isso, impossível. — Inspirou fundo, fazendo o peito chiar. — Depois disso, vou me sentar aqui e esperar sua bela mamãe chegar em casa. A primeira coisa que ela verá será seu corpo sem vida e, então, o cano do meu revólver.

Meu coração triplicou o ritmo das batidas. Comecei a suar frio. O zumbido em meus ouvidos tornou-se um rugido. Como um interruptor que é acionado, algo dentro de mim ganhou vida. Já não era mais a tímida e dócil Katy que o seguira até o carro. Nem a menina que, momentos antes, estava parada na cozinha com pena do pobre coitado.

Era agora a garota que havia encarado o Vaughn e observado a vida se esvair de seu corpo.

Talvez mais tarde eu viesse a ficar incomodada com a velocidade dessa mudança. Com a facilidade com que abandonara a menina que havia acabado de comprar um vestido para o baile e flertado com seu namorado para me tornar essa estranha que no momento habitava meu corpo, pronta a fazer o que fosse preciso para proteger aqueles que amava.

No momento, porém, não dava a mínima.

— Você não vai machucar o Daemon. Nem a mim — declarei. — E de forma alguma irá machucar a minha mãe.

Will ergueu a arma. Ela parecia pesada demais para sua mão frágil.

— O que pretende fazer, Katy?

— O que você acha? — Dei um ousado passo à frente, o cérebro e a boca impulsionados por essa estranha. — Vamos lá, Will, você é esperto o bastante para deduzir.

— Você não tem esse instinto dentro de você.

Tomada por uma profunda calma, meus lábios se abriram num sorriso.

— Você não sabe do que sou capaz.

Até então, nem eu, não de verdade. Mas vendo-o ali, com a arma apontada para mim, soube exatamente do que *era* capaz. E, por mais que isso fosse errado, estava tranquila com o que pretendia fazer.

Tinha aceitado completamente.

Parte de mim se assustava com a facilidade dessa aceitação e desejava se agarrar à velha Katy, porque ela teria tido problemas com isso. Ela teria ficado enjoada só de pensar nas palavras que eu estava dizendo.

— Você parece um pouco doente, Will. Talvez devesse fazer um check-up. Ah, espera... — Arregalei os olhos de maneira inocente. — Você não pode ir a um médico normal porque mesmo que a mutação não tenha se estabilizado, é *óbvio*, tenho certeza de que ela te mudou, e também não pode recorrer ao DOD porque isso seria, tipo, suicídio.

A mão em volta do cabo da arma tremeu.

— Você se acha muito esperta e corajosa, não é mesmo, garotinha?

Dei de ombros.

— Talvez, mas sei que sou perfeitamente saudável. E quanto a você, Will?

— Cala a boca — rosnou ele.

Aproximei-me da mesa da cozinha, os olhos fixos no revólver. Se conseguisse provocar uma distração, poderia desarmá-lo. Não queria testar aquela história de ser capaz de parar uma bala.

— Apenas pense em todo o dinheiro que você gastou e que no final não adiantou de nada — continuei. — Você perdeu tudo... sua carreira, seu dinheiro, minha mãe e sua saúde. Que carma de merda, não?

— Sua vaca estúpida. — Algumas gotas de cuspe voaram de seus lábios rachados. — Eu vou te matar, e você vai morrer sabendo que sua preciosa aberração vai morrer também. Depois, vou me sentar aqui e esperar sua mãe chegar em casa.

O que restava de minha humanidade se apagou. Eu estava *tão* farta de tudo isso.

Will sorriu.

— O gato comeu sua língua, foi?

Meu olhar recaiu sobre a arma. Senti a Fonte se espalhar por minha pele e abri os dedos, as pontas já formigando. Invoquei o poder e me concentrei na arma. A mão dele tremeu novamente. A ponta do cano oscilou para a esquerda. O dedo que segurava o gatilho estremeceu.

O médico engoliu em seco, provocando um espasmo na garganta.

— O que... o que você está fazendo?

Ergui os olhos e sorri.

Ele arregalou os dele, visivelmente injetados.

— Você...

Fiz um movimento com a mão para a esquerda e várias coisas aconteceram a seguir. Escutei um estalo, como uma rolha sendo puxada de uma garrafa de champanhe. O som, porém, foi abafado pelo rugido da descarga elétrica que irradiou de mim, e, em seguida, o revólver voou da mão dele.

Foi como liberar um relâmpago — puro e ofuscante.

O feixe de luz vermelho-esbranquiçada atravessou o aposento num arco e explodiu contra o peito do médico. Talvez... se ele não estivesse tão doente, não teria acontecido grande coisa, mas o homem estava fraco e eu não.

Will foi arremessado para trás até bater contra a parede ao lado da geladeira. A cabeça pendeu como a de um boneco de pano e, sem emitir ruído algum, ele despencou no chão numa massa disforme. Pronto — estava terminado. Não precisávamos mais nos preocupar em descobrir onde Will estava ou o que estaria fazendo. Esse capítulo de nossas vidas estava concluído.

Minha casa parece um campo de extermínio, pensei.

Soltei o ar e algo... sei lá, algo deu errado. O ar ficou preso em minha garganta, nos pulmões. E, quando tentei inspirar, senti uma forte queimação que não havia percebido antes. Mas à medida que a Fonte começou a retroceder a queimação se espalhou pelo meu peito, avançando em direção ao estômago.

Baixei os olhos.

Uma mancha vermelha se formara sobre a camiseta azul-clara e estava se expandindo... um círculo irregular cada vez maior.

Pressionei as mãos sobre o círculo. A sensação foi de algo úmido, quente e pegajoso. Sangue. Aquilo era sangue — meu sangue. Minha cabeça girou.

— Daemon — murmurei.

[33]

Não me lembro de ter caído, mas me peguei olhando para o teto, tentando manter as mãos pressionadas contra o ferimento, tal como já vira as pessoas fazerem na TV. No entanto, não conseguia senti-las, de modo que não sabia ao certo se elas estavam onde imaginava ou estendidas ao lado do corpo.

Meu rosto estava molhado.

Eu ia morrer em poucos minutos, talvez antes, e havia falhado com o Daemon e com a minha mãe. Com os dois, porque Daemon morreria também e minha mãe... ó céus, ela se depararia com uma cena macabra ao chegar em casa. Mamãe não sobreviveria a isso, não depois do que acontecera com o papai.

Enquanto meu peito se esforçava para respirar, um estremecimento sacudiu meu corpo. Não queria morrer sozinha no chão frio e duro. Na verdade, não queria morrer, ponto. Pisquei e, ao reabrir os olhos, o teto pareceu fora de foco.

Mas não sentia dor alguma. Os livros estavam certos quanto a isso. Chegava um ponto em que a dor era tamanha que você não conseguia processá-la. Ou talvez você simplesmente ultrapassasse a barreira da dor. Provavelmente a segunda opção...

A porta da frente se abriu e uma voz familiar me chamou.

— Katy? Cadê você? Tem algo errado com o Daemon...

Mexi os lábios, mas não consegui emitir som algum. Tentei de novo.

— Dee?

Escutei o som de passos se aproximando e, então:

— Ai, meu Deus... Ai, meu Deus.

De repente, Dee estava em meu campo de visão, o rosto desfocado nos cantos.

— Katy... ah, merda, Katy... aguenta firme. — Ela afastou minhas mãos ensanguentadas e posicionou as próprias sobre o ferimento. Ao erguer os olhos, viu Will caído ao lado da geladeira. — Pai do céu...

Consegui proferir uma única palavra.

— Daemon...

Dee piscou algumas vezes. Sua forma desapareceu por um instante e, então, seu rosto surgiu diante do meu, os olhos brilhando feito diamantes. Não consegui desviar os meus. Seus olhos, suas palavras, pareciam me consumir.

— Andrew está trazendo o Daemon para cá. Ele está bem. Ele vai ficar bem, porque você vai ficar bem. Entendeu?

Tossi em resposta e algo quente e molhado brotou em meus lábios. Não devia ser um bom sinal — provavelmente sangue —, porque o rosto da Dee empalideceu ainda mais. Ela apertou as mãos sobre o ferimento e fechou os olhos.

Minhas pálpebras estavam pesadas demais. Senti um súbito calor irradiar da Dee e se espalhar por mim. Ela desapareceu e ressurgiu em sua forma verdadeira — brilhante e pura como um anjo —, e pensei que se fosse para morrer, pelo menos a última coisa que eu veria seria algo absurdamente lindo.

Mas precisava aguentar firme; não era apenas a minha vida que estava na balança. A do Daemon também. Assim sendo, forcei meus olhos a permanecerem abertos e foquei-os na Dee, observando sua luz dançar nas paredes, iluminando todo o aposento. Se ela me curasse, será que nós três ficaríamos conectados? Não conseguia pensar nisso. Não seria justo com ela.

De repente, escutei outras vozes. Reconheci a do Andrew e a do Dawson. Em seguida, senti um baque ao lado da cabeça e dei-me conta de que *ele* estava ali, seu lindo rosto pálido e contraído de preocupação. Nunca o vira tão lívido e, se me concentrasse, podia sentir seu coração se esforçando para continuar batendo, assim como o meu. Suas mãos tremiam ao tocarem meu rosto e roçarem meus lábios entreabertos.

— Daemon...

— Shhh — disse ele, sorrindo. — Não fale. Está tudo bem. Vai dar tudo certo.

Ele se virou para a irmã e, de forma gentil, afastou suas mãos ensanguentadas.

— Pode parar agora.

Ela deve ter respondido alguma coisa diretamente para ele, porque Daemon fez que não.

— Não podemos arriscar. Você precisa parar agora.

Alguém, acho que o Andrew, disse:

— Cara, você está fraco demais para fazer isso. — Percebi, então, que era ele sim, ajoelhado do meu outro lado. Acho que segurava a minha mão. Mas talvez eu estivesse alucinando, porque estava vendo dois Daemons.

Espera um pouco. O segundo era o Dawson. Ele segurava o irmão, impedindo-o de cair. Daemon nunca precisava de ajuda. Meu namorado costumava ser o mais forte — *era* o mais forte. Fui tomada por um súbito pânico.

— Deixa a Dee fazer isso — pediu Andrew.

Daemon fez que não e, após o que me pareceu uma eternidade, Dee se afastou e retomou a forma humana. Ela se levantou para sair do caminho, os braços trêmulos.

— Ele é louco — disse ela. — Absolutamente louco.

Quando Daemon assumiu sua forma verdadeira e posicionou as mãos sobre o ferimento, todo o resto desapareceu. Era como se estivéssemos apenas nós dois na cozinha. Eu não queria que ele me curasse, sabia que estava fraco demais, mas podia entender por que ele não desejava que a irmã fizesse isso. Era muito arriscado. Não sabíamos se isso deixaria nós três conectados.

Um calor se espalhou por meu corpo, e não consegui pensar em mais nada. Escutei sua voz em minha mente, murmurando palavras tranquilizadoras sem parar. Senti-me leve, aérea, completa.

Daemon... fiquei repetindo o nome dele. Não sei bem por que, mas era como se isso me mantivesse conectada à realidade.

Até que fechei os olhos e não os abri mais. O renovado calor estava em cada célula, espalhando-se por minhas veias, impregnando-se nos músculos e ossos. Fui arrebatada por esse calor e pela sensação de segurança, e a última coisa que escutei foi Daemon dizendo:

Pode descansar agora.

Foi o que eu fiz.

Quando abri os olhos novamente, a chama de uma vela crepitava em algum lugar em meio às sombras. Não conseguia mexer os braços e, por um segundo, não soube dizer onde estava, mas assim que respirei fundo, fui envolvida por um perfume de natureza.

— Daemon? — Minha voz soou rouca, áspera de pânico.

O colchão — eu estava numa cama — afundou e da escuridão surgiu o Daemon. Metade do rosto estava imerso em sombras, porém os olhos brilhavam feito diamantes.

— Estou aqui — respondeu ele. — Bem do seu lado.

Engoli em seco, fitando-o fixamente.

— Não consigo mexer os braços.

Escutei uma risadinha baixa e grave e achei terrível que ele estivesse rindo da minha desgraça.

— Aqui, me deixa dar um jeito nisso pra você.

Suas mãos apalparam o espaço à minha volta até encontrarem as pontas do cobertor. Daemon, então, o soltou.

— Pronto.

— Ah! — Movi os dedos e, em seguida, puxei os braços para fora. Um segundo depois, me dei conta de que estava nua... totalmente pelada debaixo do cobertor. Senti o rosto e o pescoço pegando fogo. Será que a gente...? Inferno, o que eu não estava conseguindo lembrar?

Fechei os dedos em volta do cobertor, me contraindo ao sentir a pele do peito repuxar.

— Por que eu estou pelada?

Daemon me fitou em silêncio por um, dois, três segundos.

— Não se lembra?

Levei alguns instantes para que meu cérebro processasse tudo e, quando isso finalmente aconteceu, me sentei e fiz menção de afastar o cobertor. Daemon me impediu.

— Você está bem. Ficou só uma marquinha, uma cicatriz que mal dá pra ver — disse ele, a mão grande envolvendo a minha. — Honestamente, acho que ninguém vai perceber, a menos que esteja olhando bem de perto, e eu ficaria bastante perturbado se alguém olhasse tão de perto assim.

Movi a boca, mas não emiti som algum. À nossa volta, a vela projetava sombras nas paredes. Estávamos no quarto dele, constatei, porque minha cama não era nem de perto tão grande e confortável.

Will tinha voltado. E atirado em mim — *acertado uma bala* no meio do meu peito, quase me... não consegui terminar o pensamento.

— Dee e Ash limparam você. — Seus olhos perscrutaram meu rosto. — Elas a colocaram na cama. Eu não... ajudei.

Ash tinha me visto pelada? Por mais estúpido que isso pudesse soar, levando em consideração tudo o que havia acontecido, senti vontade de me esconder debaixo das cobertas. Cara, eu precisava colocar minhas prioridades em ordem.

— Tem certeza de que está bem? — Ele estendeu a mão para me tocar, mas parou a um centímetro do meu rosto.

Fiz que sim. Eu tinha levado um tiro — no meio do peito. Não conseguia parar de pensar nisso. Já chegara perto de morrer antes, quando lutamos contra o Baruck, mas levar um tiro era uma história completamente diferente. Precisaria de um tempo para digerir isso, especialmente porque parecia tão surreal.

— Eu não devia estar aqui sentada falando com você — comentei, atordoada, observando-o através das pestanas semicerradas. — Isso é...

— Eu sei. É muito para digerir. — Ele, então, me tocou, roçando as pontas dos dedos por minha bochecha de maneira reverente. Em seguida, soltou um suspiro trêmulo. — Realmente demais.

Fechei os olhos por um momento, apreciando o zumbido baixo e o calor de seu toque.

— Como você soube?

— Senti uma súbita falta de ar — respondeu ele, deixando a mão cair e se aproximando um pouco mais. — Seguida por uma sensação de queimação no peito. Quando meus músculos pararam de funcionar direito, soube que algo havia acontecido. Por sorte, Andrew e Dawson conseguiram me tirar do restaurante sem provocar uma cena. Desculpa, mas acabei esquecendo seu peito de frango grelhado.

Acho que jamais conseguiria comer de novo.

Um sorriso repuxou-lhe os lábios.

— Nunca senti tanto medo em toda a minha vida. Mandei o Dawson ligar pra Dee e pedir a ela que checasse você. Eu estava... fraco demais para chegar aqui por conta própria.

Lembrei da tremenda palidez de seu rosto e do Dawson o ajudando a se manter ereto.

— Como está se sentindo agora?

— Ótimo. — Ele inclinou a cabeça ligeiramente de lado. — E você?

— Tô bem. — Tudo o que ainda sentia era uma espécie de dor embotada, quase imperceptível. — Você salvou minha vida... nossas vidas.

— Não foi nada.

Meu queixo caiu. Só mesmo o Daemon para achar que isso não era nada. De repente, outra preocupação brotou em minha mente. Virei de lado e estendi a mão para o relógio sobre a mesinha de cabeceira. O mostrador digital dizia que passava um pouco da uma da manhã. Eu havia dormido por mais ou menos umas seis horas.

— Preciso ir — falei, fechando o cobertor em volta do corpo. — Não quero que minha mãe chegue em casa de manhã e veja todo aquele sangue na cozinha...

— Não se preocupe com isso. — Daemon me deteve. — Eles cuidaram do Will e limparam sua casa. Quando sua mãe voltar, não vai perceber nada de diferente.

LUX 3 OPALA

O alívio foi tão forte que relaxei, mas não durou muito. Estremeci ao pensar em mim mesma parada na cozinha, sorrindo e provocando o Will. Um silêncio recaiu entre nós enquanto eu observava o quarto escuro, revivendo os eventos da noite repetidas vezes. Ficava relembrando a calma e a frieza que sentira quando parte de mim chegara à conclusão de que eu teria que... matar o Will.

E eu o havia matado.

Senti um gosto de fel no fundo da garganta. Já havia matado antes, ainda que fossem Arum. Mas uma vida era uma vida, dissera Daemon. Então, quantos eu havia matado? Três? Pelas contas, Will era o quarto.

Tentei soltar o ar, mas ele ficou preso no bolo que se formara em minha garganta. Pior do que saber que havia tirado algumas vidas era a facilidade com que aceitara isso. Não sentira o menor remorso na hora, e essa não era eu — não podia ser.

— Kat — chamou Daemon baixinho. — Gatinha, no que você está pensando?

— Eu o matei. — Lágrimas começaram a escorrer por minhas bochechas antes que conseguisse impedi-las. — Eu o matei, sem o menor remorso.

Ele pousou as mãos sobre meus ombros nus.

— Você fez o que tinha que fazer, Kat.

— Não. Você não entende. — Minha garganta apertou e eu lutei para respirar. — Não senti nenhum *remorso*. E sei que devia ter sentido. — Soltei uma risada rouca. — Ó Pai...

Um lampejo de dor cruzou aqueles olhos cintilantes.

— Kat...

— Qual é o meu problema? Tem que haver algo errado comigo. Eu podia simplesmente tê-lo desarmado e o detido. Não precisava...

— Kat, ele tentou te matar. Atirou em você. Foi legítima defesa.

Daemon soava como se matar o médico fosse algo aceitável. Mas será que era? O homem estava fraco e doente. Em vez de provocá-lo, eu podia tê-lo desarmado e pronto. No entanto, eu o havia matado...

Perdi o controle e desmoronei. Senti-me retorcer por dentro, me fechar em tantos nós que achei que jamais conseguiria voltar ao normal. Tinha passado tanto tempo me convencendo de que seria capaz de fazer o que fosse necessário, de que conseguiria matar com facilidade, que quando chegara o momento eu havia matado *mesmo*. Daemon, porém, estava certo. Matar não era a parte mais difícil, o problema era o que vinha depois — a culpa. Era forte demais. Todos os fantasmas daqueles que haviam morrido pelas minhas próprias mãos e daqueles cuja morte eu tinha sido indiretamente responsável surgiram subitamente, me cercando e me sufocando até que o único som que consegui emitir foi um soluço entrecortado.

Daemon fez um ruído no fundo da garganta e me tomou nos braços, com cobertor e tudo. As lágrimas escorriam sem parar, enquanto ele me ninava, me apertando de encontro ao peito. Não parecia certo ou justo que ele me confortasse. Daemon não fazia ideia da facilidade com que eu acionara o interruptor, com que me tornara outra pessoa. Já não era mais a mesma garota. A Katy que o havia feito mudar e o inspirado a ser alguém melhor.

Eu não era mais *ela*.

Lutei para me desvencilhar dos braços dele, mas Daemon não me soltou. Odiava o fato de ele não conseguir enxergar o mesmo que eu.

— Sou um monstro. Sou igualzinha ao Blake.

— O quê? — A incredulidade deixou sua voz mais grave. — Você não é nada parecida com o Blake, Kat. Como pode dizer uma coisa dessas?

As lágrimas continuavam escorrendo.

— Sou, sim. Blake matou porque estava desesperado. Você acha que o que eu fiz foi diferente? Não foi!

Ele fez que não.

— Não é a mesma coisa.

Inspirei fundo, tentando me acalmar.

— E faria de novo. Juro que faria. Se alguém ameaçasse você ou minha mãe, eu não hesitaria. Percebi isso depois de tudo o que aconteceu com o Blake e o Adam. Não é assim que as pessoas normais reagem... isso não é certo.

— Não tem nada de errado em proteger aqueles que você ama — argumentou ele. — Você acha que eu gostei de ter matado todos os que matei? Não. Mas mesmo que pudesse voltar no tempo não mudaria nada.

Sequei as bochechas, os ombros tremendo.

— É diferente, Daemon.

— Diferente como? — Ele envolveu meu rosto, me forçando a encará-lo através das pestanas molhadas. — Lembra quando matei aqueles dois oficiais do DOD naquele armazém? Odiei ter feito isso, mas não tive escolha. Se eles contassem a seus superiores que tinham nos visto, estaria tudo acabado, e eu jamais permitiria que você fosse capturada.

Enquanto os dedos percorriam o caminho deixado pelas lágrimas, Daemon abaixou ligeiramente a cabeça, capturando meu olhar quando tentei desviar os olhos.

— Odeio ter sido obrigado a fazer isso... odeio tirar uma vida, Arum ou humana. Mas, às vezes, não temos escolha. Você não tem que aprender a aceitar. A achar que isso é certo, mas chega uma hora que acaba entendendo.

Agarrei-lhe os pulsos. Eles eram tão grossos que meus dedos sequer se fechavam em volta.

— Mas e se... e se eu achar que é certo?

— Sei que você não acha, Kat. — A crença na declaração, em mim, era evidente em sua voz. Eu não conseguia entender aquela fé cega. — Sei que não.

— Como pode ter tanta certeza? — murmurei.

Daemon abriu um ligeiro sorriso, não um daqueles de tirar o fôlego, mas que mesmo assim calou fundo em mim, insinuando-se em meu coração.

— Você é uma pessoa boa. É calor e luz, tudo o que eu não mereço. Mas, de alguma forma, você acredita que sim. Mesmo sabendo de tudo o que eu fiz no passado, tanto com outros quanto com você mesma, você ainda acredita que eu te mereço.

— Eu...

— E isso é porque você é boa... sempre foi e sempre será. — Suas mãos desceram pela minha garganta, acompanhando a curva dos ombros. — Nada do que você possa dizer ou fazer irá mudar isso. Então, chore o quanto *tiver* que chorar. Sofra se for preciso, mas nunca, jamais se culpe por coisas que estão fora do seu controle.

Não sabia o que dizer.

O sorriso assumiu aquele ar presunçoso que ao mesmo tempo me enfurecia e excitava.

— Agora, tire essa merda da cabeça, porque você é muito melhor do que isso; você é mais do que isso.

Aquelas palavras, bem, elas talvez não tivessem lavado a minha alma, por assim dizer, nem mudado aquela parte em mim que não se sentia tão perfeita quanto ele dizia, mas elas me envolveram como um cobertor macio e aconchegante. E isso era o suficiente no momento... entender o que eu havia feito era importante, era o bastante. Não tinha palavras para dizer o quanto apreciava o que ele tinha feito e dito. Um obrigada definitivamente não seria o suficiente.

Ainda tremendo, crispei as mãos e, me apoiando nelas, pressionei os lábios contra os dele. Os dedos do Daemon apertaram meus ombros e seu peito começou a subir e descer rapidamente. Senti o gosto salgado de minhas próprias lágrimas em seus lábios e, quando ele aprofundou o beijo, saboreei também meu próprio medo.

Só que havia mais.

Havia o nosso amor — nossa esperança de que sairíamos dessa com a possibilidade de um futuro. Havia também nossa aceitação mútua — de tudo o que era bom, ruim e feio. E um desejo acumulado há tempos. A emoção era tanta que foi como um soco em minha alma. Na dele também, eu sabia, pois podia sentir seu coração acelerando. O meu batia no mesmo compasso, como que feito especialmente para ele. Tudo isso estava presente num único beijo, ao mesmo tempo demais e não o bastante, simplesmente perfeito.

Recuei e inspirei fundo. Nossos olhos estavam pregados um no outro. Uma forte emoção faiscava naquelas cintilantes íris verdes. Ele envolveu meu rosto carinhosamente com uma das mãos e disse algo em sua adorável língua alienígena. Três líricas palavrinhas — um lindo e breve verso.

— O que foi que você disse? — perguntei, afrouxando os dedos que seguravam o cobertor.

Daemon abriu um sorrisinho misterioso e me beijou de novo. Fechei os olhos e soltei o cobertor, deixando-o escorregar para os quadris. Por um momento, ele parou de respirar.

Em seguida, Daemon me forçou a deitar novamente, e eu passei os braços em volta do seu pescoço. Nós nos beijamos pelo que me pareceu uma eternidade e, ao mesmo tempo, não o suficiente. Podia beijá-lo indefinidamente, sem jamais parar, porque, naquele momento, criamos um mundo onde não havia nada além de nós dois. Perdidos um no outro, o tempo pareceu acelerar e se arrastar concomitantemente. Continuamos nos beijando até ficarmos ofegantes, pausando apenas para dar início a uma exploração mútua. Estávamos ambos quentes e excitados, esfregando nossos corpos um no outro. Quando arqueei o meu sob o dele e soltei um gemido, Daemon congelou.

Ele ergueu a cabeça, mas não disse nada. Apenas me fitou com um olhar tão penetrante que cada pedacinho do meu corpo pareceu se retesar ainda mais. Meu peito apertou. Estendi o braço e, com a mão trêmula, acariciei seu rosto.

Ele abaixou novamente a cabeça e sua voz soou áspera contra minha bochecha.

— Se quiser que eu pare, é só pedir.

De jeito nenhum. Agora não. Não depois de tudo o que acontecera. Não havia motivo para continuar negando o que eu queria. Em vez de responder, o beijei, e ele entendeu.

Daemon se ajeitou sobre mim, o corpo apenas roçando o meu. A descarga de eletricidade entre nós foi imediata. Fui tomada por uma sensação de selvageria. Levantei as mãos e as enterrei em seus cabelos, puxando-o mais para perto. Ele tremeu quando corri os lábios sobre os dele, e os olhos penetrantes se fecharam ao sentir meu polegar traçar a linha de seu lábio inferior. Minhas mãos pareciam ter vida própria, deslizando sobre aqueles músculos grossos do pescoço e das costas, explorando o peitoral definido para, em seguida, descerem em direção aos gomos da barriga de tanquinho. Ele inspirou fundo.

Seu corpo começou a brilhar, irradiando calor e banhando o quarto numa luz suave. Daemon, então, abriu os olhos e se sentou, me puxando para o colo. Eles já não eram mais verdes, e sim órbitas de pura luz. Meu coração pulou uma batida. Um fogo ardente se acendeu em minhas entranhas, espalhando-se por mim como um rio de lava.

As mãos dele tremiam em meus quadris. A súbita manifestação incontrolada de poder me envolveu por completo. Era como tocar uma chama ou receber uma descarga elétrica de mil volts. Absurdamente estimulante.

Eu jamais me sentira tão excitada, tão pronta.

Quando seus lábios encontraram os meus novamente, milhares de emoções eclodiram ao mesmo tempo. Daemon tinha um gosto delicioso, viciante. Pressionei o corpo contra o dele, aprofundando o beijo até sentir como se estivesse mergulhando numa piscina de emoções à flor da pele. Qualquer ponto que ele tocasse me deixava arrepiada. Sua boca abandonou a minha para traçar um caminho ardente até a base da garganta. Enquanto isso, a luz que irradiava dele pulsava à nossa volta como milhares de estrelas piscando ao longo das paredes.

Nossas mãos não paravam de explorar. Daemon roçou os dedos pelo meu estômago e começou a subir pelo meio das costelas. Havia algo preguiçosamente sensual naquele roçar. Como se cada toque fosse estudado e preciso. Nossas explorações foram se tornando gradativamente mais ousadas, até que ficou difícil respirar. Essa sem dúvida não era a primeira vez dele, mas Daemon parecia não ter pressa, e tremia tanto quanto eu.

Seus jeans foram parar em algum lugar do chão e, enfim, nos colamos, pele com pele. Nossas mãos continuavam explorando, mergulhando cada vez mais baixo. Daemon se recusou a acelerar o ritmo, mesmo quando tentei forçá-lo. Em vez disso, diminuiu ainda mais, fazendo com que cada toque parecesse levar uma eternidade... até que ficou impossível aguentar a espera. Lembrei o que a Dee tinha dito sobre sua primeira vez. Não houve nenhum constrangimento entre nós. A maior parte já era esperada. Daemon usou camisinha e eu senti um pequeno... *desconforto* a princípio. Certo, doeu, mas ele rapidamente me fez... *esquecer* a dor. E, então, começamos a nos mover um contra o outro.

Aquele encontro de corpos com ele foi como uma manifestação da Fonte, só que mais poderosa. A sensação de estar numa montanha-russa ainda estava lá, porém mais profunda, de alguma forma diferente, e ele estava comigo. Um encontro lindo, perfeito.

Depois do que me pareceram horas e, honestamente, talvez tivessem sido, Daemon me beijou de maneira suave e carinhosa.

— Você está bem?

Meus ossos pareciam geleia, mas de um jeito gostoso.

— Perfeita. — E, então, bocejei na cara dele. Que romântico!

Daemon caiu na gargalhada. Enfiei a cara no travesseiro, tentando me esconder. Ele, porém, não deixou. Como se eu esperasse qualquer outra coisa. Rolou de lado e me puxou de encontro a si, virando minha cabeça para encará-lo.

Seus olhos perscrutaram os meus.

— Obrigado.

— Pelo quê? — Adorava a sensação dos braços dele me envolvendo, o modo como nossos corpos se encaixavam, dureza contra maciez.

Ele roçou os dedos pelo meu braço, maravilhando-me com a facilidade com que me fazia estremecer.

— Por tudo — respondeu ele.

Meu peito inflou em profundo êxtase. Estávamos ali deitados nos braços um do outro, com a respiração ofegante e os corpos entrelaçados e, ainda assim, não conseguíamos nos sentir saciados. Continuamos nos beijando. Conversando. *Vivendo*.

[34]

Quando voltei para casa no domingo de manhã, Daemon foi comigo e ficou até escutar o carro da minha mãe entrando na garagem. Ele, então, fez aquele lance de supervelocidade alienígena e se mandou sem ser visto. No entanto, enquanto estivera deitada ao lado dele, que nitidamente não queria me deixar sozinha depois de tudo o que acontecera com o Will, jamais me sentira tão segura em toda a minha vida. O sexo não tinha nada a ver com isso. Ainda assim, quando ele voltou à tarde e a gente saiu para comprar o almoço para nós dois e minha mãe, cada pequeno olhar e roçar de pele parecia ter ganho um significado infinitamente maior — eles continuavam transmitindo o mesmo carinho e intimidade, porém mais intensos.

Eu não me sentia diferente. Parte de mim achava que isso ficaria estampado na minha testa ou algo do gênero, e temia que minha mãe adivinhasse de alguma forma e nós voltássemos a ter aquela constrangedora conversa sobre como os bebês são feitos, mas ela não desconfiou de nada.

A vida retomou seu curso normal. Nada havia mudado... talvez as coisas tivessem ficado um pouco melhores em alguns aspectos, porém, no decorrer da semana seguinte, Daemon e eu não conseguimos passar muito tempo juntos. Ninguém falou sobre o Will, exceto para perguntar se eu estava bem. Até mesmo o Andrew veio perguntar, soando sincero. Mas, afora isso, foi como se a história jamais houvesse acontecido. Havia uma boa chance de que o Daemon tivesse algo a ver com isso.

Nossos treinos com Dawson, Matthew e Blake se tornaram mais intensos, e o restante do grupo começou a participar também. Todos conheciam o plano. E sabiam que, se falhássemos nesse próximo domingo, não teríamos outra chance.

Já estávamos desafiando a sorte.

Blake se manteve afastado do grupo. Vinha agindo assim desde que eu o confrontara a respeito de seu comportamento bizarro e assustador... Graças a Deus.

— A janela de tempo ainda é a mesma. Temos quinze minutos para entrar e sair com eles.

— E se algo der errado? — perguntou Dee, enroscando o cabelo ansiosamente nos dedos translúcidos.

Daemon pegou um pedaço de ônix. A essa altura do campeonato, todos nós conseguíamos manipulá-lo por cerca de um minuto e vinte segundos. E, com o pequeno pedaço de opala que havíamos encontrado, Daemon e eu sequer éramos afetados.

— Vamos conseguir passar pelos borrifadores de ônix. — Ele jogou a pedra de volta sobre a pilha. — A gente já consegue aguentar por tempo suficiente.

— Mas ele não está sendo borrifado na cara de vocês — protestou Dee, os olhos arregalados. — Vocês estão apenas segurando uma pedra.

Blake se aproximou um pouco.

— Nunca tomei um jato na cara. Tudo o que eu fiz foi manipulá-lo repetidas vezes. É a única explicação lógica.

— Não, não é. — Ela soltou o cabelo e se virou para os irmãos. — Desenvolver certa tolerância para segurar uma pedra de ônix é uma coisa. Tomar uma borrifada na cara é outra completamente diferente.

Ela não deixava de ter razão, mas era tudo o que podíamos fazer.

Dawson sorriu. Era sempre estranho vê-lo sorrir de verdade, talvez por ser tão raro. O rosto dele mudava completamente.

— Vamos ficar bem, Dee. Prometo.

— E os lasers... vocês precisam ficar de olho nos lasers também — interveio Andrew com uma careta.

— É verdade — concordou Blake. — Mas eles provavelmente não serão um problema. As portas de emergência só são ativadas quando o alarme dispara. Se tudo transcorrer tranquilamente, ficaremos bem.

— Isso é um grande se — murmurou Dee.

Com certeza, era um enorme se, mas estávamos nessa para o que desse e viesse. Um simples olhar na direção do Dawson confirmou o motivo de estarmos colocando nossas vidas em risco. Não tinha a menor dúvida de que se fosse o Daemon quem estivesse trancafiado em Mount Weather, eu arriscaria o que quer que fosse para libertá-lo.

Parte do Dawson estava faltando, e essa parte era a Beth. Nenhum de nós podia esperar que ele desistisse dela. E todos nós iríamos até o fim do mundo por aqueles que amávamos.

Após outra sessão de tortura com o ônix, demos a noite por encerrada e voltamos para casa. Matthew e os Thompson foram embora, assim como o Blake. Dee entrou em seguida e, por um tempo, ficamos somente Daemon, Dawson e eu ali fora, até que o Dawson desapareceu em direção aos fundos da casa.

Daemon me pegou pela mão e se sentou no terceiro degrau da escada da varanda, me acomodando entre as pernas, de modo que fiquei com as costas coladas contra seu peito.

— Tá se sentindo bem?

— Tô — respondi. Ele sempre fazia a mesma pergunta após cada treino. E eu o amava por isso. — E você?

— Não se preocupe comigo.

Revirei os olhos e me aconcheguei a ele, adorando a sensação de seu peito contra minhas costas e o modo como seus braços me envolviam. Daemon abaixou a cabeça e pressionou os lábios em meu pescoço. Sabia exatamente o que ele estava pensando e estava mais do que disposta a embarcar nesse trem.

Dawson reapareceu, com o sol do fim de tarde projetando um halo em volta dele. O trem foi imediatamente abandonado. Sem dizer nada, ele meteu as mãos nos bolsos da calça jeans e começou a se balançar para frente e para trás nos calcanhares.

Daemon suspirou e se empertigou.

— Que foi?

— Nada — respondeu o irmão, observando com olhos apertados o céu cada vez mais escuro. — Só estava pensando.

Esperamos em silêncio, sabendo que não adiantava pressioná-lo. Dawson diria o que tinha para dizer quando estivesse pronto. Mais uma vez, me peguei imaginando como ele era antes de todas as coisas terríveis que tinham acontecido.

Por fim, ele falou:

— Vocês não precisam participar dessa invasão.

Daemon me soltou.

— Como assim?

— Acho que não deviam fazer isso. Dee tem razão. É arriscado demais. Não sabemos com certeza se vamos conseguir passar pelos borrifadores de ônix. Além disso, quem sabe quais são as verdadeiras intenções do Blake? Não acho que todos tenham que se envolver. — Dawson nos fitou com uma expressão profundamente sincera. — Sério, vocês não deviam participar. Eu e o Blake podemos entrar sozinhos. Esse problema é nosso.

Daemon ficou em silêncio por alguns instantes.

— Você é meu irmão, Dawson, portanto seu problema é meu problema também.

Sorri e recostei a cabeça no ombro dele.

— E qualquer problema que o Daemon tenha passa a ser meu.

— Não posso concordar com *isso*. Mas você entende aonde a gente quer chegar? — Daemon apoiou as mãos nos meus ombros. — Estamos nisso juntos, para o que der e vier.

Dawson baixou as pestanas.

— Não quero ver nenhum dos dois feridos. Acho que não conseguiria viver com isso.

— Não vamos nos ferir — retrucou meu namorado, com tanta determinação que não tive dúvidas de que ele realmente acreditava nisso. Em seguida, começou a massagear gentilmente meus músculos tensos. — Vamos todos sair ilesos de lá, junto com a Beth e o Chris.

Dawson tirou as mãos dos bolsos e as correu pelo cabelo.

— Obrigado. — Com um muxoxo, soltou-as ao lado do corpo. — Vocês sabem que eu... vou ter que desaparecer, certo? Talvez eu possa terminar o semestre, mas depois disso Beth e eu teremos que ir embora.

As mãos do Daemon congelaram e o coração pulou uma batida, mas ele logo se recobrou e voltou a massagear meus ombros.

— Eu sei. Vamos nos certificar de que a Beth permaneça escondida até vocês estarem prontos para partir. Não vai ser fácil... mas sei que precisa fazer isso.

O irmão assentiu.

— Manteremos contato.

— Claro — retrucou Daemon.

Baixei os olhos e mordi o lábio. Cara, que vontade de chorar! A família deles não deveria ser obrigada a se separar novamente. Tudo isso só por causa do que eles eram, não de algo que haviam feito. Não era justo.

E, o pior de tudo, aparentemente não havia nada que pudéssemos fazer.

Na quinta à noite, após outra exaustiva e anestesiante sessão de tortura, Daemon e eu resolvemos suprir nossa louca necessidade de açúcar dando um pulinho numa lanchonete local — nada melhor do que chá bem adoçado. Mas, em vez de entrarmos, Daemon abriu o porta-malas da Dolly e nos acomodamos ali.

O céu estava claro e estrelas cintilantes começavam a pontilhar o firmamento. Sempre que olhava para elas, pensava no Daemon e nos outros Luxen.

Ele me deu uma cotovelada de maneira brincalhona.

— No que você está pensando?

Sorri com o canudo na boca.

— De vez em quando, esqueço que você não é humano. Aí olho as estrelas e me lembro.

— Você esquece o que você é?

Rindo, abaixei o copo.

— Acho que sim, às vezes.

— Que bom.

Comecei a balançar os pés.

— Agora, falando sério, esqueço mesmo. Acho que, se as pessoas soubessem sobre vocês, acabariam se acostumando.

— Acha mesmo? — Ele soou chocado.

Dei de ombros.

— Vocês não são tão diferentes assim.

— Tirando o fato de brilharmos feito vaga-lumes — implicou ele.

— É, tirando isso.

Daemon deu uma risadinha e se aproximou um pouco mais, esfregando o queixo em meu ombro como um gigantesco felino. Ri também ao imaginar que ele adoraria ser comparado a um leão ou outro bicho assim.

— Quero que leve a opala com você no domingo.

— Como é que é? — Afastei-me e me virei para ele. — Por quê? Você é o mais forte de nós.

Ele me ofereceu um sorrisinho arrogante.

— É por isso que não preciso da opala.

— Daemon... — Suspirei, entregando-lhe o resto do meu chá. Ele não se fez de rogado. — Sua lógica é péssima. Pelo fato de ser o mais forte, a opala vai fazer mais por você do que por qualquer um de nós.

Ele tomou um gole do chá, os olhos cintilando.

— Quero que você fique com ela para o caso de alguma coisa dar errado. E não adianta discutir.

— Nunca adianta. — Cruzei os braços.

— Se não aceitar, prometo que te amarro... de um jeito nada divertido... e te deixo trancada no quarto.

Meu queixo caiu.

— Certo, podemos fazer da forma divertida. Mas depois. Após termos resolvido tudo, eu volto e...

Eu o interrompi.

— Adoraria ver você tentar me amarrar.

Ele arqueou uma sobrancelha.

— Aposto que sim.

— Ah, cala a boca — rosnei. — Estou falando sério.

— Eu também. Você vai usar a opala.

Franzi o cenho.

— Isso não faz o menor sentido.

— Faz, sim. — Me deu um beijo na bochecha. — Porque eu sou perfeito.

— Ai, Deus do céu. — Dei-lhe uma cotovelada, fazendo-o rir. Voltei o olhar novamente para o céu estrelado e, de repente, uma ideia me atropelou como um caminhão de cimento. Por que a gente não tinha pensado nisso antes? — Tive uma ideia.

— Do tipo que envolve dois corpos nus?

Dei-lhe outra cotovelada.

— Céus! Não. Você é um verdadeiro pervertido. Do tipo que envolve a opala. E se a gente a partisse em pedaços e os dividíssemos entre nós?

Ele franziu o cenho em concentração.

— Poderia funcionar, mas o risco é grande. E se acabarmos destruindo a pedra? Duvido que ela funcione em forma de pó. E mesmo que conseguíssemos parti-la, será que ela ainda funcionaria da mesma forma?

Boas perguntas, todas elas.

— Não sei. Mas não acha que vale a pena tentar? Aí todos ficaríamos protegidos.

Ele não disse nada por um longo momento.

— É arriscado demais. Prefiro ter certeza de que você estará protegida do que rezar para que esteja. Sei que isso faz com que eu soe egoísta, e sou mesmo. Sou *inacreditavelmente* egoísta no que diz respeito a você.

— Mas e o Dawson…?

Daemon me fitou.

— Repetindo, sou inacreditavelmente egoísta no que diz respeito a você.

Honestamente, não sabia o que dizer.

Ele suspirou e esfregou o maxilar.

— Se a gente acabar destruindo a opala, você vai entrar lá sem nenhuma proteção extra. Matthew, Dawson e eu somos Luxen. O que significa que somos mais fortes. Não nos cansamos com a mesma facilidade. Portanto, você precisa da opala mais do que a gente.

— Mas...

— Não vou arriscar. E se partir a opala diminuir o efeito? Ela não será de grande ajuda, certo? — Fez que não. — Não precisamos do estímulo extra. Você sim.

Meus ombros penderam ao perceber a irredutibilidade daquelas palavras. Fui tomada por uma profunda frustração. Eu entendia o que ele estava dizendo, apenas não concordava.

Tempos depois, Daemon me deixou na varanda da minha casa e foi pegar a opala em qualquer que fosse o esconderijo. Ao voltar, pressionou-a em minha palma. Pássaros noturnos cantavam ao nosso redor, numa sinfonia de piados e gorjeios. As rosas que eu plantara ao voltar da escola na semana anterior impregnavam o ar com um perfume doce e fresco.

Seria um pano de fundo super-romântico se eu não estivesse com tanta vontade de esbofeteá-lo.

— Sei que você está puta. — Seus olhos se fixaram nos meus. — Mas me sinto melhor assim, ok?

— Alguns dias atrás, você disse ao Dawson que nada ia dar errado.

— Eu sei, mas ainda assim... quero que você consiga sair de lá não importa o que aconteça.

Meu coração pareceu engasgar.

— O que... o que você quer dizer com isso?

Ele sorriu, mas foi um sorriso forçado que eu odiei.

— Se algo der errado, quero que você consiga sair de lá. Se for preciso, vá embora dessa cidade ou desse maldito estado. E, se por algum motivo eu não conseguir sair, não me espere. Entendeu?

O ar escapou de meus pulmões dolorosamente.

— Você quer que eu te abandone?

Daemon assentiu, os olhos brilhando.

— Quero.

— De jeito nenhum — gritei, recuando alguns passos. — Jamais vou te abandonar, Daemon.

Ele envolveu meu rosto, me obrigando a permanecer quieta.

— Eu sei...

— Não, não sabe! — Agarrei-lhe os pulsos, enterrando os dedos em sua pele. — Você me abandonaria se algo acontecesse comigo?

— Não. — Seu rosto se contraiu com irritação. — Nunca.

— Então como pode me pedir para fazer uma coisa dessas? — Estava prestes a começar a chorar. Não conseguia sequer imaginá-lo sendo capturado, sofrendo o mesmo que o irmão. — Não é justo.

— Sinto muito. — A expressão abrandou e ele inclinou a cabeça ligeiramente, dando-me um rápido beijo. — Tem razão. Eu não devia ter te pedido para fazer isso.

Pisquei furiosamente.

— Como você pôde sequer pensar em me pedir algo assim? — Agora eu realmente queria socá-lo. Meu coração martelava feito um louco, enquanto imagens terríveis, pavorosas, pipocavam em minha mente. Mas então... me dei conta de uma coisa. — Você voltou atrás com muita facilidade — murmurei, desconfiada.

Ele riu, passou os braços em volta de mim e me puxou para si.

— Simplesmente entendi seu ponto de vista.

Ah, sei, muito estranho. Ergui a cabeça e perscrutei o rosto dele em busca de algum indício revelador. Tudo o que vi, porém, foi ternura e um quê de autoconfiança presunçosa, como sempre. Não me dei ao trabalho de perguntar se ele estava escondendo alguma coisa, pois sabia que Daemon jamais admitiria, e preferia acreditar que ele tinha entendido o absurdo de seu pedido.

Mas eu não era burra.

[35]

No sábado à tarde antes do baile de formatura, Dee estava no meu quarto, enrolando meu cabelo com um modelador de cachos. Embora a conversa tivesse começado de forma um tanto estranha, na metade do processo já estava fluindo melhor. E, quando ela finalmente terminou de prender os cachos num penteado elaborado que mostrava todo o seu trabalho, conversávamos de maneira leve e descontraída.

Dee se sentou na beirada da cama enquanto eu pintava os olhos, as mãos entrelaçadas sobre o colo. Ela havia optado por algo mais clássico, um coque simples feito a partir de um rabo de cavalo enrolado, que deixava à mostra os traços perfeitamente angulosos.

Passei meu dedo mindinho sob o olho para esfumar o delineador marrom.

— Tá animada pra hoje à noite?

Ela deu de ombros.

— Só quero ir porque, você sabe, é nossa formatura. E, provavelmente, o último ano em que estaremos todos juntos. Não quero perder isso. Sei que o Adam iria querer que eu fosse e me divertisse.

Guardei o delineador na bolsinha de maquiagem e, em seguida, procurei pela máscara de cílios.

— Com certeza — retruquei, olhando por cima do ombro. — Adam sempre me pareceu o tipo de cara que iria querer o melhor para você, independentemente do que isso significasse para ele.

Um ligeiro sorriso se esboçou em seus lábios, mas logo desapareceu.

— E era mesmo.

Triste, virei-me de volta para o espelho e baixei os olhos para o tubo dourado de base. Ela devia estar indo ao baile com o Adam.

— Dee, eu...

— Eu sei. — Num segundo Dee estava sentada na cama e, no seguinte, parada na soleira da porta. A metade inferior do corpo piscou e sumiu por alguns instantes. Uau, aquilo foi estranho de ver. — Sei que você sente muito. Sei que não queria que o Adam morresse.

Olhei de novo para ela, torcendo o pingente de obsidiana entre os dedos.

— Eu faria tudo diferente se pudesse.

Ela desviou os olhos e os focou em algum ponto acima do meu ombro.

— Tá com medo do que vocês vão fazer amanhã à noite?

Voltei novamente a atenção para o espelho e pisquei para conter as lágrimas. Por um segundo, tinha tido a impressão de que tudo havia praticamente voltado a ser como era antes, mas então a porta batera na minha cara. Certo, talvez tivéssemos conseguido avançar um pouco, mas não tanto quanto eu desejava.

Não seja tão chorona, briguei comigo mesma. *Você vai estragar toda a maquiagem.*

— Katy?

— Tô sim — admiti com uma curta risada. — Quem não estaria? Mas estou tentando não pensar nisso. Foi o que fiz da última vez, e estava apavorada.

— Eu estaria apavorada de qualquer jeito... Na verdade, eu *estou* apavorada, e olha que tudo o que tenho que fazer é esperar perto do carro. — Ela desapareceu num piscar de olhos e ressurgiu ao lado do armário. Com cuidado, desembrulhou meu vestido. — Só tome cuidado e proteja meus irmãos. Combinado?

Meu coração triplicou o ritmo das batidas. Sem hesitar, respondi:

— Combinado.

Trocamos de lugar para que ela terminasse a própria maquiagem enquanto eu me vestia. De repente, minha mãe apareceu no quarto com a câmera na mão. Lá íamos nós de novo. Ela tirou várias fotos de mim e da Dee e, com os olhos marejados, contou como eu costumava brincar de calçar os sapatos dela e sair correndo pelada pela casa. E isso foi antes da Dee ir embora e do Daemon chegar.

A noite só tendia a piorar.

No entanto, quando Daemon apareceu na sala onde eu o esperava brincando com a pequena carteira que minha mãe tinha me dado, fiquei sem palavras.

Ele ficava bem com qualquer coisa — jeans, moletom, um saco de batatas —, mas com um smoking preto feito sob medida para seus ombros largos e quadris estreitos, Daemon estava absolutamente de tirar o fôlego.

As ondas escuras caíam sobre sua testa da esquerda para a direita, e ele segurava um lindo arranjo de flores para eu usar no pulso. Enquanto ajeitava a gravata-borboleta, seu olhar recaiu na ponta dos meus sapatos e foi subindo lentamente, demorando-se em alguns pontos. Rezei para que minha mãe não percebesse. A mão que segurava a gravata congelou, e eu corei, sentindo a intensidade de seu olhar apreciativo.

Daemon gostava de vermelho.

E, a essa altura, minhas bochechas provavelmente combinavam com o vestido.

Ele se aproximou de mim com aquele gingado de estrela do rock e parou a alguns poucos centímetros. Inclinando a cabeça, murmurou:

— Você está linda!

Um profundo farfalhar brotou em meu estômago e foi se expandindo.

— Obrigada. Você também não está nada mal.

Minha mãe saltitava à nossa volta como um passarinho descontrolado, tirando fotos e nos papericando. Sempre que olhava para o Daemon, ficava com aquela expressão apaixonadamente sonhadora. Mamãe estava caidinha por ele.

Ela tirou um monte de fotos do Daemon prendendo o arranjo no meu pulso, que consistia num único botão de rosa totalmente desabrochada, cercada por folhinhas verdes e diminutos cravos-de-amor. Lindo! Posamos com total naturalidade, o oposto da vez em que fizera isso com o Simon antes da festa do *Homecoming*. Enquanto terminávamos a sessão, com minha mãe tirando mais umas duas fotos de mim e do Daemon e depois ele pegando a máquina para fazer alguns registros de mãe e filha, não consegui evitar pensar no meu antigo colega.

Será que ele estava vivo? Blake havia jurado que sim, pelo menos até a última vez em que o vira, pouco antes de o DOD o capturar. O que quer que tivesse acontecido com ele fora provocado pelo fato de ter me visto perder o controle da Fonte. Mais outra possível morte ligada a mim. E era *quase certo* que Simon estivesse morto, porque o que o DOD ou o Daedalus iriam querer com o garoto vivo? Simon era um simples humano.

Em seguida, pensei na Carissa.

Daemon pousou a mão na base das minhas costas.

— Terra para gatinha.

Pisquei, retornando ao presente.

— Estou bem aqui com você.

— Espero que sim.

Minha mãe se aproximou e me puxou para um abraço.

— Querida, você está linda! Aliás, vocês dois fazem um belo par.

Daemon se afastou para abrir espaço, sorrindo por cima do ombro dela.

— Não consigo acreditar que você está indo para o seu *baile de formatura* — comentou ela, fungando. Em seguida, me soltou e se virou para o Daemon. — Parece que foi ontem que ela estava correndo pela casa, arrancando a fralda e...

— Mãe — repreendi, finalmente interrompendo a conversa. Escutá-la contar histórias de quando eu era bebê já era ruim o bastante. Pessoas ouvirem essas histórias, então, pior ainda. Mas o Daemon, em particular, era mil vezes mais constrangedor.

Os olhos dele se acenderam com interesse.

— A senhora tem alguma foto? *Por favor*, me diz que sim.

Ela abriu um sorriso de orelha a orelha.

— Para ser sincera, tenho sim! — Mamãe se virou para a estante que ficava no canto da sala, repleta de fotos humilhantes. — Eu registrei cada...

LUX 3 OPALA

— Ahn, a gente vai se atrasar. — Agarrei o braço do Daemon e o puxei. Ele não se mexeu. — Precisamos ir.

— Eu volto amanhã pra ver — disse ele para minha mãe. — Combinado?

— Estarei em casa até as cinco. — Ela deu uma risadinha.

Isso não ia acontecer, de jeito nenhum. Já estávamos saindo quando minha mãe me deteve e me puxou para outro abraço.

— Você está linda, querida. Sério!

— Obrigada. — Apertei-a de volta.

Tive a impressão de que ela não ia me soltar nunca mais, mas não me importei, pois havia uma boa chance de que eu realmente não retornasse da incursão do dia seguinte. Eu precisava daquele abraço, e não tinha a menor vergonha em admitir.

— Estou feliz por você — murmurou ela. — Ele é um bom garoto.

Ofereci-lhe um sorriso um tanto aguado.

— Eu sei.

— Que bom! — Ela me soltou, esfregando meus braços com ambas as mãos. — Vamos estipular uma hora para você voltar?

— Eu...

— Brincadeirinha, hoje não. — Para minha profunda surpresa, ela sorriu. — Apenas se comporte e não faça nada que possa vir a se arrepender pela manhã. — Com um rápido olhar por cima do meu ombro, acrescentou baixinho: — O que não seria muito difícil.

— Mãe!

Rindo, mamãe me deu uma leve sacudida.

— Posso ser velha, mas não estou morta. Agora vá e se divirta.

Saí fora o mais rápido possível.

— Você não escutou a última parte, escutou?

Daemon deu uma risadinha.

— Ó céus!

Ele jogou a cabeça para trás, ainda rindo, e me deu a mão.

— Vamos, senhorita, sua carruagem a espera.

Rindo também, me acomodei na Dolly. Passamos metade do caminho até a escola discutindo sobre qual estação de rádio ouvir, até que, de repente, ele me lançou um olhar de esguelha.

— Você está realmente muito bonita, gatinha. Sério!

Sorri, correndo os dedos pelas miçangas da carteira.

— Obrigada.

Seguiu-se uma pausa.

— Também te achei linda no *Homecoming*.

Virei-me para ele, esquecendo completamente a carteira.

— Jura?

— É, juro. Odiei te ver com outro cara. — Ele riu da minha expressão e voltou a focar os olhos na estrada escura. Aquele sorriso fácil me comoveu. — Quando te vi com o Simon, senti vontade de espancá-lo e te arrancar dali.

Eu ri. Às vezes esquecia que, durante aqueles primeiros meses tumultuados após nos conhecermos, Daemon tinha feito de tudo para fingir que não gostava de mim nem um pouquinho.

— Pois então, reconheço. Eu te achei linda no dia.

Mordi o lábio, rezando para não borrar o gloss.

— Eu sempre te achei... — *Lindo* não era uma descrição muito masculina, portanto disse: — Muito atraente.

— O que você quer dizer é que sempre me achou incrivelmente gostoso e que não conseguia tirar os olhos de mim.

— Definitivamente precisamos trabalhar sua modéstia. — As árvores passavam pela gente como um borrão, e eu podia ver meu próprio reflexo na janela. — E, juro por Deus, nunca conheci ninguém tão irritante.

— É parte do meu charme.

Bufei.

O baile seria no mesmo lugar que tinha sido a festa do *Homecoming* — o ginásio da escola. Muito sofisticado! O estacionamento estava lotado e, como tínhamos nos atrasado um pouco, tivemos que deixar a Dolly no meio da muvuca.

Daemon me deu a mão e seguimos para a escola. A temperatura estava agradável, o ar ligeiramente fresco. As noites em maio ainda eram bastante frias, mas não precisei de um xale nem nada parecido, não com Daemon ao meu lado. Ele sempre irradiava uma boa quantidade de calor.

No *Homecoming*, a decoração do ginásio tinha como tema o outono, mas agora, para o baile de formatura, eles haviam pendurado luzes brancas por todo o teto e ao longo das arquibancadas, produzindo um ofuscante efeito de cascata. Grandes vasos de plantas cercavam as mesas cobertas com toalhas brancas posicionadas em torno da pista de dança.

    A música estava tão alta que eu mal conseguia escutar o que o Daemon dizia enquanto me conduzia em direção ao centro do salão. De repente, Lesa surgiu do nada, pegou minha outra mão e me puxou para a pista. Ela estava maravilhosa num vestido sereia azul-escuro que realçava suas curvas de violão. Assim que entramos na pista, fomos imediatamente cercadas por outras garotas. As risadas e batidas da música me remeteram à boate em Martinsburg, com suas gaiolas penduradas.

    Dois mundos completamente diferentes.

    Daemon reapareceu de novo e me puxou para longe das meninas. Tinha começado a tocar uma música lenta. Ele passou o braço em volta da minha cintura e eu recostei a cabeça em seu ombro, feliz por ele e a Dee terem me convencido a vir ao baile. Sair e fazer algo normal era fantástico, como se alguém tivesse retirado um peso de sete toneladas de cima dos meus ombros.

    Enquanto acompanhava a música assobiando, seu queixo roçou meu rosto algumas vezes. Adorava a sensação daquele peito de encontro ao meu, que me fazia lembrar a naturalidade com que nossos corpos se encaixavam.

    Quando a música finalmente terminou, abri os olhos e me deparei com o Blake.

    Inspirei fundo. Não imaginava que o surfista fosse comparecer ao baile, e vê-lo ali me deixou um tanto chocada. Será que ele estava com alguém? Não havia nenhuma garota por perto, mas isso não significava nada. Algo na forma como nos observava passava do ponto do assustadoramente aceitável para o meu gosto.

    Um casal se aproximou rindo, o garoto apertando o quadril da menina. Assim que eles passaram, não vi mais o Blake, mas uma sensação estranha e agourenta brotou em minhas entranhas. Isso acontecia sempre que eu via o surfista, de modo que me esforçava para não pensar nele hora nenhuma.

    Ainda assim, vê-lo ali me fez lembrar de mais alguém. Ergui a cabeça e perguntei:

— O Dawson não veio?

Daemon fez que não.

— Não. Acho que ele sentiria como se estivesse traindo a Beth.

— Uau! — murmurei, sem saber ao certo o que pensar sobre isso. A dedicação dele à Beth era mais do que admirável, era inspiradora. Talvez fosse por causa do DNA alienígena.

Daemon me apertou de encontro a si, fazendo o paletó do smoking repuxar sobre o peito.

Sim, definitivamente o DNA alienígena influenciava vários aspectos.

Depois da música lenta, Andrew e Dee vieram se juntar a nós. Como sempre, ela estava divina em seu vestido, com um look simples e delicado. Percebi que os dois mantinham uma discreta distância entre eles. Para mim estava claro que eram apenas amigos — uma amizade estreitada por uma perda em comum.

Quando Daemon se afastou para pegar uma bebida, fui desagradavelmente surpreendida pela Ash e seu companheiro humano... e seu minúsculo vestidinho preto.

Ash sorriu como um gato que acabou de comer uma família inteira de canários.

— David, esta é a Katy. Não se preocupe em lembrar o nome dela. Você provavelmente vai esquecer.

Ignorando-a, estendi a mão para ele.

— É um prazer te conhecer.

David era atraente — muito atraente. Não ficava nada a dever a um Luxen. Tinha cabelos curtos e cacheados e olhos cor de uísque, calorosamente amigáveis.

Ele apertou minha mão com entusiasmo.

— O prazer é meu.

E era educado. O que diabos estava fazendo com a Ash?

— Tenho meus talentos — cochichou ela em meu ouvido, como se tivesse lido a minha mente. Franzi o cenho. — Pode perguntar pro Daemon. Ele vai te contar sobre todos eles — acrescentou, empertigando-se com uma risada.

Em vez de lhe dar uma bofetada, o que eu definitivamente desejava fazer — e podia sentir a Fonte me implorando para que desse vazão a esse desejo —, sorri com doçura e encostei a mão na parte exposta de suas costas esguias. O simples contato provocou uma forte descarga elétrica.

Com um gritinho abafado, Ash deu um pulo e se virou.

— Você...

Ao seu lado, David pareceu confuso, porém Dee, que estava um pouco atrás, caiu na gargalhada. Continuei sorrindo, oferecendo a Ash uma rápida piscadela antes de me virar de costas. Daemon estava parado com dois copos, uma das sobrancelhas arqueadas.

— Gatinha má — murmurou ele.

Rindo, ergui-me na ponta dos pés e o beijei. Era para ser um beijinho inocente — pelo menos da minha parte, mas Daemon o levou para outro *patamar*. Quando nos separamos, eu estava ofegante.

Deixamos o grupo e fomos dançar de novo, tão grudados um no outro que eu fiquei esperando que algum professor se aproximasse para nos separar. Depois disso, dancei várias músicas com a Lesa e, em determinado momento, Dee se juntou também. Três garotas ridículas, requebrando feito loucas e se divertindo.

Quando finalmente voltei para os braços do Daemon, estávamos no baile havia umas duas horas. Alguns dos garotos já estavam indo embora, seguindo para uma das notórias festas armadas nos campos das fazendas da redondeza.

— Pronta para ir também? — perguntou ele.

— Você tem alguma coisa em mente? — Ó céus, lá ia minha imaginação batendo asas de maneira descontrolada.

— Tenho, sim. — Ele abriu um sorrisinho sacana. — Preparei uma surpresa pra você.

Ao escutar isso, minha imaginação foi mais longe ainda. Em geral, Daemon e *surpresa* numa mesma frase... significava uma empolgante aventura.

— Então vamos — retruquei, rezando para ter soado como uma adulta enquanto meu coração fazia aquela estúpida dancinha feminina de felicidade.

Fui ao encontro da Lesa para dizer que estávamos indo embora e nos despedimos com um abraço.

— Vocês reservaram um quarto em algum hotel? — perguntou ela, os olhos cintilando sob as luzes brancas.

Dei-lhe um tapa no braço.

— Não. Credo! Bem... acho que não. Daemon disse que tem uma surpresa pra mim.

— Então ele reservou um quarto — gritou Lesa. — Ai, meu Deus, vocês finalmente vão fazer... você sabe, aquela palavrinha de quatro letras.

Sorri.

Lesa estreitou os olhos e, em seguida, os arregalou.

— Espera um pouco. Você já...

— Tenho que ir. — Fiz menção de me afastar, mas ela me seguiu.

— Você precisa me contar! Tenho que saber. — Atrás dela, Chad nos observava com curiosidade.

Fiz que não, ainda tentando fugir.

— Realmente preciso ir. A gente se fala depois. Divirta-se.

— Ah, vamos nos falar mesmo. Eu exijo.

Após prometer que ligaria, procurei pela Dee, mas só vi a Ash, que continuava com uma cara de quem queria retribuir a peça que eu lhe pregara mais cedo. Assim sendo, virei-me de costas e esquadrinhei o salão em busca da doce alienígena de cabelos negros e rosto de fada.

Desisti ao me deparar com o Daemon novamente.

— Você viu a Dee?

Ele assentiu.

— Ela foi embora com o Andrew. Eles resolveram ir comer alguma coisa.

Fitei-o sem expressão.

Daemon deu de ombros.

Já não tinha mais tanta certeza de que o relacionamento deles era só amizade. Adam e Dee eram famosos por fazerem coisas desse tipo. Aliás, todos os Luxen... eles adoravam comer... o tempo todo.

— Você não acha que eles...?

— Não quero nem pensar.

Nem eu, decidi. De mãos dadas com ele, atravessamos o abafado ginásio e o corredor decorado com faixas. A temperatura lá fora havia caído, mas acolhi de bom grado a sensação do ar frio contra minha pele suada.

— Você não vai me contar nada sobre a surpresa?

— Se eu contasse, não seria uma surpresa — retrucou ele.

Fiz um muxoxo.

— Seria agora.

— Bela tentativa. — Daemon riu e abriu a porta do carro para mim. — Entre logo e se comporte.

— Estraga-prazeres. — Me acomodei no banco do carona e cruzei as pernas. Ainda rindo, Daemon deu a volta no carro e se ajeitou atrás do volante.

Ele me lançou um olhar de esguelha e balançou a cabeça.

— Você está morrendo de curiosidade, não está?

— Estou. Você devia me contar.

Ele não respondeu e, para minha grande surpresa, permaneceu em silêncio o trajeto inteiro até em casa. Fui invadida por uma súbita ansiedade. Desde aquela fatídica noite de sábado, só tínhamos conseguido ficar sozinhos alguns poucos minutos.

Estranho como algo tão terrível e tão bonito pudesse ter acontecido numa mesma noite. Dei-me conta de que aquele tinha sido o pior e o melhor dia da minha vida.

Mas não queria pensar no Will.

Daemon estacionou o carro na entrada da garagem. A luz da sala na casa dele estava acesa.

— Espere aqui, tudo bem?

Ao me ver assentir com um menear de cabeça, ele saltou e desapareceu — sumiu num piscar de olhos. Curiosa, virei-me no banco, mas não consegui ver nada nem ninguém. O que será que ele estava tramando?

De repente, a porta do carona se abriu e Daemon estendeu a mão.

— Pronta?

Um pouco atordoada por sua súbita reaparição, dei a mão a ele e deixei que me puxasse para fora do carro.

— Então, a surpresa...?

— Você vai ver.

De mãos dadas, pusemo-nos a caminho. Achei que ele fosse me levar para dentro de casa, mas não, e, assim que passamos pela minha e continuamos prosseguindo rua abaixo, desisti de tentar adivinhar o que ele tinha planejado. Quer dizer, até que percebi que estávamos nos dirigindo para a estrada principal. Assim que a alcançamos, me vi voltando alguns meses no tempo, para o momento em que descobrira sobre a espécie do Daemon.

Eu havia praticamente me jogado na frente de um caminhão.

Uma manobra estúpida, mas estava chateada e não conseguia pensar direito. A culpa era da versão babaca do meu namorado.

Ao cruzarmos a estrada, comecei a desconfiar de para onde estávamos indo. O lago. Apertando a mão dele, lutei para conter um sorrisinho idiota.

— Você acha que consegue andar com esses saltos? — perguntou ele, franzindo o cenho como se só agora tivesse pensado nisso.

Provavelmente não, mas não queria arruinar o momento.

— Vou ficar bem.

Ele diminuiu o ritmo de qualquer forma, assegurando-se de que eu não caísse de cara e acabasse quebrando o pescoço. Na verdade, Daemon estava agindo como um doce e perfeito cavalheiro, afastando os galhos mais baixos e até mesmo deixando que parte de sua verdadeira natureza assumisse o controle. Uma suave luz branca circundava sua mão, iluminando o piso irregular.

Quem precisava de uma lanterna quando se tinha um Daemon?

Demoramos um pouco mais do que o normal para chegar ao lago, mas era agradável caminhar com ele. E, quando finalmente atravessamos a última fileira de árvores e me deparei com a cena à frente, não acreditei no que estava vendo.

A luz da lua incidia sobre as águas plácidas e, a alguns metros da margem, próximo a um arbusto de flores selvagens brancas que tinham começado a desabrochar, vários cobertores estendidos uns sobre os outros criavam um aconchegante ninho. Havia também algumas almofadas e um cooler grande. E um fogo crepitava ao lado do lago, cercado por pedras grandes.

Fiquei sem palavras.

O cenário inteiro era tão incrivelmente romântico, doce, maravilhoso e perfeito que imaginei se não estaria sonhando. Sabia que o Daemon era capaz de me surpreender — ele vivia fazendo isso, mas algo assim...? Meu coração inflou tão rápido que achei que fosse levitar.

— Surpresa! — disse ele, dando um passo à frente e se colocando de costas para o fogo. — Achei que isso seria melhor do que uma festa ou algo do gênero. Além disso, você gosta do lago. E eu também.

Pisquei para conter as lágrimas. Ó céus, eu precisava parar de ser tão chorona, principalmente agora, com os cílios cobertos de rímel.

— É perfeito, Daemon. Ai, meu Deus, isso é maravilhoso!

— Jura? — Sua voz traiu um quê de insegurança. — Gostou mesmo?

Não acreditei que ele estivesse me fazendo essa pergunta.

— Eu amei. — E, então, comecei a rir, o que era bem melhor do que chorar. — Amei mesmo.

Daemon sorriu.

Lancei-me sobre ele, envolvendo-o com os braços e pernas como uma macaquinha demente.

Rindo, ele me segurou sem sequer cambalear um passo.

— Estou vendo que sim.

Tantas emoções fervilhavam dentro de mim que não conseguia decidir qual era a mais forte, embora fossem todas boas. Quando Daemon finalmente me soltou, tirei os sapatos e subi nos cobertores, sentindo sua luxuosa maciez sob meus pés.

Sentei com as pernas dobradas debaixo do corpo.

— O que você trouxe?

— Só coisas gostosas. — Ele sumiu e reapareceu ao lado do cooler. Ajoelhando-se, abriu a tampa e tirou de dentro uma garrafa de sangria e duas taças. — Sangria... de morango. Sua predileta.

Eu ri.

— Ai meu Deus!

Daemon tirou a rolha com alguma espécie de poder mental Jedi--alienígena e serviu um cálice para cada um. Peguei o meu e tomei um gole do líquido levemente frisante. Eu gostava de sangria porque não tinha gosto de álcool, o que, por sinal, me deixava tonta com facilidade.

— Que mais? — perguntei, inclinando-me para dar uma espiada.

Ele pegou um pote, arrancou o lacre com cuidado e me mostrou. Morangos cobertos com chocolate. Uma verdadeira tentação!

Fiquei imediatamente com água na boca.

— Foi você quem preparou?

— Ahn, não.

— A Dee?

Daemon soltou uma sonora gargalhada.

— Encomendei na confeitaria da cidade. Quer provar?

Claro! Assim que experimentei, me vi no paraíso. Acho que comecei a babar.

— Isso é delicioso!

— Tem mais. — Ele pegou uma embalagem plástica com queijo fatiado e torradinhas. — Também da loja, porque *eu* não sou um grande cozinheiro nem nada do gênero.

Que diferença fazia onde ele arrumara aquilo tudo? A ideia tinha sido dele, isso era o que importava.

Havia também sanduíches de pepino e uma pizza vegetariana. Pusemos mãos à obra, atacando aquela variedade perfeita de guloseimas, rindo e comendo enquanto o fogo se extinguia lentamente.

— Quando foi que você preparou tudo isso? — perguntei, partindo para minha quinta fatia de pizza.

Daemon pescou um morango e o analisou com os olhos estreitados.

— O cooler e os cobertores já estavam aqui. Quando voltamos do baile, tudo o que fiz foi dar um pulinho rápido, estender os cobertores e acender o fogo.

Terminei de comer a fatia.

— Você é incrível.

— Tenho certeza que você não levou tanto tempo assim pra descobrir.

— Não. Eu sempre soube. — Observei-o revirar o pote em busca de outro morango. — Talvez não no começo...

Ele ergueu os olhos.

— É que sou discreto.

— Ah, é mesmo? — A temperatura havia caído, de modo que me aproximei um pouco mais dele e do fogo. Embora estivesse tremendo de frio, não estava com a menor vontade de voltar para casa ainda.

— A-hã. — Com uma risadinha, Daemon fechou as embalagens e guardou o resto da comida de volta no cooler. Em seguida, entregando-me uma latinha de refrigerante, começou a limpar tudo. Tínhamos parado com a sangria algum tempo antes. — Não posso revelar todas as minhas fantásticas facetas de uma vez só.

— Claro que não. Onde ficaria o mistério?

— Não haveria nenhum. — Ele pegou um dos cobertores e o ajeitou sobre meus ombros. Em seguida, se acomodou ao meu lado.

— Obrigada. — Apertei o tecido macio em volta do corpo. — Acho que o povo ficaria chocado se visse esse seu lado profundamente doce.

Daemon se esticou, deitando de lado.

— Ninguém pode saber.

Rindo, me inclinei e lhe dei um selinho.

— Levarei seu segredo para o túmulo.

— Bom saber. — Deu um tapinha no espaço ao seu lado. — A hora que você quiser ir embora é só dizer.

— Ainda não.

— Então traz esse lindo traseiro híbrido pra cá.

Acabei com a pequena distância que nos separava e me deitei de frente para ele. Daemon ajeitou uma das almofadas sob a minha cabeça. Aconchegados um ao outro como estávamos, seria preciso um exército de Arum para nos separar.

Conversamos sobre o baile, a escola e até mesmo a universidade no Colorado. Já passava bastante da meia-noite.

— Tá preocupado com a incursão de amanhã? — perguntei, correndo as pontas dos dedos por seu maxilar.

— Um pouco... Eu seria louco se não estivesse. — Ele beijou meu indicador quando o aproximei de seus lábios. — Mas não por causa do que você está pensando.

— Então por causa de quê? — Minha mão escorregou para o pescoço e, em seguida, a camisa. Daemon havia tirado o paletó fazia um tempo. Sua pele era quente e firme sob o fino material.

Ele se aproximou ainda mais.

— Tenho medo de que a Beth já não seja mais a mesma.

— Eu também.

— Sei que o Dawson vai saber lidar com isso. — Ele entrou no jogo também, deslizando a mão por baixo do cobertor e acariciando meu ombro nu. — Mas quero o melhor para ele. Dawson merece.

— Com certeza. — Prendi a respiração ao sentir sua mão descer pelo meu tronco, passando pela cintura e pela curva do quadril. — Espero que ela fique bem. Que todos fiquem, inclusive o Chris.

Daemon assentiu com um menear de cabeça e, com toda a delicadeza do mundo, me virou de barriga para cima. Sua mão desceu pela saia do vestido até parar no meu joelho. Ele, então, sorriu ao me ver estremecer.

— Alguma coisa está te incomodando.

Várias coisas estavam me incomodando, entre elas não saber como terminaria o dia seguinte e o que o futuro nos reservava.

— Não quero que nada aconteça com você. — Minha voz falhou. — Nem com ninguém.

— Shhh. — Ele me beijou com suavidade. — Não vai acontecer nada comigo. Nem com os outros.

Fechei os punhos em volta da camisa dele, apertando-o de encontro a mim, como se com isso pudesse evitar que a pior das hipóteses viesse a se concretizar. Tolice, eu sabia, mas ali, aconchegada a ele, conseguia não pensar no meu medo mais profundo.

O de voltar de Mount Weather e ele não.

— O que vai acontecer se a gente conseguir resgatar os dois amanhã?

— Você quer dizer *depois* que conseguirmos. — Sua perna roçou a minha quando ele a acomodou entre minhas coxas. — A gente volta a frequentar a escola na segunda e... por mais chato que seja, conclui as matérias para que possamos nos formar, o que sei que não será problema. Depois teremos o verão inteiro para...

O peso dele era uma tremenda distração, porém o pânico continuava aguardando à espreita.

— O Daedalus vai vir atrás da Beth e do Chris.

— Mas eles não irão encontrá-los. — Pressionou os lábios em minha têmpora e, em seguida, sobre o arco da sobrancelha. — Quero dizer, isso se conseguirem chegar perto o bastante.

Meu estômago revirou.

— Daemon...

— Vai dar tudo certo. Não se preocupe.

Eu queria acreditar nisso. Precisava acreditar.

— Vamos parar de pensar no que vai acontecer amanhã — murmurou ele, os lábios roçando minha bochecha, meu maxilar. — Ou na semana que vem ou depois disso. Vamos aproveitar o fato de que estamos só nós dois aqui agora.

LUX 3 OPALA

Com o coração martelando feito um louco, inclinei a cabeça para trás e fechei os olhos. Parecia impossível não pensar em tudo o que estava por vir, mas ao sentir a mão dele subir do meu joelho por baixo da saia do vestido, todo o resto desapareceu e, de repente, era como se só houvesse nós dois no mundo.

[36]

Tal como da última vez que tínhamos tentado invadir Mount Weather, passei o domingo quase todo com a minha mãe. Enquanto tomávamos um tardio café da manhã na rua, aproveitei para contar a ela os mínimos detalhes do baile da véspera. Mamãe ficou com os olhos marejados quando lhe falei sobre a surpresa que o Daemon havia preparado próximo ao lago. Diabos, eu mesma senti o peito inflar e os olhos assumirem um brilho sonhador enquanto relatava.

Daemon e eu havíamos ficado lá até as estrelas desaparecerem e o céu começar a clarear. A noite tinha sido tão perfeita que só de lembrar meus dedos dos pés enroscavam.

— Você está apaixonada — observou minha mãe, tentando espetar um pedaço de melão que teimava em fugir para o outro lado do prato. — E não é uma pergunta. Posso ver nos seus olhos.

Minhas bochechas queimaram.

— Tô mesmo.

Ela sorriu.

— Meu bebê cresceu rápido demais.

LUX 3 OPALA

Não me sentia tão crescida assim, principalmente lembrando que estivera a dois segundos de um ataque histérico quando, de manhã cedo, passara um tempão procurando um dos pés dos meus chinelos.

Ela, então, abaixou a voz para que a multidão à nossa volta não escutasse.

— Você está se prevenindo, certo?

Por mais estranho que isso pudesse parecer, não fiquei constrangida com a súbita mudança de assunto. Talvez tivesse algo a ver com o comentário da véspera sobre a "bebezinha Katy arrancando as fraldas". Qualquer que fosse o caso, fiquei feliz por ela perguntar — por se importar. Mamãe podia trabalhar dobrado como a maioria dos pais solteiros, mas não era uma mãe ausente.

— Mãe, eu jamais iria me descuidar com uma coisa dessas. — Tomei um gole do refrigerante. — Não quero nenhuma bebezinha Katy correndo pela casa.

Seus olhos se arregalaram em choque, mas, em seguida, ficaram novamente marejados. Ó céus...

— Você cresceu — repetiu ela, apertando minha mão. — E estou orgulhosa com o resultado.

Escutar isso era ótimo, ainda mais porque, olhando pelo ponto de vista dos pais, não sabia ao certo o motivo de tanto orgulho. Tudo bem que eu não matava aula, me mantinha longe de confusões — na maior parte do tempo — e tirava boas notas. No entanto, ainda não conseguira decidir em qual faculdade me inscrever, e sabia que isso a chateava. Quanto ao resto, ela não fazia ideia das coisas com as quais eu precisava lidar.

Mas mamãe tinha orgulho de mim, e eu não queria fazer nada para mudar isso.

Pouco depois de chegarmos em casa, Daemon apareceu por lá. Precisei de toda a minha astúcia para manter minha mãe longe dos álbuns de fotos. Por fim, ela foi descansar um pouco antes de ir para o plantão, nos deixando sozinhos, o que teria sido superdivertido se eu não estivesse tão tensa com a proximidade da noite.

Assim que terminei de vestir minha calça de moletom preta, Daemon perguntou pela opala. Entreguei-a a ele.

— Não me olhe assim — disse, sentado de frente para mim na cama. Metendo a mão no bolso, pescou uma tira branca fininha. — Em vez de mantê-la no bolso, acho que você deveria usá-la como um colar.

— Ah, boa ideia!

Observei-o prender o pedaço de opala na tira, deixando um bom tamanho de fio de cada lado para que ficasse confortavelmente acomodada em volta do meu pescoço. Permaneci imóvel enquanto ele amarrava as duas pontas e deslizava a pedra por baixo da camiseta. Ela ficou pendurada ligeiramente acima da obsidiana que eu jamais tirava.

— Obrigada — falei, embora continuasse achando que deveríamos ter arriscado parti-la em mais pedaços.

Daemon deu uma risadinha.

— Acho que a gente devia pular o almoço amanhã e ir ao cinema.

— Ahn?

— Amanhã... acho que podíamos fugir da escola na hora do almoço.

Matar as aulas da tarde no dia seguinte não constava na minha lista de prioridades. Estava prestes a ressaltar esse fato quando me dei conta do que ele estava fazendo. Tentando me distrair da possibilidade de que talvez não houvesse amanhã, planejando coisas normais e, de certa forma, alimentando a esperança.

Ergui os olhos e o encarei. Suas íris verdes cintilavam de maneira sobrenatural, tornando-se brancas como diamantes quando me virei de frente para ele, envolvi seu rosto entre as mãos e o beijei — um beijo de verdade, como se ele fosse o ar que eu precisava para sobreviver.

— O que foi isso? — perguntou Daemon quando finalmente me afastei. — Não que eu esteja reclamando.

Dei de ombros.

— Nada, só quis te beijar. E, respondendo à pergunta, acho que podemos definitivamente matar aula amanhã.

Daemon se moveu tão rápido que num segundo estávamos sentados um diante do outro e, no seguinte, eu estava deitada de costas, com ele pairando acima de mim, os braços como feixes de aço de cada lado da minha cabeça.

— Já te falei que tenho uma quedinha por garotas más? — murmurou ele, o contorno do corpo perdendo definição como se alguém tivesse pego um pincel e, com uma tinta branca, diluído sua silhueta. Uma mecha de cabelos rebeldes caiu-lhe sobre a testa, encobrindo parcialmente aqueles estupendos olhos de diamante.

Eu não conseguia respirar direito.

— Você adora matar aula, né?

Daemon baixou o tronco, que vibrava como que levemente energizado, provocando microcentelhas nos pontos onde nossos corpos se tocavam.

— Eu adoro *você*.

— Para sempre? — murmurei.

Seus lábios roçaram os meus.

— Para sempre.

※ ※ ※

Algum tempo depois, Daemon foi embora para se encontrar com o Matthew e o Dawson. Os três queriam repassar o plano mais uma vez, e Matthew, um perfeccionista de coração, desejava treinar um pouco mais com o ônix.

Fiquei em casa, andando atrás da minha mãe que nem uma criança pequena enquanto ela se aprontava. Estava tão carente que cheguei a acompanhá-la até a porta e fiquei observando-a tirar o Prius da garagem.

Assim que me vi sozinha, meu olhar recaiu sobre o canteiro de flores diante da varanda. Já estava na hora de acrescentar mais adubo e arrancar as ervas daninhas.

Descendo os poucos degraus, fui até as pequenas roseiras e comecei a tirar as pétalas mortas. Tinha escutado que isso ajudava a fazer com que novas flores desabrochassem. Não sabia se era verdade ou não, mas de qualquer forma a tarefa monótona ajudava a acalmar meus nervos.

No dia seguinte, Daemon e eu iríamos matar as aulas da tarde.

E, no próximo fim de semana, convenceria minha mãe de que precisávamos dar uma reformulada no canteiro.

Depois disso, viria minha formatura no começo de junho.

E, em algum momento no decorrer do mês, encararia com seriedade os formulários de inscrição para a Universidade do Colorado e soltaria a bomba em cima da minha mãe.

Feito isso, passaria julho inteiro nadando no lago com o Daemon e me bronzeando.

Quando o verão terminasse, as coisas entre mim e a Dee estariam de volta ao normal.

E, com a chegada do outono, tudo isso teria ficado para trás. Nada jamais voltaria a ser como era antes. Eu já não era mais uma simples humana. E meu namorado — o cara que eu amava — era um alienígena. Provavelmente chegaria o momento em que, tal como o Dawson e o Blake, Daemon e eu teríamos que desaparecer.

Mas com certeza haveria um amanhã, uma próxima semana, mês, verão e outono.

— Só você pra estar cuidando do jardim agora.

Girei nos calcanhares ao escutar a voz do Blake. Ele estava recostado no meu carro, vestido de preto da cabeça aos pés, pronto para a incursão da noite.

Era a primeira vez que nos encontrávamos sozinhos desde que eu o confrontara, e meu lado alienígena respondeu imediatamente. Fui acometida por aquela familiar sensação de estar numa montanha-russa e uma leve descarga de eletricidade envolveu minha pele.

Mas me contive.

— O que você quer, Blake?

Ele riu baixinho e voltou os olhos para o chão.

— A gente vai sair daqui a pouco, certo? Só cheguei ligeiramente adiantado.

E eu era só ligeiramente viciada em livros. Sei!

Espanei a terra dos dedos, observando-o com cautela.

— Como você veio?

— Parei o carro no fim da rua, diante da casa abandonada. — Apontou com o queixo. — Na última vez que estacionei aqui, alguém derreteu a pintura do capô.

Só podia ter sido a Dee com suas mãos de micro-ondas. Cruzei os braços.

— A Dee e o Andrew estão logo ali. — Senti necessidade de ressaltar.

— Eu sei. — Ele tirou uma das mãos do bolso e a correu pelos cabelos espetados. — Você estava muito bonita no baile.

Uma sensação incômoda revirou meu estômago.

— É, eu te vi. Foi sozinho?

O surfista fez que sim.

— Só dei uma passadinha. Nunca fui muito fã desses bailes de formatura. São meio decepcionantes.

Não respondi.

Blake soltou a mão ao lado do corpo.

— Tá preocupada com hoje à noite?

— Quem não estaria?

— Garota esperta — retrucou ele, com um ligeiro sorriso que mais me pareceu uma careta. — Nunca conheci ninguém que tenha conseguido invadir um dos estabelecimentos deles ou que sequer tenha chegado tão longe quanto a gente da última vez. Nem Luxen nem híbrido, e não é possível que sejamos os primeiros a tentar. Aposto que eles já interceptaram dúzias de Dawsons, Beths, Blakes e Chris.

Senti os músculos do pescoço e dos ombros tencionarem.

— Se isso é pra ser uma conversa encorajadora, você é um total sem noção.

Blake riu.

— Não foi nesse sentido que eu falei. É que, se conseguirmos fazer isso, provaremos que somos os mais poderosos, entende? Os melhores entre todos os Luxen e híbridos.

Imaginei que era engraçado, ou talvez irônico, que aqueles que o Daedalus mais queria eram exatamente os que podiam se levantar contra eles.

Levando a mão ao peito, senti o contorno suave da opala pendurada em meu pescoço.

— Então acho que vamos provar o quanto somos incríveis.

O surfista abriu outro sorriso forçado e, em seguida, disse:

— Estou contando com isso.

Estávamos todos vestidos como um disparatado grupo de ninjas renegados. Eu suava profusamente sob a camiseta preta de mangas compridas. A ideia era que quanto menos pele exposta, menores as chances de sermos afetados pelo ônix.

Isso não havia feito muita diferença da última vez, mas não queríamos correr nenhum risco.

A opala pesava em meu peito.

A viagem de carro pelas montanhas da Virginia transcorreu em silêncio. Dessa vez, até o Blake permaneceu quieto. Ao lado dele, Dawson fervia com uma energia mal contida. Ele chegou até a assumir sua forma verdadeira uma vez, por sorte quando não havia nenhum carro em volta, praticamente nos ofuscando.

Não conseguia parar de pensar nas palavras do Blake. *Estou contando com isso.* Provavelmente era paranoia, mas elas haviam soado como um mau agouro. Claro que ele esperava que conseguíssemos realizar algo considerado praticamente impossível. O surfista tinha tanto a ganhar quanto o resto de nós.

Mas, então, lembrei do aviso do Luc: jamais confiem em alguém que tenha alguma coisa a ganhar ou perder. Isso, porém, significava que não podíamos confiar nem nele nem nos nossos amigos. Todos nós tínhamos algo a ganhar ou perder.

Daemon estendeu o braço por cima do freio de mão e apertou meus dedos inquietos.

Ficar pensando nessas coisas agora não ia ajudar em nada. Tudo o que eu estava conseguindo era ficar ainda mais tensa e ansiosa.

Ofereci-lhe um sorriso e resolvi pensar na tarde que havíamos passado juntos. Não tínhamos feito nada de especial. Somente ficado quietinhos, aconchegados um ao outro, mas de alguma forma isso me parecera mais íntimo do que qualquer outra coisa que pudéssemos ter feito. A noite anterior era uma história completamente diferente.

Meu namorado era um cara supercriativo.

Senti as bochechas vermelhas pelo restante da viagem.

Nosso grupo chegou à pequena fazenda próximo à escura estradinha de acesso com cinco minutos de antecedência. Assim que saltamos do carro, Blake recebeu uma mensagem de confirmação do Luc.

Tudo em cima.

Em vez de nos aquecermos, permanecemos quietos a fim de poupar energia. Ash, Andrew e Dee ficaram ao lado dos carros enquanto o resto se dirigia para o limite do campo tomado por um matagal alto.

Esperava não ficar infestada de carrapatos.

Enfim chegou a hora. Com um último olhar para os Luxen junto aos carros, deixei a Fonte fluir por minhas veias e ossos e envolver minha pele. Partimos, então, escuridão adentro. O céu estava nublado, de modo que não tínhamos sequer a pouca iluminação proporcionada pela lua. Tal como da vez anterior, Daemon ficou ao meu lado. A última coisa que precisávamos era que eu tropeçasse em alguma coisa e descesse rolando a montanha.

Quando alcançamos o limite da mata, aguardamos num silêncio tenso até constatarmos que apenas um guarda fazia a segurança da cerca.

Dessa vez, foi o Daemon quem o derrubou. Partimos, então, para digitar o primeiro código.

Icarus.

Atravessamos a distância que nos separava do prédio como cinco fantasmas, perceptíveis apenas pela visão periférica de alguém, mas invisíveis frente e frente.

Ao chegarmos às três portas, Dawson digitou o segundo código.

Labyrinth.

Era agora, tudo ou nada. Todos os nossos meses de treinamento com o ônix seriam postos à prova. Será que eles tinham adiantado alguma coisa? Daemon me lançou um olhar de esguelha.

Fechei a mão em volta da opala, pressionando-a de encontro ao peito.

Passar pelos borrifadores de ônix ia doer para burro de qualquer jeito, mas se Blake estivesse certo daria para suportar.

A porta se abriu com um suave chiado. Daemon foi o primeiro a passar.

Ele se encolheu ao ser vaporizado, mas conseguiu botar uma perna na frente da outra e, em segundos, estava do outro lado. Parando, lançou um olhar por cima do ombro e abriu aquele seu tradicional meio sorriso.

Todos nós soltamos o ar ao mesmo tempo.

Um a um, fomos passando pela porta protegida por borrifadores. Todos os rapazes se encolheram ao serem vaporizados e fizeram uma careta de dor. Eu mal senti nada.

Uma vez dentro de Mount Weather pela primeira vez, deixamos o Blake tomar a dianteira, já que ele era o único que conhecia o caminho. O corredor era escuro, com pequenas lâmpadas embutidas nas paredes laranja a mais ou menos cada seis metros. Vasculhei o entorno em busca das letais portas de emergência, mas estava escuro demais para enxergar o que quer que fosse.

Ao erguer a cabeça, percebi algo apavorante em relação ao teto. Ele brilhava — como se estivesse molhado ou coisa parecida, mas não era isso.

— Ônix — murmurou Blake. — O lugar inteiro é revestido em ônix.

A menos que eles tivessem redecorado tudo recentemente, o surfista já devia saber disso. Sentindo a opala em contato com minha pele, invoquei a Fonte e esperei pela descarga extra de energia enquanto cruzávamos o corredor em disparada.

Minha energia aumentou um pouco, mas nada semelhante ao que havia sentido ao testá-la com o Daemon antes. Alcancei o final do comprido corredor com o coração pesado. Só podia ser todo aquele ônix, de alguma forma enfraquecendo a opala.

Deparamo-nos com uma trifurcação. Os elevadores ficavam no meio. Matthew se aproximou cautelosamente da passagem a fim de verificá-la primeiro.

— Tudo limpo — informou. Em seguida, piscou e desapareceu, movendo-se tão rápido que só consegui vê-lo de novo depois que ele já havia chamado o elevador e voltado para o nosso lado.

Quando as portas se abriram, entramos todos juntos. Aparentemente as escadas eram protegidas por código, o que me fez imaginar como as pessoas faziam para escapar em casos de emergência.

Corri os olhos pelo espaço, percebendo alguns pequenos pontos preto-avermelhados em torno da lâmpada do teto. Meio que esperei tomar outra borrifada de ônix enquanto descíamos, mas não aconteceu.

Daemon roçou a mão de leve na minha, atraindo minha atenção.

Deu uma piscadinha.

Inquieta, comecei a mudar o peso de uma perna para outra. Aquele devia ser o elevador mais lento do planeta. Dava para solucionar um problema de trigonometria em menos tempo.

Como se pudesse sentir meu nervosismo, Daemon apertou minha mão. Colocando-me na ponta dos pés, envolvi o rosto dele e o puxei para mim. O beijo foi profundo, sem reservas.

— Para dar boa sorte — falei ao me afastar, ligeiramente ofegante.

Promessas cintilaram naqueles olhos tom de esmeralda, me deixando toda arrepiada, mas no bom sentido. Quando chegássemos em casa, a coisa ia definitivamente esquentar.

Porque voltaríamos para casa, todos nós. Esse era o único desfecho aceitável.

Por fim, as portas do elevador se abriram novamente, revelando uma pequena sala de espera. Tudo era branco. As paredes, o chão, o teto.

Estávamos entrando num maldito hospício.

— Adorei as cores — ironizou Matthew.

Daemon deu uma risadinha.

Dawson se adiantou e parou diante da porta. Não havia como ver ou saber o que nos esperava do outro lado. Assim que inseríssemos o código, entraríamos às cegas.

Mas já tínhamos conseguido chegar até ali. Fui tomada por uma súbita empolgação.

— Cuidado, irmão — falou Daemon. — Vamos com calma.

Ele assentiu.

— Nunca estive aqui antes. E você, Blake?

O surfista se postou ao lado dele.

— Ela dá em outro corredor, mais curto e mais largo, com várias portas do lado direito. Na verdade são celas. Cada uma conta com uma cama, uma televisão e um banheiro. Se não me engano, são umas vinte. Não sei se as outras estão ocupadas ou não.

Outras? Não tinha pensado nisso. Olhei para o Daemon.

— Não podemos deixar ninguém para trás.

Antes que ele pudesse responder, Blake interveio:

— Não temos tempo, Katy. Tentar salvar os outros vai nos atrasar, e não sabemos em que estado eles estão.

— Mas...

— Pela primeira vez, concordo com o Blake. — Daemon encarou meu olhar chocado. — Não podemos arriscar, gatinha. Não agora.

Embora me sentisse mal por isso, não podia sair correndo pelo corredor libertando todo mundo. Esse não era o plano, e nosso tempo era limitado. Que saco! Pior do que ver gente pirateando livros, do que ter que esperar um ano pela continuação de uma adorada série ou do que terminar uma história com um gancho que te deixava sem unhas tamanha a curiosidade. Sair daqui sabendo que deixaríamos gente inocente para trás iria me assombrar pelo resto da vida.

Blake inspirou fundo e inseriu o último código.

Daedalus.

O som das trancas se abrindo quebrou o silêncio e, em seguida, uma luzinha verde piscou no canto superior direito da porta.

Enquanto Blake a abria com cuidado, Daemon se colocou na minha frente. Matthew imediatamente se postou atrás. Que diabos...?

— Tudo limpo — declarou o surfista, parecendo aliviado.

Assim que atravessamos a soleira, descobrimos que ela também estava protegida por borrifadores de ônix. Ou seja, seriam duas para passar com o Chris e a Beth. Não ia ser fácil.

O corredor era como o de cima, só que todo branco e, como Blake tinha avisado, mais curto e mais largo. Todos se puseram em ação, menos eu. Tínhamos conseguido — estávamos ali. Meu estômago revirou e um arrepio percorreu minha pele.

Não conseguia acreditar.

Feliz e ansiosa ao mesmo tempo, eu senti a descarga de adrenalina produzida pela Fonte, porém tão rápido quanto surgiu... ela se desfez. A quantidade de ônix naquele prédio era um absurdo.

— A terceira cela é a da Beth — informou Blake, prosseguindo pelo corredor em direção ao último grupo de portas.

Girando nos calcanhares, prendi a respiração enquanto Dawson fechava a mão em volta da maçaneta revestida de ônix e a testava. A porta se abriu sem a menor resistência.

Com as pernas bambas e o corpo inteiro tremendo, ele entrou na cela e falou numa voz rouca:

— Beth?

Uma única palavra, um simples som proferido do fundo da alma, mas que fez com que todos nós parássemos e prendêssemos a respiração novamente.

Por cima do ombro dele, vi uma figura esguia se erguer na cama estreita. Quase soltei um grito de felicidade quando consegui vê-la direito — vontade eu tive, porque era ela, a Beth... mas ela não se parecia em nada com a garota que eu vira antes.

Em vez de penderem em feixes ensebados, seus cabelos castanhos estavam presos num perfeito rabo de cavalo. Alguns fiapos haviam se soltado e emolduravam um rosto pálido, porém com feições de fada. Parte de mim temia que ela não reconhecesse o Dawson, que se mostrasse tão pancada quanto da última vez. No fundo, esperava qualquer coisa. Até que ela atacasse o namorado.

No entanto, ao observar seus olhos, percebi que eles não estavam vidrados como no dia em que a encontrara na casa do Vaughn. Tampouco transmitiam aquele olhar assustadoramente vazio da Carissa.

Um lampejo de reconhecimento cintilou neles.

O tempo pareceu parar por um momento e, em seguida, acelerar. Dawson deu alguns passos titubeantes à frente, e achei que ele fosse cair de joelhos. Suas mãos abriam e fechavam ao lado do corpo como se não conseguisse controlá-las.

Tudo o que ele disse foi:

— Beth.

Ela levantou da cama, os olhos passando rapidamente por cada um de nós e, então, se fixando nele.

— Dawson? É você? Não entendo.

Ambos se moveram ao mesmo tempo, cruzando em sincronia a distância que os separava. Ao jogarem os braços um em volta do outro, Dawson a suspendeu e enterrou o rosto no pescoço dela. Com as vozes carregadas de emoção, eles trocaram algumas palavras, porém baixas e rápidas demais para que meus ouvidos captassem. Vendo os dois abraçados daquele jeito, tive certeza de que jamais iriam se soltar.

Dawson ergueu a cabeça e disse algo em sua própria língua, com a mesma bela sonoridade de quando Daemon falava comigo. E, então, a beijou. Senti-me uma intrusa por estar ali, observando-os, mas não conseguia desviar os olhos. Aquele reencontro era de tirar o fôlego, com ele salpicando beijinhos por todo o rosto dela, que o fitava com as faces molhadas de lágrimas.

Minha garganta travou e meus olhos arderam. Lágrimas de felicidade nublaram minha visão. Senti o Matthew pousar a mão em meu ombro e apertar. Fiz que sim, fungando.

— Dawson — chamou Daemon em tom de urgência, lembrando a todos que nosso tempo estava se esgotando.

Ele se afastou, pegou-a pela mão e se virou para nós, ao mesmo tempo que Beth despejava um caminhão de perguntas.

— O que vocês estão fazendo? Como entraram aqui? Eles sabem? — As perguntas vinham uma atrás da outra, enquanto Dawson, rindo feito um idiota, tentava mantê-la quieta.

— Depois eu explico — respondeu ele. — Mas precisamos passar por duas portas, e vai doer...

— Borrifadores de ônix, eu sei — retrucou ela.

Bom, isso resolvia o problema.

Virei-me a tempo de ver o Blake retornar carregando um jovem e desfalecido Luxen de cabelos escuros. Uma mancha avermelhada cruzava o maxilar do adolescente.

— Ele está bem?

O surfista assentiu. A pele nos cantos dos lábios estava repuxada numa linha fina.

— Eu... Ele não me reconheceu. Tive que nocauteá-lo.

Senti uma leve fisgada de dor no peito. Blake parecia tão desanimado, principalmente quando seu olhar recaiu sobre o Dawson e a Beth. Tudo o que ele fizera: mentir, trapacear e matar, tinha sido por causa do rapaz em seus braços. Alguém que ele considerava como um irmão. Mais uma vez, odiei sentir qualquer simpatia pelo surfista.

Mas senti.

Ao erguer os olhos, Beth interrompeu a enxurrada de perguntas.

— Vocês não podem...

— Precisamos ir — interveio Blake, passando pela gente. — Nosso tempo está se esgotando.

Verdade. A lembrança me arrancou do estupor. Ofereci a ela um sorriso tranquilizador, pelo menos assim esperava.

— Precisamos ir. Agora. O resto pode esperar.

Beth fez que não vigorosamente.

— Mas...

— Precisamos ir, Beth. A gente sabe. — Ela assentiu com um menear de cabeça ao escutar as palavras do Dawson, mas um brilho de pânico cintilou em seus olhos.

A urgência da situação liberou uma forte descarga de adrenalina e, sem mais preâmbulos, nós cinco voltamos em disparada pelo corredor. Daemon digitou o código no painel embutido na parede e a porta se abriu.

A sala de espera branca já não estava mais deserta.

Simon Cutters estava diante de nós — o desaparecido e supostamente morto Simon Cutters —, maior e mais corpulento do que nunca. Fomos pegos desprevenidos. Daemon recuou um passo. Matthew parou de supetão. Eu não conseguia entender como ele podia estar vivo e parado ali, como se estivesse nos *aguardando*.

Os pelos dos meus braços se arrepiaram.

— Merda — falou Daemon.

Simon sorriu.

— Sentiram a minha falta? Eu estava com saudade de vocês.

Ele, então, ergueu o braço. A luz da sala incidiu sobre uma pulseira de metal, fazendo cintilar um pedaço de opala praticamente idêntico ao que eu estava usando em volta do pescoço. Tudo aconteceu muito rápido. Simon abriu a mão e foi como se fôssemos subitamente açoitados por uma violenta rajada de vento. Fui levantada do chão e lançada para trás contra a porta mais próxima. Meu quadril bateu na maçaneta de metal e, com uma explosão de dor que roubou o ar dos meus pulmões, despenquei no chão.

Ai, meu Deus... Simon era...

Meu cérebro se esforçava para entender o que estava acontecendo. Se o Simon estava carregando um pedaço de opala, isso significava que ele tinha sido transformado. Nós provavelmente não teríamos sido atingidos se não estivéssemos tão despreparados. No entanto, tal como a Carissa, ele era a última pessoa que eu esperava encontrar.

Daemon e Matthew, que tinham sido arremessados vários metros para trás, se levantavam do chão. Dawson havia pressionado a Beth contra uma das paredes. E Blake, que estava mais próximo, usava o próprio corpo para proteger o Chris.

Tentei me levantar, encolhendo-me ao sentir a fisgada de dor que se espalhou por minha perna. Assim que fiquei em pé, a maldita perna cedeu novamente. Só não me estatelei no chão de novo porque o Blake me segurou.

Simon entrou no corredor e sorriu.

Daemon já estava de pé.

— Você vai morrer agora.

— Acho que essa fala é minha — retrucou Simon, lançando uma bola de energia. Alertei meu namorado com um grito, que por um triz não foi atingido em cheio.

As pupilas do Daemon ficaram subitamente brancas. Ele contra-atacou com outra bola de energia vermelho-esbranquiçada. Ela foi para cima do Simon num arco, mas o ex-atleta também conseguiu se esquivar, rindo.

— Você vai acabar se cansando, Luxen — alfinetou ele.

— Não antes de você.

Simon piscou e se lançou novamente sobre a gente, a mão estendida diante do corpo. Blake e eu recuamos. Quase caí de novo, mas o surfista me segurou. De alguma forma, seu braço terminou em torno do meu pescoço. Senti um puxão e, de repente, Daemon estava ao meu lado, me empurrando para trás dele.

— Isso não é nada bom — comentou Blake, tentando se aproximar do Simon. — Estamos ficando sem tempo.

— Não brinca — rebateu meu namorado.

Dawson se jogou sobre o Simon, mas ele o lançou de volta para trás, rindo. O sujeito parecia um híbrido sob o efeito de esteroides. Outra bola de energia voou na direção do Blake e, em seguida, do Matthew. Ambos mergulharam para não serem atingidos. Simon continuava avançando e sorrindo. Ergui a cabeça e nossos olhos se encontraram. Os dele estavam destituídos de toda e qualquer emoção humana. Surreais. Monstruosos.

E tão, tão frios!

Como ele fora transformado? Como a mutação podia ter dado certo? E por que ela o transformara num monstro sem sentimentos? As perguntas eram muitas, mas nenhuma delas importava no momento. A dor em minha perna era tão absurda que estava difícil manter a concentração, difícil até permanecer em pé.

O sorriso do Simon se ampliou ainda mais, e um calafrio percorreu meu corpo. A Fonte espocou mais uma vez dentro de mim, mas antes que eu pudesse liberá-la, ele falou:

— Quer brincar, Kitty Kat?

— Ah, vá se ferrar — rugiu Daemon.

Meu namorado era muito mais rápido do que eu. Como um raio, passou pelo Blake, o Matthew, o Dawson e a Beth. Mover-se naquela velocidade acabaria deixando-o mais suscetível aos efeitos do ônix, mas ele não parecia se importar. Um centésimo de segundo depois, Daemon estava diante do ex-atleta, as mãos envolvendo-lhe a cabeça.

Um estalo nauseante ecoou pelo corredor.

Simon despencou no chão.

Daemon recuou um passo e inspirou fundo.

— Nunca gostei desse filho da mãe idiota.

Cambaleei alguns passos para o lado, sentindo o coração martelar feito um louco enquanto a Fonte turbilhonava incansavelmente dentro de mim. Engoli em seco.

— Ele... Ele era...

— Não temos tempo pra isso. — Dawson começou a puxar a Beth em direção à sala de espera. — Eles já devem saber que estamos aqui.

Blake pegou Chris novamente no colo e lançou um olhar de esguelha ao passar pelo corpo do Simon, caído de bruços no chão. Não disse nada, mas, também, o que ele poderia dizer?

Com uma sensação de peso no estômago e o pânico ameaçando me consumir por inteira, forcei-me a prosseguir, tentando ignorar a dor excruciante em minha perna.

— Você está bem? — perguntou Daemon, entrelaçando os dedos com os meus. — Ele te atingiu em cheio.

— Estou. — Eu estava viva e podia caminhar, o que significava que devia estar bem. — E você?

Ele assentiu ao entrarmos na sala de espera. A ideia de ter que pegar aquele elevador de novo me deixou com vontade de vomitar, mas não havia outra opção, nenhuma porta de acesso às escadas. Nada. Não tínhamos escolha.

— Vamos lá. — Matthew entrou no elevador, o rosto pálido. — Assim que as portas se abrirem, precisamos estar preparados para o que quer que seja.

Daemon concordou com um menear de cabeça.

— Como vocês estão se sentindo?

— Não muito bem — respondeu Dawson, abrindo e fechando a mão livre. — É esse maldito ônix. Não sei quanta energia eu ainda tenho.

— O que diabos foi aquilo com o Simon? — Meu namorado se virou para o Blake assim que o elevador começou a subir. — Ele não parecia estar sendo nem um pouco afetado.

O surfista fez que não.

— Não sei, cara. Não faço a menor ideia.

Beth começou a murmurar alguma coisa, mas não prestei atenção. A sensação em minhas entranhas de que algo ruim estava prestes a acontecer aumentou, espalhando-se para os membros. Como o Blake podia não saber? Senti o Daemon mudar de posição e, em seguida, seus lábios roçaram minha testa.

— Vai dar tudo certo. Em minutos estaremos fora daqui. A gente consegue — sussurrou ele em meu ouvido, aliviando um pouco a tensão que nos consumia. E, então, sorriu. Um sorriso de verdade, tão lindo e aberto que meus lábios se curvaram ligeiramente nos cantos. — Eu prometo, gatinha.

Fechei os olhos rapidamente, absorvendo aquelas palavras e deixando que elas me acalmassem. Estava a segundos de ter um colapso nervoso, de modo que precisava acreditar nelas. Tinha que me manter calma. Faltava apenas um corredor e, então, liberdade.

— Quanto tempo ainda temos? — perguntou Blake.

Matthew checou o relógio.

— Dois minutos.

Com um chiado, as portas se abriram para o estreito e comprido corredor que, graças a Deus, continuava lindamente deserto, sem nenhuma outra surpresa desagradável. Blake, com Chris ainda nos braços, foi o primeiro a sair, os passos largos e apressados. Daemon e eu cobrimos a retaguarda enquanto o Matthew seguia na frente do Dawson e da Beth para o caso de acontecer qualquer coisa.

— Fique atrás de mim — falou Daemon.

Fiz que sim, mantendo os olhos bem abertos. Estávamos nos movendo tão rápido que o corredor parecia um borrão. A dor em minha perna aumentava a cada passo. Assim que o Blake alcançou a última porta, apoiou Chris sobre o ombro e digitou o código. Ela se abriu imediatamente com um leve chacoalhar.

O surfista ficou parado onde estava, envolto pela escuridão da noite. O desfalecido Luxen em seus braços estava tão pálido que parecia morto, mas em poucos segundos eles estariam livres. Blake finalmente conseguira o que tanto desejava. Nossos olhos se encontraram. Um lampejo de alguma coisa cintilou em meio àqueles riscos verdes.

Fui subitamente tomada por um mau pressentimento. No mesmo instante, levei a mão à opala em volta do pescoço, mas tudo o que senti foi a correntinha com a obsidiana.

Os lábios do surfista se curvaram lentamente nos cantos.

Meu coração pulou uma batida e meu estômago embrulhou tão rápido que achei que fosse vomitar. Aquele sorriso... Aquele sorriso parecia um tremendo *te peguei*. Um pânico incontrolável fez meu sangue gelar. Não podia ser. *Não. Não. Não. Não podia ser...*

Blake inclinou a cabeça ligeiramente de lado e recuou um passo. Em seguida, abriu a mão livre. A tira fina e branca escorregou por entre seus dedos, com o pedaço de opala balançando na ponta.

— Sinto muito — disse, soando sincero. Inacreditável. — Tinha que ser assim.

— Filho da puta! — rugiu Daemon, soltando minha mão. Ele avançou em direção ao surfista com uma fúria tamanha que só poderia terminar em sangue.

Senti uma inesperada queimação entre os seios, tão apavorante quanto encarar um exército de soldados do DOD. Enfiei a mão por baixo da camiseta e puxei a obsidiana. Ela brilhava num vermelho incandescente.

Daemon parou de supetão, grunhindo.

A escuridão atrás do Blake pareceu aumentar e se tornar mais densa, aproximando-se da entrada do corredor. Em seguida, começou a escorrer pelas paredes. Com um estalo, todas as lâmpadas se apagaram. As sombras reunidas no chão se ergueram em volta do surfista em colunas de fumaça negra, mas sem tocá-lo. Sem detê-lo. Elas, então, assumiram uma forma humana, a pele negra como o céu da meia-noite, brilhante e escorregadia.

Sete Arum surgiram em torno do Blake. Todos vestidos da mesma forma. Calça preta. Camisa preta. E olhos escondidos atrás de óculos escuros. Um a um, eles sorriram.

E ignoraram o surfista.

Eles o *deixaram* escapar.

Blake desapareceu noite adentro enquanto os Arum vinham para cima da gente.

Damon partiu ao encontro do primeiro, sua forma humana piscando ao lançar a criatura contra a parede. Dawson empurrou Beth para o lado e encarou o segundo, derrubando-o no chão.

Matthew se agachou rapidamente e pegou um afiado pedaço de obsidiana que trouxera dentro da bota. Girando o corpo, enterrou-a no fundo da barriga do Arum mais próximo.

A criatura recuou um passo, perdendo a forma humana ao mesmo tempo que se elevava em direção ao teto baixo. Ele pairou ali por um segundo e, então, explodiu como se seus ossos fossem feitos de vidro.

Como num passe de mágica, saí subitamente do transe.

Sabendo que nenhum de nós, inclusive eu, conseguiria recorrer à Fonte por muito mais tempo, este seria um combate mano a mano. Puxei a obsidiana que trazia em volta do pescoço, partindo a correntinha no exato instante em que um dos Arum me alcançava. Ao ver meu rosto pálido refletido em seus óculos escuros, acionei a Fonte dentro de mim.

Enquanto ele avançava, uma bola de luz vermelho-esbranquiçada emergiu de mim e o lançou de bunda no chão. A energia fluiu como um curso de águas volumosas, porém o ônix devia ter enfraquecido o golpe, pois o Arum já estava novamente em pé. Daemon, por sua vez, derrubou mais um, provocando outra explosão de fumaça preta que pareceu sacudir o corredor.

O Arum que eu havia derrubado veio mais uma vez para cima de mim, só que agora sem os óculos escuros. Seus olhos eram do mesmo tom de azul-claro que o céu durante o inverno. E tão frios quanto os do Simon, se não mais.

Recuei um passo, apertando o pedaço de obsidiana em minha mão.

Ele sorriu e, girando o corpo, acertou com um chute minha perna machucada. Soltei um grito ao senti-la ceder sob o meu peso. Quase caí, mas ele me agarrou pelo pescoço e me suspendeu no ar. Às suas costas, Daemon se virou e pude ver o ódio que meu namorado exalava, assim como o outro Arum que se erguia atrás dele.

— Daemon! — gritei, espetando o pedaço de obsidiana no peito da criatura que me segurava.

O Arum me soltou e Daemon se virou de novo, bem a tempo de se desviar do outro. Despenquei sobre o piso de cimento pela enésima vez, ao mesmo tempo que o Arum se desfazia numa explosão tão forte que soprou o cabelo do meu rosto.

Daemon agarrou o inimigo mais próximo pelos ombros e o lançou vários metros para trás, enquanto, com as pernas bambas, eu tentava me levantar do chão. Minha mão tremia em torno do quente pedaço de obsidiana.

— Rápido! Precisamos ir! — Dawson pegou a Beth e partiu em direção à porta, desviando-se de um dos Arum. — Agora!

Não esperei segunda ordem. Essa era uma batalha que não poderíamos vencer. Não com tão pouco tempo e quatro Arum ainda de pé, nitidamente indiferentes aos efeitos do ônix.

Sublimando a dor, comecei a avançar. Mal consegui dar alguns passos quando um deles agarrou minha perna por trás, me fazendo cair mais uma vez. Soltei a obsidiana para não bater de cara no chão de cimento. A sensação gelada da mão do Arum em meu tornozelo atravessou a calça de moletom e subiu por minhas pernas.

Virei de lado e o chutei com a perna boa, acertando-o em cheio no rosto. Escutei um satisfatório som de algo se partindo e ele me soltou. Pus-me de pé, trincando os dentes para suportar a dor na perna enquanto tentava voltar para junto do Daemon. Ele havia se virado e estava vindo me buscar. Nesse instante, um zumbido baixo começou a ecoar pelo prédio, aumentando gradativamente de intensidade até ser tudo o que conseguíamos ouvir. Todos nós paramos. Luzes inundaram o corredor, seguidas pelo ruído de trancas automáticas sendo acionadas. O *click-click-click* prosseguia numa sucessão interminável.

— Não — berrou Matthew, os olhos fixos na direção de onde estávamos vindo. — *Não!*

Daemon lançou um olhar por cima do meu ombro. Virei e vi as luzes pipocando por todo o corredor, formando uma reluzente parede azulada. Elas foram surgindo uma após a outra, com um intervalo de no máximo uns trinta centímetros...

Um feixe azul incidiu sobre um dos Arum que estava um pouco atrás de mim. Seguiu-se um estalo e uma leve explosão de luz, como quando uma mosca é capturada por uma daquelas armadilhas elétricas.

— Ai, meu Deus — murmurei.

O Arum sumiu — simplesmente desapareceu.

Não se aproximem das luzes azuis, dissera Blake. *São lasers. Eles irão cortá-los ao meio.*

Daemon pulou, os braços estendidos para me pegar, mas já era tarde. Antes que conseguisse me alcançar, outro feixe de luz azul espocou a um palmo do meu rosto; o quente deslocamento de ar soprou o cabelo do meu rosto. Ele soltou um grito estrangulado e eu dei um pulo para trás.

Não conseguia acreditar. Não era possível. Eu me *recusava* a acreditar. Daemon estava de um lado da parede de luz, próximo à saída, e eu... eu estava do outro, do lado errado.

Seus olhos encontraram os meus e o horror estampado naquelas íris extraordinariamente verdes partiu meu coração em milhões de inúteis pedaços. Ele havia entendido — ó céus, ele havia entendido o que estava acontecendo. Eu estava presa com os Arum restantes.

Gritos ressoaram à nossa volta, seguidos pelo som de botas batendo no chão. Pareciam vir de todos os lados. Pela nossa frente, por trás, pelos cantos. Ainda assim, eu não conseguia me virar, não conseguia desviar os olhos do Daemon e olhar para trás.

— Kat — murmurou ele em tom de súplica.

De repente, o apito agudo dos alarmes reverberou por todo o prédio. Daemon reagiu imediatamente, mas pela primeira vez na vida não foi rápido o bastante. Não tinha como ser. As portas de emergência começaram a se fechar, despontando do chão e do teto, e ele voou para o pequeno painel de controle, esmurrando-o com vontade. Nada funcionava. As portas continuavam se fechando. As luzes azuis eram como feixes de destruição separando a gente. Daemon se virou novamente para mim. Soltei um grito estrangulado ao perceber que ele ia tentar transpor a barreira azulada. Meu namorado seria destruído pelos lasers!

Invocando o máximo da Fonte que eu conseguia, estendi a mão e, ignorando o calor dos lasers, empurrei-o com o restante das minhas forças. Mantive-o assim até o Matthew se desvencilhar do choque e partir para a ação, agarrando-o pela cintura. Caí, então, de joelhos no chão. Daemon surtou, socando e lutando contra o Matthew para voltar para junto de mim, mas nosso professor de biologia conseguiu arrastá-lo para longe da luz e botá-lo de joelhos também.

Era tarde demais.

— Não! Por favor! Não! — rugiu meu namorado, com um desespero que eu jamais escutara antes. — Kat!

O ruído das vozes e das botas estava cada vez mais perto, assim como o frio de gelar os ossos exalado pelos Arum. Senti-os se aproximando por trás de mim, mas não consegui deixar de olhar para o Daemon.

Nossos olhos estavam fixos um no outro e eu nunca, jamais iria me esquecer do pavor estampado nos dele, da expressão de profundo desespero. Tudo parecia tão surreal, como se eu não estivesse realmente ali. Tentei sorrir, mas não tenho certeza se consegui.

— Vou ficar bem — murmurei, sentindo os olhos marejados de lágrimas. A porta de emergência entre nós começou a se fechar. — Vou ficar bem.

Seus olhos verdes pareciam vidrados. Ele estendeu o braço, os dedos abertos em súplica. No entanto, não chegou a alcançar o laser nem a porta.

— Eu te amo, Kat. Sempre te amei e sempre te amarei — disse ele, a voz grossa e rouca de pânico. — Vou te tirar daí. Vou...

A porta se fechou com um ruído suave.

— Eu também te amo — repliquei, mas ele... ele se fora. Daemon tinha ficado do outro lado da porta e eu estava presa com os Arum e o Daedalus. Por um momento, não consegui pensar, nem mesmo respirar. Abri a boca para gritar, mas o pavor me impediu de emitir qualquer som.

Virei lentamente, erguendo a cabeça enquanto uma lágrima rolava por minha bochecha. Um Arum me aguardava, a cabeça inclinada ligeiramente de lado. Fiquei feliz por não conseguir ver os olhos dele, escondidos atrás dos óculos escuros.

Ele se ajoelhou e, atrás dele e dos outros Arum, pude ver homens vestidos com uniformes pretos. A criatura estendeu a mão e correu um dedo gelado por minha bochecha, acompanhando o rastro da lágrima. Encolhi-me, pressionando as costas contra a porta de emergência.

— Isso vai doer — disse ele, aproximando-se até ficar com o rosto a poucos centímetros do meu, a respiração gelada diante da minha boca.

— Ó céus — murmurei.

Uma forte explosão de dor envolveu cada célula do meu corpo, fazendo o ar escapar dos meus pulmões. Eu não conseguia me mover. Meus braços não respondiam. Alguém me agarrou pela cintura, mas não senti. Gritei, mas não saiu nenhum som.

Daemon se fora.

AGRADECIMENTOS

Muito obrigada à maravilhosa equipe da Entangled Teen — Liz Pelletier, Stacy Abrams, Stacey O'Neale e Rebecca Mancini. E ao meu agente, Kevan Lyon, como sempre, você é fabuloso. Se não fosse pelos meus amigos e pela minha família, tenho certeza de que a essa altura seria uma eremita vivendo numa caverna literária, portanto obrigada por me aguentarem quando entro num dos meus surtos de escrita compulsiva. E um obrigada especial a Pepe Toth e Sztella Tziotziosz por serem maravilhosos modelos de capa e por se juntarem a nós durante as turnês da Invasão Daemon.

Nada disso seria possível sem vocês, leitores. Adoro todos vocês e gostaria de poder abraçar cada um, mas sou péssima nessa coisa de abraço e acabaria provocando um constrangimento terrível. Assim sendo, confiem em mim, esse obrigada é melhor do que um abraço. Juro!